NF

〈NF344〉

子供たちは森に消えた

ロバート・カレン

広瀬順弘訳

早川書房

6423

THE KILLER DEPARTMENT

by

Robert Cullen

Translated by

Masahiro Hirose

Published 2009 in Japan by

HAYAKAWA PUBLISHING, INC.

This book is published in Japan by

arrangement with

PANTHEON BOOKS

a division of RANDOM HOUSE, INC.

through THE ENGLISH AGENCY (JAPAN) LTD.

メアリー・C・キャロルに
愛と感謝をこめて

目次

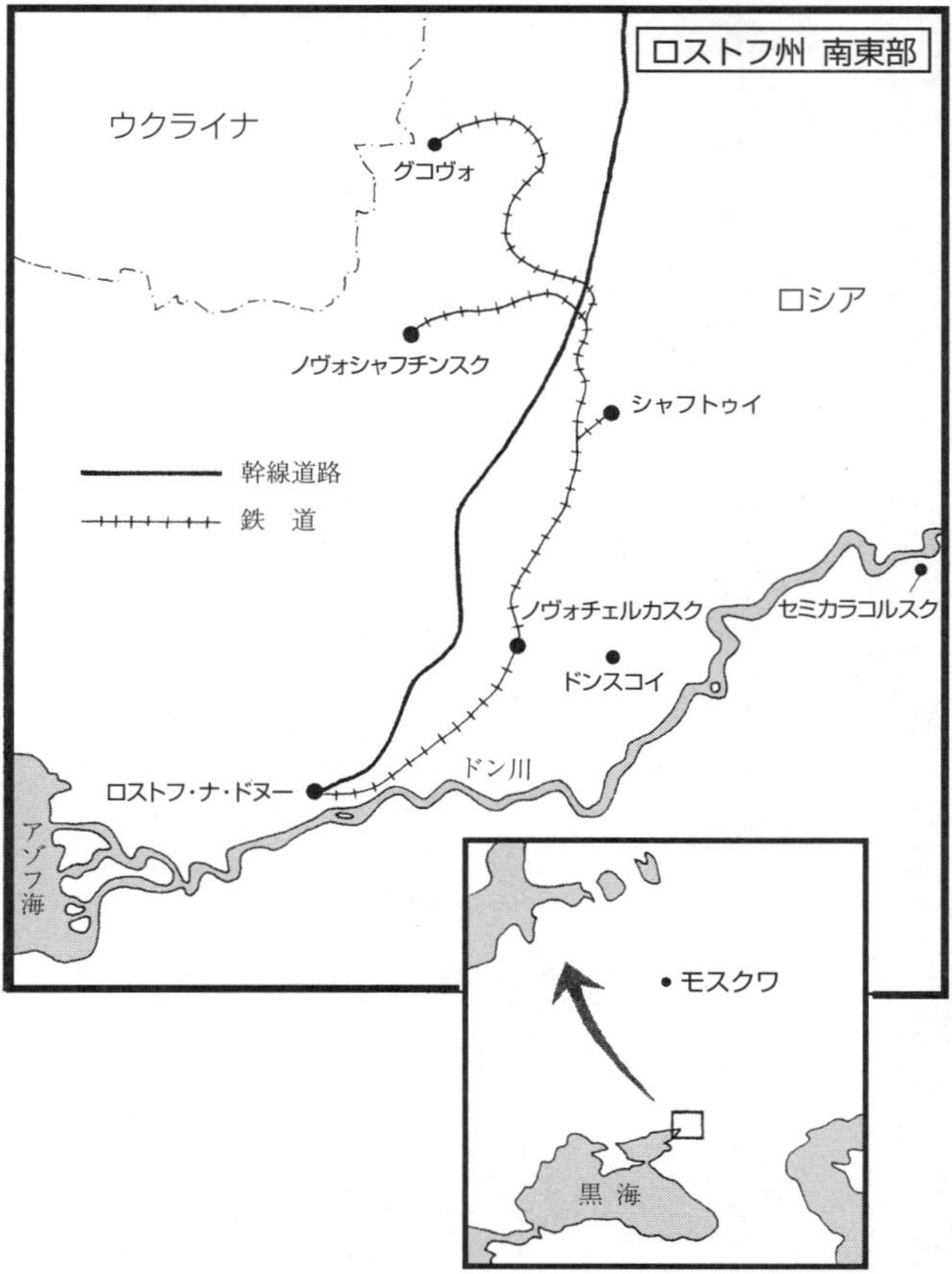
ロストフ州 南東部
ウクライナ
グコヴォ
ロシア
ノヴォシャフチンスク
シャフトゥイ
幹線道路
鉄 道
ノヴォチェルカスク
セミカラコルスク
ドンスコイ
ドン川
ロストフ・ナ・ドヌー
アゾフ海
モスクワ
黒 海

子供たちは森に消えた

事件に関連した人々

リュボフィ・ビリュク…………………最初に発見された被害者
オリガ・スタルマチェノク…………初期の被害者
タチアーナとスヴェトラーナ・
ペトロシャン……被害者母娘
ナターリャ・ポフリストヴァ………モスクワで発見された被害者
ミハイル・フェチソフ…………………ロストフ州民警本部の犯罪捜査部長
ヴラジーミル・コレスニコフ………フェチソフの補佐官
ヴィクトル・ブラコフ…………………ロストフ州民警特別捜査班主任捜査官
ヴァレリー・ベクレミシチェフ……同特別捜査班共同指揮者
パーヴェル・チェルヌイショフ……同副本部長
イーサ・コストエフ……………………特命捜査検事
アレクサンドル・
ブハノフスキー博士……ロストフ医科大学の精神医学者
アレクセイ・アンドレーエフ………同精神医学者
スヴェトラーナ・
グルトヴァヤ博士……モスクワの保健省法医学局生物学研究所所長
アンドレイ・トカチェンコ博士……セルプスキー研究所の精神科医
マラート・ハビブーリン……………弁護士
レオニード・アクブジャノフ………裁判長
ユーリー・カレニク……………………最初に取調べを受けた容疑者
ミハイル・チャプキン…………………容疑者。精神遅滞者施設の入所者
ニコライ・ビェスコルシー…………容疑者。空港の手荷物係
アルトゥル・コルシェンコ…………容疑者。麻薬常用者
アンドレイ・チカチーロ……………容疑者。国営企業の資材調達係
ヴァレリー・イヴァネンコ…………容疑者。同性愛者。捜査協力内通者
セルゲイ・コルチン……………………容疑者。ホームレス収容所の民警

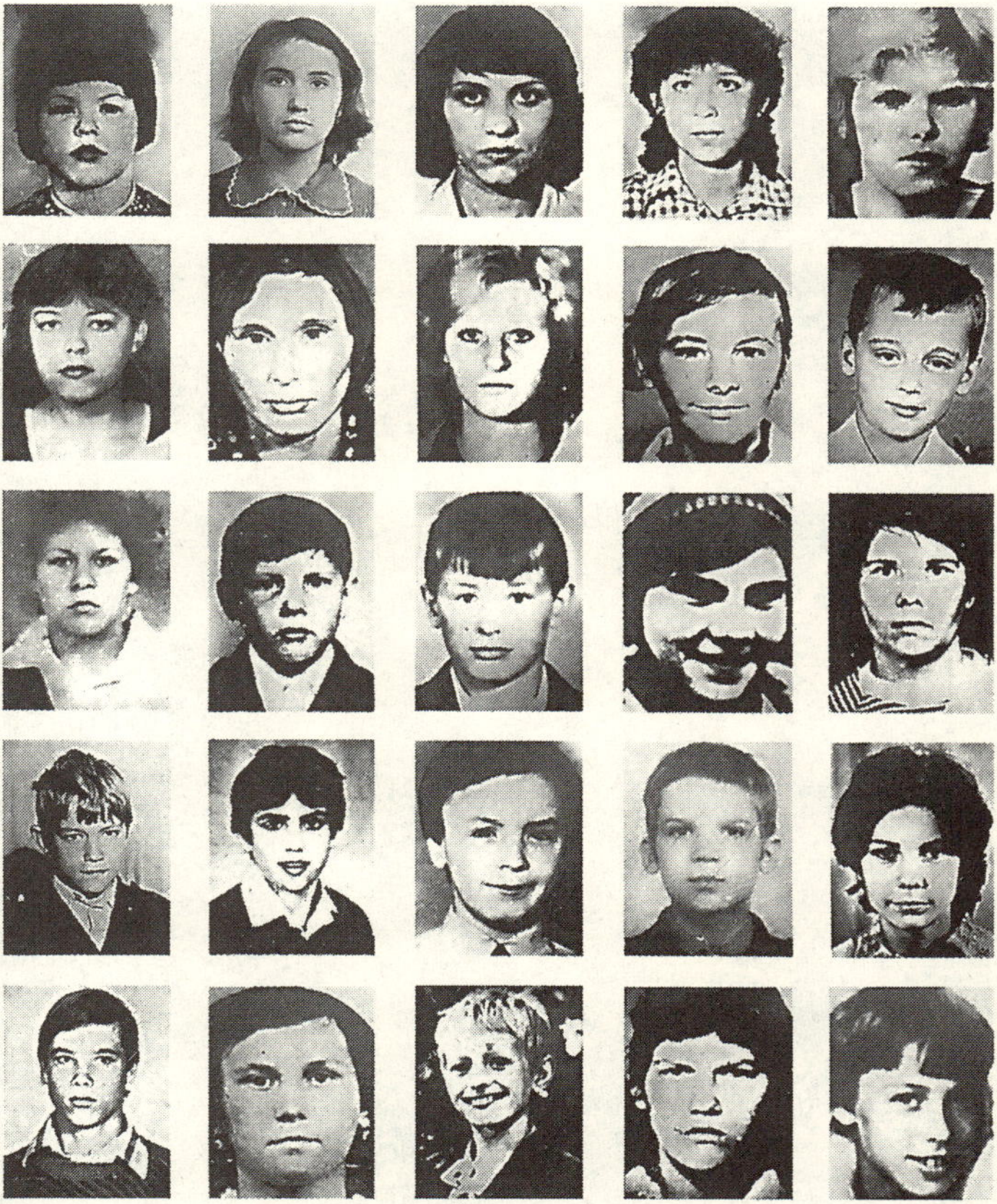

犠牲者の一部。犯人は最初のうちは少女や若い娘を殺害していたが、のちには幼い少年たちも獲物として狙うようになった。一列目、左から右へ：リュボフィ・ビリュク、エレーナ・バクリナ、イリーナ・ルチンスカヤ、リュドミラ・アレクセーエヴァ、イリーナ・カラベルニコヴァ。二列目、左から右へ：イリーナ・ポゴリエロヴァ、リュボフィ・クツユバ、ヴェラ・シェフクン、オリガ・スタルマチェノク、イヴァン・フォミン。三列目、左から右へ：イネッサ・グリャーエヴァ、イーゴリ・グトコフ、セルゲイ・マルコフ、スヴェトラーナ・ペトロシャン、タチアーナ・ペトロシャン。四列目、左から右へ：ヴィクトル・ペトロフ、エレーナ・ヴァルガ、ドミトリー・イラリョノフ、ヤロスラフ・マカロフ、ナターリャ・ゴロソフスカヤ。五列目、左から右へ：ヴィクトル・チシチェンコ、ナターリャ・シャロピニナ、アレクセイ・ホボトフ、オリガ・クプリナ、アレクサンドル・チャペル。

正装のヴィクトル・ブラコフ中佐。ブラコフは特別捜査班の主任捜査官として、崩壊の途上にあったソヴィエト体制、性犯罪に対する旧態依然たる認識、偽りの自白などに苦しめられながらも、史上まれな連続殺人犯の逮捕に執念を燃やしつづけた。

ロストフ州民警本部長、ミハイル・フェチソフ少佐。ヴィクトル・ブラコフの捜査官としての能力を評価し、捜査班の主任捜査官に任命することにより、ロシア史上もっとも残虐な連続殺人犯の逮捕を実現させた。

ヴラジーミル・コレスニコフ。出版当時はロシア共和国内務省犯罪捜査局の局長をつとめる。八年間にもおよんだ連続殺人の捜査では、ほとんど最初から最後まで、フェチソフの補佐官として活躍し、犯人逮捕のための作戦ではみずから指揮をとった。

ペラゲア・ペトロヴァ。彼女の十三歳の娘リュボフィ・ビリュクは、パンを買いにでかけたきり、二度と戻らなかった。フェチソフが残虐な殺人犯の存在に気づいたのは、一九八二年に森の中でリュボフィの死体が発見されたときだった。

ドンスコイのバス停。ここで犯人はリュボフィ・ビリュクに目をつけ、あとを追った。

1 森のなかの死体

一九八二年六月のある晴れた土曜日、リュボフィ・ビリュクという名のロシア人少女が、煙草とパンと砂糖を買うためにザプラフスカヤの村を出た。が、少女は二度と家に戻らなかった。

十三歳になったばかりのリュボフィは背も低くやせっぽちで、まだ幼さの残る少女だった。無造作に短く切った髪は明るい褐色、頬はふくよかで鼻はしし鼻、瞳は灰色——美人と呼ぶには両目がいささか離れすぎていたが、よくしゃべる快活な女の子だった。叔父たちのなかには、リュボフィを、少しばかり頭のほうが鈍《にぶ》いとみなす者もいたが、彼女の学校の成績は中ぐらいだった。母親と同じようにこの少女もまた、太りぎみのくたびれた女たちと一緒に地元の国営農場《ソホーズ》でブドウや牝牛、ガチョウや豚の世話に明け暮れる運命にあるように見えた。リュボフィにはひとつだけ悪い癖があった。母親から何度言い聞かされても、ヒッチハイクが好きで、どうしてもやめようとしなかったのだ。

ザプラフスカヤの農民たちのなかには、平屋建ての家に住んでいる者もいた。彫刻をほどこした木の鎧戸や窓枠があざやかなオレンジ色や青色に塗られ、周囲を杭垣《くいがき》でかこまれたこれらの家々の庭には、たいてい手入れの行きとどいた菜園があり、道ばたではまるまると太った鶏が地面をつついていた。自動車やオートバイを所有している農民たちも少しはいたが、リュボフィの両親はそのどちらも手に入れることができなかった。彼女は家族と一緒に、ほこりっぽい小道の突きあたり、雑草や実のなる灌木《かんぼく》に周囲をかこまれた、四世帯が同居する国営農場所有のコンクリートの共同住宅で暮らしていた。リュボフィが使いに出かけるときは、国営農場を抜ける七十メートルほどの小道を、ガチョウの群れを追い散らしながら、歩いて舗装道路へ出た。ぜったいにヒッチハイクをしてはだめという母親の言いつけを守るとしたら、リュボフィはそこで、ゆるんだボディをがたがたいわせながらやってくる、ドンスコイ行きのおんぼろバスを待つしかなかった。

ザプラフスカヤからいちばん近い商店は、数キロ東をゆるやかに流れる雄大なドン川にちなんで名づけられた、人口五千ほどのドンスコイの街にあった。ドンスコイの住人の多くは、三本の大煙突がそびえ立つ、街の南端の〈革命五十周年記念発電所〉で働いていた。ザプラフスカヤを出たバスが停まるのは、その発電所から一キロほど離れたロータリーで、そこにはマルクス、エンゲルス、レーニンの肖像が描かれた特大の赤い看板が立っていた。バス停からのびる舗装された歩道を進むと、まず五階建てのアパートが立ち並《たた》ぶ団地、次にレーニンの銅像、そして第二次世界大戦で戦ったソヴィエト軍兵士の功績を称えるレリーフで飾られた文化センターのかたわらを抜ける。文化センターの反対側には、ウオッカ、安ワイン、煙草などを売る、看板もない小さな商店があった。そこからさらに歩くと、今度は〈あけぼの〉という名の食品雑貨店にぶつかる。店内には魚の缶詰やパンが少しと、わずかばかりの鶏肉が並び、手製のハエ取り紙には大量のハエがくっついている。夏になると、スカーフをかぶった農家の女たちが五、六人ほど、その食品雑貨店の品ぞろえにがっかりした買い物客をあてこんで、店の外に低いスツールを置いて腰をすえ、ひろげた新聞紙の上にトマトやピーマン、にんじんなどを並べる。そして次の角《かど》を曲がると、草ぼうぼうのサッカー・グラウンドで、その奥にはドンスコイの中学校があった。

リュボフィの母親のペラゲアは、家畜棟での仕事を終えて帰宅したとき、娘がまだ帰っていないことに気づいた。娘は親戚の家に、おそらくは村から八キロほど離れたクリヴャンカの祖母のところに遊びにいったのだろう、とペラゲアは思った。ペラゲアは口じゅう金歯だらけのずんぐりした女で、兄弟姉妹のほか、異母弟妹やおばやおじがいたが、みんな近隣の村々に散らばっていた。彼女の父親は子供を二人もうけたあと妻と離婚し、その後再婚してさらに三人の子供をつくった。若い頃のペラゲアは、その幼い弟や妹たちの面倒をみなければならなかった。その後彼女は結婚し、自分自身の子供をもうけた。長女のナジェジダ、五歳のときに託児所で病気に感染して死んだヴァーリャ、そしてリュボフィの三人の娘である。末娘の姿が見えないのに気づいたとき、ペラゲアは懸念よりもむしろ腹立たしさをおぼえた。どこかに遊びにいくときは、前もってかならずひとこと言っておくように、と言い聞かせてきたのだ。リュボフィの祖母の家に電話はない。祖母の家に遊びにいっていることを確認するには、クリヴヤンカまで行かねばならなかった。結局、ペラゲアは翌朝まで待つことにした。

日曜日、彼女はバスに乗って母親の家に行ってみた。が、リュボフィはそこにいなかった。継母のところにも、セミカラコルスクに住んでいる長女のナジェジダの家にもいなかった。まる一日をついやして親戚じゅうをまわってみたものの、リュボフィは見つからなかった。そして月曜日、不安をつのらせながらペラゲアは激しい雨をついて、リュボフィが通っている学校へと向かった。学校の友だちが娘の行方を知っているかもしれない、と思ったのだ。だが、生徒たちは学年末試験の真っ最中で、校長は生徒たちとの面会を許そうとしなかった。いまや絶望の一歩手前にまで追いつめられたペラゲアは、異母弟のニコライに連絡した。

ニコライ・ペトロフは、クリヴヤンカの農民の息子としては一廉《ひとかど》の成功をおさめた人物といえた。民警《ミリツィア》の中尉にまで昇進したニコライは、ドンスコイにいちばん近い都会、ノヴォチェルカスク市の民警本部犯罪捜査班に配属されていた。ソヴィエト的考え方からすれば、警察とは民警のことであり、共産主義社会が完全に確立するまで人民が一時的に代行すべきもので、独立した警察機構はブルジョア国家にのみ必要とされる機関ということになる。その民警の一員である三十一歳のニコライにとって、九つ年上のペラゲアは、姉というよりも母親に近い存在だった。青春時代のニコライはボクシングと重量挙げに打ちこみ、建設労働者として働いた。頑丈な体軀と端整な容貌の持ち主であるこのタフな男には、いくつかのきわだった特徴があった。そのひとつは、腕とこぶしに彫りこまれた、半ダースを超える入れ墨で、右のこぶしには彼の妻、ヴァーリャの名前が刻まれ、左のこぶしにはスペード、ハート、ダイヤ、クラブの四枚のトランプが描かれていた。もうひとつは、きちんと整えられた濃いひげで、これは灰色に変わりはじめていた。彼がひげをのばすようになったのは、二、三年前に肌の状態が悪化して、ひげが剃れなくなってからで、いまでは彼は、ノヴォチェルカスクの通りや酒場では、〝ひげ〟で通っていた。

姪が行方不明になったことを知らされたペトロフは、公用車の使用許可を得ると、三十二キロ離れたドンスコイの姉のもとへと車を走らせた。だが、ペラゲアからは、捜査の助けになるような話はほとんど聞けなかった。せいぜい、リュボフィが白いサンダルをはき、服は薄手の夏物で青い色をしていたということくらいだった。いちばん新しいリュボフィの写真は、四年前、彼女が九歳のときに撮影されたものだった。

姪の写真を受けとり、失踪当時の彼女の服装を頭にたたきこむと、ペトロフはドンスコイの街を車でまわりはじめた。やがて彼はリュボフィと同じ学校に通うユーリー・ポポフという少年から手がかりを得た。ポポフによると、彼が土曜の昼すぎに乗ったドンスコイ行きのバスにリュボフィも乗っていたというのだ。二人はマルクスの肖像が描かれた巨大な看板の前でバスを降り、百メートルほど一緒に歩いてから別れた。そしてポポフは医師の診察を受けるためにそのまま道をまっすぐに進んで診療所に行き、リュボフィは角を右に折れて商店へと向かったという。だが、リュボフィが煙草を買いにいったと思われる酒屋や、食品雑貨店の〈あけぼの〉で写真を見せてまわったものの、彼女を見たと言う者は一人もいなかった。季節は夏で、店のなかには遊びや使いにきた子供たちが大勢走りまわったり、出たり入ったりしていたというのだ。だれもリュボフィを憶えていないのも無理はなかった。おまけに、写真は四年も前に写されたもので、しかもリュボフィはドンスコイではなく三キロも離れた村の住人なのだ。だが、ペトロフはもうひとつ手がかりをつかんだ。その日、午後も早いうちにドンスコイを出発するはずだったザプラフスカヤ行きのバスが、この日にかぎって運休していたというのだ。だが、それ以降のリュボフィの足どりは杳《よう》としてつかめなかった。

ペトロフの頭には、すでにいくつかの仮説が浮かんでいた。が、どれもおぞましいものであったため、とりあえず異母姉には話さないことにした。午後のバスが運休になったことを知ったリュボフィは、母親の言いつけを無視してヒッチハイクをしたのではないか——ペトロフはそう推測したのだ。よく晴れた六月の土曜日ともなれば、ドン川の岸辺で水遊びを楽しもうとする人々が、ノヴォチェルカスクやシャフトゥイなどの街から車を連《つら》ねてドンスコイを通りすぎる。リュボフィはそんな車を運転する何者かに、ピクニックか水泳にでも行こうと誘われたのかもしれない。が、そのあと彼女の身に何が起こったかについては、いかなる手がかりも残されていないのだ。民警はドンスコイとドン川の岸辺を結ぶ道路や、その周辺の野原に重点を置いて捜索をはじめた。しかし、何も発見することができなかった。

それから二週間ほどがすぎた六月二十七日、S・A・パルハという名の中年のドンスコイ市民が、庭の囲いの杭《くい》として使えるようなものを探すために、ザプラフスカヤとドンスコイをつなぐ道路と小麦畑のあいだにのびる、せまい林のなかを歩いていた。ロシアには、このような名もない森や林が数えきれないほどあった。労働者国家の人民は、帝政時代のように都市の貧民窟や農奴の村落に押しこめられて窮屈《きゅうくつ》な生活を強《し》いられるべきではない、と考えた革命政府の都市計画者たちが森や林を手つかずのまま残したからである。これらの森林には、〝森〟と〝細長い土地〟という言葉をつなぎ合わせた造語である〝レソポロサ〟という呼び名が付された。しかし、レソポロサは、ボルシェヴィキの実験の多くがそうであるように、当初の構想とは異なる意味を持ちはじめていた。レソポロサは万人ののであるといえばたしかに万人のものであったが、だれのものでもないといえばだれのものでもなかった。かくして、人々はそこをゴミ捨て場として利用するようになったのである。その年の夏、ドンスコイのバス停のマルクスとエンゲルスとレーニンの看板の裏手には、ゴミがうずたかく積みあげられていた。ゴミ捨て場にされることをまぬがれたレソポロサも、たいがいはろくな手入れもされずにほったらかしにされていた。しかも、仕事帰りのくたびれはてた労働者たちが近道として利用するため、踏みしだかれてあちこちに小道ができるようなありさまだった。ザプラフスカヤ＝ドンスコイ道路に沿ってのびる幅四十五メートルほどのレソポロサも、ちょうど背骨のような踏み分け道に貫《つらぬ》かれていた。

その途中の一本のひょろ長いオークの木の下で、繁茂した下生えのなかに、パルハは枯れ葉と土がまばらにかぶせられた骨と肉片を見つけた。彼はもっとよく見極《みきわ》めようと、おそるおそるかがんで眼を近づけた。それは、軟組織がほとんど完全に腐敗分解した、人間の死体だった。頭蓋骨の上部からは、湿った黒髪が一房垂れさがっていた。パルハは林を出ると、五百メートルほど離れたドンスコイの民警分署へ駆けこみ、自分が林で何を見つけたかを知らせた。

死体は裸で、仰向《あおむ》けの姿勢で顔を左に向けて倒れていた。両手は、あたかも何者かから身を守ろうとするように、肩の高さまで上げられている。両膝は三十センチほど離れ、脚はなかば開いていた。肉はおおむね消え失せていたが、茶褐色に変色したわずかばかりの皮膚が、両脚、頭蓋骨、そして両手に残っていた。頭蓋骨から垂れさがる髪の長さと、原形をとどめている耳たぶに開いているピアスの穴から、死体の性別は明らかだった。

死体の状況から考えて、これが殺人事件であることは疑いの余地がなかった。肋骨が二本砕《くだ》けているのは、おそらくナイフを突きたてられたためとみられ、検死の結果、ナイフによる刺し傷が二十二カ所確認された。奇妙なことに、眼窩にも数カ所ナイフによる傷跡があった。つまり、被害者は両眼を抉《えぐ》りとられたものと考えられた。腰骨の周辺に残されたナイフの跡を見ると、どうやら犯人は犠牲者の性器も切りとったらしかった。

ドンスコイの民警はすぐにリュボフィ・ビリュクの一件を思い出し、ノヴォチェルカスクのニコライ・ペトロフに連絡をとった。ペトロフは死体が収容される前に現場に駆けつけた。一見して、死体は姉の娘ではないかもしれない、という希望が彼の胸にわいた。頭蓋骨に残る髪は、姪の髪よりもはるかに黒っぽい。まるで、いいかげんに黒く染めでもしたような色だ。しかも死体は腐敗がひどく進んでいて、六週間は林のなかに放置されていたように見える。リュボフィが姿を消してから、まだ二週間しかたっていないのだ。

ドンスコイの捜査員らは、事件に関心を持つもう一人の重要人物——ミハイル・フェチソフ少佐が到着するまでさらに数時間死体を発見されたときのままにしておいた。ロストフ州民警本部の犯罪捜査部長に就任したばかりのフェチソフは、人口三百万を数えるロストフ州における犯罪捜査の事実上の最高責任者だった。

本来ならば、フェチソフほどの高官が林のなかで死体が一体発見されたくらいで、ロストフ・ナ・ドヌーの州民警本部からわざわざ足を運ぶことはなかった。ロストフ州では殺人事件など日常茶飯事《さはんじ》だったからだ。ソヴィエト政府の公式見解では、犯罪はブルジョア社会に特有の現象であるとされていたため、犯罪統計《スイシチク》は厳重な秘密とされていたが、ロストフ州の殺人事件の件数は年間四百件を超えていた。犯罪捜査官として最高の地位にあるフェチソフが、個々の事件にいちいち直接介入するわけにはいかなかった。だが、現在の地位に就任してまもないフェチソフは、州内の各民警分署にできるだけ顔を出し、彼の手足となって働く部下たちの勤務ぶりを自分の眼で確かめ、犯罪捜査官としての範《はん》をみずから示すよう努めていた。フェチソフは、ときには殺人事件の現場にまる一週間も日参し、地元の分署のテーブルの上で眠り、部下たちと食事や煙草を分かちあい、みずから初動捜査の指揮をとった。政治的には、彼は服従と規律を重んじる保守的な信条の持ち主だったが、法の執行者としては改革の担《にな》い手であり、ある種のプロ意識を民警に植えつけようとする、また植えつけられる世代の代表でもあった。

だが、平均的な人民警官の能力に関しては、フェチソフはいかなる幻想も抱いていなかった。彼はドンスコイからそう遠くないシャフトゥイの街に、炭坑労働者の息子として生まれた（シャフトゥイとは、〝鉱山〟を意味する）。ロシア人の少年少女はどれほど優秀な頭脳の持ち主であろうとも、労働者としての訓練を受けるべきであるという指示をニキータ・フルシチョフが下したのは、フェチソフが高等学校でトラックとブルドーザーの運転を学んでいて、ちょうど卒業を間近にひかえていたときだった。卒業後はしばらく工場で働いていたが、やがて他の青年たちと同じように兵役に服することになった。フェチソフはがっちりとした強健な肉体の持ち主で、おまけに喧嘩早かったから、軍隊ではボクシングをおぼえ、北カフカス軍管区のウェルター級チャンピオンのタイトルまで手に入れた。たまたまその当時の彼の軍隊仲間に、姉が犯罪捜査にたずさわっているという兵士がいて、フェチソフはその女性と文通するようになり、彼女はいつも捜査中の興味深い事件のことを手紙に書いて送ってきた。それを読むうちに、いつしか彼は、自分も犯罪捜査官になりたいと考えるようになっていった。

一九六七年、兵役を終えたフェチソフを、民警は喜んでむかえ入れた。レオニード・ブレジネフの時代、民警とその統轄官庁である内務省の評価はどん底にまで落ちこんでいたうえ、内相ニコライ・シチェロコフの堕落ぶりはあまりに有名だった。一九八二年にブレジネフが死ぬと、汚職のかどで取調べを受けるよりはとシチェロコフは自殺を選んだ。ブレジネフが健在だったころ、その娘婿のユーリー・チュルバノフを内務次官にすえていたこともあって、シチェロコフはわが世の春を謳歌していたのだ。のみならず、チュルバノフもおおっぴらに私腹を肥やしていた。組織の頂点からはじまった腐敗は末端に向かってひろがっていった。ソヴィエトで車を運転する者は、ほとんど例外なくトランクにウオツカの瓶を忍ばせていた。スピード違反で捕まったときのためで、民警の交通係にウオツカを渡せば、罰金を帳消しにしてもらえたのだ。また大都市の住人たちは、農業労働者がバザールで売る農作物が高いのも民警の責任ではないか——すなわち、市場を独占しようとするグルジアやアゼルバイジャンの〝マフィア〟に鼻薬《はなぐすり》をかがされ、かれらが商売をぶちのめしても見て見ぬふりを決めこんでいるのではないか、と疑っていた。また、民警の給与も、地を這うようなその威信をみごとに反映した低水準だった。

こうした背景もあって民警が採用する人材といえば、高等学校から落ちこぼれたあげくに集団農場の作業員などをして糊口《ここう》をしのいできたような者ばかりだった。フェチソフの親類でさえ、彼が民警に勤めれば一族全体が不名誉をこうむると考えていたほどだった。炭坑労働者になってくれたほうがよかった、と親類たちは思っていたのである。

したがって、高等学校を正規に卒業し、ボクシングでチャンピオンの座を勝ちとり、運転免許まで取得しているフェチソフは、民警の採用係に対してかなり強気に出られる立場にあった。そこで彼は、最初から犯罪捜査員として採用し、私服で勤務することを認めてくれるよう要求した。最初は不快の念を示したものの、民警は結局彼の要求を受け入れた。

教育水準と廉直さという点ではいくぶん欠けるところのある同僚たちを尻目に、フェチソフは迅速にそして着実に昇進を重ねていった。一九八二年には、彼はすでに二つの訓練機関で研修を受けていた。しかも、そのうちのひとつはモスクワにある内務省所轄のアカデミーで、その訓練機関としての評価はきわめて高かった。さらに彼は経済犯罪に対応すべく、シャフトゥイの一般市民向けの専門学校で経済学の講座も修めていた。シャフトゥイの署長を勤めあげ、共産党への入党も果たしたフェチソフにとって、〝ノーメンクラトゥーラ〟への仲間入りはもはや夢ではなかった——この新しい事件さえ無事に解決できたならば。

フェチソフもペトロフと同じように、死体は少なめに見積もっても死後一カ月は経過していると考えていた。フェチソフは、死体と身長や性別が一致する行方不明者がいるかどうか調べるよう命じた。さらに彼はシャフトゥイの民警訓練学校から訓練生を動員し、現場周辺の捜索を手伝わせた。

死体発見の翌日、現場近くの茂みをしらみつぶしに調べていた訓練生たちが、白いサンダルの片方と、リュボフィ・ビリュクが買うはずだった煙草、〈ナシャ・マルカ〉の入った黄色いバッグを発見した。これによって死体の身元に関する疑問はすべて消えた。そして三日後、腐敗をまぬがれた皮膚から採取された指紋と、リュボフィ・ビリュクの教科書のビニール・カバーに残されていた指紋が一致することが明らかとなり、死体の身元が正式に確認された。検死官の報告によれば、おそらくこの六月のドンスコイの暑さと豪雨のために、死体の腐敗が急速に進んだのであろうということだった。当然予測されたように、その豪雨によって犯行の痕跡はすべて洗い流されていた。現場からは指紋も糸屑も、いっさい発見されなかった。リュボフィの着ていた服さえも見つからなかった。

ニコライ・ペトロフは、姪殺しの犯人に対する激しい怒りをなんとか抑えようとした。だが、ペトロフの激《げき》しやすい性格は広く知られており、何か早まったことをしでかすのではないかと恐れた上司は彼に、ビリュク事件の捜査から手を引くように言った。ペトロフはザプラフスカヤを訪れ、事の次第をペラゲアに報告した。遺体を見ないほうがいい、と彼は主張し、ペラゲアも結局はその助言を受け入れた。

リュボフィ・ビリュクの死体とそれが発見された場所は、フェチソフに、ペトロフに、事件の捜査にかかわる者全員に、さまざまな謎を突きつけた。まず、リュボフィはなぜ発見現場のような場所で殺害されたのか？　この謎については、検討を重ねた末、一同はひとつの妥当な結論に達することができた。現場はザプラフスカヤに向かって帯状にのびる林のなかで、踏み分け道からは十メートルほど離れており、酒屋からは四百五十メートルほどの距離だった。また、バッグから煙草が発見されたため、リュボフィは酒屋で買い物をしたものと断定された。つまり、買い物をしたあと、バスが運休したことを知ったリュボフィは、二・五キロ離れたザプラフスカヤの村まで歩いて帰ろうとし、その途中で殺害されたのだ。

だが、だれがリュボフィを襲ったのだろうか？　そして、その理由は？　ロシアでの殺人事件は、おおざっぱに二つのタイプに分けられる。殺人の半数近くは、怒りにまかせて家族や友人を衝動的に殺害するというもので、酔ったあげくの犯行というのがその大半を占めていた。

年端《としは》もゆかぬ少女が殺された場合、まっさきに疑われるのはその父親だった。通常であれば、リュボフィの父親にもっとも大きな容疑がふりかかっていたはずだった。だが、リュボフィは自分の父、ヴィクトル・マクシモヴィッチ・ビリュクの顔を憶えていなかった。ちょうど彼女が生まれたころ、ヴィクトル・マクシモヴィッチは酔っ払って実の母親と口論をはじめたあげく、刃物で十五回もめった突きにしたのだ。リュボフィの死体が発見されたとき彼は、現場から六十五キロほど南のロストフ・ナ・ドヌーの刑務所で、十五年の刑期を務めあげる直前だった。

ペラゲアはリュボフィの父とはすでに離婚し、いまでは旧姓のペトロヴァを名乗っていた。一九八二年当時、彼女は同じ国営農場の倉庫で働いていたニコライ・エリョミンという男と暮らしていて、リュボフィもエリョミンを養父と呼んでいた。リュボフィが〈ナシャ・マルカ〉を買いにやらされたのは、ほかならぬエリョミンのためだった。ふつうならこのエリョミンにも嫌疑が向けられるところだが、リュボフィの失踪当日、彼は国営農場で勤務についていて、アリバイを裏づける証人たちにもこと欠かなかった。

ロストフ州の殺人事件の三十から四十パーセントは、計画殺人によって占められていた。こうした殺人の大半は、被害者から金品を強奪することが目的だった。だが、ビリュク事件が家族の犯行である可能性が乏《とぼ》しいのと同様に、これが計画殺人であるとも考えにくかった。リュボフィは、わざわざ殺人を犯して奪いとるほどの金品を所持していなかったのだ。手つかずのまま現場に残された煙草が、犯人の特徴を示す数少ない手がかりのひとつとなった。すなわち、犯人は煙草を吸わない人物かもしれないということである。

それにしても、だれも犯行を目撃せず、不審な物音や悲鳴を耳にしなかったのはなぜか？　林のなかの小道を行き来する人々の数は、一日数十人を下らない。近くの舗装道路を利用する歩行者や車のドライバーの数はさらに多いはずだった。舗装道路から林のなかの小道までは七十メートルほどで、だれかが大声をあげればはっきり聞こえる距離なのだ。それなのに、なぜ目撃者が一人もいないのか？　犯人がこれほど大胆な、あるいは無謀な犯行に踏みきったのはなぜか？　そして、死体に数十もの傷痕が残されているのはなぜなのか？

リュボフィは性的な暴行を受けていたのだろうか？　死体の姿勢と、リュボフィの衣服が剝《は》ぎとられていた事実を考え合わせると、その可能性は高かった。だが、雨に洗い流されてしまったためか、死体から精液は検出されず、性的暴行の有無は確認することができなかった。

一ヵ月後、検死官による詳細な報告書が提出され、謎のひとつが解明された。死体の腐敗があまりに進んでいたために死因は確定できなかったが、リュボフィの後頭部に、ナイフの刃とその柄によるものと思われる傷痕が発見されたのだ。おそらく犯人は、まずナイフの柄で彼女を殴って意識を奪い、次に刀身で刺したのだろう。そう考えれば、彼女の悲鳴を聞いた者が一人も見つからなかったという事実も説明がつく。凶器として使用されたナイフは、刃渡り不明の片刃ナイフであることが判明したものの、それだけではあいまいすぎて捜査に役立ちそうになかった。

この事件は、ロストフ州オクチャブリスキー地区第六一八一号事件と呼ばれることになった。フェチソフはロストフ市へ戻る前に、目撃者もいなければ犯人を示す物的な手がかりもない、このような事件をどう捜査するかをペトロフや他の捜査員らに説明した。捜査員らはまず、容疑者のリストを作成した。十三歳の少女を白昼堂々と林のなかに引きずりこむか、あるいは誘いこんで、二十二回もナイフを突き立てたりするのは、はたしてどのような人物か？　この容疑者リストは、いわば、捜査員らの経験にもとづいた憶測の集積だった。

リストの最上位に位置するのは、被害者の家族と親類だった。リュボフィの実父も養父も犯行とは無関係のようではあるが、家族や親類をきびしく追及するのは捜査の基本である。仮にそのなかに犯人がいなかったとしても、リュボフィにはどんな友だちや知り合いがいたかを明らかにできる。リストに次に現われるのは、ドンスコイとその周辺の住人で、性犯罪の前科を持つ者。その次が、リュボフィの友だち。そして、性的な異常傾向がある、ドンスコイ周辺の精神障害者と続いた。捜査員らはさらに、リストの末尾に非行少年という項目をつけ加えることに決めた。

　リュボフィが自宅に置いていた持ち物を調べた結果、さらにひとつの手がかりが発見された。彼女の姉のナジェジダには、窃盗の罪で服役しているV・I・グベンコという友人があり、たまたまリュボフィと顔見知りだったこのグベンコは、刑務所からリュボフィに宛《あ》てて手紙を送っていたのだ。刑務所を出所したらきみと会いたい、とその手紙には記されていた。もちろん、グベンコが犯人であるはずはない。だが、彼が他の囚人に彼女のことを話した可能性もある。そしてその囚人が、幼い少女に興味を抱く、暴力的な性格の持ち主だという可能性も考えられた。

　リストの二番目の項目からも、一人の容疑者が浮かびあがった。ヴラジーミル・ペチェリッツァ、三十四歳。かつて〝科学的共産主義〟を教える女教師に性的暴行を加え、有罪判決を受けていた。そればかりか、妻の母親に暴行をはたらいたかどで訴えられたことさえあった。ペチェリッツァはドンスコイに近い田園地帯の住人で、菜園の管理をしていた。事件の当日彼は、結核の治療を受けるためにドンスコイの診療所を訪ねていたという。捜査員らは、さらに興味深い事実を突きとめた。ペチェリッツァは、手製のナイフを作る技能を持っていたのだ。

ペチェリッツァの尋問がどれだけ続き、どのような形式で行なわれたかについては、捜査報告書は巧妙に言及を避けている。ある報告書には、尋問を担当したのはほかならぬニコライ・ペトロフであると記録されている。しかし、ペトロフはのちにこの事実を否定している。ソヴィエトにおける尋問の方法は、スターリンの時代からほとんど変わっていなかった。民警の捜査員らは、容疑者に心理的な圧力をかける方法を熟知していた。そればかりか、物理的な圧力を加える方法――つまり、傷痕を残さずに容疑者に暴力を振るう方法も心得ていた。当時のソヴィエトの司法制度では、裁判が確定しないかぎり、容疑者は弁護士の助言を受けることができなかった。

逮捕歴があるペチェリッツァは、おそらくは民警のやり口を身をもって学んでいたのだろう。リュボフィ・ビリュクの殺害に関してどのような尋問を受けたかは、もはや彼は語ることができない。ロストフ市の州民警本部に残された記録によれば、自分に殺人の容疑がかかっていることを知らされたペチェリッツァは、首を吊って自殺したという。

「結核を苦にしていたのかもしれない。細君とうまくいっていなかったのかもしれない」

ペトロフはそう語っている。

悲しいことだが、ロシア人は大仕事には犠牲者が付き物であるという考えに慣れっこになっているのだ。新たな首都、サンクト・ペテルブルクをフィンランド湾に面した凍《い》てついた沼沢地《しょうたくち》に建設するために、ピョートル大帝は数十万ものロシア人を犠牲にした。社会主義国家の建設のために、スターリンは何百万という国民を死に追いやった。そして、ペトロフとフェチソフは知る由《よし》もなかったが、リュボフィ・ビリュクを殺害した犯人の追及もまた、こののち、きわめて大規模な捜査活動――大仕事と化すのである。ペチェリッツァは、その最初の犠牲者だった。

ペチェリッツァの死後、ビリュク事件の捜査は停滞する。ソヴィエトでは、めずらしいことでもなかった。工場で、各省庁で、集団農場で、さまざまな計画が立てられ、命令が公布される。しかし、ソ連ではこうした計画や命令に反対する者はほとんどいなかったものの、あえて実行に移そうとする者もまたほとんどいなかった。それと同じなのだ。十月、ビリュク事件に関する報告書が、ロストフの殺人捜査課長、A・P・フラプノフからフェチソフの執務室に送付されてきた。それは、ブレジネフ時代末期によく見られた、気の利《き》かない官僚的な報告書だった。「現時点においては、本件解決に向けての積極的な活動はなんらなされてはいない」と報告書は述べている。「本件を担当する民警分署には、幹部の組織的捜査運営能力の欠如が見られる」

本腰を入れて捜査を進めよ、と外部から民警に圧力がかかることもなかった。地元の新聞もラジオも、報道せよと命じられたことしか報道しない。しかもそれは、民警は六月十二日の午後にリュボフィ・ビリュクとおぼしき少女を見かけた者を探している、という簡単な告知にすぎなかった。もちろん、リュボフィの隣人や親類は、何者かが彼女を殺害したことを知っていた。だが、かれらは何の影響力も持っていなかった。事件に関する噂が、ドンスコイとその周辺以外に広まることはなかった。

しかし、その秋、思わぬところから捜査陣に圧力がかかることになった。九月二十日、ドンスコイから三十二キロ北西のシャフトゥイの街で、駅の近くを歩いていた鉄道員が白骨化した死体を線路のわきの木立のなかで発見したのだ。検死の結果、死体は死後六週間ないしそれ以上経過していることが判明した。この死体もまた裸で、両手を頭の高さにまで上げ、両脚を開いてうつぶせに倒れていた。骨にはナイフの跡がいくつも残されていて、そのなかには眼窩の傷も含まれていた。だが、死体の身元は確認できなかった。判明しているのは、死体は成人した女性のもので、周辺地域の行方不明者リストにも性別や体形が一致するものがないということだった。

十月二十七日、シャフトゥイから南へ十六キロ、ドンスコイから西へ二十四キロのカザチ・ラゲリアにある軍事基地の兵士が、近くの林に薪を集めに出かけ、そこで白骨化した女の死体につまずいた。死体はうつぶせに横たわり、上から木の枝がかぶせられていた。この死体の骨にも、とくに胸に集中して、ナイフの跡が残されていた。シャフトゥイ近郊で発見された死体と同様に、地元の民警の行方不明者リストにはそれらしい人物が載っておらず、この死体も身元が確認できなかった。

そして、これもまたシャフトゥイの死体や、ドンスコイのリュボフィ・ビリュクの死体と同じように、眼窩にナイフの跡が残されていた。

三体の死体はいずれも女性で、林のなかで発見され、眼がナイフによって傷つけられていた。民警としても、より精力的な捜査を展開せざるをえなかった。十二月上旬、フェチソフ少佐は、十人の犯罪捜査《スイシチク》官で構成する特別捜査班をロストフ市の州民警本部に設置した――三つの殺人事件を解決するために。

2 捜査

ミハイル・フェチソフは、カザチ・ラゲリアとシャフトゥイの駅に近い林で発見された二つの死体は、リュボフィ・ビリュク事件となんらかの関係があるにちがいないとにらんでいたが、この時点ではそれは依然推測の域を出なかった。しかもドンスコイでの捜査も行き詰まりを見せていたため、フェチソフとその補佐官、ヴラジーミル・コレスニコフは、三つの殺人事件を解明すべく編成された捜査班に新しい人材を補充することを決めた。

凍《い》てつくような一月のある日、コレスニコフは州民警本部のロビーで、ヴィクトル・ブラコフという犯罪研究所所属の少尉を待っていた。指紋、弾道分析、足跡鑑定をはじめとする犯罪学の知識に関しては、ブラコフは研究所でも随一のエキスパートだった。コレスニコフは、この人物を捜査陣に加えるつもりだった。

コレスニコフの左手の壁には、前月にめざましい働きを示した民警隊員の顔写真が貼り出されていた。赤いストライプ入りの灰色の制服に身を包んだそれら隊員の姿は、いかめしいうえに堅苦《かたくる》しく見えた。一方、右手の壁には、殉職した隊員たちの名前が刻まれていた。コレスニコフは自分の存在が気づかれる前に、本部に近づいてくるブラコフを観察することができた。エンゲルス通りに面したロビーの入口は二重扉で、マジックガラスがはめこまれており、通りからはロビーの内部をのぞきこむことはできなかったが、ロビーからは外を見通せるようになっていた。

ロビーに姿を現わしたブラコフは、ロシアの冬の寒さから身を守るために着ぶくれするほど着込んでいた。彼は、まるで二つの別個の肉体をつなぎ合わせたような体軀の持ち主だった。身長は百七十三センチほどだが、肩幅が広いうえに胸板が厚く、腕も太い。それは、もっと上背のある男にふさわしい上半身だった。わずかにO脚ぎみの脚は細く、そのせいで上半身ばかりに体重が集中しているように見える。せかせかとした足どりが体格のアンバランスさをよけいに際立たせた。薄くなりかかった黒っぽい髪はもみあげが長く、左の頰にはピンク色のいぼが二つある。全体的な印象は、端整というよりは無骨で剛気という感じだった。ブラコフは三十七歳、たいていのロシア人が仕事でも趣味でもあまり身体に無理をさせなくなる年齢を過ぎていた。だが、彼がいまでも、民警やKGB職員がトレーニングする〈ディナモ・ジム〉で格闘技のトレーニングに余念がないことを、コレスニコフは知っていた。

二人は握手を交わした。ロビーを抜けていったん中庭に出てから、奥の棟にある研究所に入るというのが、ブラコフの通勤経路だった。コレスニコフはブラコフと肩を並べて歩きだした。二人は内密の話をするため、冬のあいだは水が止められている噴水のかたわらで足を止めた。

研究所を離れて犯罪捜査にたずさわる気はないかね、とコレスニコフはたずねた。

コレスニコフの突然の勧誘にも、ブラコフはさして驚かなかった。ブラコフは、コレスニコフが彼の仕事ぶりを高く評価していることを知っていた。ロストフ州民警本部のスタッフのなかで、ブラコフほど充実した学業を修めている者はほかにいないはずだった。彼は内務省所轄のヴォルゴグラード犯罪学アカデミーで四年間学び、数コースもの専門講座を修めていた。アカデミーで犯罪学を修めた捜査員はほかにもいたが、その大半はひとつの講座でしか修了証を取得していなかった。

研究所所員から捜査員への転身を考えたとたん、ブラコフは興奮をおぼえた。犯罪学のエキスパートとして、彼はこれまでに何度となく捜査員らとともに現場検証に立ち会ってきた。だが、ひとたび銃弾や指紋の分析が終わると、そこで彼の仕事も終わる。犯人を追いかけるのは捜査員の役目だった。彼にとって銃弾や指紋の鑑定が目新しいものであった時期は、とうに過ぎていた。ブラコフには新しい目標が必要だった。

ひとつだけ問題があります、と彼はコレスニコフに言った。彼と妻は十年間待ちつづけた末に、民警職員宿舎の空住戸待ちリストの最上位に到達していた。転属によって、空住戸待ちリストの順位がどうなるかを確認したい、とブラコフは言った。スヴェトラーナ・ブラコヴァは快活で辛抱強い性格の持ち主だったが、民警に勤める夫のために、すでに何千ルーブルという収入を犠牲にし、何年にもわたる夫の不在に耐えてきた。このうえ宿舎に入居できない破目になろうものなら、妻は彼を許さないかもしれなかった。

ブラコフ夫妻は、アンドレイとマクシムという幼い息子たち二人と、公式には〈新開地〉と呼ばれるロストフ市の一画の古い住宅を二つに分割した一戸に住んでいた。部屋は三部屋しかなく、暖房装置は石炭ストーブがひとつきりで、水は一ブロック離れた第十二通りの井戸から汲んでこなければならなかった。屋外の共同便所に行くにも、女たちが吊した洗濯物のあいだを通り、ぬかるみやすい小さなトマト畑を抜けなければならないのだ。

ブラコフとその家族が住むこの地区は、巷《ちまた》では〝ナハロフカ〟と呼ばれていた。大ざっぱに訳すならば、〝オンボロ街〟という意味である。実際、この地区は道路には轍《わだち》がきざまれ、舗装ははがれ、下水管には穴があき、路面電車はガタがきていて、そこに、スターリンの第一次五カ年計画の際、ロストフの急速な工業化とともに増加した工場労働者に住宅を供給すべく急造された、上下水道設備のない煉瓦造りや木造の平屋が並んでいるのだ。その後、国から割り当てられた巨額の建設予算によって、ロストフの新しい街区には二十階建ての白亜のアパートが次々に立ち並びはじめた。それらは醜悪なうえに、お粗末な建築技術によって建てられたアパートではあったが、少なくともセントラル・ヒーティングと上下水道だけは完備していた。市当局はかねてから〈新開地〉の家屋《かおく》を取り壊す計画を立ててはいたが、長年にわたる人口流入によってロストフは慢性的な住宅不足に悩まされていて、居住可能な家屋は一戸たりとも利用しないわけにはいかなかった。

ロストフ・ナ・ドヌーの街は、冬季にも氷結しない海を手に入れようとする帝政ロシアの南下政策の産物といってよかった。十八世紀においては、ロシアの南下政策とはオスマン・トルコの領土を奪うことを意味した。黒海北岸の土地を支配下におくために、ロシアはトルコを相手に四度にわたる戦争をくり返した。黒海沿岸がいまだトルコの支配下にあった一七四七年、ロシア人はドン川の右岸、河口から四十キロさかのぼった防御しやすい高地にロストフを建設した。その当時ロストフは、ロシアの版図《はんと》内ではもっとも不凍港に近い街だった。それから一世紀半にわたって、ロストフはユダヤ人、アルメニア人、ギリシア人などの少数民族が集団で居住する、国際色豊かで猥雑なエネルギーに満ちた河港都市として発展していった。二十世紀はじめのある調査によれば、この街の娼館は十九を数えたという。

ロシア革命とスターリン主義はしかし、この街の持つ風変わりな魅力をあらかた奪い去ってしまった。その後ロストフは、南ロシアにひろがる大草原《ステップ》にトラクターを供給する工業センターとなり、ただひとつのメインストリートと百万近い人口を持ち、レストランの数よりも記念碑のほうが多い、典型的なソヴィエト型都市となった。エンゲルス通りの一方の端ではレーニンの巨像があたりを睥睨《へいげい》し、通りのもう一方の端——かつて女帝エカテリーナの銅像があった小さな広場にはこれまたひときわ大きなマルクスの像が立った。そして〈ロストセリマシ〉という名のトラクター工場の外には台が設置され、その上には工場の百万台目の製品であるオレンジ色のトラクターが鎮座した。

ヴィクトル・ブラコフは、最初から都市に住んでいたわけではなかった。彼は中部ロシアにあるボルシェヴィキという名の集団農場で農民の息子として生まれた。彼が生まれたのは第二次大戦の直後、ちょうど農村の住人が食糧不足と生活苦にあえいでいた時代だった。ブラコフはいまでも、じゃがいもから作ったパンの味を覚えていた。都市の労働者に食糧を供給するために、政府がすべての農民から穀物を徴発したため、冬のあいだ彼の家族は自宅の庭のちっぽけな自家用の畑で穫《と》れるじゃがいもで飢えをしのがねばならなかった。トラクターも農耕用の家畜もないために大鎌で小麦を刈り、車輪型の大きな鋤《すき》を押して畑を耕す父の姿は、いつまでも彼の眼に焼きついていた。集団農場にコンバインが導入された日のことを、ブラコフは決して忘れなかった。その日彼は、父の運転するコンバインに乗せてもらったのだ。それは、彼の少年時代の最良の一日だった。妹たちのうちの二人は、猩紅熱《しょうこうねつ》と百日咳《ひゃくにちぜき》で幼くして死んでいた。ブラコフも両方の病気に感染したが、なんとか生きのびた。

　彼が六歳のとき、父のヴァシリーは家族を連れて、凍てつくサハリンの炭鉱町へ引っ越した。炭坑労働者の仕事は悲惨きわまりなく、みすみす寿命を縮めるような重労働だった。坑内には粉塵が充満し、月間ノルマを達成しようと急ぐあまりに安全措置がなおざりにされることもめずらしくなかった。だが、スターリン時代には、炭坑労働者は集団農場の農業労働者よりも数ルーブルだけ余分に稼ぐことができた。ブラコフとその家族は、それから十年近くをサハリンですごすことになった。エカテリーナ・ブラコヴァは、朝から夕方まで地元の学校でボイラー係を務めた。ヴィクトル・ブラコフは、薪を割り、水を汲み、生き残った妹たちの面倒をみながら少年時代をすごした。妹たちの食事をつくり、その髪を編み、服にアイロンをかけるのが彼の仕事だった。妹たちに食事を与え、床の拭き掃除をすませると、ブラコフは母親の帰りを待った。彼が外に遊びに出られるのは、疲れた足を引きずってボイラー室から戻ってきた母親が、「ごくろうさま、ありがとう」と言ってくれたあとだった。後年、家の手伝いをすませたあとに母親がかけてくれたねぎらいの言葉を思い出すたびに、ブラコフの目頭《めがしら》は熱くなるのだった。

湿度が高いうえに、凍てつくようなサハリンの気候のせいで母親が健康をそこない、一家はロシア中部の集団農場に戻ることになった。ヴィクトル・ブラコフが十五歳のときだった。彼はそこで中等学校を卒業し、アメリカのハイスクールにあたる学校へと進んだ。学校はセフスクという二十四キロ離れた町にあり、道路がまだ雪とぬかるみに閉ざされない初秋までは、彼は村から自転車で通学した。冬のあいだは学校の寮に寝泊まりし、父親は息子の寮費の代わりとして学校にじゃがいもを供出した。ブラコフがそこで学んだのは、トラクターやコンバインの運転とそのメンテナンス技術だった。それがその学校で学べる最も高度な技術だった。

ブラコフは、のみならず、喧嘩のやり方も学ぶことになった。当時、ロシアの農村の少年たちは、自分の身を守る方法を身につけねばならなかった。地中海文化圏で告解火曜日《マルディ・グラ》が祝われる四旬節《レント》の前夜になると、公式には無神論者であるはずのロシア人たちもまた、ロシア正教会の祝日である謝肉祭《マスレニッツァ》を祝った。この祝日にはブリニと呼ばれるパンケーキがふるまわれ、〝ステンカ・ナ・ステンク〟――すなわち〝目には目を〟と呼ばれる集団での殴り合いが行なわれた。村の少年や男たちが野原に集まり、近隣の村から来た同じ年格好の相手とおのおの殴り合いを演ずるのだ。この殴り合いはどちらか一方が屈服するまでつづき、けりがつくと、敵味方が一緒になってウオッカをまわし飲みした。素手で殴り合うことが決まりになっていたため、死人が出ることもなく、民警もおおむね見て見ぬふりをしていた。とはいうものの、鼻が折れたり、眼のまわりにあざができたりするのは毎度のことだった。村と村のあいだでの殴り合いはむろん、ときには偶発的に生じることもあった。たとえば、ある村の若者が別の村で開かれたダンスへ出かけて、土地の娘のハートを奪ったりしたら、まずただではすまなかった。農場での力仕事とサハリンの冬に鍛えられたヴィクトル・ブラコフは、どんな殴り合いにもすすんで飛びこんでいった。ブラコフは喧嘩ではつねにめざましい健闘ぶりを見せたため、近隣の村々の顔見知りたちは彼を自分たちの陣営に引きこもうとするのだった。のちに、この〝ステンカ・ナ・ステンク〟の殴り合いは、ブラコフにとって懐かしい思い出となった。

　その後もブラコフは、あいかわらず過酷な運命にさらされつづけた。十八歳の誕生日をむかえた一九六四年、彼は国家から与えられた教育の代償として、中央アジアで二年のあいだ開拓者として働かされることになった。ロシア人が〝処女地〟と呼ぶ、中央アジアの大草原《ステップ》を耕作地として切り拓《ひら》く計画をニキータ・フルシチョフが打ち出したためである。何百年ものあいだこの土地で放牧生活を送ってきた中央アジアの遊牧民たちは、自然が与えてくれる以上のものを大地に求めようとはしなかった。だがフルシチョフは、より多くの収穫をステップから得ようと目論《もくろ》んだ。ソヴィエトの食糧自給のカギを握るのは、この中央アジアのステップなのだ。党は何万人もの若者をステップに送りこむことを決めた。ヴィクトル・ブラコフは、ほとんどが彼よりも年長である十六人の青年たちとともに、一棟のバラックで暮らすことになった。食糧と水は百五十キロ離れたいちばん近い開拓村からトラックで運ばねばならなかった。補給システムがとどこおると、たちまち青年たちは飢えと渇きに苦しんだ。ブラコフは暑く乾ききった夏には大地を耕し、寒風の吹きすさぶ冬には農機具の修理に追われた。

バラックでは、年上の者が年少者たちに掃除、料理、水汲みなどの雑用を強要した。ブラコフは自分の割り当てをこなすことに異存はなかったものの、下僕として使われることだけはプライドが許さなかった。彼は自らのプライドをこぶしによって守らねばならなかった。

〝処女地〟での二年を終えると、ブラコフは休む間《ま》もなく兵役につかされた。陸軍での生活はさらに苛酷だった。トラクターの運転ができる兵士は、収穫の手助けをするために集団農場へと駆り出された。陸軍には、古参兵が新兵に靴をみがかせたり、厨房作業や便所掃除などの当番を押しつける、〝デドフシチナ〟と呼ばれるしごきがあった。ブラコフは、またしてもプライドを守るためにこぶしを振るう破目となった。

陸軍を除隊したとき、彼は二十二歳だった。少年時代をすごしたボルシェヴィキ集団農場はトラクターの運転手を必要とせず、ブラコフとしても畑仕事をやるつもりはなかった。

彼はブリャンスクの街に移り住み、製鉄工場でトラックとブルドーザーの運転手として働いた。そして、ダンス・パーティーで知り合ったスヴェトラーナと結婚し、縦横がともに三メートルしかないために〝三×三〟と呼ばれていた、狭苦しい部屋を借りた。部屋は暖房もろくに効かず、冬場などは、朝目を覚ますと床が霜でおおわれていることさえあった。

ブラコフの職務に対する精励ぶりは、ほどなく党の注目するところとなった。彼は工場がもっとも優秀な労働者に与えるメダルを獲得し、職長に昇進して自分よりも年長の労働者たちを監督するようになった。入党の推薦も受け、一九七一年には党員となった。そして、夜間には工場内の技術学校で勉学に励《はげ》んだ。ブラコフはさまざまな点で、新聞、映画、テレビなどを通じて党が絶えず宣伝に努めてきた若者の理想像——すなわち、国家の援助のもとにプロレタリアートから身を立て、同志たちの尊敬を勝ちとり、ソヴィエト連邦に忠誠をつくし、共産主義の建設に貢献するブルーカラー労働者の理想を体現していた。

一九七二年、ブリャンスクの党地区委員会にモスクワの党本部から一通の指令が届いた。党の政治局は民警の改革に着手する方針を固めたのだった。それは、あらゆる工場ならびに集団農場の党委員会はもっとも優秀な青年を説得して民警に身を投じさせるべし、という通達だった。

ブリャンスクの製鉄工場の党委員会は、ヴィクトル・ブラコフに白羽の矢を立てた。委員会はブラコフを党の事務局に呼び出すと、彼にこの義務を託したいと告げた。

ブラコフは固辞した。彼は民警になるつもりなど毛頭なかった。しかも、民警の初任給は月額わずか九十五ルーブルなのだ。ソヴィエトでは、熟練労働者の賃金がもっとも高額だった――医師や教師よりも、そして、建前としては政治家よりも（しかし現実には、政治家のような〝役得《ブラット》〟がともなう役職には公用車や屋敷などが提供され、金銭面以外で大いに優遇されていた）。職長を務めるブラコフの月収は、工場が生産割当てを達成したときには、四百ルーブルにもなった。民警の収入は工場賃金の四分の一にも満たず、おまけにブラットもほとんどなかった。

だが、ほどなくブラコフは、この件に関しては選択の余地がないことに気づかされた。工場の党委員会は態度を変えず、毎日のようにブラコフを呼び出しては、こう告げるのだった――きみは党員だ。党員たる者は、党が要求する義務を果たさねばならない。ブラコフはそこに脅迫の響きを感じとった。もしこのまま党の意向に逆らいつづけたならば、もはや推賞を受けることも、メダルを与えられることもないだろう。いや、それどころか、勤務ぶりにまで難癖がつけられるだろう。そうなれば、この職場にとどまることは不可能になる。屈服するよりほかに道はなかった。

何カ月かの一般的な基礎訓練を受けたあと、彼はパトロールに出た。当初は彼も、市民は民警の制服に敬意を払うものと信じていた。だが、ある晩のこと、彼は現実がその正反対であることを思い知らされた。その晩彼は、レストランで喧嘩の仲裁に入った。彼は先に手を出した男を押さえ、逮捕しようとした。が、次の瞬間、ブラコフは床にたたきつけられていた。野次馬たちの顔には同情の色はまるでなく、だれも彼を助け起こそうとはしなかった。逮捕しようとした男が、サンボと呼ばれるソヴィエトの格闘技の達人であることを彼が知ったのは、しばらくしてからだった。

ブラコフは拳銃も警棒も携帯していなかった。逮捕しようとした相手に床に這いつくばわされ、彼は屈辱をおぼえた。そしてすぐに立ち上がったものの、数秒後にはまたしても床にたたきつけられた。二度目に立ち上がったときには、制服はずたずたに裂けていた。ブラコフはさらに三たび床にたたきつけられた。それでも彼は四十分にわたって闘いつづけ、最後には逮捕にこぎつけた。

この事件のあと、ブラコフはヴォルゴグラードに新設された犯罪学アカデミーに派遣された。このアカデミーは、民警刷新の努力を示すためにソヴィエトが準備したショウケースだった。ロシア共和国のみならず、キューバ、東欧諸国、ソヴィエト連邦内の他の共和国からも受講者が集まった。ブラコフは講義の合間をぬって、サンボのトレーニングに励んだ。当時彼はすでに二十八歳で、〈スポーツ・マスター〉のタイトル取得や、国際大会への出場をめざせる年齢ではなかった。しかし彼は、一日に二度のトレーニングを決して欠かさなかった。ブラコフは、頑固に敗北を受け入れない、負けず嫌いとして名前を売った。手術が必要と思われるような怪我を膝に負ったときでさえ、マットをたたいて降参することをいさぎよしとせず、そのまま激痛をこらえて試合を続けた。

アカデミーの講座を修了したあと、彼はロストフに配属された。ブラコフの育った環境は彼を、多くの点で典型的なロシアの男に仕立て上げた。彼は肉体的な強健さに誇りを抱き、同僚たちと協同して仕事を進めることに喜びを見いだし、同情と哀れみの心を持つことも、必要とあれば情け容赦のない態度をとることもできる男だった。ブラコフの勤勉さは両親の教育によって育《はぐ》くまれたもので、その性格ゆえに彼は同僚たちから一頭地《いっとうち》抜きんでた存在となっていた。のみならず彼は、ひとつの仕事の完遂を見とどけたいというほとんど強迫観念にも等しい欲望と、ひとたび手がけた仕事を途中で放りだすことを自分自身に許そうとしないプライドの持ち主でもあった。

一九八三年三月、犯罪捜査班への転属のいかんにかかわらず民警職員宿舎への転居を保証する旨《むね》の通知が、職員宿舎管理委員会からブラコフのもとに届いた。ブラコフはただちに研究所から中央棟三階のみすぼらしいオフィスへと席を移した。中央棟でもっとも広いその部屋は、〝ギリシア神殿〟と呼ばれていた。八人の捜査員が使い古しの机を並べる〝ギリシア神殿〟では、レーニンの肖像画がいかめしい表情で一同の働きぶりを見守っていた。この八人が、特別重大犯罪捜査課といういかにもお役所的で仰々《ぎょうぎょう》しい名前で呼ばれる集団の中枢メンバーだった。かくしてブラコフは、捜査員たちがレソポロサ連続殺人と呼ぶこの事件の捜査に着手した。

〝神殿〟に落ち着いたブラコフは、まずリュボフィ・ビリュク事件と林のなかで発見された身元不明の白骨死体に関するファイルに目を通した。この三月の時点では、身元が確認された死体、すなわちリュボフィ・ビリュクと、身元不明の三体の白骨死体が発見されていた。新たに発見された一体は、一月にシャフトゥイの駅にほど近い場所で見つかったものだった。リュボフィ・ビリュクや他の二体の身元不明の死体と同様に、第四の死体の眼窩にも、ナイフのものと思われる刺し傷が残されていた。検死解剖の結果、この死体は死後六カ月が経過していることが判明した。死体の軟組織はまったく残っておらず、女性の死体であるという結論は、現場付近の捜索によって女ものの衣服が発見されたことと、骨格から割りだされた身長が百五十七センチの短軀だったことなどの間接的な証拠から導きだされたものだった。死体は死亡当時十五歳から十九歳の少女のものと断定された。

民警はこれら四体の死体を殺人事件の犠牲者として扱っていたが、四つの事件の関連性については公式な断定を避けていた。だが、ブラコフをはじめとする捜査員たちは、眼窩の傷痕から考えて同一の犯人、それもまずまちがいなく男の犯人による犯行と考えていた。ブラコフの経験では、被害者の眼にわざわざ傷をつける殺人犯はほとんどいなかった。生殖器に損傷を加えるケースのほうがはるかに多い。四体の死体はほぼ同じ地域で発見され、同じ年に殺され、しかもいずれも眼に傷を負っていた。同一の犯人の仕業だと考えてまちがいなかった。ブラコフの頭には古いロシアの迷信が浮かんでいた。それは、殺された人間の眼には殺人者の姿が焼きついている、というものだった。ことによると犯人はその迷信を信じていて、証拠湮滅《いんめつ》のために犠牲者の眼球を抉《えぐ》り出したのかもしれない。あるいは、犯人はただ単に被害者の眼を直視することができなかったのかもしれない。もしそうだとすれば、犯人は殺害する前に被害者と相対していることになる。また、リュボフィ・ビリュクの死体に残された傷は、犯人が数十回にわたってナイフを振るったことを示している。ことによると犯人は、良心の呵責ぬきに被害者の眼を見ることができない、まだ未熟な十代の少年かもしれない、とブラコフは考えた。しかし、逆に、犠牲者に苦痛を与え、血を流すことに快感をおぼえるような、倒錯した心理を持った大人かもしれない。

　死体が四体も発見されたせいで、民警は少女が行方不明になったという報告にそれまで以上の注意を払うようになった。このときフェチソフとコレスニコフの手もとにも、そのような報告書が一通届いていた。少女の名はオリガ・スタルマチェノク、年齢は十歳。一九八二年十二月十一日、オリガはピアノのレッスンからの帰り道で姿を消した。オリガが住んでいたノヴォシャフチンスクの民警は、彼女の行方を探しあてることも、その姿を目撃した者を見つけ出すこともできずにいた。フェチソフとコレスニコフは、ビリュク事件と三体の死体に関する捜査は他の捜査員にまかせ、ブラコフの初仕事としてノヴォシャフチンスクでのオリガ捜索の指揮を一任することに決めた。

　ノヴォシャフチンスク（訳せば、〝新しい鉱山町〟となる）は、ロストフから北へ約六十五キロ、州内でも屈指の炭鉱地帯の真っただなかに位置する。雪解けとともに集団農場の畑からも土が顔をのぞかせ、小麦やひまわりの蒔《ま》きつけの時期もすでに間近に迫っていた。ゆるやかな起伏を描いて延々と続く畑を横目に、ブラコフはノヴォシャフチンスクへと車を飛ばした。街はずれには、エジプトのピラミッドよりも巨大なボタ山が、あたかも歩哨のようにいくつもそびえ立っていた。ときにはこうしたボタ山に火がつき、街の空が刺激臭に満ちた黒い煙で覆いつくされることもあるということだった。人口十万を超えるノヴォシャフチンスクの街は、しかし、村落の集合体と呼んだほうがよかった。炭坑のひとつひとつが、複数の集落に取り囲まれているのである。街の住人たちは、ブラコフの家に似たつつましい一戸建てや、ロストフに新たに立ち並びはじめたような高層アパートで暮らしていた。どの家、どのアパートのすぐそばにも空き地があり、そこにはボタ山がそびえていた。

ブラコフは、レーニン通り五二番地のザーリャ・ホテルにチェックインした。このノヴォシャフチンスクで唯一のホテルを出て角《かど》を曲がったところが、地元の民警署だった。彼が泊まる二一号室は、ハエが飛びかう悪臭に満ちた共同トイレを通りすぎ、薄暗い廊下を進んだ先にあった。一階には、通りに面した炭坑労働者相手のカフェテリアとシャワー・ルームがあった。

翌朝、地元の民警隊員が運転する車に乗って、ブラコフは街の北のはずれにあるスタルマチェノク家へと向かった。行方不明の少女の家は、共産党の機関紙にちなんでプラウダと名づけられた未舗装の通りにあった。オリガの両親はともに炭坑で働き、妻のナターリャは機械工、夫のアントンは営繕《えいぜん》係だった。夫妻はアントンがみずから建てた家で暮らしていた。台所と居間と寝室しかないちっぽけな家だったが、贅沢品と呼べるものがひとつだけ置かれていた――ピアノである。

ナターリャは金歯の目立つ黒っぽい髪の太った女性で、色あせた木綿の服を着て汚れた素足のまま家のなかを歩きまわっていた。眼尻のしわから、三十五歳くらいかとブラコフは推測したが、実際はそれよりも七つ若かった。彼女は十八歳でアントンと結婚し、十九歳の誕生日をむかえる前に最初の子供であるオリガを産んだ。ブラコフの訪問を受けたときには、彼女はすでに地元の民警から事情を聞かれていた。彼女は民警には侮蔑の念しか抱《いだ》いていないように見え、ブラコフへの受け答えにも投げやりで見下すような態度がうかがわれた。

オリガはごくふつうの娘でした、とナターリャは話しはじめた。何か並はずれた才能があるわけでもなく、とくに変わった趣味もありませんでした。ええ、親の言いつけをよく聞く娘でした。学校の成績も悪くありませんでしたし、本を読むのが好きでした。音楽の先生になりたい、とよく言っていました。そうです、それでわたしたちは、こんな炭鉱町を出てどこかで音楽の仕事につけるように娘を励《はげ》ましたんです――母親はそう語った。オリガの両親はどちらもピアノは弾《ひ》けなかったが、娘のためにピアノを買い入れた。オリガは六歳のころから、学校の授業を終えたあと、街の中心部にある音楽学校で週二回のピアノのレッスンを受けていた。最初の三年間は両親のどちらかが音楽学校まで娘の送り迎えに出かけていた。だが、音楽学校までは片道で一時間もかかるうえに、バス代もばかにならなかった。しかもスタルマチェノク夫妻は、炭坑での仕事のほかに、四歳になる次女の面倒もみなければならなかった。こうして一九八二年の夏から、夫妻はオリガをひとりでピアノのレッスンに通わせることにした。もっとも、アントンは娘をかならずバス停まで迎えに行き、オートバイのサイドカーに乗せて家に連れて帰ることにしていた。

見ず知らずの人には用心しなさい、とスタルマチェノク夫妻が娘に言い聞かせたことは一度もなかった。無理もなかった。情報公開《グラスノスチ》以前のソヴィエト社会では、新聞もテレビも特定の個人を狙った犯罪、ことに子供を狙った犯罪に関しては口を閉ざしていた。そのような犯罪は、ソヴィエト政府の公式見解によれば、社会主義国家ではなくブルジョア国家に特有のものなのだ。報道の対象となる犯罪は、かならずと言っていいほど経済犯罪——〝貪婪《どんらん》という名の資本主義の病《やま》い〟に冒された人間による犯罪だった。経済犯罪の犯人たちの逮捕と処罰は、いわば、ささやかな教訓劇だった。

したがって、精神医学的な障害から人間が幼い少女に暴行を加えるという事態など、ナターリャ・スタルマチェノクのようなソヴィエト市民に想像できるはずがなかった。スターリン時代以来、共産党は国内のマスメディアに清教徒的な禁欲主義を強制してきた。一般市民の目にふれる書籍や雑誌に、セックスに関する記述が載ることはまずほとんどなかった。映画でも、キスよりもあからさまな場面がスクリーンに映し出されることはなく、性的に堕落した殺人者が一般向けのエンタテインメントに登場することなどは考えられもしなかった。ソヴィエトのマスメディアの言うことを額面どおりに受けとめるならば、この国の子供たちは年長者からいつも思慮に満ちた助言と愛情を寄せられていたことになる。学校の新設やスイミング・プールの開設がニュースになるとき、編集者たちがかならず報道写真に添えるスローガンがあった。——いわく、「子供はわが国で唯一の特権階級である」

ソヴィエトの文化は子供たちを、年長者はみんな家族と同様に考えるように教育してきた。その観点から考えると、ロシア語という言語はそれ自体がきわめて象徴的だった。ロシア語では、英語とは異なり、子供たちは見ず知らずの大人たちに対しても、おじさん、おばさん、おばあさんと呼びかける。ナターリャ・スタルマチェノクは、娘をこうした精神に則《のっと》って育ててあげたのだ。

ナターリャの話によれば、オリガが姿を消した晩、彼女は七時までに家に戻ることになっていたという。七時になっても娘は戻らなかったが、彼女の両親はとくにあわてなかった。バスはよく故障し、遅れるため、夜の九時になってようやくレッスンから帰ってくることさえあったからだ。もしかすると友だちの家に遊びにいっているのでは、と彼女の父親は考えた。じめじめとした冷えこむ夜だったが、彼はオートバイにまたがると、娘の友人たちの家を次々に訪ねてまわった。

時計の針が午後十一時を指すころには、スタルマチェノク夫妻は恐慌を来《きた》しはじめていた。アントン・スタルマチェノクが近所の家々を訪ね歩く一方、ナターリャはバスをつかまえて、街の中心部のレーニン通りにある音楽学校へと向かった。音楽学校の古めかしい黄色い建物のすぐ前でバスを降りたとき、彼女は近くに二人の民警の姿を認めた。

「娘がいなくなったんです、とその二人にわたしは言いました」ナターリャは言った。「警官たちはただ笑って、署に行って届けを出すように、と言うんです。それで、わたしは署まで行きましたが、警官たちは、娘さんは友だちの家に遊びにいっただけだろう、と言うばかりでした」ナターリャ・スタルマチェノクは、オリガが失踪した晩にノヴォシャフチンスクの民警が見せた無頓着な対応ぶりを、いまもって許せないようだった。

彼女の非協力的なそっけない応対は、ブラコフの期待を裏切るものだった。彼はナターリャを通じて新しい情報を手に入れ、それをオリガの捜索に役立てようと目論《もくろ》んでいたのだ。ブラコフは、ナターリャが話を渋《しぶ》るのは、民警が冷淡な対応を見せたからではなく、そもそも彼女自身が子供に無関心な母親であるか、あるいは炭坑での仕事のせいで心身ともに疲弊しきっているためだろう、とみた。もし仮に彼自身の子供が行方不明になったら、思い出せるかぎりの情報を細大もらさず民警に提供するはずだからだ。いずれにせよ、彼は地元の民警が十二月に得た以上の情報を、ナターリャ・スタルマチェノクから聞き出すことができなかった。オリガの捜索に役立つような新しい手がかりは、何ひとつ得られなかった。

ナターリャ・スタルマチェノクには話さなかったものの、ブラコフはオリガはもはや生きてはいまいと考えていた。オリガが姿を消した三日後、ノヴォシャフチンスクの民警は彼女の写真入りのビラを街じゅうに貼ってまわった。学校で撮影されたその写真には、髪をうしろで束《たば》ね、白いリボンで押さえた、制服姿の愛らしい少女が写っていた。地元のラジオと新聞を通じて、オリガが行方不明であること、そして、十二月十一日の夕方にレーニン通りで彼女を目にした人を民警がさがしていることが報道された。その時間帯のレーニン通りは、仕事を終えて家路につく人々や買物客でごった返していたにもかかわらず、彼女を見たと名のりでる者はひとりもいなかった。民警は音楽学校周辺の家々をしらみつぶしに訪ね、近くで働いていた人やそのあたりをよく通りかかる人々から話を聞いてまわった。だが、オリガを見た目撃者をさがし出すことはできなかった。ついには警察犬まで駆りだしてみたものの、彼女の匂いをたどることはできなかった。

オリガ・スタルマチェノクの失踪のニュースがノヴォシャフチンスクの街に広まってから数週間後に、捜査当局はきわめてあやふやな手がかりをつかんでいた。オリガの両親のもとに、ノヴォシャフチンスクの消印がある一枚の葉書が届いたのだ。その葉書には子供っぽい、おぼつかなげな字で、娘を見つけたいなら街の南西のはずれにあるダリェフスキーの森を捜してみろ、という文章が鉛筆で書きつけられていた。気味の悪いことに、葉書の送り主は、〝われわれ〟は来年のうちに十人の少女を誘拐して殺すつもりだと予告していた。オリガがその最初の犠牲者だ、というのだ。葉書の署名は〝サディストの黒猫〟とあった。

ブラコフがノヴォシャフチンスクに到着したときには、地元の民警はすでにダリェフスキーの森を徹底的に捜索していた。だが、何も発見されなかった。これまでに四人、いや、おそらくは五人の少女や娘を、いかなる手がかりも残さずに殺害した犯人がこの〝黒猫〟であるとは、ブラコフには信じられなかった。〝黒猫〟が書いた文章には文法的なまちがいが見られるうえ、その内容はおよそ支離滅裂だった。犯行の手口から見て、犯人はこんな幼稚な葉書とは対照的な、狡猾《こうかつ》きわまりない男のはずだ。しかもノヴォシャフチンスクでは、ほとんどだれもがオリガの失踪を知っていた。とくに事件について詳しく知っていなくとも、こうした葉書はだれにでも書けるだろう。葉書はオリガの失踪とはまったく関係のない狂人か、心のゆがんだ者のいたずらかもしれない。が、ブラコフらが得た手がかりといえば、その葉書だけだった。ブラコフは葉書を筆跡鑑定にまわすことにした。

やがて、ついに、オリガ・スタルマチェノクが発見された。が、発見したのは民警でもなければ警察犬でもなく、場所もダリェフスキーの森ではなかった。発見者はノヴォシャフチンスクの北東のはずれ、オリガの通っていた音楽学校から五キロ離れた第六集団農場のトラクターの運転手だった。四月十四日、春の植えつけにそなえて、ゆるやかに起伏する麦畑をトラクターで耕していた彼は、トラクターの犂《すき》が掘り返した、湿気を帯びた黒い大地にころがっている何か小さくて白っぽいものに気づいた。

ちょうどその週から、ヴィクトル・ブラコフはロストフの〝ギリシア神殿〟に戻ってデスクワークに励《はげ》んでいた。第六集団農場から通報が入ると、ノヴォシャフチンスクの民警はただちにブラコフに連絡した。ブラコフは急遽《きゅうきょ》現場へと向かった。

車がノヴォシャフチンスクの市街に到着し、音楽学校を通りすぎて第六集団農場へと向かうにつれ、ブラコフは、犯人が被害者を連れてこれほどの距離を移動したということに内心驚きを禁じえなかった。音楽学校から最短距離で麦畑に行ったと仮定しても、犯人はまずレーニン通りを三キロも被害者を連れて移動したことになる。三キロほど行くと市街地がとぎれて農耕地帯に入り、アパート地区のまわりのぬかるみだらけの空き地も草深い野原へと変わる。犯人はそこでレーニン通りを右に折れ、トラクターの通り道によって二分されている空き地を抜け、その先の未舗装の道へと向かったにちがいなかった。死体が発見された麦畑は、その道の片側にひろがっていた。犯人はじめじめした寒い夜に、人けのない、轍《わだち》の掘られたその道をさらに五百メートルほど進んだ。それから高圧電線の鉄塔の近くで左に曲がり、畑と道のあいだをさえぎる幅数メートルほどの林を抜け、畑の泥のなかを高台の上まで約百四十メートル登った。そこからは、東に集団農場の施設が、北には炭坑の昇降装置が、どちらも八百メートルほど離れたあたりに見える。犯人はそこに死体を棄《す》てたのだ。ブラコフが現場にたどり着いたときには、彼の靴はすっかり泥まみれになっていた。

民警での十一年におよぶ勤務のあいだに、ブラコフは何百という死体を目《ま》のあたりにしてきた。だが、十代の少女の死体を目にしたことは数えるほどしかなかった。そして、オリガ・スタルマチェノクほど無惨に傷つけられた死体を見たことは一度としてなかった。この事件でこれまでに発見された死体はいずれも腐敗が進んでいたが、冬のあいだに降りつもった雪のために、オリガの死体は生前の面影をとどめていた。

彼女は他の被害者と同じように裸だった。白い肌は青味がかって、体内で凝固した血液のせいで少し黒ずみ、湿った黒い土があちこちに付着していた。頭蓋、胸、腹部は鋭利な片刃の刃物によって数十回にわたって突き刺され、引き裂かれていた。犯人は狂乱状態にあったらしく、被害者の胸部は大きく切り裂かれ、心臓と両肺が抉《えぐ》り取られていた。心臓の一部はくりぬかれた胸の右隅に置かれ、肺の残存部分は本来なら心臓があるあたりに押しこめられていた。性器はくり返し何度も突き刺されており、会陰部は切除されている。驚くべきことに、犯人は被害者の腸の下半分と子宮をあとかたもなく剔出《てきしゅつ》していた。ブラコフは自らを叱咤《しった》して、顔の様子を確認した。眼球は腐敗によって失われていたが、眼窩には筋状の傷痕が残されていた。

もはや疑いの余地はなかった。彼が追いかけているのは、ひとりの連続殺人犯なのだ。

職務中に死体を目にしたとき、ブラコフの胸にわきあがる感情には二種類あった。法執行者のブラコフにとって大半の死体は、新たなチャレンジを意味した。そしてチャレンジは彼の大いに望むところだった。めったに人に明かさないことではあったが、殺人事件の捜査にあたっているときに、彼はしばしば高揚感をおぼえた。もちろんそれは、おだやかで抑制の効いた高揚感だった。殺人事件によって彼の気力は充実し、意識も研《と》ぎすまされ、出勤の足どりも軽くなった。しかしときには、死体の様子から、もしこれが自分の家族や知人だったらと思うこともあり、すると彼は悲しみをおぼえ、気持ちが落ちこむのだった。ブラコフはいま、この矛盾する二つの感情を同時に胸に抱いていた。被害者であるこの少女は、彼の下の息子、マクシムの同級生であってもおかしくない年齢なのだ。

トラクターの運転手は、被害者の身元を明確に示す証拠も掘り起こしていた。死体から五十メートルほど離れたあたりで、彼はロシアの子供たちが学校でよく履《は》くような冬物の上履き、服、そしてオリガ・スタルマチェノクの名前が書きこまれた音楽のノートを見つけたのだ。麦畑から去る途中、おそらく犯人はそのあたりでいったん足を止め、靴や衣服を土のなかに埋めたのだ。

ロシアの警察官は大半が、連続殺人犯を相手に捜査を進めた経験がほとんどなかった。連続殺人事件は現実に何件も発生していたものの、その事実は秘密にされ、民警の一員であっても直接の関係者でもないかぎり記録に目を通すことはできなかった。ブラコフは他の残虐な連続殺人事件を一例だけ知っていた。それはウクライナのザポロージェ近郊で起こった事件だった。その事件と今回の連続殺人には、ひとつの共通点があった。ウクライナの殺人犯もまた、被害者の腹部を切り裂き、性器をめった切りにしていたのだ。しかし、ウクライナの殺人鬼は、一九六四年から一九七七年までの十三年間に四人を殺害したにすぎなかった。その後、いかなる理由によるものか、犯人は犯行を打ち切っている。新たに現われたこの連続殺人犯は、むろんまだウクライナの殺人鬼とは別人と断定はできないものの、六カ月のあいだに五人を殺していた。

一連の殺人で犯人が現場に残した手がかりは、皆無に等しかった。犯人はごくふつうの少女を人混みのなかから人けのない場所へと誘い出し、そこで凶行におよんでいる。さらに奇妙なことに、犯人は他の人間にまったく気づかれることなく、犯行をやりおおせているのだ。おそらく犯人は、いまだ身元が判明していない三人の被害者に対しても、同じ手口を使ったのであろう。しかし、どうしてそんなことが可能だったのか？ ブラコフとしては推測に頼るほかなかった。犯人は人間的な魅力にあふれた男なのかもしれない。権威筋の人間らしい外見をしているのかもしれない。制服を身に着けていた可能性もある。ことによるとそれは、民警の制服かもしれなかった。

私有のものか、国家機関が所有しているものかはともかく、犯人は犯行に車を使った公算が高い、とブラコフは考えていた。音楽学校から第六集団農場の麦畑までの五キロの距離も、車があればオリガ・スタルマチェノクを連れてその道のりのすべて、または一部を移動することは造作《ぞうさ》もない。それに、ドンスコイ、シャフトゥイ、カザチ・ラゲリアまで足をのばすことも可能になる。

犯人は隠れみのとして人間的な魅力、ないし権威をまとってはいても、その陰には倒錯した人格が隠されているにちがいない。ブラコフは精神医学を学んだことがなく、ソシオパスとサイコパスの区別さえつかなかった。だが、オリガ・スタルマチェノクの死体に加えられた損傷は、常識から考えてみても、重度の精神医学的な障害を抱えている人間の仕業としか思えなかった。

捜査陣は、ノヴォシャフチンスクとその周辺に住む男たちのなかで、婦女暴行や性的ないたずらで起訴ないし有罪判決を受けた者、精神病院に収容された経験がある者、さらには精神科医の診察を受けている者の、十二月十一日のアリバイを確認することになった。オリガが通っていた音楽学校の近くに住んでいる者、勤務している者についても同様のチェックが必要だった。こうした条件にあてはまる男のなかでも、車を所有している者についてはとくに注意する必要があった。長く単調な捜査になるだろう、とブラコフは予想した。そして、この捜査が完了する前に、よほどの幸運にでも恵まれないかぎり、またしても同じ事件が起こることだろう、とふんでいた。

ほどなく、ノヴォシャフチンスクから最初の捜査報告書が届き、ブラコフはその内容に子細《しさい》な検討を加えた。その結果、ある人物が彼の関心を引いた。音楽学校の近所で聞き込みにあたっていた捜査員らが、白いセダンを所有するヴラジーミル・ババコフという男について興味深い噂を耳にしたというのだ。

ババコフは七十二歳だったが、年齢のわりに若く見えた。捜査員らは彼の家族や親戚に話を聞いてまわった。ババコフの妹の話によると、彼はむかしから〝性的な問題〟で苦しんでいたという。どれほど多くの女を相手にしようとも、決して満足できなかったのだ。ババコフは法的には独身だったが、実際には三十五歳の女性と一緒に暮らしていた。いや、それどころか、ほかにも数多くの年下の女たちと関係を持っていた。何よりも興味深いことに、近所の人々の噂によれば、彼の性的な関心は幼い少女たちにまで向けられているというのだ。ババコフは自家用車用のガレージを持っていたが、彼はそのガレージに八歳から十歳の少女を誘いこみ、服をぬがせ、性器にさわっているという噂だった。だが、ババコフに暴力的な傾向があるという話だけは聞かれなかった。

ブラコフとノヴォシャフチンスクの捜査員らは、ババコフについてさらに捜査を進めることに決めた。だが、捜査が進むにつれ、疑惑を否定するような事実が次々に明らかになった。噂の真偽はひとつひとつ確認されていった。彼は同居中の女性だけでなく、ノヴォシャフチンスクに住む何十人という女たちと性的な関係を結んでいた。だが、こうした女たちはババコフを悪く言おうとはせず、言ったとしても、彼はやさしすぎるということぐらいだった。この老人は女の身体を愛し、女たちにキスや愛撫をすることに目がなかった。ババコフの愛人たちのなかには、もちろん全員がそうではないにしても、自分勝手でおざなりな態度しか見せない男に慣れきっていたため、彼のやさしさに抵抗を感じた者もいた。とはいえ、ババコフの愛人たちの大半は、彼に関しては悪い思い出は持っていなかった。彼がガレージのなかで、何度か幼い少女たちを相手に倒錯したいたずらにふけったというのも、どうやら事実のようだった。だが、噂が示していたとおり、彼は少女たちに暴力をふるったわけではなかった。また、彼がオリガ・スタルマチェノクを見知っていたという証拠も、まったく発見できなかった。

それればかりか、ババコフには十二月十一日の夜のアリバイがあった。ババコフの申し立てによれば、彼はその晩は外出せず、車も一晩じゅうガレージのなかにあったというのだ。彼の愛人や隣人たちの話も、すべてこの証言を裏づけていた。捜査員らはババコフの車からシート・カバーを剝《は》ぎとり、皮膚や臓器の切れ端、髪の毛など、オリガが乗っていた証拠の有無を調べるためにロストフの研究所に送った。

結局、ブラコフらは、〝黒猫〟の葉書の差出人を全力をあげて捜索するしかない、という結論に達した。理屈のうえでは、ロストフ州の三百万住民の筆跡をすべて調べることは不可能ではなかった。ソヴィエト連邦のあらゆる市民は法によって労働を義務づけられていた。つまり、市民はみな勤務先の書類に必要事項を記入しているので、オフィスや工場で書類にあたれば筆跡が確認できるのだ。だが、書類の数は何百万にもおよび、職場も何万となくあった。フェチソフは近隣の各民警から筆跡鑑定の専門家を駆り集め、それでも手がまわらない分についてはKGBの協力を仰《あお》いだ。しかし、フェチソフにもブラコフにも、この仕事もまた精神病患者の調査と同じように、手がかりが得られるまでには何年もの歳月がかかることがわかっていた。

犯人が鳴りをひそめていたのは、わずか四カ月だった。八月八日、一団の少年たちが、サッカー・グラウンドに行くためにロストフ・ナ・ドヌーの空港近くの森林帯《レソポロサ》を歩いていた。リュボフィ・ビリュクの死体が発見されたドンスコイの林と同じように、この林にも何本かの踏み分け道があり、しかも大声をあげれば聞こえる距離に道路が走っていた。そればかりか、ハイウェーの立体交差や、ロストフからシャフトゥイへ、さらに北のモスクワへと続く鉄道線路も林のすぐ近くだった。林から北へ二、三百メートルの場所には、十あまりの家族が住む集落があった。前日まで豪雨がつづいていたため、水が小さな川となって地面を流れたらしく、少年たちの歩いていた小道にも溝が残っていた。そしてこの少年たちが、乾いたばかりの溝の底に、なかば土と木の葉に隠れた人骨を見つけた。

ヴィクトル・ブラコフは現地の捜査班と一緒に現場に赴《おもむ》いた。現場にどんな死体が待ち受けているかは、今度は彼もよく理解していた。ソヴィエトでは、犯行現場の検証には少なくとも五、六人の人間が参加する。まず、通報に応じて現場に駆けつけた民警たち。そして、犯罪の内容にもよるが、一人ないし二人の鑑識課員。死体がからんでいる場合は、ロストフ医科大学の法医学研究所から検死官が一人派遣される。さらに、一人ないしそれ以上、ブラコフのような捜査員がこれに加わる。

そして最後の一人が、アメリカの連邦地方検事局にあたる検察局から派遣される捜査検《スレドヴアチ》事《エリ》である。この捜査検事の役目は、現場捜査を監督し、現場から発見された証拠について報告書を作成することだった。ソヴィエトの国家機関の多くがそうであるように、司法・警察機構もまた各省庁の担当業務が部分的に重複していた。民警は街を警邏《けいら》し、犯罪者を逮捕する。一方、捜査検事は事件の処理を監督し、逮捕された容疑者を尋問する。書類の上では、両者の職務分担はきわめて明快だった。しかし、現場ではこれがしばしばあいまいになった。民警サイドとしても、当然みずから捜査計画を立て、容疑者に尋問を加えないわけにはいかないのである。ありきたりの事件であれば、こうした体制でも問題は生じなかった。だが、型どおりの手続きではおさまらない事件が発生すると、民警と検察局はたがいに相手を邪魔者あつかいしがちになった。そして民警と検察局が相互に協力しあわなければ、ソヴィエトの司法・警察機構は有効に機能しなかった。

民警の犯罪捜査規範によれば、現場捜査は死体からかなり離れた位置からはじめられる。捜査員をはじめとする現場捜査担当者は、被害者や犯人が残した衣服など、証拠品を探しながら、死体を中心として何度も円を描くようにして、しだいに死体へと近づくのである。このような林では、現場捜査員は布切れ、紙くず、空き瓶といった、事件とは関係のないゴミを大量に拾うはめになる。林を通り抜ける人々が、ゴミを捨てていくためだ。事件と関係があるのかないのか判断に苦しむような物、あるいは判断が不可能な物は、一応すべて採取しなければならない。今回の現場捜査でも、たくさんのゴミが収集されたものの、被害者や犯人のものと断定できるような品はひとつとして見つからなかった。

死体そのものは、ほとんど白骨化していた。夏の暑さと豪雨によって腐敗が促進されたのだ。死体が林のなかに放置されていた期間は、二週間かもしれないし一ヵ月かもしれない。死体は少女のように見えたが、ロストフ民警の行方不明者リストを見ても、死体と身長が一致するような行方不明者はいなかった。詳細な調査のために、死体は検死官の手にまわされた。

それから数日後に届けられた検死報告書により、死体がレソポロサ連続殺人の犠牲者であることがはっきりした。これまでの死体と同じように、この死体の眼窩からもナイフの跡が発見されたのだ。検死官が発見した事実は、それだけにとどまらなかった。被害者の顔と歯には、ダウン症候群に特有の左右非対称が見られたのだ。性別の定かならぬこの被害者は、どうやら重度の精神遅滞者のようだった。

ダウン症候群の子供たちはほとんどが、〝インテルナト〟と呼ばれる特別養護施設に送られることを、ブラコフは知っていた。ソヴィエトでは、西側諸国にもまして、ダウン症候群の子供に必要な介護を与えられるような保護者はまれだった。また学校にも、一般の子供たちと一緒にダウン症候群の子供を教育できるような設備や人員はなかった。ブラコフは、近隣のインテルナトを残らず調べるよう地元の民警に指示した。

九月上旬、ブラコフは待ち望んでいた報告を手にした。イリーナ・ドゥネンコヴァという十三歳の少女が、新学期のはじまる九月一日になってもシャフトゥイのインテルナトに姿を見せなかったのだ。ブラコフはイリーナの写真と歯の治療記録を、死体の頭蓋骨と歯の写真を添えて、モスクワにある内務省の研究所に送付した。ほどなく、鑑定結果が届いた。林で発見された死体が、イリーナ・ドゥネンコヴァであることが確認されたのだ。

イリーナは、記録上ではシャフトゥイで姉と一緒に暮らしていることになっていた。だが、実際は、彼女には家族などないも同然だった。イリーナの姉は、妹よりは軽度だがやはり精神遅滞者で、国からの福祉補助金に頼って生活していた。この姉は駅、商店、街角などで知りあった数えきれないほどの男たちと性関係を結んでいた。もうひとりの姉は、性病を広めた罪で服役中だった。インテルナトが休みに入り、だれからも面倒をみられず、ほったらかしにされたイリーナは、列車やバスに乗って州内をさまよっていたらしい。一緒に暮らしていた姉も、妹が失踪したことをわざわざ届け出ようとはしなかった。

イリーナに関心を示したのは、犯人だけだったのだ。そして、彼女は六番目の犠牲者となった。

だが、死体の身元が確認されたころには、すでに七人目の犠牲者が出ていた。八月二十八日、ロストフの空港からそう遠くないオルジョニキーゼという村の廃品回収業者が、その死体を発見した。その日、この廃品回収業者は村を出て、夏場にはビールを売る木造の売店を通りすぎ、やぶに向かって舗装のない道を歩いていた。そして彼は、あおむけに倒れた死体を木苺《きいちご》の茂みの近くの浅い窪地で見つけた。背中と両脚のごく一部をのぞき、肉はほとんど消え失せていた。検死官は残された骨を調べた末、ナイフによる刺し傷の痕跡を胸部に七つ、左の眼窩に二つ発見した。現場はイリーナ・ドゥネンコヴァの死体が見つかった林から三キロと離れていなかった。

しかし、この新しい死体は少年だった。死体の身長は、行方不明者リストのイーゴリ・グトコフという少年の身長と一致した。ロストフとはドン川の対岸にあたるバタイスクの郊外に住んでいた八歳のイーゴリは、八月九日に姿を消していた。

死体が発見されたとき、ブラコフはノヴォシャフチンスクに滞在中だったため、彼がこの事件の捜査に加わったのは、ドゥネンコヴァのときと同じように頭蓋骨によって死体の身元が確認されたあとだった。グトコフの家族の話は、ブラコフにナターリャ・スタルマチェノクの証言を思い出させた。学校が夏休みのあいだ、イーゴリの面倒は彼の祖母がみていた。それでときどきイーゴリは、ちょうど昼食の時間に、ロストフのエンゲルス通りの商店で働く母のもとに遊びにくることがあった。八月九日、少年はバタイスクからロストフ市街へと向かう急行バスに乗り、母親の勤める商店から一ブロック離れたバス停で降りた。だが、彼は母の店には姿を見せなかった、というのである。

イーゴリ・グトコフの死体が発見されたことにより、八月に入ってからロストフとその近郊で見つかった犠牲者は二人となった。これを重く見た検察局と民警は、さらに大規模な捜査班を編成することを決めた。人員は十六名で、ロストフ市に本部を置き、アレクサンドル・リャプコという捜査検事と、ヴァレリー・ベクレミシチェフというもうひとりの捜査主任が捜査班の指揮を分担することになった。この事件により、捜査陣は犯人像の再検討を余儀なくされていた。たしかにイーゴリ事件には、これまでの事件と共通するところがいくつもあった。まず、被害者がバスや列車を利用したか、バス停や駅の近くにいたこと。何度もナイフで刺され、眼球にも傷を負っていたこと。犯人が死体を林のなかに置き去りにしたことなどだ。

しかし、同一の殺人者が、少年と少女の両方を殺害するということがありうるのだろうか？　ブラコフは連続殺人に関してはそれほど詳しくはなかったが、彼の知っている範囲では、連続殺人犯は男か女のどちらかしか殺さなかった。両方というケースは聞いたことがなかった。ナイフを凶器に用いるサディスティックな殺人者が、ひとつの州に二人も存在するということがあるのだろうか？

が、ブラコフが解答を見いだす前に、疑問そのものが意味を失った。九月中旬、ノヴォシャフチンスクに戻って捜査を続けていた彼は、ロストフに呼び戻された。再編成された特別捜査班の共同指揮官、ヴァレリー・ベクレミシチェフが事件を解決したというのだ。ユーリー・カレニクという青年が、すべての犯行を認めたのである。

3　ユーリー・カレニクの自白

ヴァレリー・ベクレミシチェフが自白に追いこんだその容疑者は、茶色の縮れた髪をした華奢《きゃしゃ》な身体つきの若者で、前歯が欠け、まばらな口ひげを生やしていた。実際、ユーリー・カレニクは見たところ、いたずら者の小妖精《エルフ》という感じだった。彼は十二歳のときから、ロストフから百三十キロ北のグコヴォにある、精神遅滞児のためのインテルナトで暮らしていた。十七歳の誕生日をむかえ、インテルナトの寄宿生としての年齢制限が間近にせまった一九八一年、彼はインテルナトで教わっていることよりも、もっと高度な技術を身につけたいという内容の嘆願書をロストフの共産党機関紙である《槌《モロト》》に送った。州当局はこの請願を考慮に値するものと考え、彼をグコヴォの第四十五職業技術学校に入学させた。彼はそこで床張りの技術を学び、一九八三年の夏からは床張り職人として仕事をはじめた。だが、仕事が休みのときは、彼は母校の年長の寄宿生たちと遊ぶことが多かった。カレニクには、ほかに友人がいなかった。

一九八三年の九月上旬、その少ない友人の一人であるヴァレリー・シャブロフが、電気《エレク》鉄道《トリチカ》で旅行に出かけようと提案した。グコヴォとロストフのあいだにはエレクトリチカが走り、鈍行《どんこう》列車が一日四、ないし五往復していた。エレクトリチカはソヴィエトの鉄道のなかでももっとも速度が遅いもので、列車はすべて各駅停車だった。グコヴォ＝ロストフ間の百九十キロを走るのに四時間から五時間かかり、それも途中で遅れが出なかった場合なのだ。座席は堅い木のベンチで、車両のなかは冬は寒く、夏はむっとするような暑さだった。都会の市場に出かける農民や、新鮮な空気と釣りのできる場所を求めて週末にドン川の川辺へと向かう都市の住人たちに利用されているこのエレクトリチカは、シャブロフやカレニクのような若者たちにとっては、ひとつの大きな利点があった。車掌がめったに検札を行なわないのだ。幸運にさえめぐまれれば、カネをかけずにひまをつぶし、田園地帯の景色を楽しむことができた。

というわけで、二人は小旅行に出かけ、終着駅のロストフ・ナ・ドヌーで列車を降り、昼から夕方にかけて街なかをぶらついた。あたりが暗くなると、二人は乗客も乗務員もいないトロリーバスに忍びこんで夜を明かすことに決めた。翌朝、目を覚ましたヴァレリー・シャブロフは、少しばかりいたずらをしてやろうという気分になった。彼は運転席に坐るとライトを点灯させ、ハンドルを回し、バスのドアを開けた。ところが、すでに出勤していた女性運転手がシャブロフのいたずらに気づいた。彼女はバスに乗りこんでシャブロフの腕をつかみ、だれか民警を呼んでちょうだい、と叫んだ。シャブロフはバスを壊すようなまねはしていません、とカレニクが抗議した。が、運転手は彼の抗議に耳を貸そうとしなかった。カレニクは逃げ出し、エレクトリチカに飛び乗ってその日のうちにグコヴォに帰った。

民警は、支離滅裂なことを口走るシャブロフをバスから引きずりおろし、ペルヴォマイスキー地区にある分署へと連行すると、トロリーバスを盗もうとした罪でおまえを起訴することもできるんだぞ、と言って彼を脅した。それから、警官たちは、周辺地区で死体が発見されていたこともあって、グトコフとドゥネンコヴァを殺害した犯人に心あたりはないかとたずねてみた。

「ぼくじゃない」と、シャブロフは言った。「ユーリーがやったんだ」

同じ日の午後、グコヴォの民警がカレニクを逮捕し、ロストフの捜査員に身柄を引き渡すまでのあいだ彼を拘禁した。留置場に入れられたのは、カレニクにとってそれが最初だった。捜査員らは夜九時に到着し、彼に手錠をはめて車のなかに押しこんだ。

「どうしてぼくを逮捕するんですか?」カレニクは捜査員に聞いた。

「理由はとうにわかっているはずだ」それが、返ってきた答えだった。

翌日、ヴァレリー・ベクレミシチェフはカレニクの尋問を開始した。確実な証拠が得られれば、検察局から捜査検事が呼ばれ、尋問が引き継がれることになる。だがこの事件は、捜査主任による尋問がまだしばらく続きそうに見えた。カレニクには弁護士はつけられておらず、被疑者としての権利を彼に知らせる者もいなかった。ソヴィエトの標準的な法手続きでは、捜査が完了して起訴に持ちこまれないかぎり、カレニクは国から弁護士をつけてもらうことができなかった。最初のうちは、カレニクもすべての罪状を否認した。しかし数日後、ベクレミシチェフはカレニクから自白を引き出すことに成功した。カレニクは七件のレソポロサ殺人ばかりでなく、州の別の地域や、隣接する他の州で犯した四件の犯行まで自白したのだ。

この時点で民警は、カレニクの犯行を裏づける証拠を本腰を入れて捜しはじめた。西側の人間には、これでは手順がまるで逆のように思える。西側諸国では、まず証拠を集め、次にそれをもとに容疑者から自白を引き出す。容疑者が罪状を否認しつづける場合は、その証拠によって犯行を立証する。

だが、ロシアでは、共産主義政権下においても、それ以前の時代においても、犯罪捜査の決め手になるのは容疑者の自白だった。罪を犯した人間は進んで自白しなければならない、という考えがロシア人のあいだに深く浸透していた。今日《こんにち》においても、自白が得られないかぎり被告人に有罪判決を下すべきではない、という誤った信念を抱いているロシア人が少なくない。ドストエフスキーの『罪と罰』が、罪を告白したいというラスコーリニコフの抑えがたい衝動に大きな重点を置いているのもそのためである。スターリンによる粛清の際に、告発された人々が、ありもしない陰謀を法廷で自白してみせなければならなかったのも同じ理由による。

ブラコフは九月下旬から証拠固めの捜査に駆り出されていた。彼も、ユーリー・カレニクが犯人である可能性はきわめて高いと考えていた。ブラコフは当初から、犯人は精神医学的な障害の持ち主であるとにらんでいた。そしてロシアでは、精神遅滞は単なる学習障害ではなく、一種の精神障害とみなされ、公式の記録などでは、オリゴフレニアと呼ばれる病気とされていた。それにブラコフは、そうした障害者に接した実体験がほとんどなかった。彼はみずからが知っている範囲の知識をもとに、こうした障害者は思春期の末期――つまり、性欲が頂点に達し、それまで住んでいたインテルナトから社会に出る時期には、きわめて危険な存在になると信じこんでいた。これらの若者たちは性欲がコントロールできない、と彼は決めつけていたのだ。カレニクの自白を疑う理由はまったくない、とブラコフは考えていた。それにもかかわらず、捜査を進めるうちに彼はしだいに不審を抑えられなくなっていった。

被疑者から自白を引き出したならば、捜査員や捜査検事はその被疑者が自白の内容を証明できるかどうかを調べる。たとえば、被疑者が犯行の現場をみずから示すことができるか、などである。ブラコフが被疑者を伴っての実地検証に参加したときには、カレニクはすでにいくつもの現場に検証チームを導いていて、その日はちょうど、イーゴリ・グトコフが殺害された現場を実地に説明するところだった。

カレニクが現場を指摘できるかどうかを確認するために、捜査員や制服の民警、その他の関係者が十人あまり、オルジョニキーゼ村の郊外に集まった。この実地検証では、ブラコフは傍観者に徹していた。だが、カレニクの自白によれば、彼はロストフの市街でグトコフと知りあい、トロリーバスで街を出てオルジョニキーゼまで行こうと言って相手を誘い出したというのだ。実地検証はロストフ市街からはじめて、まずカレニクがグトコフに出会ったときの状況を説明させるべきだ、とブラコフは思った。だが、実地検証が開始されたのは、現場から五百メートルほど離れた地点だった。しかし、現場の指揮をとっているのはブラコフではなく、ベクレミシチェフだった。ブラコフは沈黙を守った。

ブラコフの目から見ると、カレニクはオルジョニキーゼのどこに何があるのか、まるでわかっていないように見えた。ブラコフの経験では、犯行を自白した殺人犯はふつう現場まで最短距離を歩く。カレニクが現場から数メートルの地点にたどり着いたのは、村の周辺やビールの売店のあたりを何時間もさまよいつづけた末のことだった。しかもそのあいだ彼は、ベクレミシチェフとひっきりなしに言葉を交わしていた。

そのあと一行は、ノヴォシャフチンスクへと向かった。オリガ・スタルマチェノクの死体が麦畑のどこで発見されたかを、カレニクに指摘させるためである。市街地では、彼はオリガの通《かよ》っていた音楽学校を示すことができた。次に彼は第六集団農場へと連れていかれた。しかし、ここでもカレニクは、何時間ものあいだ畑のなかをあてどもなく歩きつづけた。やがて彼は、どうにかこうにか高台の上へたどり着いた。ブラコフは畑の上空に渡された電線の下、ちょうどトラクターの運転手が死体を見つけたあたりに視線を向けた。驚いたことに、実地検証に興味をそそられた地元の民警が、死体の発見場所から二、三メートルの地点にパトロールカーを停めていた。ブラコフは大急ぎで車に駆け寄ると、運転席の民警に移動するように命じた。だが、そのときにはすでに、カレニクと検証チームはブラコフのほうへ近づきつつあった。カレニクは車が停まっていた場所の近くを指さした。ベクレミシチェフにしてみれば、それだけ正確に指摘できればもう充分だった。

ベクレミシチェフは、意気揚々と次の実地検証へと進むことにした。一方フェチソフは、カレニクの起訴とレソポロサ事件の幕引きの準備にとりかかるようブラコフに命じた。

しかし、捜査を続けるにつれ、ブラコフの疑惑はさらに深まっていった。彼が最初に調べたのはカレニクの過去だった。

ユーリー・カレニクは、シャフトゥイの炭坑労働者を母親に、非嫡出子として生まれた。彼が二歳のとき、母親はまだ冷えきっていないストーブの上に彼をのせて、石炭をとりに部屋の外へ出たという。やがて服がくすぶりはじめ、彼は背中に重度の火傷《やけど》を負うことになった。

その後カレニクは里子《さとご》に出され、それからの十年間を里親のもとで暮らした。だが、彼は学校にまともに通おうとせず、校内での素行も悪いうえ、里親たちとも喧嘩をくり返した。ときには暴力をふるうことさえあった。カレニクが十二歳のとき、養母はグコヴォにある精神遅滞児のためのインテルナトに彼をあずけた。

グコヴォは、近隣の炭鉱の閉山に歩調をあわせるようにして貧しくなっていった、疲弊しきった小さな町だった。カレニクが放りこまれたインテルナトは、未舗装の小道の突きあたりの青い鉄のフェンスのなかにあった。夏になると、フェンスのなかには糞便と尿の臭いがただよった。子供たちは下半身を丸出しにしてあたりをうろつき、ベランダでしゃがみこんで自分だけの世界に閉じこもり、身体を揺すりながらうめき声をあげていた。見知らぬ男を目にすると、みんなが手を振り、たどたどしい口調で、「お父さん」と呼びかけるのだ。

子供たちの寝室は、十台、十二台、ときにはそれ以上のベッドでぎゅう詰めになった、照明もろくにない部屋だった。二人の子供がひとつのベッドで眠らされることもめずらしくなかった。そんなときは、年かさの子供が年少の子供を抱いて眠った。トイレは床に開けられた穴で、風呂は黄色く濁《にご》った湯のなかにハエの死骸が浮いていた。もっとも重症の子供たちは、マッチ棒のように細い手足を奇妙な角度に曲げたまま、汚れたシーツの敷かれた乳児用のベッドに一日じゅう横たわっていた。そんな子供たちのうつろな眼や、剃りあげられた頭の上をハエが歩きまわった。それでも重症児はただうめいたり、すすり泣くだけで、そのほとんどは話すことさえままならなかった。

ときおり、汚れた白衣とネッカチーフを身にまとったがっしりした身体つきの女性職員が椅子から立ち上がり、なんとか子供たちをあやしたり、身体をきれいにしようとはした。だが、インテルナトの子供たちは、一日の大半をほったらかしにされていた。あるインテルナトの所長などは、子供たちのために支給された公金を着服し、食品を横流しした罪で起訴されていた。

グコヴォのインテルナトで暮らす子供たちのなかには、むろんどんな国に生まれても養護施設に収容されていたと思われる者もいた。だが、面倒がみきれないために両親からも社会からも見放された子供たちも少なくなかった。カレニクの友人の一人である、サーシャという名の活発で好奇心旺盛な少年は、いつも松葉杖の助けを借りて危なっかしげに歩いていた。彼の両脚が不自由なのは、幼い頃に、酔って激昂した父親にアパートのバルコニーから外に放り投げられたせいだった。父親は刑務所に送られ、サーシャはインテルナトに入れられた。おそらくカレニクにしても、より豊かな社会に生まれていれば、精神遅滞ではなく、ある種の学習障害ないし行動障害と診断されたにちがいなかった。彼のしっかりした話しぶりは、ロシアのブルーカラーの労働者とまったく変わらず、文法的な誤りを犯すこともなかった。彼は本を読むことができたし、質問されれば的確に答えた。チェスをすることもできた。

インテルナトを訪ねたとき、ブラコフはカレニクに同情の念をおぼえた。だが、インテルナトの年長の子供たちが、さまざまなやり方でさまざまな相手と性行為にふけっていることは公然の秘密とされていた。国家からも一般の市民たちからも顧《かえり》みられることのないインテルナトは、同性愛、強姦、さらには獣姦といった性的倒錯の温床《おんしょう》と化している、とブラコフも思っていた。インテルナトの出身者であれば、少女を刺し殺し、性器をめった切りにすることもありうる、と彼は信じていたのだ。そして、少女と少年のどちらも獲物として選ぶ可能性もある、と。

だが、ブラコフには、ベクレミシチェフの尋問をもとに作成されたカレニクの供述書だけはどうしても信じられなかった。供述書は一貫性を欠いているうえ、不正確きわまりなかった。十月、フェチソフから尋問をまかされたブラコフは、カレニクを厳しく問いつめてみた。リュボフィ・ビリュクの服の色は？　オリガ・スタルマチェノクは何を持っていたか？　イーゴリ・グトコフと一緒に乗ったバスはどんなバスだったのか？　カレニクはまったく答えることができなかった。

ブラコフの疑惑は、しだいに確信へと変わっていった。カレニクは七件のレソポロサ殺人とは無関係なのだ。〝精神遅滞〟というレッテルを貼られていたとはいえ、カレニクがごくふつうの知性をそなえた若者であることにブラコフは気づいた。だが、ベクレミシチェフをはじめとする尋問者たちは、何も理解できない人間としてカレニクをあつかってきた。ベクレミシチェフの質問を通して事件の概要を把握することは、カレニクにとってさほどむずかしくないはずだった。カレニクは尋問を受けるうちに、被害者の名前、容姿、そして殺害の手口をつかんでいったのだろう。つまり、ひとたび自白をする決心をしたならば、彼は信憑性のある供述が可能だったのだ。

しかし、なぜカレニクは偽りの自白をしたのか？

逮捕や拘禁の経験が、ちょうどユーリー・カレニクくらいの年齢の青年にどのような影響をおよぼすか、ブラコフは身をもって知っていた。かつて彼も、同じような経験を味わされたからである。

一九六五年、〝処女地〟での開拓作業から放免されたブラコフは、兵役につくまでのあいだ、しばらく故郷に戻っていた。ロシア革命四十八周年記念日である十一月七日は仕事が休みだったので、彼は猟銃をかつぎ、犬を連れてひとりでウサギ狩りに出かけた。

狩りからの帰り道、ブラコフはかつての級友であるニコライ・クジミンの家の前を通りかかった。クジミンの家族は、革命記念日のために豚をつぶしているところだった。ブラコフはクジミン家に立ち寄ると、しとめたウサギのうちの一匹を提供し、一家の祝宴の相《しよう》伴《ばん》にあずかった。クジミン家の息子たちはブラコフから猟銃を借りると、リンゴの木の枝から洗面器を吊し、それを標的にして残りの銃弾で射撃を楽しんだ。ニコライ・クジミンは、今夜ダンスに行かないかとブラコフを誘った。

だが、ブラコフは断わった。その晩は、同じ村に住むタチアーナという女友だちを訪ねるつもりでいたからだ。ブラコフは夜の九時から夜中の二時まで、タチアーナと一緒にすごして家に帰った。

翌朝、ブラコフが目をさますと、家の外に民警の車が停まっていた。そして二人の制服民警が家に踏みこみ、彼を逮捕した。民警の一人は壁にかかっていた猟銃を手にとると、銃身を折り、その匂いを嗅いだ。彼はヴィクトル・ブラコフに猟銃の登録証を提示するよう求めた。ブラコフは、クジミン家の息子たちが洗面器を狙って放った銃弾の一発が、隣家の牛に当たったのではないかと思った。

しかし、警官たちは逮捕の理由を説明しようとしなかった。二人はブラコフをセフスクまで連行すると、留置場に放りこんだ。すでにそこに入っていた三人の男はいずれもブラコフよりも年長で、あいている寝棚があるにもかかわらず、新入りの彼に床に寝ろと命令した。ブラコフがそれを拒絶すると、当然ながら殴り合いになった。看守がなかに入って止めたものの、同房の男たちにどんな目にあわされるかと思うとブラコフは気が気ではなく、その夜は一睡もできなかった。翌朝彼は、十一月七日の夜はどこにいたかと捜査員に質問された。ある女性と一緒にいた、とブラコフは答えた。だが、タチアーナに迷惑をかけたくなかったため、彼女の名前は伏せておいた。ブラコフは留置場に戻された。

尋問は三日続いた。おちおち眠れなかったこともあって、ブラコフは気持ちが不安定になり頭が混乱した。やがて、セフスクの民警本部長である大佐が、逮捕の理由を説明した。十一月七日のダンス・パーティーのあと、ブラコフの友人のニコライ・クジミンが死体となって井戸の底から発見された。しかも複数の目撃者が、ニコライはダンスに出かける前にブラコフと一緒にいたと証言していた。ブラコフが喧嘩早い男であることも、広く知れわたっていた。そこで民警は他の容疑者とともに彼を逮捕し、供述を求めることにしたというのだ。大佐の言葉には、ブラコフのためを思う誠意が感じられた。彼は捜査員に、自分のアリバイを証明できるタチアーナの名前を明かした。二日後、彼はセフスクの民警から釈放され、まもなく軍隊に入った。

結局、ブラコフは犯してもいない犯罪を自白することはなかった。だが、なぜそんなことが起こるのかは理解できるようになっていた。それから十八年後、逆の立場になった彼は、カレニクに、何も恐れずに事実を話すよう強く求めた。

だが、一九八三年十月のカレニクは、かつてのブラコフとはちがい、すべてを打ち明けたりはしなかった。尋問者にとことん脅されたせいで彼は、民警はだれであろうとまったく信じなくなっていたのだ。

民警がカレニクから強引に自白を引き出そうとした理由のひとつは、捜査の最初の山を越えるまで彼を手もとに、つまり留置場にとどめておこうと考えたからだった。ソヴィエトの法律では、逮捕後三日までならば未起訴の被疑者であっても証拠収集のために拘留できる。三日が経過しても、充分な証拠がそろっていれば、起訴準備のためにさらに七日間の拘留延長が可能なのだ。しかしこの十日間がすぎると、捜査検事は事件を正式に起訴に持ちこむか、被疑者を釈放するかの判断を下さねばならない。

一般に、捜査員や捜査検事は容疑者の釈放を好まない。自由になった容疑者は、自分の容疑に対していろいろと手を打つことができる。当局側はそれを恐れるのだ。たとえば、容疑者は証人たちと直談判《じかだんぱん》をして、証言をしないよう説き伏せたり、アリバイをでっちあげることもできる。そのため、えてして捜査員は容疑者を留置場に閉じこめ、その心に恐怖を植えつけようと考えがちなのだ。民警はしばしば、容疑者と同じ房に密告者《ストゥカチ》を送りこむ。ストゥカチたちのなかには服役中の詐欺師もいて、そうした手合いは人から話を引き出すのはお手のものである。送りこまれたストゥカチは留置場の房内で容疑者と親密になり、同房者同士の打ち明け話を装って、尋問の場では頑《がん》として話さなかったことを容疑者から聞き出そうとするのだ。

結局カレニクに対しては、ロストフの民警は窃盗罪で起訴するという手段に出た。起訴状では、カレニクとシャブロフはドライブを楽しもうと古いモスクヴィッチ（ロシアの国産車）を盗んだあげく、その車を電信柱にぶつけたということになっていた。カレニクは起訴状の内容を断固として否定した。が、一九八三年の終わりには、法廷は自動車窃盗罪でカレニクに有罪判決を下し、二年半の刑期を言い渡した。それは、取調べのために、ひきつづき彼の身柄が拘束されることを意味した。

カレニクの自供に対する疑いをつのらせたため、ブラコフは微妙な立場に立たされることになった。むろん、ベクレミシチェフや他の捜査員たちがカレニクを意図的に殺人犯に仕立てあげたとは、彼も考えてはいなかった。ソヴィエトの司法制度においては、事件を法廷に持ちこめれば有罪判決は下《くだ》ったも同然と考えられていて、実状もほぼそのとおりだった。起訴にこぎつけた事件に無罪の判決が出ようものなら、捜査検事や犯罪捜査官の経歴に傷がつくのだ。同僚らが無実の人間に連続殺人犯の罪をかぶせ、法廷に立たせるような危険なまねをするとは思えなかった。そんなことをして、もしそのあとに新たな殺人が起こりでもしたらどうなる？　ベクレミシチェフをはじめとする捜査員たちは、カレニクの知的水準を完全に誤解しているのだ。カレニクを重度の精神遅滞と思いこみ、六歳の子供を相手にするようにして話を引き出してきたのである。自白を強制したのではなく、精神遅滞の容疑者が犯行をうまく思い出せるよう手を貸しただけだ、と考えているにちがいなかった。

しかし、一九八三年の秋には、なにがなんでもカレニクを起訴に持ちこもうという空気がロストフ州の全民警を支配しはじめていた。そもそも州の民警は、これほど大量の被害者を出した連続殺人事件を手がけた経験がなかった。最初の殺人からすでに一年が経過しているというのに、いまだ事件を解決できず、州の党委員会からも、モスクワの内務省当局からも、好意的とは呼べない関心が寄せられつつあった。ブラコフの直接の上官から最上層部にいたるまで、民警のだれもがこの事件にけりをつけようと必死だった。むろん、カレニクが真犯人であることに疑いを抱く者は、依然ほとんどいなかった。当然、ブラコフのような平《ひら》の捜査員が上層部の見解に異議を唱え、カレニクは真犯人ではないと主張するためには、まず証拠をそろえなくてはならない。そればかりでなく、カレニクが無実であることも証明しなければならない。それができなければ、ブラコフは犯罪研究所に戻されるか、さもなくば、むかしのようにカフェで喧嘩を仲裁する破目になるのだ。

カレニクの供述の不備を指摘するもっとも確実な方法は、犯行当日の彼のアリバイを立証することだった。一九八二年から一九八三年にかけては、彼は床張りの技術を身につけるためにグコヴォの職業技術学校で多くの時間をすごしていたはずだった。ブラコフは学校の出席簿を調べはじめた。その結果、殺人が起こった日にはカレニクがいつも授業に出席していたことが明らかになった。だが、調べを進めるにつれて、ブラコフは出席簿の内容がいかにもソヴィエト的な状況の産物であることに気づいた。第四十五職業技術学校の教師たちは、生徒が姿を見せようが見せまいが、出席簿の上ではすべての生徒が授業に出席していることにしていたのだ。出席簿に欠席の印がある場合、生徒が授業を熱心に学ぼうとしない理由を校長に説明しなければならなかったからである。つまり、出席簿の内容を改竄《かいざん》するほうが安全だったのだ。わが国は今年度も年間目標を上まわる生産を達成した、とソ連共産党が毎年のように高らかに宣言していたにもかかわらず、店先に並ぶ行列がしだいに長くなり、その歩みも遅くなっていったのは、このような風潮が蔓延《まんえん》していたせいだった。

ブラコフが教師たちをきびしく問いただしたところ、カレニクが何度となく授業を欠席していたことが明らかになった。出席簿の内容がおおむね絵空事である以上、どの授業に欠席していたかを確認することは不可能だった。それでも彼がもう少し落ち着いた生活をしていれば、ことはもうちょっと簡単だったかもしれなかった。カレニクが特定の時間に特定の場所にいたことを、立証できなくはなかっただろう。だが、シャブロフと演じた一件からも明らかなように、カレニクや彼の友人たちはあちこちを放浪し、他の友人たちや親戚の家、あるいはトロリーバスの座席で夜をすごしていたのだ。カレニクのアリバイを立証するには、何年とは言わないまでも、何カ月にもわたって足を棒にして歩きまわり、記憶力の乏しい証人たちに質問しなくてはならない。

たとえブラコフがそこまで徹底したアリバイ捜査に乗り出しても、結局、彼の努力もむなしくカレニクが殺人罪で法廷に引き出される、という事態も充分考えられた。が、そうはならなかった。新たな死体が発見されたのである。

その最初の死体はノヴォシャフチンスクの近くの林のなかで発見された。公式には十月八日に発見されたことになっていたが、林のなかに死体があるという通報が寄せられたのは九月のことだった。民警は通報に応じて死体を捜したが、何も見つけることができなかった。十月に入って再度通報があったため、民警は二度目の捜索をはじめ、そのときになってようやく死体を発見したのだった。

それは十代後半から二十代前半のあいだと思われる、若い女性の死体だった。死体は裸で、あおむけに倒れ、胸骨から腹部にかけて、真一文字に切り裂かれていた。犯人は被害者の乳首を二つとも切りとったうえ、一方の乳房を抉《えぐ》り出していた。さらに、死体の左眼には刺し傷が残されていた。

ノヴォシャフチンスク周辺で出された捜索願をあたっても、該当する行方不明者は見つからず、民警は死体の身元を確認することができなかった。身元が確認されていない場合、捜査は困難をきわめる。検死官の所見によれば、死体は七月ないし八月から林のなかに放置されていたようだった。その時点では、ユーリー・カレニクはまだ逮捕されていなかった。

そして十月三十日、民警はシャフトゥイ近郊でさらに別の死体を発見した。この発見により、ユーリー・カレニクをレソポロサ連続殺人事件の犯人とする説に疑問が投げかけられることになった。この死体も若い女性の死体で、上からかぶせられた土になかば隠れていた。死体は死後三日しか経過していなかった。すなわち、被害者はカレニクが拘禁されてから六週間後に殺害されたのである。傷の様子から考えると、この死体もまたレソポロサ連続殺人の被害者であるように思われた。犯人は被害者の頭に、おそらくはナイフの柄で、一撃を加えたらしかった。そのあとで、犯人は被害者を絞め殺していた。狂乱状態にあったと思われる犯人は、検死官たちがこれまで何度も目にしてきたように、被害者の身体から女性特有の器官を根こそぎ剔出《てきしゅつ》しようとしていた。犯人は被害者の腹部を切り開き、子宮、陰核、そして陰唇を切りとっていた。乳首もまた、両方とも切除されていた。しかし、捜査員らが林のなかをしらみつぶしに捜したものの、剔出された器官も、被害者の衣服も発見されなかった。

だが、これまで発見された死体とこの死体のあいだには、ひとつだけ大きな違いがあった。この死体の眼球には、傷痕がなかった。

それから三週間後、指紋の照合によって死体の身元が明らかになった。被害者の名はヴェラ・シェフクン。学校を中退した十九歳の女性で、表向きはシャフトゥイのおばのもとで暮らしていることになっていた。民警の報告書によれば、ヴェラ・シェフクンは定職を持たず、よくエレクトリチカを利用してあちこちを放浪してまわり、大酒飲みで、〝反社会的な性生活〟を送っていたという。

シャフトゥイの捜査員たちは、市内の判明しているかぎりの〝プリトン〟をまわって、被害者に関する情報を得ようとした。プリトンとは、犯罪者が住人の許可のもとに隠れ家《かくが》として利用しているアパートのことで、アパートの住人自身が犯罪者であったり、盗んだテレビ、非合法の薬物、あるいは女などと引き換えに住人がアパートの一室を提供するケースも少なくなかった。捜査の結果、ヴェラ・シェフクンは殺害される数日前に、シャフトゥイのあるプリトンに泊まっていたことが明らかになった。シャフトゥイの民警の調べによれば、彼女はそのプリトンで何人もの男を相手にしていた。判明した事実のなかでもっとも興味深かったのは、彼女の死の前夜に、私服姿の民警と噂される男がそのプリトンに姿を現わしたという、ある目撃者の証言だった。しかし、シャフトゥイの民警は、目撃者が見たという〝民警〟が何者であるかを明らかにすることはできなかった。

ブラコフに課せられた仕事は、依然カレニクに対する証拠固めを完了することではあったが、彼はこの新しい事件の報告書に注意深く目を通した。レソポロサ連続殺人事件の犯人は、暴力を用いることもなしにどうやって被害者を列車やバスから誘いだしたのか――ブラコフは以前からそれが不思議でならなかったが、可能性のひとつとして、犯人が被害者に服従を余儀なくさせるような権威を持っている場合、つまり制服を身に着けている場合が考えられた。となると、犯人は現役の民警かもしれない。いや、それ以上に可能性が高いのは、民警を免職になった人物だ。犯人はヴェラ・シェフクンの死の前夜にプリトンに姿を見せた、民警と噂される男かもしれない、とブラコフは思った。だが、シェフクン事件にはそれ以外にもいくつも疑問点があった。子宮を剔出《てきしゅつ》できるほどの解剖学の知識を、犯人はどうやって身につけたのか？　犯人は医者か、それとも死体保管所に勤務していた者なのか？　犯人をこのような凶行へと駆りたてる病《やまい》とは、いったいどのようなものなのか？　犯人はレソポロサ連続殺人事件の犯人と同一人物なのか？　仮にそうだとするなら、なぜ犯人は眼球を傷つけるというものパターンを放棄したのか？

十一月二十七日、シャフトゥイの南、キルピチナヤという駅の近くの林で、新たな白骨死体が発見された。この死体は死後何カ月も経過しており、夏ごろから林のなかに放置されていたようだった。動物たちに荒らされて、骨は現場周辺に散らばっていた。しかし、左の眼窩には刺し傷が確認された。死体の近くで被害者の衣服が発見されたが、ポケットのなかから出てきたのはシャフトゥイ市内の映画館の券が二枚だけだった。結局、死体の身元は確認できなかった。

またしても新たな疑問が持ち上がった。この被害者が殺害されたのは夏の終わりと推定され、ユーリー・カレニクが犯人である可能性は否定できなかった。しかし、もしカレニクが犯人ならば、なぜ彼は自白の際にこの事件にふれなかったのか？　また、カレニクが犯人ではないとしたら、なぜ被害者の左の眼窩に他の事件と同じ傷が残されているのか？

年があらたまった一九八四年、ロストフ州民警本部のファイルには、少なくとも九件のレソポロサ連続殺人が未解決のまま残されていた。そして一月四日、ロストフ＝シャフトゥイ間の鉄道線路を見下ろす尾根を歩いていたハンターが、衣服の切れ端とうっすらと積もった雪におおわれた少年の死体を発見した。ミハイル・フェチソフは死体と現場を調べるため、部下を従えてロストフから車を飛ばした。現場はカザチ・ラゲリア――いまだ身元が確認されていない女性の死体が一九八二年の秋に発見された軍事基地から、さして遠くなかった。

現場に到着する前から、フェチソフにはこの新しい被害者の身元の予想がついていた。一週間前の十二月二十八日に、セルゲイ・マルコフという十四歳の少年の捜索願が出ていたのだ。グコヴォで祖父と一緒に暮らしていたマルコフは、成績優秀な生徒だった。ソヴィエト社会の慣習に従って、彼は秋学期のあいだに労働経験をつむために一定期間、ロストフ郊外の小さな町にあるクラスヌイ・アクサイという農機具工場で働いていた。十二月二十七日、マルコフは忘れ物をとりにエレクトリチカで工場まで行ってくると言って家を出た。が、彼はそのまま戻ってこなかった。報告を聞いたかぎりでは、死体とマルコフの容貌や体形は一致していた。

フェチソフらはノヴォチェルカスクの近くで舗装道路を折れ、ハンターが死体を発見した尾根へとつづく未舗装の道路へ車を進めた。フェチソフはドンスコイをはじめとする各地の現場で腐敗した死体ばかりを目にしてきたため、予想もしなかった死体と尾根で対面することになった。その少年の遺体は冬の寒気と雪のせいで、まるで死体保管所の冷蔵庫に収容されていたかのように保存されていたのだ。犯人は少年の頸部を数十回にわたって刃物で突き刺していた。その後の検死官の調べで、傷痕は七十カ所におよび、その大半は皮膚だけを傷つけるような浅い傷であることがわかった。犯人はナイフの先端が被害者の体内に入りこむのを見て、楽しんでいたものと思われた。セルゲイ・マルコフの身体には、ヴェラ・シェフクンと同じような損傷が加えられていた。犯人は少年の睾丸、陰茎、そして陰嚢の大部分を切りとっていた。死体をひっくり返してみたところ、肛門括約筋が拡げられ、切れているのが見てとれた。フェチソフは身震いをした。少年が頸部の刺し傷によって即死し、それ以後は苦しみを味わわずにすんだことを祈るしかなかった。死体の近くからは被害者の衣服が、そして奇妙にも、三つの異なる人糞の山が発見された。

一・五キロほど離れた眼下の谷間には、線路を走るエレクトリチカがペルシヤノフカという駅を前にして速度を落とすのが見えた。おそらく犯人、もしくは犯人たちは、列車のなかで少年と知りあい、何らかの手段で誘い出してペルシヤノフカの駅で降りるようにしむけ、そして殺し、死体に損傷を加えたのであろう。しかし、他の乗客の注意を引くこともなしに、犯人はどうやって少年を誘い出したのか？　なぜこれほど残虐な殺し方をしなければならなかったのか？　だれにも目撃されず、聞きつけられずに殺人を犯し、現場を引き揚げることがどうして可能だったのか？　少年や少女を殺しつづけているのは、同一人物なのか？　それとも、別の殺人者が現われたのか？　フェチソフは自分の抱いている疑問の一部が、時間でいえば十八カ月前、死体の数でいえば十体前、ドンスコイでリュボフィ・ビリュクの死体を調べたときとまったく同じものであることに気づいた。ユーリー

・カレニクを逮捕したというのに、最初の事件から捜査はまるで進展していないのではないか？　フェチソフは暗い思いに沈むばかりだった。

フェチソフはマルコフ事件の捜査を、少年がエレクトリチカに乗りこんだグコヴォからはじめた。マルコフの最後の旅の出発点は、精神遅滞児のためのインテルナトのある町なのだ。これはかならずしも偶然の一致ではないかもしれない、とフェチソフは考えていた。グコヴォのインテルナトを訪れたフェチソフは、数カ月前のブラコフと同じように、その劣悪な環境に度肝を抜かれた。彼は不快感を抑えつけながら、十二月二十七日に外に出かけて列車に乗った生徒はいなかったか、所長にたずねた。

その日はたまたま、かつての生徒だったミハイル・チャプキンがインテルナトを訪れ、マルコフが乗ったのと同じ列車で帰ったという答えだった。二十三歳のチャプキンは重度の精神遅滞だったが、がっしりとした体格の持ち主で、身長は百九十センチ近くもあり、体重は九十キロを超えていた。彼はそれまでの人生の大半をインテルナトですごし、言葉が話せるようになるまで通常よりもかなり時間がかかった。所長の話によると、彼はグコヴォのインテルナトにいられない年齢になったため、シャフトゥイの成人用の施設に送られたのだった。だが、その日はインテルナトに姿を見せ、所長に追い払われるまで居座っていたというのだ。

フェチソフはチャプキンを捜すよう、部下たちに命じた。チャプキンはシャフトゥイの施設から姿を消していた。また、ゴルヌイという村にある親戚の家にも顔を見せていなかった。チャプキンの友人で、やはり精神遅滞であるアレクサンドル・ポノマリョフに訊いてみては、とその親戚は捜査員に勧めた。ゴルヌイの近くの別のインテルナトの生徒であるポノマリョフは、ほっそりした小柄な少年で、年齢は十七歳だった。その日の夜遅く、フェチソフの宿泊するホテルに電話がかかってきた。アレクサンドル・ポノマリョフを見つけだして尋問したという、ゴルヌイに近い民警からの意気揚々とした電話だった。ポノマリョフが、セルゲイ・マルコフを殺したのは自分とチャプキンだ、と自白したのだ。

フェチソフは、自分が到着するまで尋問を中止するよう指示した。翌朝早く、彼はみずからポノマリョフの尋問にとりかかった。ポノマリョフの供述には信憑性があった。彼はカザチ・ラゲリアで行なわれる戦車部隊の演習を見ようと、チャプキンと一緒にペルシヤノフカまで出かけた。カザチ・ラゲリアの原野では、冬になると戦車の模擬戦が行なわれるのである。ペルシヤノフカの駅で、二人はセルゲイ・マルコフと知り合った。三人は駅のスナックでワインとパンを買い、チャプキンがマルコフをピクニックに誘った。そして線路が見える尾根に着いたところで、チャプキンがマルコフを殺したというのだ。

フェチソフはこの供述の裏をとるため、捜査を開始した。駅のスナックのカウンター係の証言は、ポノマリョフの供述を裏づけるものだった。彼女は十二月二十七日にポノマリョフを目にしていた。彼がワインをくれというので、カウンター係は未成年には売れないと言って断わったのだ。ポノマリョフはいったん立ち去ると、大柄な年かさの男を連れて戻ってきた。ワインを買ったのはその男だった。ええ、この人よ、とカウンター係は写真を見て言った。それはチャプキンの写真だった。

「マルコフを殺した場所まで、われわれを案内できるかね？」フェチソフは言った。

「うん」と、ポノマリョフは答えた。

捜査員の一団と四人の目撃者の先頭に立って、少年は線路に沿って歩きはじめた。方角が違うのではないか、としばらくフェチソフはいぶかしんでいた。が、やがてポノマリョフは線路を離れ、ぬかるむ畑や棘《とげ》だらけの茂みを抜けて、殺害現場へと一行を導いた。ところが、彼は現場を素通りすると、円を描くようにしてあたりを歩きまわりはじめた。明らかに何かを探しているようだった。

「何を探してるんだね、アレクサンドル？」と、フェチソフは訊いた。

「オレたちがここでしたクソ」と、ポノマリョフは答えた。

それを聞いて、フェチソフの胸に確信が芽生えた。三つの人糞の山は、捜査員たちがすでに持ち去っていたのだ。たしかに、フェチソフは現場捜査の報告書でそれらの人糞について言及してはいたが、ポノマリョフはそれを見てはいない。マルコフの殺人に関与していないかぎり、人糞のことは知らないはずなのだ。

ほどなく、民警はミハイル・チャプキンを捜しあてた。彼はポノマリョフよりも重症の精神遅滞だったため、参考人としてはあまり役に立たなかった。ペルシヤノフカの駅に連れていったときも、チャプキンは現場がどちらの方角にあるのかさえわからなかった。

しかし、チャプキンは自白した――うん、殺したのはオレ、と。列車のなかでパルチザン（ドイツ軍占領時代のゲリラ兵）を捕虜にしたので、殺して睾丸を切りとった、というのである。

チャプキンの供述は、それだけにとどまらなかった。彼はヴェラ・シェフクンの殺害まで認めたのだ。さらに彼は、自分が暮らしている施設の精神科医にも殺意を抱いていることを認めた。トラクターを運転したかったのに、その女医が運転許可を与えなかったためだった。あの女医を犯して乳房を切りとりたい、とチャプキンは言った。ほかにも少女を一人殺している、と彼は自白した。死体はガソリンスタンドの近くの穴のなかに投げこみ、木の枝でそれを隠したというのだ。

フェチソフは、チャプキンの言ったガソリンスタンド周辺の捜索を命じた。そのときは何も発見されなかったが、二週間後にはもう一度捜索が行なわれた。この二度目の捜索で、女の死体が発見された。

ちょうど同じころ、州内の別の二カ所、サリスクとロストフの近辺で、さらに二体の死体が発見された。ポノマリョフは、その二人も自分とチャプキンが殺したと自白した。しかし、その直後、これらの事件を担当していた地元民警は、それぞれ別の容疑者から自供を得た。しかも容疑者の一人は、逮捕されたときには被害者のものである宝飾品を所持していたのだ。

増加の一途をたどる死体と容疑者と自白を抱えた捜査陣は、いまや多すぎる卵を投げ上げて曲芸をする軽業師も同然だった。犯してもいない二件の殺人をポノマリョフとチャプキンが自白したということは、マルコフ事件の供述もまた偽りだということなのか？　もしそうなら、なぜポノマリョフは人糞の存在や現場の位置など、詳しい情報を知っていたのか？　チャプキンはなぜガソリンスタンド近くの死体のことを知っていたのか？

州民警本部の捜査員の大半はこれらの矛盾に目をつぶり、かれらの名付けた〝カレニク＝チャプキン一味〟を強引に起訴に持ちこもうと考えていた。民警のロストフ州副本部長でありフェチソフの上官でもあるパーヴェル・チェルヌイショフも、この考えに賛成していた。特別重大犯罪捜査課におけるフェチソフの補佐官、イーゴリ・ザクシェヴェルも同じ意見だった。が、フェチソフとアレクサンドル・リャプコ捜査検事は決心がつかず、ためらっていた。

ヴィクトル・ブラコフはというと、むろん多数派とは反対の見解を抱いていて、おおむね孤立した状況にあった。〝一味〟説については報告書で読んでいたものの、彼の考えは変わらなかった。現場の状況から考えると、レソポロサ連続殺人のたとえ一部にせよ、複数の人間が関与しているとは思えなかった。いったいどのような性格の持ち主が、死体にあのような傷を負わせるものか、とブラコフはこれまで頭を悩ませてきた。このような事件を起こした犯人に友人や共犯者がいるなど、信じろというほうが無理だった。カレニクを交えた実地検証に立ち会ってきたブラコフは、検証の場におけるポノマリョフの言動は割引きして考えるべきだと考えていた。フェチソフが到着する前の最初の尋問の際に、ポノマリョフは殺害現場が線路を見下ろす尾根の上であること、死体の近くで人糞が発見されたことなどを知った可能性もあった。チャプキンについては、あちこちをさまよっているうちに、たまたま女の死体に出くわしただけなのかもしれない。ポノマリョフが犯行を認めた他の二件の事件は、別の犯人の仕業であることがすでに判明している。ポノマリョフもチャプキンもいかなる殺人も犯していないというブラコフの確信は、この事実によってさらに強められた。

一九八四年初頭、以後の捜査に決定的な影響をおよぼす報告が検死官からもたらされた。マルコフの肛門から微量の精液が発見されたというのだ。

精液の存在は、いくつかの事実を示唆していた。まず、マルコフは殺害される前に性的暴行を受けていた、ということである。これまでに発見されたレソポロサ連続殺人の被害者の死体は、著《いちじる》しく腐敗していたか、さもなくば暴行の有無が確認できないほどひどい損傷が加えられていた。

しかし、年端《としは》もいかぬ少年に性的暴行を加えるのは、いったいどのような人物であろうか？　犯人はホモセクシャルなのだろうか？　ホモセクシャルが、男だけでなく女まで殺害することがありうるのだろうか？

精液のもうひとつの重要性は、これが犯人、もしくは犯人たちの残した唯一の物的証拠であるという点だった。

その唯一の物的証拠からまず解明しなければならないのは、精液の型だった。当時アメリカでは、FBIが体液から遺伝子を識別する方法を開発していた。犯行現場で発見された精液や、汗、唾液など分泌液に含まれるDNAを分析し、それを容疑者のDNAと比較すれば、指紋と同様の正確無比な判定が可能だった。

しかし、FBIに比べるとロストフ民警の鑑識技術は大幅に遅れをとっていた。ソヴィエトの科学捜査研究所が行なえる体液の分析といえば、血液中の抗原の分析が関の山だった。たとえば、A型の血液型を持つ人間のうち、八十パーセントの体液からはA抗原が発見される（抗原が検出されない残りの二十パーセントは、非分泌型《ノン・セクリーター》と呼ばれる）。ソヴィエトの研究所では、技術者が血液ないし精液のサンプルに検査用の抗体を加え、それを顕微鏡で観察する。そして、シャンパンの泡のように見えるサンプル内の細胞が分離したままであるか、それとも相互に結合していくつもの塊を形成するかを調べる。A抗体にもB抗体にも反応しないサンプルは、A、Bいずれの抗原も持たない血液型、すなわちO型である。どちらの抗体にも反応するサンプルは、人口の六パーセントというもっともまれな血液型、AB型ということになる。

セルゲイ・マルコフの体内で発見された精液に関する最初の報告書に目を通したとたん、ブラコフはカレニクやチャプキンをはじめとするグコヴォの若者たちは無関係であるという確信をさらに深めた。報告書によれば、発見された精液はO型だった。だが、カレニク＝チャプキン一味には、O型の血液を持つ者は一人もいないのだ。

しかしその二日後、研究所は報告書の内容を訂正した。マルコフの体液から検出された精液と別の精液を取り違えていた、と新しい検死報告書には記《しる》されていた。死体から発見された精液は、もし他人の体液が混じっていないならば、人口のわずか六パーセントを占めるにすぎないＡＢ型だというのだ。

それは、ミハイル・チャプキンの血液型だった。

4　反社会的性生活を送る女たち

一九八四年、事件はすでに解決されたという主張を嘲笑《あざわら》うように、新たな死体が次々に発見された。一月十日、ロストフ空港近くの林で犬を散歩させていた市民が、若い女性の死体を発見した。下半身を裸にされたこの死体はなかば茂みに隠れ、腐りかけた枯れ葉や雪に覆われていた。現場は、半年前にイリーナ・ドゥネンコヴァが殺された場所から百五十メートルと離れていなかった。

ミハイル・フェチソフは死体発見の知らせを受けると、自分が部下を連れて駆けつけるまでは現場に手をふれないように、と担当の民警に命令した。現場に到着したとたん、彼は死体が死後一日程度しか経過していないことに気づいた。つまり、事件はチャプキンやカレニクが拘置されたあとに起こったのだ。犯行から二十四時間ほどしかたっていないいため、狂乱した犯人が死体に加えた傷はまだ生々しかった。鼻と上唇はナイフによって切りとられ、首から下は衣服もろとも切り裂かれていた。ナイフの先端によって乳房、首、腹部に加えられた傷は、軽傷、重傷あわせて約三十カ所にもおよんでいる。だが、この死体の傷は、これまでロストフ州の林で発見された死体とは二つの点で異なっていた。ひとつは眼球が傷つけられていないこと、そしてもうひとつは左手の薬指が切断されていることだった。現場を捜索した結果、死体から少し離れた場所で安物の金属の指輪が発見された。また、現場近くのぬかるみには、きわめて大きな足跡が残されていた。何者の足跡であるかはともかく、靴のサイズは三十三センチという大きさだった。

被害者の衣服からは、精液と血液が発見された。それらは分析のためにロストフ医科大学の研究所に送られることになった。

フェチソフは、警察犬を連れてくるよう命じた。犬たちは現場周辺の臭《にお》いをかぎまわったのち、現場の北にあるレスニチェストヴォという木立にかこまれた小さな村へと捜査員らを導いた。そこには、国有林の伐採にあたる労働者たちが住む五、六戸の建物があった。捜査員らは村の家を一軒ずつまわって、聞き込みを行なった。村人のなかには、死体が発見された前日の午後に、林のなかから短い悲鳴が聞こえたと証言する者が何人かいた。が、民警に通報しようと思った者や調べにいこうとした者は、一人もいなかった。死体が発見された林は不良少年や路上生活者たちのたまり場で、いろんな奇声や物音がしょっちゅう聞こえてきたからだ。

さいわい、フェチソフの部下たちは、ひとつの手がかりに恵まれた。被害者は身分証明書は持っていなかったが、衣服のポケットから荷物の一時預り証が出てきたのだ。それは、現場から五キロ離れたロストフのバス停の一時預り所のものだった。荷物についていた名札から、被害者の身元が明らかになった――ナタ－リャ・シャロピニナ、十八歳。生まれはロストフ州の田園地帯にあるゾロタリョフカという寒村だった。

バス停では、もうひとつの手がかりが得られた。バス停の待合室の隣は、机と電話とひび割れたビニール張りのソファーの置かれた民警の分室で、警官が常駐していた。バス停の警官の仕事のひとつは、待合室で夜を明かす人間を追い払うことだった。殺害される前のナターリャ・シャロピニナは、夕方三度にわたって待合室から追いだされていた。そのうちの一度は、〈ロストセリマシ〉という近所のトラクター工場に勤務する若者と一緒だった。

判明した情報をもとに、当局は空欄に記入するような独特の用語で被害者のプロフィールを作成した。「職業――なし。学歴――なし。アルコール常用。住所不定。淋病に感染。反社会的性生活」――報告書にはそう書かれていた。〝反社会的〟という否定的表現は、ソヴィエトでは万能の言葉だった。交通規則を破る運転手は反社会的であり、ノルマを達成しない工場は反社会的であり、だれかれかまわず寝る女は反社会的性生活を送っているとされた。これに対して、正しいことは、〝社会秩序に即し〟ていると表現された。

〈ロストセリマシ〉の工員については、何年も前からナターリャを知っていたことが判明した。二人は、ロストフの北東百キロに位置するセミカラコルスクの学校に通っていたころからのつき合いだった。この工員の供述によれば、彼は一月六日、七日、八日と三晩つづけてバス停の待合室で彼女に会ったという。だが、彼は寮で暮らしていたため、ナターリャを連れこめる部屋がなかった。彼女はかまわず三晩とも戸外で、というよりはほとんど路上で彼を楽しませた。二人は建物の玄関口や路地でことを行なったのだった。

だが、この工員には一月九日の夜のアリバイがあった。当夜、彼は勤務についていたのだ。ナターリャが最後に待合室から追いだされ、死体が発見されるまでのあいだ、彼を工場や寮で見かけたという証人は何人もいた。

検死官の解剖報告書によって、さらに三つの手がかりが得られた。すなわち、ナターリャの陰毛に毛ジラミが寄生していたこと、胃のなかに未消化の食物があったこと、そして体内には精液がなかったことである。フェチソフの部下たちは、被害者はバス停の待合室で何者かと知り合い、食事をエサに誘い出されたものとして捜査を開始した。この間に、犯人の精液が被害者の衣服から検出されていた。したがって、やはり犯人が毛ジラミ、淋病、ないしはその両方をうつされ、医師や薬局を訪れている可能性が高かった。捜査員らは地元の診療所や薬局を徹底的に調べ、目撃者を探すためにバス停の周辺でナターリャの写真を見せてまわった。だが、彼女が別の人間と一緒に姿を消すところを見た者はいなかった。また、薬局でシラミ用の軟膏を買った客のなかにも、一月九日のアリバイがない者はいなかった。ロストフの診療所で性病の治療を受けた者に関しても、同じだった。

捜査が開始されてまもなく、興味深い事実が明らかになった。ナターリャには、オリガ・クプリナという親しい友人がいた。一九八二年の八月、二人はナターリャが入学を希望していた音楽学校のあるセミカラコルスクへと出かけた。だが、オリガはそれきり家に戻ってこなかった。ナターリャは姉妹の一人に、オリガはどこかに行ってしまったが、それがどこなのかは自分にもわからないと言ったという。一九八二年以降、故郷でオリガの姿を目にした者はいなかった。

当然のことながら、連続殺人事件の身元の確認されていない被害者の一人がオリガ・クプリナではないかという疑いが持ち上がった。民警にはすでに、頭蓋骨をもとに画家が描いたすべての身元不明死体の似顔絵がそろっていた。それらのスケッチと彼女の写真が比較された。はたして似顔絵の一枚が、写真とそっくりだった。捜査陣はさらに、クプリナの歯医者の治療記録を探し出した。それは、一九八二年十月にカザチ・ラゲリア近くで発見された、レソポロサ連続殺人の三番目の死体の歯型とぴったり一致した。

クプリナの生涯は、友人のナターリャの人生と哀れをもよおすほど似ていた。彼女は学校を中退していた。近所の住人の証言によると、少年たちや男たちがひきもきらずに彼女のもとを訪ねていたという。母親との関係も険悪だった——娘が行方不明になっても、母親が民警に届けを出さないほどに。なぜオリガがカザチ・ラゲリアの近くにいたのかは、彼女の家族にも説明できなかった。たぶん、兵士の一人と関係があったのだろう、と家族は言った。

ナターリャ・シャロピニナとオリガ・クプリナが友人同士だったという事実は、事件の被害者同士を結びつける最初のリンクだった。だが、疑問はますます増えつづけるばかりだった。シャロピニナとクプリナは、この両者の共通の知り合いである同一の犯人によって殺害されたのだろうか？　リュボフィ・ビリュクをはじめとする被害者を殺したのも、その犯人なのだろうか？　もしそうであるなら、なぜ犯人は眼球に傷をつけるのをやめたのか？　死体から精液が発見されるようになったのはなぜか？　それはただ単に、死の直後、しかも冷えこむ季節に死体が発見されたため、これまでのように雨や腐敗によって証拠が失われなかっただけなのか？　それとも、新しい殺人者が残した〝署名〟なのか？　カレニクとチャプキンの拘置中にナタ－リャが殺害されたということは、第三の殺人者が現われたということなのか？　それとも、カレニクとチャプキンは無実なのか？　そもそもレソポロサ連続殺人は、すべて一人の人間によって行なわれたのであろうか？

ヴィクトル・ブラコフはあいかわらず、ユーリー・カレニクを起訴に持ちこむために証拠固めをやらされていた。が、ナタ－リャ・シャロピニナ事件の報告書に目を通しているうちに、ブラコフはある事実に気づいた――犯行に一定のパターンが現われはじめているのだ。事件の初期の犠牲者は、リュボフィ・ビリュク、オリガ・スタルマチェノク、そしてイーゴリ・グトコフのような少年や少女たちだった。被害者はいずれも、保護者としての責任を一応は果たす、少なくとも一人の大人とともに暮らし、使いや通学などの途上で姿を消していた。しかし、ヴェラ・シェフクンやナタ－リャ・シャロピニナは、法的には、成人した女性だった。クプリナは殺害当時十六歳だったが、肉体的には成熟していた。これら三人の女性は、売春婦も同然の暮らしを送っていた。おそらく、少なくとも常識的に考えれば、身元が確認されていない死体もそのような女性たちなのだろう。ブラコフは、そうした女性たちをよく知っていた。

駅やバス停の待合室を巡回したことのある民警なら、だれもがこうした女性たちを知っていた。ロシアの駅やバス停は、このような女性らをおのずと引き寄せるのだ。少数の特権階級にしか自動車が手に入らないような国では、大多数の一般市民はバス停や駅を使わざるをえない。バス停や駅の利用者の大半を占めるのが、通勤客、都市の市場に向かう売り手と買い物客、それに観光客だった。これらの人たちには、二つの共通点があった。現金を持っていることと、短時間で姿を消すことである。利用者の二番目のグループは、駅やバス停で風雨をしのぎ、夜を明かす者たちである。朝から晩まで一日じゅうぶらついていても言い訳が立つうえに、暖がとれる場所といえば、ロシアでは駅とバス停しかなかった。そして三番目のグループは、最初の二つのグループを食い物にする置き引き、ポン引き、ペテン師たちだった。このグループに属する類《たぐ》いは、いわばサメだった。サメは海に次々に現われる獲物を物色し、襲いかかり、そして姿を消す。

夏の土曜日などは、ロストフのような大都市の駅の待合室には、十指にあまるペテン師グループが姿を現わす。通常、少年か、もしそのグループにいれば愛らしい少女が一人、折りたたみ式のテーブルをひろげ、番号札とサイコロを準備する。テーブルをひろげた少女は、一枚数ルーブルで番号札を売りはじめる。そして、まわりに集まる見物人たちの一人を選び、サイコロを振らせる。最初の賭け金はそれほど大きくない。だが、金まわりのよさそうなカモが現われると、いかさまがはじまる。まず、その客ともう一人の客が、出た目に賭けていたことが明らかになり、二人は儲けを手にする権利を得るためさらに勝負をする。最初の賭けに勝った二人目の客はかならず、見物人の一人を装っている、ペテン師グループの一員なのだ。その男はたいていボロをまとっているか、負けず嫌いの向こう見ずな若者を装っている。この賭博では、その〝妻〟は、博打《ばくち》を打つようなお金はないのだからどうかやめて、と懇願する。相手の賭けに応じられなくなると、自動的に負けとなる。ところが、不思議なことに貧乏そうな身なりをしたこの男は、最後までカモと同じだけの、あるいはそれ以上のカネをかならずポケットからひねり出すのである。ほどなく少女はテーブルをたたみ、姿を消す。彼女は共犯者たちと落ち合ったあと、儲けを山分けする。ペテンにひっかかったことに気づいたカモは、ひとつの選択をせまられる。ごったがえす待合室のなかからペテン師どもを捜し出し、民警に知らせて逮捕してもらうか、さもなければ何事もなかったような顔をしてヴォルゴグラード行きの列車に乗り、だれも彼のバカさ加減に気づいていないことを祈るかのどちらかである。カモたちは、かならずといっていいほど列車に乗るほうを選んだ。

　ロシアでは、売春婦たちもまた、駅の待合室で客を探す。しかし、ドアマンを買収してモスクワやレニングラード（サンクト・ペテルブルクの旧称。改称は一九九一年）のホテルに忍びこみ、ドルやマルクや円を持った客を相手にする若く美しい女たちにくらべると、このような売春婦たちの商売はひどくみじめなものだった。待合室の女たちの髪は安っぽく染められ、身体はやつれ、眼には疲労の色が浮かんでいる。こうした女たちは、数ルーブルのはした金で一晩に五人から十人もの客をとる。客が車を持っている場合はまだしも幸運だった。屋根のあるところで商売ができるからだ。

待合室に集まる階層の底辺に位置するのは、ホームレスたちである。公式には、ソヴィエト連邦にはホームレスも失業者も存在しなかった。すべての国民は政府から仕事と住居の提供を受けるものとする、と法に定められていたからだ。たとえそれが、つまらぬ仕事やみじめな住居であったとしてもである。そしてすべての国民に、住所と勤務先が記載された身分証明書と労働者手帳を携帯することが義務づけられていた。そのどちらも携帯していない者は、民警に見つかると、通常は〝プリョムニク＝ラスプレジェリチェリ〟――非就業者仮収容所に引き渡された。この仮収容所は監獄となんら変わるところがなく、看守を務めるのは民警だった。プリョムニク＝ラスプレジェリチェリで三十日の服役をすませた者には、仕事が与えられた。だが、集団農場での農作業が斡旋《あっせん》されるケースがほとんどで、集団農場を辞めて待合室に舞いもどり、そしてまた収容所へ送られるということをくり返す者も少なくなかった。男たちのなかには、空き瓶を集めて酒屋に売り、それで食いつないでいる者もいた。ナターリャ・シャロピニナのような女たちは、ボトル半分のウオツカ、温かい食事、あるいは凍《こご》えずに眠れる場所と引き換えに男に身体を提供した。このようなホームレスたちが、〝サメ〟たち――頭の切れる者、腕っぷしの強い者、残忍な者に食い物にされることもめずらしくはなかった。ブラコフは、こうした者たちにある種の同情を感じていた。ホームレスのほとんどは、ブラコフほど家庭環境にめぐまれていなかったからである。かれらの親たちは飲んだくれか、喧嘩ばかりしているか、さもなければその両方だった。が、ブラコフは同情とともに嫌悪感も抱いていた。かれらが犯罪の温《おん》床《しょう》の一部を形成していることはまちがいなかったからだ。

シャロピニナとクプリナに関する報告書に目を通したブラコフは、グコヴォのインテルナトの入所者たちとレソポロサ連続殺人は無関係であるという確信をさらに深めた。ユーリー・カレニクが、ましてやミハイル・チャプキンが、ホームレスを襲う〝サメ〟だとはとても信じられなかった。かれらはほかの点はともかく、狡猾《こうかつ》さに欠けていた。さらにブラコフは、他の捜査員が見落とした重要な手がかりを報告書から読みとっていた。切断された指には、死体のそばで発見された指輪がはめられていたのだろう、と捜査員らは考えていたが、それは黄色い金属の指輪で、一ルーブルか二ルーブルで買えるような安物だった。そんな、何の値打ちもない指輪を奪うために、犯人がわざわざ指を切り落としたりするだろうか？　切断された指には、何か重要な意味を持つ第二の指輪がはめられていたのではないか、というのが彼の考えだった。それは犯人が被害者に与えたものかもしれない。あるいは、犯人のイニシャルが刻まれていたのかもしれない。

一九八四年初頭のこの時点で、ブラコフにも自分なりの調査が進められる余裕ができた。ユーリー・カレニクが精神鑑定のためにモスクワのセルプスキー研究所に送られたのだ。これははたして彼を殺人罪で起訴し法廷に立たせることが可能かどうか鑑別するためだった。これによって、連続殺人の最初のころの被害者たちが殺害された日に、カレニクにアリバイがあるかどうか、また他の捜査員らが主張するようにカレニクの〝一味〟に、彼の拘置後の事件の犯人とみられる者がいるかどうかを調べ上げる作業は棚上げとなり、ブラコフはカレニクを相手に尋問をくり返すという任務から離れることができた。

ブラコフは車と運転手を手配すると、ロストフ北東のゾロタリョフカに向かった。家畜を飼育する国営農場のあるこの村は、いまにも倒れそうな家屋が立ち並ぶ集落で、泥だらけの道が走り、茂みのなかでガチョウや鶏が地面をつついていた。こうした村の女たちは、またたくまに少女から母親へと姿を変える。そして四十の坂にかかるころにはすっかり肉がつき、母親から、灰色の髪をネッカチーフで包み太い脚に泥まみれのゴム長をはいた、口には金歯の目立つ典型的なロシア人のおばあさん《バーブシュカ》と化す。そんな女たちが戦争の記念碑のかたわらで、村の商店にパンを配達するトラックを待つ姿が、ブラコフの車の窓から見えた。トラックが到着すると、女たちはそのまわりに群がって行列を作り、ぺちゃくちゃとおしゃべりをつづけた。女たちがパンを手に入れて家に帰ると、今度は、ガチョウや鶏たちが鳴き声をあげてそのまわりに群がるのだ。

ナターリャ・シャロピニナの母親、ガリーナ・ボンダレンコは、村の他の女たちと同じような容姿の持ち主だった。年輪の刻まれた丸い顔、背が低くて太りじし、分厚い靴下の上にゴム長という格好で、爪には泥がつまり、足どりは鈍重で身体をゆすって歩いた。ナターリャは彼女が十九のときに産んだ最初の子供だった。その結婚生活は幸福なものではなく、夫婦はナターリャが三歳のときに離婚していた。

結婚生活がうまくゆかなかった理由を訊かれると、彼女は鼻を鳴らした。ロシアの田舎には、離婚を引き起こすとくに顕著な原因がひとつあった。ガリーナは人差し指で自分の首をたたいた。それは酒びたりを意味するジェスチャーだった。彼女の最初の夫は大酒飲みで、二人はよく喧嘩し、夫は彼女を殴り、そしてさらに酒を飲むのだった。

ガリーナはナターリャが五歳のときに再婚したが、別れた夫はときおり酔いにまかせて姿を現わし、よりを戻してくれと懇願した。彼は娘にだけはやさしく、ぜったいに殴ったりはしなかった。結局、彼はロストフに引っ越し、そこで再婚することになった。

ガリーナの二番目の夫は、よき継父としてナターリャに接しようと努め、しばらくはナターリャもとくに問題もなく育っていった。ナターリャは学校の成績もそう悪くはなく、アコーディオンを弾《ひ》くようになった。だが、思春期に入ると、彼女は親に逆らいはじめた。それは幼いころの記憶のせいかもしれず、あるいは、パン屋の行列に並ぶ女の一人にはなりたくない、と考えていたせいかもしれなかった。

彼女は何かと親に口ごたえし、何であろうとしたい放題にするようになって、母親と喧嘩をくり返した。ナターリャが少年たちと出歩くようになったのは、十三歳のころだった。ときには、一晩じゅう家に戻らないこともあった。七学年を修了したとき、彼女は妊娠した。母親は彼女に中絶を勧めた。それ以外にどんな方法があるというのか？ 次には八学年がひかえているのだ。この一件以来、ナターリャは母親とほとんど口をきかなくなった。

中絶した子供の父親がだれなのかは、単にわからなかっただけなのかもしれないが、彼女は決して明かそうとしなかった。「そんなことを話したら、あいつらに殺される」と、彼女は母親に言ったという。

それから一年ほどして、ナターリャが十五歳になると、離婚したばかりの年かさの男が彼女に言い寄ってきた。ガリーナの記憶によれば、当時のナターリャは生涯でもっとも魅力的な時期にあったという。大きめの顔はかろうじて十人並みという程度だったが、肢体は女らしい魅力であふれていたのだ。結婚できる年齢ではなかったが、彼女は学校に通うのをやめ、愛人の家で暮らすようになった。そして彼女はまたしても妊娠し、またしても中絶することになった。ナターリャの愛人は、彼女の実父同様の飲んだくれだった。二人の関係はすぐに破綻《はたん》して、ナターリャはセミカラコルスクのおばの家に身を寄せ、ときどき気が向くと缶詰工場で働いた。ロストフの実父のもとで暮らそうとしたこともあったが、父親の新しい妻が彼女を嫌っていたため、だいたい二、三日で家から追い出されるのがふつうだった。

ナターリャは、二度にわたって手に職をつけようとしている。一九八二年、十六歳だった彼女は、プロのアコーディオン奏者になるためにセミカラコルスクの音楽学校に入学したいと言いだした。彼女がオリガ・クプリナとともにセミカラコルスクに出かけたのは、このときだった。しかし、ナターリャの説明によれば、音楽学校の校長が出張中であったために入学は果たせなかったという。それ以来彼女は、二度と音楽学校を訪ねようとしなかった。そして一九八三年の末、彼女はロストフにあるトロリーバス運転手養成学校への入学を決心した。彼女が姿を消したのは、その養成学校へと向かう途中のことであった――少なくとも彼女の母親はそう信じていた。

ナターリャは左手に指輪をしていた、とガリーナは答えた。ブラコフは母親にたずねた。していたか、とガリーナは答えた。彼女がその指輪に気づいたのは、新年が明けたころのことだった。だれが娘にその指輪を与えたかは、彼女も知らなかった。ロストフに住んでいるだれかだろう、とガリーナは考えていた。

ナターリャにはどんなボーイフレンドがいたか、ブラコフはつづけて訊いた。あまりに多すぎて、とてもいちいち憶えていられなかった、というのがガリーナの答えだった。

やがて、ガリーナの話が真実であることが明らかになった。ブラコフと地元の民警がゾロタリョフカや近隣の村々の男たちから事情を聞いたところ、ナターリャ・シャロピニナかオリガ・クプリナ、あるいは両方と寝ていない男を見つけるのが難しいくらいだった。しかもナターリャのかつての愛人をはじめとする、もっとも疑わしい男たちは、いずれも一月九日にはアリバイがあった。また、指輪をシャロピニナに与えたと認める者も一人もいなかった。

ブラコフはシャロピニナと関係した多数の男たちのアリバイ確認を地元の民警にまかせ、憤懣《ふんまん》やるかたない思いを胸にロストフに戻った。この事件の手がかりをたぐってみるたびに、不毛で際限のない捜査へと引きずりこまれていくような気がした。ノヴォシャフチンスクでは、あいかわらず筆跡鑑定の専門家たちが〝黒猫〟の葉書の筆跡と州内の雇用記録に書きこまれた文字の照合作業を行なっていた。老いた好色漢、ヴラジーミル・ババコフの調査を続けている捜査員もいた。そして、生きるために数知れぬ男たちと寝てきた十八歳の不幸な少女の性生活を明らかにするために、さらに多くの捜査員が骨を折っているのだ。ブラコフ自身もまた、精神遅滞の若者たちの行動を調べ上げる任務を負わされ、この先それに何カ月かかるかわからなかった。だが、こうした捜査をいくら続けたところで、ナイフと荒れ狂う怒りを隠し持った男に近づくことはできないのではないか、とブラコフは疑いはじめていた。

三月十一日、シャフトゥイの線路ぎわの林を歩いていた鉄道員が、新たな死体を発見した。雪解けとともに現われたこの死体は、完全に白骨化していた。どうやら前年の夏から林のなかに放置されていたらしく、民警はこの死体の身元を確認することができなかった。だが検死官は、左右の眼窩と肋骨にナイフの跡を見つけた。この死体は、一九八二年の夏から起算して、林のなかで見つかった十三番目の死体だった。

フェチソフは、これまでに死体が発見された公園や林を、警察犬を使ってさらに徹底的に調べるよう部下たちに命じた。四月二十二日、警察犬が十四番目の死体を発見した。それは女の死体だった。現場はロストフ市内の飛行士公園の茂みのなかで、近くには台座の上にミグ‐21戦闘機をのせた軍事記念碑があった。イリーナ・ドゥネンコヴァやナターリャ・シャロピニナの死体が発見された林は、新たな死体の発見現場からわずか八百メートルの位置にあった。冬の寒さと雪のせいで、この死体の保存状態は良好だった。それに残された傷痕からみて、これまでと同じ犯人の仕業であることは疑いの余地がなかった。この被害者も、膣、子宮、膀胱をナイフで抉《えぐ》りとられていたのだ。ただ、眼球は無傷だった。

民警は半裸の死体のコートから身分証明書を発見した。それによると、被害者の名前はマルタ・リャベンコ、年齢は四十四歳。職業は労働者で、ロストフ郊外のクラスヌイ・アクサイの工場と、市内の〝トラ箱〟やアルコール依存症治療病棟のあいだを往復していた。彼女はソヴィエト社会の上層階級の生まれだった。彼女の祖父は将軍だった。だが、祖父の死後、彼女の一族は没落の憂《う》き目にあった。生前の彼女が最後に職場で目撃されたのは、二月二十二日のことだった。担当捜査員は、報告書を作成する際に、被害者の生活上の特色という項目に〝反社会的性生活〟と書きこんだ。

被害者のコートと服には精液が付着していた。フェチソフは、衣服を鑑識にまわして分析させる手配をした。

さらに、殺人者は現場に戻るという通説を考慮して、フェチソフはミグ‐21の台座の周辺に人目につかぬよう見張りを配置した。ほどなく、ニコライ・ビェスコルシーという名の男が民警に連行されてきた。

ビェスコルシーは空港の近くに住み、空港で手荷物係をしていた。この男は大酒飲みで、いつも酔っ払って職場に現われ、ときには、公園で一緒に酒を飲もうと女を誘うこともあった。

ビェスコルシーが逮捕されたのも、ちょうど彼が公園に女を連れこんだときだった。彼はリャベンコの死体が発見されたあたりに女を連れていき、ボトルをあけ、一緒に酒を飲みはじめた。女が酔いつぶれると、彼は女を裸にして冷たい地面に寝かせ、交接した。彼がことを終えたときも、女はあいかわらず眠りこけたままだった。ビェスコルシーは立ち上がり、売店に行くと、もう一本酒を買った。戻ってきたビェスコルシーを見て、張り込んでいた民警は、彼には女にナイフを振るう気はないものと判断した。だが、警官たちは大事をとってその時点で張り込みを解き、尋問するために二人を連行して、女を〝トラ箱〟に、ビェスコルシーを留置場に放りこんだ。だが、女はいつのまにか〝トラ箱〟を抜け出して姿を消してしまい、看守をまごつかせた。ビェスコルシーの尋問を担当したのは、フェチソフの犯罪捜査部の部長補佐、ヴラジーミル・コレスニコフだった。コレスニコフは、尋問を開始したとたんに、吉報を持って尋問室を飛び出してきた。ビェスコルシーがリャベンコとシャロピニナの殺害を自供したというのだ。

だが、ヴィクトル・ブラコフには、ビェスコルシーもまた、恐れと不安から理性を失い、犯してもいない犯行を認めた容疑者の一人としか思えなかった。ブラコフは確信していた。職業柄《がら》、ビェスコルシーには、レソポロサ連続殺人の犯人ではない、とブラコフは確信していた。真犯人は出張の機会が多い仕事か、州のあちこちをうろつきまわる時間はないはずだった。

さもなければ頻繁に欠勤しても文句を言われない仕事についているのだ。ブラコフの推測では、犯人は獲物と一緒に酒を飲んだりはしない。被害者を相手にノーマルな性行為も行なわない。ましてや、獲物を林のなかに置き去りにして、酒を買いにいったりしないはずだった。

しかし、こうした疑念を表明したせいで、すでにロストフ州民警本部内で高まっていたブラコフに対する反感がさらに激化した。フェチソフの上官であるパーヴェル・チェルヌイショフ副本部長をはじめ、この事件を〝カレニク＝チャプキン一味〟の犯行と決めつける州民警の高官は少なくなかった。チェルヌイショフはカレニク、チャプキン、あるいはビェスコルシーの尋問に立ち会ったこともなければ、現場検証に参加したこともなかった。チェルヌイショフは報告書に目を通したにすぎなかったが、その報告書の内容から、民警にとってますます重荷になってきたレソポロサ連続殺人事件もまもなく解決されると信じたのだった。チェルヌイショフをはじめとする、カレニク＝チャプキン説の支持者たちにとって、ビェスコルシーの自供は歓迎すべき展開だった。リャベンコとシャロピニナを殺害したのがビェスコルシーなら、カレニクとチャプキンに対する嫌疑が揺らぐこともない。マルコフ殺害の罪でチャプキンが正式に起訴されたのは、リャベンコの死体が発見された直後だった。この期に及んでチャプキンの起訴を取り下げようものなら、民警上層部の大きなスキャンダルにもなりかねなかった。ソヴィエトの官僚機構においては、過《あやま》ちは犯してもそれを決して認めないほうが無難なのだ。

チェルヌイショフとコレスニコフの主張により、ビェスコルシーは婦女暴行の容疑で起訴されることになった。女友だちを酒で酔いつぶし、情交におよんだことは確認されているからである。だが、起訴の真の目的は、彼がリャベンコならびにシャロピニナを殺害したことを立証するための時間かせぎだった。

もはやブラコフは、これまでの捜査に対する疑問を胸にたたんでおけなくなった。彼はレソポロサ連続殺人を担当する幹部の定例会議の席上で、カレニクとチャプキンはこの事件とは何の関わりもないという見解を腹蔵《ふくぞう》なく語った。真犯人はいまだに野放しにされている。シャロピニナとリャベンコの死がその証拠だ、と彼は主張した。さらにブラコフは、グコヴォの精神遅滞者たちとビェスコルシーの取調べの欠陥をも指摘した。

ブラコフの発言に対して、チェルヌイショフは冷淡でかたくなな態度で応えた。チェルヌイショフには、そもそも自説に反論が加えられたこと自体からして不愉快なようだった。ブラコフは無念の思いをかみしめて会議室を去った。これで事件の担当からはずされることは確実だった。が、ブラコフが捜査陣から放逐されることはなかった。どうやら、フェチソフがとりなしてくれたらしかった。

しかし、これによって民警内部における意見の対立が表面化した。それは、和解の望みのない対立であった。一方の派は、連続殺人のうちの初期のものはカレニクとチャプキンの犯行であると信じていた。これに対してもう一方は、カレニクとチャプキンの起訴は悔やむべき過ちと考えていた。

ロストフ医科大学の法医学研究所は、ナターリャ・シャロピニナとマルタ・リャベンコの衣服から発見された精液の分析をいまだに終えることができずにいた。精液による血液型の判別は、科学であると同時に芸術であるといってもよかった。こうした分析の成否は分析サンプルの保存状態にかかっているのだが、レソポロサ連続殺人のような事件の場合は、林のなかに何ヵ月も放置されていたものをサンプルとして使わざるをえない。さらに、この分析は分析者の技術にも大きく左右される。しかも担当の分析者たちは、アメリカではハイスクールの化学実験室でしかお目にかかれないような顕微鏡と試験管だけを頼りに分析を進め、顕微鏡ごしに見える小さな泡――抗原細胞が、抗体に反応して集結するようすを観察して、最終的な判断を下さねばならないのである。

当然、ロストフ医科大学法医学研究所所長、リディア・アメリナ博士は、精液の分析結果を早く出すようにという当局からのいっそう強い圧力を受けることとなった。ついに業を煮やした当局は、博士を呼んで会議をひらいた。会議の席上でアメリナ博士は、分析サンプルに含まれていた抗原がグループAなのかABなのか識別しがたいと発言した。テストの結果、A抗体に対する反応がはっきりと確認された。しかしながら、B抗体に対しても微弱な反応が現われたのである。そしてアメリナ博士は、分析結果からどのような可能性が推測できるか、延々と説明をはじめた。それは期待はずれの説明だった。精液サンプルに被害者の汗と唾液が混入していたか、あるいは犯人が複数であったため、異なる精液が混合した可能性も考えられるというのだ。

アメリナ博士の判然としない説明に、捜査員らはひどく落胆した。苛立ちをつのらせたモスクワの上層部が、いまや捜査の進展に目を光らせているのだ。ロストフの民警当局はモスクワからの提案を受け入れて、外部の専門家——スヴェトラーナ・グルトヴァヤ博士の助力をあおぐことになった。グルトヴァヤ博士は、保健省法医学局生物学研究所の所長だった。

グルトヴァヤ博士は飛行機でロストフに駆けつけると、保存状態の悪さに文句を言いながら精液サンプルを受けとり、すぐにモスクワにとって返した。明るい褐色の髪を短く切り、眼鏡をかけたグルトヴァヤ博士は、人当たりのよい小太りの中年女性だった。彼女の研究所はモスクワ川をのぞむ倒壊寸前の建物で、その活動は非嫡出子の養育費をめぐって争う父親の血液鑑定から、スヴェルドロフスク近郊で発見されたロシア皇帝ニコライ二世とその家族のものと思われる人骨などの分析検査まで、多岐にわたっていた。そして、分析結果にもとづいて見解を述べるとき、グルトヴァヤ博士は一片のあいまいさも見せなかった。ロストフで受けとったサンプルの分析結果が出たときも、彼女の態度は変わらなかった。グルトヴァヤ博士によれば、精液サンプルはAB型だった。ニコライ・ビェスコルシーの血液型はO型である。かくして、ビェスコルシーにかけられた嫌疑は消えた。

殺人鬼はいまもなお、大手を振って歩いているのだ。

5 殺人者の狂乱

一九八四年三月二十四日の夕方、ドミトリー・プタシニコフという十歳の少年の両親から、息子が行方不明になったという連絡がノヴォシャフチンスクの民警に入った。十五カ月前、やはりノヴォシャフチンスクの同じ通りで、ピアノのレッスンの帰りに姿を消したオリガ・スタルマチェノクの親たちよりも、この少年の両親は事態を深刻に受けとめていたのだ。分署から派遣された捜査員たちは、その晩のうちに両親から事情を聞いた。ジーマと呼ばれていたこの少年は、切手収集が趣味だった。ノヴォシャフチンスクのメインストリートであるレーニン通りの店で切手を買うために、彼は小銭を数カペイカ貯めていた。そして切手を買いに出かけ、それっきり戻ってこないというのだ。ノヴォシャフチンスクの民警は捜索を開始すると同時に、またしても子供が行方不明になったとロストフの州本部に連絡した。が、この捜索もオリガ・スタルマチェノクのときと同じように徒労に終わった。三日後、オリガ・スタルマチェノクが殺害された現場から一・五キロほど離れた林で遊んでいた子供たちによって、死体が発見された。ヴィクトル・ブラコフは現場捜査を指揮するため、急遽《きゆうきよ》ロストフを発《た》った。少年の死体は、低い丘の中腹の木立のなかに横たわっていた。丘の上からは、未舗装の道と第六集団農場が排水用に使っている池が見えた。

プタシニコフの死体は横向きになっていて、剝《は》ぎとられた衣類が無造作にかけてあった。腕の角度や手首の傷痕からみて、被害者が両手を後手《うしろで》に縛られていたことは明白だった。死体にはナイフによる切創が無数に残されていた。犯人は被害者の陰茎と舌の先端を切りとっていた。肛門には凌辱された痕跡があり、被害者のTシャツには精液のしみがついていた。Tシャツはすぐさまロストフ医科大学の法医学研究所に送られた。分析の結果、精液はAB型であることが判明した。

捜査の範囲を未舗装の道の反対側にまでひろげたところ、被害者の靴の片方が見つかった。そればかりか、シャロピニナの死体の近くで発見されたものとほぼ同じ大きさの足跡も地面に残されていた。しかし、地面はほとんどぬかるみと化していたため、靴のサイズを大ざっぱに計測するのが精いっぱいだった。

ブラコフは、ノヴォシャフチンスク市街の中心部と、二体の死体が発見された地域の徹底した聞き込みを捜査員らに指示した。オリガ・スタルマチェノクの失踪後の捜査よりも、今度の捜査のほうが希望が持てそうだった。少年が姿を消したのは、三カ月前ではなく三日前なのだ。しかも、プタシニコフはスタルマチェノクとは異なり、レーニン通りのすぐ近くに住んでいた。つまり、だれもが彼を見知っているのだ。

今度の捜査では、何人もの目撃者が見つかった。三月二十四日の夕方にレーニン通りを歩くジーマ・プタシニコフの姿は、四人の目撃者が記憶にとどめていた。被害者は背の高い男の一歩後ろを歩いていた、と目撃者たちは口をそろえて証言した。二人は、まるで言葉を交わさずに歩いていたという。目撃者たちはいずれも、その長身の男の歩き方に特徴があったことを憶えていた。その男はまるで閲兵式の兵士のように、膝を曲げずに歩いていたのだ。目撃者のうちの二人によれば、その男の足は並はずれて大きかった。だが、服装に関しては、証言はまちまちだった。一人が、茶色の毛皮の古ぼけた帽子をかぶっていたと言えば、もう一人は、布の帽子だったと断言する。一人が、サングラスをかけていたと言えば、もう一人はサングラスではなく眼鏡だったと証言するありさまだった。それ以前にその男を見かけたことがあるという者は一人もおらず、だれもその長身の男を注意して見てはいなかった。あたりはすでに暗くなっていたうえ、その男が目撃者たちに横顔を見せただけで足早に歩み去ったからだ。

第六集団農場で聞き込みにあたっていた捜査員らもまた、複数の目撃者を捜しあてた。それらの目撃者の話では、三月二十四日の夕方、犯行現場となった丘のふもとの未舗装の道には、中堅官吏に支給されるモデルと同じ白い〈ヴォルガ〉のセダンが停まっていて、カーラジオがつけっぱなしになっていたという。だが、その車のことをとくに気にとめた者はいなかった。車を手に入れることができたノヴォシャフチンスクの幸運な恋人たちが、人目につかない場所を求めてよく農場までやってきていたからだ。この街にはモーテルがなかった。むろん、ヴォルガのナンバープレートを記憶にとどめていた者は一人もいなかった。それ以外に目撃者たちが提供できた情報といえば、フロントガラスの上端に沿って、半透明の青い帯状のプラスチックが貼ってあったことくらいで、それも多くのドライバーが同じようなことをしていた。ソヴィエト製の自動車には、トップシェードつきフロントガラスのオプションはないからだ。

プタシニコフの両親の話から、三つ目の手がかりが得られた。失踪の前日、ジーマはマルイシェフという名の切手収集家を訪ねていた。マルイシェフは中年の独身男で、母親と一緒に暮らしていた。だが彼は、プタシニコフの失踪については何も知らないと主張した。しかも、彼は車を持っていなかった。

ブラコフは情報を選り分けて、役に立ちそうなものだけを抽出しようとした。犯行に車が使用されていることは、もはや疑いの余地がなかった。その車が、帯状の青いプラスチックを貼った白のヴォルガである可能性も高い。車ぬきでは、犯人がどうやって被害者を遠くまで運んだか、また、犯行現場を去るときには衣服が血まみれだったにもかかわらず、なぜだれにも見とがめられなかったかが説明できない。

ジーマ・プタシニコフの一歩先を歩いていた男については、ブラコフとしてもどう判断していいかわからなかった。足の大きさを考えると、その男が犯人である可能性は充分にあった。だが、どの目撃者も、その男とプタシニコフが話しているところを見ていない。ましてや、その男が少年につかみかかったり引きずったりしたわけでもない。たまたま少年の前を歩いていただけなのかもしれない。だいいち、車を持っている犯人だったのなら、なぜわざわざ歩かねばならないのか？　だがブラコフは、目撃者の証言にもとづいてその男の似顔絵の作成を指示した。画家が描きあげたのは、頬がこけ、あごの中央にくぼみがある、サングラスをかけて帽子を目深《まぶか》にかぶった人相の悪い男だった。捜査員らはこの絵をたずさえて、家から家へと聞き込みを開始した。が、似顔絵の男に見覚えがあるという人間は一人として見つからなかった。また、州内の何千という白いヴォルガのうちのどれが、三月二十四日に第六集団農場に停まっていたのかも、突きとめることができなかった。

プタシニコフ事件の最初の聞き込みさえまだ完了していなかった六月、ロストフの北西に位置する鉄道線路ぞいの工業都市、アクサイ近くの田園地帯でまた新たな死体が発見された。裸の女の死体だった。背中、首、そして性器とその周辺部に、あわせて数十ヵ所の刺切創が残るこの死体は、ドン川にほど近い葦の茂みのなかに倒れていた。

死体発見の一週間後、ロストフの捜査班はようやく被害者の身元を確認した。タチアーナ・ポリャコヴァ、年齢は十七歳。シャロピニナやクプリナと同じように、この少女もまた〝反社会的な性生活〟を送っていた。が、ポリャコヴァには、シャロピニナやクプリナとはひとつ大きな違いがあった。彼女はこの二人と同じように飲酒癖があったばかりでなく、捜査員の聞き込みに応じた友人たちの話によれば、マリファナ常用者のグループに属していた。

一九八四年のソヴィエト連邦においては、麻薬嗜好《しこう》は完全に社会の隠れた暗部の現象だった。ソヴィエトの報道機関は、国内に麻薬常用者が存在することをほとんど認めようとしなかった。党の公式見解では、麻薬依存症は資本主義社会に特有の病いであるとされていたからだ。ある意味では、この見解は正しかった。というのは、ソヴィエトのルーブルは国外では紙屑も同然であるため、外国の麻薬密売組織も警戒厳重な国境を越えてまで麻薬をソヴィエト国内に持ちこもうとしなかったからである。ソヴィエト国内で使用される麻薬のほとんどは、自家栽培されたものだった。とはいえ、土地の私有が禁じられているこの国で大麻やケシを栽培するには、だれが通りかかるかわからない集団農場や森に、危険を承知で植えつけるほかなかった。だが、少量とはいえ、麻薬はまぎれもなくソヴィエト国内で使用されていた。麻薬常用者たちのなかには、民警もKGBもそれを政治的な理由から見て見ぬふりをしているのだ、とシニカルな計算をする者もいた。これは、それほど的はずれな考えではなかった。民警やKGBにとって麻薬常用者や密売人は、検挙さえすれば容易に内通者に仕立てあげられる予備軍だったからである。

ひとたびタチアーナ・ポリャコヴァがマリファナ常用者だという事実がつかめると、アクサイの麻薬密売人や彼女の友人たちを探し出すことは造作《ぞうさ》もなかった。だが、そのなかには犯人らしき者はいなかった。が、ほどなく別の手がかりから突破口が開かれることになった。

ポリャコヴァと彼女を殺害した犯人が、エレクトリチカを利用して田園地帯に行った可能性を考慮して、フェチソフは彼女の自宅の最寄《もよ》り駅に捜査員を配置していた。捜査員らは、プラットホームを行き来する客たちに片っぱしから聞き込みを行なった。この娘を見たことは？　いつ？　だれかと一緒にいたか？

そして二日後、捜査員の一人が、タチアーナよりも二歳年下で、かつて彼女と同じ中等学校に通っていた少年にぶつかった。タチアーナが行方不明となった日の早朝、その少年は彼女が男と歩いているところを目撃していた。彼女が少年に紹介したその男は、アルトゥルという名だった。タチアーナと少年は学校時代の友人たちの噂話をしばらく交わしたあと、別々の車両に乗りこんだ。少年はアルトゥルの姓も、二人の行き先も、旅の目的も知らなかった。

アルトゥルという名はロシアではめずらしい名前であったため、麻薬常用者のリストからその男を探し出すのは簡単だった。アルトゥル・コルシェンコは二十三歳で既婚、一児の父だった。地元の農機具工場、クラスヌイ・アクサイで働いていたコルシェンコは、青い眼と明るい褐色の髪をした美男子で、趣味は空手だった。

民警はコルシェンコに尾行をつけ、彼が何らかの行動に出てレソポロサ連続殺人の真犯人である証拠を示すのを待ちながら、一週間にわたって監視を続けた。が、彼は不審な行動をとらなかった。やむなく捜査当局は、彼に尋問することにした。

民警はコルシェンコが両親、妻、そして子供と一緒に暮らしているアクサイの家をひそかに包囲し、数人が入口のドアをたたいた。ノックの音と「民警だ、ドアを開けろ！」という命令が聞こえたとたん、コルシェンコは家の裏手の窓を抜けて一目散に逃げ出した。

が、家を包囲していた警官たちが彼を逮捕した。

コルシェンコの逮捕に、ブラコフは興奮をおぼえた。彼が思い描いてきた犯人像と一致する容疑者が、初めて民警によって捕らえられたのだ。麻薬の常用者であるコルシェンコであれば、倒錯した怒りにかられて被害者に狂気の沙汰としか思えない暴行を加えてもおかしくない。被害者が悲鳴をあげるいとまもなく犯人に屈服したことも、彼が身につけている空手で説明がつく。そればかりか、逃走を試みたこと自体が、彼が犯人であることを暗示していた。

コルシェンコはエンゲルス通りにある民警本部へ連行され、ブラコフの新しいオフィスである二四号室に、予備的な尋問のために引き出された。捜査員だけで尋問を進めるには、この容疑者はあまりにも重要すぎるので、レソポロサ連続殺人を担当するアレクサンドル・リャプコ捜査検事が尋問に立ち会うために急遽《きゆうきよ》民警本部へ出向くことになった。尋問開始から十五分後、コルシェンコは自供をはじめた。

自分だ、とコルシェンコは犯行を認めた。自分がタチアーナ・ポリャコヴァを殺した、と。かつて同じ学校に通っていた二人は、何年かは顔を合わせない時期もあったものの、十年以上も前からの顔見知りだった。彼はタチアーナが麻薬を使っていることを知ると、ケシがあるところを知っているから一緒に出かけないか、と持ちかけた。コルシェンコはケシの摘《つ》み方、その処理の仕方、そして自宅に隠し持った注射器で使えるようにヘロインに精製する方法を心得ていた。彼はこの採集旅行に、ウオツカを何本かたずさえていった。

二人は葦の茂みのなかに人目につかない場所を見つけると、そこで二本のボトルを空《から》にした。酔っ払ったコルシェンコは、タチアーナに情交をせまった。が、彼女にはその気はなかった。タチアーナはコルシェンコを突きとばし、そして揉み合いとなった。コルシェンコはかっとなった。タチアーナは彼を殴り、逃げ出そうとした、とコルシェンコは言った。彼はナイフを手にタチアーナのあとを追い、ついに追いつくと彼女の背中にナイフを突き刺した。そして彼女の身体をくるりと回し、首、腹部、性器をめった突きにした。タチアーナをナイフで刺しているうちに、いつしかそれは彼女に拒絶された情交の代償行為と化していった。すべてが終わると、彼はウオッカの空き瓶を拾い、死体を葦の茂みに残したまま家路についた。

しかしコルシェンコは、自分が殺したのはタチアーナだけだと主張した。検査の結果、彼の血液型がA型であることが判明した。

研究所の検査結果がどうであれ、ブラコフはそう簡単にコルシェンコをあきらめる気にはなれなかった。だが、一連の事件におけるコルシェンコのアリバイを確認するため、捜査員らが長く単調な捜査にとりかかったとき、またしても死体発見の知らせが入った。

それは少女の死体で、シャフトゥイからすぐ南のキルピチナヤ村の林で殺虫剤の散布を行なっていた農民たちによって、線路近くのとりわけ樹木が密集したあたりで発見された。七月も初めのことで、夏の暑さのせいで死体は腐敗が進んでいた。裸でうつぶせに倒れている死体を仰向けにしたとたん、これもレソポロサ連続殺人の犯人の仕業であることが明らかになった。被害者の年齢は十歳前後のようであった。行方不明者リストをあたっても、該当する少女は見つからなかった。が、ブラコフはさして驚かなかった。犯人はたいてい、姿を消したところでだれも気にとめない相手を獲物として選ぶのだ。

しかし、ブラコフはこれまでとは違う何かをこの事件から感じとっていた。何かが林のなかに立ちこめているようにさえ思えた。何日もかけて、現場からその周辺へと捜査の輪をひろげながら、ブラコフと部下たちは木立や茂みのなかを歩きまわった。死体から五百メートルほど離れた踏み分け道には、ナイフで引き裂かれた被害者の衣服の切れ端が散乱していた。動物の死骸も、いくつか見つかった。そして三週間後、ブラコフらは少女の死体から一キロ弱の場所にもう一体の死体を発見した。

この新たな死体は成人女性だった。被害者は鈍器、おそらくはナイフの柄によって頭を強打されていた。だが、検死官の仮報告書によると、この死体に残された傷痕は七月五日に発見された少女のとはまるで違っていた。この被害者には、刺創がなかったのだ。

報告書にはさらに補足説明があった。詳しい検死を進めたところ、二体の死体は五月末ごろの同日同時刻に殺害されたことが判明したというのだ。

ブラコフは混乱を来《きた》しながらも、なんとか筋道立てて状況を分析しようとした。ふつうであれば、この二件の殺人は当然関連がある、と彼は断定したことだろう。たがいに何の関係もない二人の人間が、同じ林のなかでほぼ同じ時刻に別々の犯人に殺害されることなど、どう考えてもありうるはずがない。しかし、この連続殺人はとてもふつうと呼べるような事件ではなかった。異常なまでのペースで、次から次へと新しい死体が発見されているのだ。ブラコフの計算では、今度の二人はレッポロサ連続殺人の十六番目と十七番目の犠牲者だった。しかし、それでも犯人または犯人たちが、たがいに何の関係もない二人の人間を同じ時刻に同じ場所で殺すとはとても思えなかった。ブラコフは、被害者たちは知り合いだったという前提で捜査を進めることに決めた。二人は姉妹だったのかもしれない。母親と娘という可能性もあった。

この最新の事件がどのように展開したのかは、ブラコフにもある程度は想像がついた。おそらく被害者の一方――少女のほうが、もう一人の被害者に襲いかかろうとしている犯人にたまたま出くわしてしまったのだろう。慌《あわ》てた犯人は、年かさの被害者の頭部に一撃を加え、林のなかを逃げる少女を追いかけた。少女は死にもの狂いで走りつづけたが、結局は逃げきれなかったのだ。ブラコフは、そのときの彼女の恐怖をほとんど自分のことのように感じとることができた。林には少女の恐怖が充満しているようにさえ思われた。

それとも、犯人は二人の被害者を一緒に林のなかに誘いこんだのであろうか？　そして少女の目の前で、年かさの女に暴行を加えようとしたのであろうか？　もしそうだとすると、犯人はいったいどうやって被害者たちから判断力を奪い、林のなかまで誘いこんだのであろうか？

一九八四年の夏、ソヴィエト連邦は混迷のまっただなかにあった。モスクワの最高指導者の席は、空席も同然だった。すでに老齢を迎え衰弱していたユーリー・アンドロポフが長い病《やまい》の末に没すると、こんどは演説原稿すらまともに読めないほど老いさらばえたコンスタンチン・チェルネンコが共産党書記長の地位についた。一方、党の政治局は、ソヴィエト連邦ならびにその同盟諸国がロサンジェルス・オリンピックをボイコットすることを公式に発表した。NATOは新型核ミサイルを西ドイツに配備し、これによって西側による核攻撃の所要時間がそれまでの半分――十分ないしそれ以下に短縮されたことをソヴィエト市民は知らされた。ソヴィエトの科学者たちは論文を発表し、コンピュータによる報復攻撃の可能性を示唆した。人間が攻撃指示を下さずとも核ミサイルが自動的に発射できるコンピュータ・システムが可能だ、というのがこの論文の要旨だった。世界はいまにも混沌の淵へと転げ落ちていくかのように見えた。

そしてこの年の夏はロストフ州においても、騒然たる世界の動きと歩調をあわせるかのように、レソポロサの殺人鬼が残虐な犯行を重ねていった。民警が死体の身元確認も終えないうちに、新しい死体が次々に発見されていった。七月二十五日、シャフトゥイ近郊に勤務する鉄道員たちが、うつぶせに倒れた裸の女性の死体を、駅から一キロ弱の場所で発見した。被害者は一週間ほど前に殺害されたものとみられ、その裸身にはレソポロサの殺人鬼の犯行であることを示す創傷が残されていた。両の乳首は切りとられ、性器と子宮も抉《えぐ》りとられ、両眼もナイフで切り裂かれていた。被害者はアンナ・レメシェヴァ、死体発見の六日前、歯医者に行く途中に姿を消した二十歳の学生だった。

八月三日、今度は民警が、ナターリャ・ゴロソフスカヤという十六歳の少女の死体を発見した。現場はロストフ市の飛行士公園の木立のなかで、マルタ・リャベンコをはじめとする何体もの死体が発見された場所からもそれほど離れていなかった。ゴロソフスカヤの死体にも、アンナ・レメシェヴァと同じようにむごたらしい損傷が加えられていた。しかも、あおむけになった被害者の口には木の葉が詰めこまれていた。

さらにそれから一週間後の八月十日、ロストフ市民が水遊びに利用しているドン川の左岸の木立のなかで、十七歳のリュドミラ・アレクセーエヴァの死体が発見された。彼女はこれまでの被害者の多くとは異なり、素行には何の問題もない向学心に満ちた少女だった。彼女の兄はロストフからドン川を遡航《そこう》する遊覧船で働いていて、彼女が殺害されたのはその兄を訪ねた帰り道のことだった。

さらに二日後、ロストフ市郊外にあるニヴァと呼ばれる国営農場の麦畑で、農民たちがドミトリー・イラリョノフという十三歳の少年の死体を発見した。イラリョノフ少年は七月十日、サマーキャンプに参加するのに必要な健康証明書をもらうために学校に向かう途中で姿を消していた。犯人はまず少年の頭蓋骨をナイフの柄、もしくはハンマーによって打ち砕いた。そのうえ、被害者を去勢していた。

八月二十六日、ロストフの東五十キロのキャンプ場でキノコ狩りをしていた女性が、木の葉や枝になかば覆われた若い女性の腐乱死体を見つけた。死体は死後二カ月ほど経過していて、民警は身元を確認することができなかった。だが、死体の胸元に残された傷痕から、何者かに刺し殺されたことはまちがいなかった。

八月二十八日、アレクサンドル・チェペルという名の十一歳の少年が、ロストフ市の街なかで姿を消した。そして九月二日、リュドミラ・アレクセーエヴァが発見された場所からそう遠くないドン川左岸の牧草地で、草刈りをしていた男が無残に傷つけられた少年の死体を見つけた。

その五日後の九月七日、ロストフ空港近くの飛行士公園で、またしても死体が発見された。死後一日しか経過していない女性の死体で、これまでに発見されたものと同じような傷がつけられていた。被害者はイリーナ・ルチンスカヤ、託児所に勤める二十四歳の女性だった。ルチンスカヤには精神病とアルコール濫用の前歴があり、〝反社会的な性生活〟を送っていた。彼女は、ブラコフの計算では、レソポロサ連続殺人の二十四番目の犠牲者だった。

犯人もしくは犯人たちは、まったくといっていいほど現場に証拠を残さなかった。検死の結果、五人の被害者——レメシェヴァ、ゴロソフスカヤ、アレクセーエヴァ、チェペル、ルチンスカヤの身体から精液が発見され、それらはいずれも犯人の血液型がAB型であることを示していた。チェペルの死体からは、灰色がかった体毛が一本だけ見つかっていた。検死官の鑑定によれば、それは成人した男のものらしかった。チェペルの身体には、まるで火のついた煙草でも押しつけられたような火傷《やけど》の跡が残されていた。また、現場近くからは、明らかにチェペルのものではない衣服の切れ端が発見された。しかし、捜査員たちは目撃者を探し出すことができず、犯人像は依然あいまいなままだった。だが、ひとつだけ、はっきりしていることがあった。それは背すじの寒くなるような事実だった。一九八二年、レソポロサの殺人鬼が殺害した被害者は五人だった。それが、一九八三年には六人。そして一九八四年に入ると、ブラコフのリストに書きこまれた犠牲者の数は、すでに十三人を数えていた。五カ月前にジーマ・プタシニコフを殺害して以来、犯人または犯人グループはほぼ二週間に一人のペースで凶行をくり返していた。何が犯人を殺人と死体損傷へと駆りたてているにせよ、犯人はもはやそれをほとんど抑制できなくなっているのだ。

一九八四年の夏を迎えるころには、犠牲者が増えるばかりのこの連続殺人事件はついに、ロストフ州の民警と検察局の捜査能力の限界を超えようとしていた。二十四体の死体のうち、十一体の身元は依然未確認だった。容疑者のアリバイ捜査に費やされる時間は際限がなく、未着手の捜査は増大の一途をたどっていた。たとえば、ノヴォシャフチンスクの老色事師、ヴラジーミル・ババコフの名前が捜査員らによって容疑者リストからようやく抹消されたときも、ユーリー・カレニク、ミハイル・チャプキン、ニコライ・ビェスコルシー、アルトゥル・コルシェンコの捜査は依然として続けられていた。

死体の数が急増するにつれて、捜査当局内部の反目も深刻化していった。この年の春以来、ロストフ州検察局捜査検事長のアレクサンドル・リャプコも、グコヴォのインテルナトの精神遅滞の若者たちはこの連続殺人とは無関係であるというブラコフの説を支持するようになっていた。そして四月には、リャプコはセルゲイ・マルコフ殺害の罪でのミハイル・チャプキンの起訴を取り下げた。

この措置は、パーヴェル・チェルヌイショフ副本部長をはじめとする民警内部の一派を憤慨させた。あいかわらずチェルヌイショフ派は、事件の初期の犯行にはチャプキンとカレニクが関与しているという説に固執していた。カレニクの逮捕以降に発見された死体はすでに十体を超えているというのに、初期の殺人はインテルナトの入所者のグループが犯人であり、カレニクとチャプキンの逮捕後の犯行はグループの別のメンバーの仕業であると主張していたのだ。

これらチェルヌイショフ派は、検察局が有能な捜査検事を惜しみなく投入し、カレニクやチャプキンの仲間や知り合いたちを手きびしく締めあげれば、事件は解決すると主張しつづけていた。捜査計画の立案や容疑者の尋問のために、検察局が民警に人員を派遣することはめずらしくなかった。ましてや、レソポロサ連続殺人のすみやかな解決を求める声が強まるなか、対応が手ぬるいなどという批判の矢面《やおもて》に立たされるのは検察局としても避けたいところだった。そのため、検察局はひんぱんに容疑者の尋問を担当するように努めていたのだが、それでもまだ充分ではないと民警側は考えていたのである。

一九八四年六月、これまでの捜査手順を吟味するために、モスクワのロシア共和国中央検察局からベテラン捜査検事、ヴラジーミル・I・カザコフがロストフに派遣されてきた。これによって、事態はさらに紛糾の度を加えた。カザコフが到着すると同時に、グコヴォの若者たちの容疑をはじめ、事件のあらゆる面に再検討が加えられることになった。すべてを見直し、捜査計画を一から立て直すことになったのである。

その結果、捜査当局内部の意見の不一致は、あからさまな対立へと姿を変えた。両派とも、反対派のせいで捜査に齟齬《そご》を来《きた》していると非難の声をあげた。内部の協調をはかるためにミーティングを開いてみても、どちらも反感が先に立ち、緊迫した空気に包まれるばかりだった。州民警の上層部は、ブラコフの主張に耳を貸そうともせず、ヴィタリー・フェドルチュク内相に書簡を送った。ソヴィエト全土から経験豊富な捜査検事を集めて捜査チームを編成し、ロストフに派遣してほしいというのが、その書簡の内容だった。そして数カ月後、十人以上もの捜査検事からなる捜査チームがロストフへと派遣され、捜査を開始した。

フェチソフとチェルヌイショフは、すでにこの事件に二百人を超える人員をあてていたが、フェチソフが指揮をとる犯罪捜査部のなかにさらに、重大な性犯罪を担当する特別チームが編成されることになった。このチームこそ、レソポロサ連続殺人事件の真犯人の逮捕のみを目的とし、それに照準を合わせた殺人捜査班だった。フェチソフはチェルヌイショフを説き伏せ、この新チームの指揮官にヴィクトル・ブラコフを指名する許可を得た。依然として上官たちの管理下にあるとはいえ、このときからブラコフは事件捜査の民警側の陣頭指揮をとることになった。新たに見つかった手がかりにみずから解釈を加え、たがいに矛盾しあう情報を整理、分析する権限が与えられたのである。殺人者を裁きの場へと引き出す役目は、いまやブラコフの手にゆだねられたのだ。

　フェチソフとブラコフは、この新チームの一部をバス停や駅の待合室に配置した。少年や少女、あるいは若い女性に接近しようとする男に注意を払うためである。さらに、スポーツウェアを身につけた十人あまりの民警に、犯人が姿を現わす可能性があるロストフ市の飛行士公園を自転車で巡回させることにした。そして、二人がもっとも多くの人員を割りあてたのが、〈探索《ポイスク》〉作戦だった。この作戦は、ロストフ州の住民のなかで、捜査当局が割り出した犯人像に一致する男を洗い出し、しらみつぶしに調べるというものだった。

　しかし、捜査陣がつかんでいたのは、はなはだ大ざっぱな犯人像だった。そこでブラコフは、捜査班に新たに加わった捜査検事の一人、ユーリー・モイセーエフと協力して、できるだけ精密な犯人像を描き出そうとした。犯人の年齢は二十五歳から三十歳——十代から二十代の若い女性を林のなかへ誘いこめるのは、まずこの年代の男であろう。血液型はＡＢ型。長身でがっしりした体軀。おそらくはスポーツマン。もちろん精神遅滞者ではなく、標準ないしはそれ以上の知性の持ち主で、慎重で警戒心も強い。ひとたび口をひらけば、相手を簡単に丸めこむことができる。職業は運転手か、出張の機会が多い仕事。ロストフ・ナ・ドヌーの北五十キロに位置するノヴォチェルカスクに住んでいる公算が大きい。これまでの犯行の地理的な中心がこの街だからである。結婚はしているかもしれないし、していないかもしれない。もし未婚であれば、独り者の大半がそうであるように、住宅事情の悪さから母親と同居しているだろう――ブラコフはそうみた。

しかし、この条件に該当する男は州内に五千人から一万人はいるはずだった。ブラコフは該当者の数をさらにしぼりこまねばならなかった。そこで彼は、精神科医の治療を受けたことのある者、性犯罪で有罪判決を受けた者、ならびに麻薬常用者をリストアップして調べるよう〈探索《ポイスク》〉チームに命令した。犯人が狂ったように被害者をめった突きにする原因は、麻薬にあるのかもしれない。さらにブラコフは、現職ないし退職した民警も捜査の対象として加えるよう指示した。被害者の信頼を得るために、犯人が民警の記章や制服を利用した可能性があるからだ。同じく、医療関係の職業についている者も該当者としてあげられた。正確なナイフさばきや解剖学の知識から見て、犯人は医療関連の教育を受けていることも考えられた。該当者のリストが完成したなら、まず全員の血液型を検査するようブラコフは指示した。

一九八四年九月には、民警はもはや市民のあいだにひろがる不安を無視できなくなっていた。当時は新聞もテレビも政府の従順な下僕にすぎず、殺人鬼が野放しにされているという事実を大々的にとり上げることはなかった。新聞が掲載する記事といえば、捜査当局から掲載せよと命令されたことに限られていた。その記事にしても、民警は失踪当日に被害者を見かけた者を探しているという、あいまいで簡単きわまりない告示にすぎなかった。

しかもそのような告示が掲載されるのは、限定された地域でしか販売されない地方紙だけだった。

しかし、多数の死体が発見されたうえに、大量の市民が事情聴取を受けたせいで、連続殺人の噂が巷《ちまた》にひろまりはじめていた。司法・検察当局の沈黙が、流言飛語を煽《あお》りたてる結果となったのである。たとえば、人食い人種の一団が州内に忍びこみ、ロストフ市の飛行士公園を根城に市民を殺戮し、死体をバラバラにしてむさぼり食っているという噂がひろがった。また、ロストフ市のギャングが別の都市のギャングにカード博打で賭けに負け、その結果、市内の五十人の子供を殺すことになったという噂もあった。別の噂では、写真屋に化けた犯罪者の一団がロストフ市内のある学校に姿を現わし、もっともらしい身分証明書を提示して、写真撮影のためと称して全校の児童を連れ去ったといわれていた。それっきり、児童たちは帰ってこなかったというのだ。また、医療技術の教育を受けた犯罪者の集団が、まるで外科手術のような正確なメスさばきで殺人をくり返しているという噂もあった。さらに別の噂では、こうした殺人鬼の集団はアルメニア、グルジア、アゼルバイジャンなどカフカス山脈の南の共和国からやってきたということになっていた。ロシア人の多くは、これらの国の住民を生まれついての犯罪者とみなす傾向があったため、この噂はとりわけ人々の関心を引いた。しかし、当局にとってもっとも不快な噂は、殺人鬼は黒塗りの〈ヴォルガ〉のセダンを乗りまわしているという噂だった。それは、党の幹部に支給される車だった。しかも、この車のナンバーはＤＳＣ――〝ソヴィエトの子供たちに死《デス・トゥー・ソヴィエト・チルドレン》を《ン》〟の頭文字ではじまるというのだ。

ロストフの街の一部に、ひそやかにパニックがひろがりはじめていた。子供を外に出さないようにしたり、外出するときにはかならず付き添ったりする母親も現われた。しかし、だれもが噂を耳にしていたわけではなく、また、だれもが用心するようになったわけでもなかった。多くの市民は噂を話半分にしか聞いておらず、最初から全然噂を聞いていない者も少なくなかった。あいかわらず売春婦たちは待合室で客をひろい、子供たちはひとりで列車やバスに乗っていた。

状況をさらに悪化させたのは、アレクサンドル・〝サーシャ〟・チェペルが事件の犠牲者となったことだった。他の被害者たちとは異なり、彼はソヴィエトのプロパガンダが賞揚するような、社会主義国家の模範的家庭の生まれだった。彼の父、ニコライはエンジニアで、国外での勤務が許可されている一握りのエリートの一人だった。サーシャが姿を消したときニコライは、アメリカの影響下から完全に離脱したイランの革命政権の歓心を買うという政治工作の一環として、テヘランの石油精製プラントに派遣されていた。同じくエンジニアである彼の母親は、石炭の生産計画を担当する機関に勤務していた。サーシャはサッカーの選手で、成績優秀な生徒だった。ふだんは祖母が彼の面倒をみていた。失踪の当日、彼は母親に会うためにロストフの市街地へと出かけた。サーシャはひとりでバスに乗ることを母親や祖母から許されていた。バスに乗らなくては、サッカーの練習に参加できなかったからだ。

サーシャの両親には友人が多かったため、彼が失踪し、死体となって発見され、死体にむごたらしい傷痕が残されていたという事実は、またたくまに市民のあいだに伝播した。一方、当局の対応は不適切なうえに配慮を欠いたものだった。当時の州民警本部長、A・N・コノヴァロフ将軍は、ニコライ・チェペルを呼び寄せた。そして、息子の死に打ちのめされていたニコライに非難を浴びせたのである。なぜひとりでバスに乗ることを息子に許したりしたのだ、と難詰《なんきつ》したのだ。不安にかられたチェペルの隣人たちがひらいた集会でも、地元の政治家たちが同じような内容の演説をぶった。アレクサンドル・チェペルの保護者は息子の監督を怠っていたのだ、と。

ニコライ・チェペルにとって、これは許しがたい誹謗《ひぼう》だった。生徒数が多すぎるために交替制でしか授業を行なえず、その結果子供たちが一日の半分を自由に遊び歩いているのは彼の責任ではなかった。両親がともに働かなければならないような社会をつくったのも彼ではない。サーシャのような少年が、サッカーの練習のためにわざわざバスに乗って街の反対側まで行かねばならないのも、彼の責任ではなかった。チェペルの友人たちも、彼と同じ意見だった。

州の党指導部も、何らかの手を打って住民の不安を和らげようと考えた。その結果、コノヴァロフ将軍は地元のテレビ局で演説する準備をし、新聞にこの事件に関する〝インタヴュー〟を掲載するよう指導された。ヴィクトル・ブラコフはコノヴァロフの依頼に応じて、簡潔かつ率直な捜査報告書を作成した。が、コノヴァロフはブラコフの報告書の内容をみずからの発言に反映させようとはしなかった。

「ロストフ市内で何かと噂になっている異常な事件について、コメントをお願いします」党機関紙《槌《モロト》》の記者は、あたりさわりのない言い方で質問した。

「巷に流布している噂はおよそ根も葉もないもので、恐慌を来《きた》す必要はまったくない」コノヴァロフは答えた。「このような流言はきわめて不健全であるばかりか、いたずらに市民の不安を煽るものだ」

サーシャ・C（ソヴィエト社会の習慣に従って、コノヴァロフは少年の姓を伏せていた）という十一歳の少年の死に多くの市民が浮き足立っている、というのが現在の客観的状況である。しかし、この事件は突発的なものである」そう言って、彼は事件の実態を隠した。

「このサーシャ事件の犯人が遠からず逮捕されることを、われわれは確信をもって断言する」と、コノヴァロフは言った。

これもまた嘘だったが、ヴィクトル・ブラコフはとくに気にもしなかった。ソヴィエトの最高指導者が〝グラスノスチ〟という言葉を口にするのはまだまだ先のことであったし、市民の知る権利などというものはブラコフは考えたこともなかった。彼は報道という行為をとことん功利主義的にとらえていた。一般市民に情報を与えて事件が解決できるなら、与えればいい。そうでなければ、情報は隠しておくべきだ。そして、そうした判断は上司にまかせておけばいい、と。

民警の職員たちは学校や工場をまわり、犯罪から身を守るための方法を説明し、親たちには子供たちから目を離さないように、子供たちには知らない人についていかないように注意した。それだけ言えば、良心的な親たちは充分気をつけるだろう、とブラコフは考えた。

ブラコフの抱える仕事の量は、すでに彼の手に負えないほどにふくれあがっていた。新しい事件の捜査はもちろんのこと、カレニク事件の幕を引くためにも詳細な事実関係を明らかにしなければならなかった。コルシェンコとビェスコルシーについても、調査をつづけなければならない。それればかりか、〈探索《ポィスク》〉作戦チームが毎週のように新しい容疑者を見つけ出していた。

一九八四年の八月末、〈探索〉チームの一員であるアレクサンドル・ザナソフスキー少佐は、平服でロストフのバス停の待合室に張り込んでいた。しし鼻で黒髪がカールしたザナソフスキーはがっちりとした体格の民警で、四人の部下とともにレソポロサ事件の犠牲者たちが姿を消した時間帯、つまり朝の八時から夜の十一時まで、バス停の待合室で監視の目を光らせていた。ザナソフスキーと部下たちがおもに巡回にあたっていたのは、プラスチックのベンチが列をなす、だだっ広くうす暗い中央待合室だった。

夜の八時ごろ、待合室に張り込んでいたザナソフスキーは、十七、八の若い娘と話をしている男に気づいた。男は娘の父親のようにも見えた。灰色の髪をしたその男はネクタイを締め、眼鏡をかけ、ブリーフケースを持っていた。かなりの教養の持ち主のようであった。しばらくすると娘は笑顔を見せ、ベンチから立ち上がると、バスをつかまえるために待合室から姿を消した。男は娘のあとを追おうとはしなかった。男はベンチを離れると、待合室のなかをぶらぶらと歩きはじめ、やがて別の若い娘のとなりに腰を下ろし、話しかけた。

この男は何者だ、とザナソフスキーはいぶかった。

彼は男に近づくと、民警の記章を見せて身分を明らかにした。ザナソフスキーは男に同行を求め、待合室のとなりにある民警の分室に連れていった。

男の身分証明書には、何の問題もなかった。男の名はアンドレイ・チカチーロ。機械類を製作するロストフの国営企業、〈特殊エネルギー・オートメーション《スペッエネルゴアフトマーチカ》〉の資材課長だった。身分証明書によれば、チカチーロは二児の父だった。また、チカチーロが所持していた書類は、出張でロストフに来たという彼の説明を裏づけていた。彼は自宅があるシャフトゥイへ帰ろうとしているところだった。自分は以前教師をやっていた、とチカチーロは言った。それで、子供たちと話をするのが好きなのだ。退屈だったもので、若い人たちと話をしようとしたのだ、と。

ザナソフスキーは肩をすくめ、彼を放免した。ザナソフスキーは待合室に戻ると、さきほどチカチーロが話しかけていた少女に事情を聞いてみた。一緒にどこかに行こうと、チカチーロに誘われなかったかね？

いえ、どこの学校に通っていて、どんなことを勉強しているのか、と訊かれた。ただ、それだけだ、と少女は答えた。

それから二週間がすぎた九月十三日の晩、ザナソフスキーはまたしてもチカチーロをロストフのバス停の待合室で目にした。チカチーロはこの前と同じように、ネクタイを締め、ブリーフケースを提げていた。チカチーロは、おそらく彼の顔を忘れてはいないだろう。が、容疑者をひそかに観察する技術にかけては、ザナソフスキーにも自信があった。相手に気《け》どられることなく監視をつづけることなど、彼にとっては朝飯前だった。

チカチーロはバスに乗った。ザナソフスキーは、やはり平服のアフマチャノフという同僚とともに、同じバスに乗りこんだ。チカチーロはでたらめとしか思えないやり方でバスを乗り継ぎながら、ロストフ市内を二時間半ものあいだあてどなくまわりつづけた。ザナソフスキーが尾行をつづけるあいだに、チカチーロは十人近くの若い女に話しかけていた。だが、いっこうに不審な動きは見せなかった。

市の中心街でチカチーロはようやくバスを降り、レストランに入った。彼は椅子に腰を下ろすと、身体が一方にかしいだ、明らかに酔っ払っている女に話しかけた。やがて彼はその女のもとを離れると、今度は通りの反対側のカフェに向かった。そこでも彼は、何人かの女たちになれなれしく話しかけた。チカチーロは、依然としてひとりきりで、ロストフの繁華街に位置するマクシム・ゴーリキー公園のベンチにしばらく坐っていた。チカチーロが公園を出てエンゲルス通りを駅の方角に向かって歩きはじめると、ザナソフスキーとアフマチャノフもそのあとを追った。

すでに深夜は過ぎていたが、チカチーロはあいかわらず街をさまよい歩いていた。彼はまたしてもバス停に立ち寄り、女たちと次々に話をはじめた。どの女もしばらく彼と話をしたあと、バスに乗りこんでいった。午前三時ごろ、チカチーロは待合室のベンチに横たわる、十九歳くらいの若い娘に目をつけた。彼は娘に近づくと、そのかたわらに腰を下ろした。

ザナソフスキーは二人の様子を観察できたものの、会話が聞きとれるところまで近寄ることはできなかった。チカチーロは娘の髪を撫でまわした。と、だしぬけに娘がベンチから立ち上がった。ブラウスのボタンをはずさないでちょうだい、と彼女が抗議するものとザナソフスキーは思った。だが、娘は甘えるような表情を見せ、もう一度ベンチに横になった。するとチカチーロは上着をぬぎ、それを娘の頭にかぶせた。ザナソフスキーは、上着の下で娘の頭が上下に動いていることに気づいた。ほとんど人けの失せた待合室で、彼女はフェラチオをはじめたのだ。

やがて、チカチーロと娘は立ち上がり、別々にトイレに入った。トイレから最初に出てきたのは、チカチーロだった。彼は落ち着かない様子であたりを見まわした。そして、いきなり速足で待合室を出ると、路面電車に飛び乗った。ザナソフスキーは、尾行中の容疑者が同じような行動に出るのを何度も目にしてきた。それは、監視に気がついたときの行動だった。

ザナソフスキーは肚《はら》のなかで舌打ちをした。夜間の張り込みだというのに、アフマチャノフは黄色いシャツを着ていたのだ。ザナソフスキーから見れば、それは言語道断の服装だった。アフマチャノフは、制服でさえなければどんな服でもいいと考えていたのだろう。私服で職務につくときには、ザナソフスキーはけっして明るい色の服は着なかった。彼はトイレに姿を消した娘をアフマチャノフに任《まか》せると、チカチーロを逃すまいとつづいて路面電車に乗りこんだ。

電車は一・五キロほど走って、人けのない中央市場の露店の近くで停まった。チカチーロが電車を降りたとき、ザナソフスキーは彼を逮捕する肚を固めた。逮捕しようと思えば、公共の場での猥褻行為を理由にいつでも逮捕できたのだ。

彼は背後からチカチーロに近づいた。「ここで何をしているのだね?」と、ザナソフスキーは言った。

チカチーロは振り返り、即座にザナソフスキーがだれか思い出した。夜明け前の薄明のなかでも、チカチーロの額が汗にぬれているのがわかった。シャフトゥイ行きのバスに乗り遅れたので、次の便が出るまで時間をつぶしているところだ、とチカチーロは答えた。ザナソフスキーが近くの分署まで同行を求めると、彼は抵抗しようとはしなかった。

ザナソフスキーは分署に後のことを任せて帰宅する前に、チカチーロのブリーフケースの内容一覧の作成に手を貸した。ブリーフケースから出てきたのは、ワセリンを入れた瓶、汚れたタオル、ロープ、そして刃渡り二十五センチのキッチンナイフだった。分署をあとにするザナソフスキーの胸には、ついにレソポロサ連続殺人の真犯人を捕らえたという確信がひろがっていた。犯人でなければ、わざわざナイフを持ち歩いたり、あれほど熱心に女を口説いたりしないはずなのだ。

州内の別の地区から捜査班へ派遣されてきた捜査検事、ユーリー・モイセーエフがチカチーロの尋問にあたることになった。翌日のモイセーエフの報告によれば、チカチーロはザナソフスキーに話したことをくり返していたという。バスに乗り遅れたので、時間をつぶしていた。ナイフを持ち歩いていたのは、旅行中にソーセージなどを切るのに必要だったからだ、と。

ほどなく、法医学研究所からチカチーロの血液検査の結果が報告された。チカチーロはA型だった。犯人の血液型は、九件の殺害現場で発見された精液の分析によれば、AB型なのだ。

さらに、チカチーロが共産党のれっきとした党員であることが判明した。彼の勤務地の党書記に問い合わせてみたところ、人物証明書が送付されてきた。その証明書にも、問題とすべき記録はなかった。党員であれば起訴をまぬがれるということはなかったが、非党員にくらべると、罪状否認の重みにかなりの差があった。モイセーエフはチカチーロを放免する準備をはじめた。

ところが、チカチーロの前歴を調べているうちに、新しい事実が浮かびあがってきた。逮捕の二カ月前まで、チカチーロはシャフトゥイの〈ロストフネルト〉という国営企業で

〝トルカチ〟として働いていた。トルカチとは〝推進者〟とか〝後押し屋〟という意味で、ソヴィエトの工業生産のかなめとなる役職だった。ソヴィエトでは物流システムがまともに働かなかったため、大規模な工場はかならずスタッフとしてトルカチを抱えていた。トルカチの仕事は、いわばセールスマンの裏返しだった。トルカチは資材の供給元をまわり、愛想のいいせりふを並べ、袖の下を使っては、必要な資材を売ってほしいと頼みこむのである。数カ月前、チカチーロは、〈ロストフネルト〉の必要とする自動車のバッテリーを買い入れるため出張に出た。彼はなんとか十六個のバッテリーを手に入れたのだが、〈ロストフネルト〉の話では、そのうちの一個を着服してしまったのだった。

ソヴィエト社会で横行した大がかりな窃盗や横領に比べると、だれの注意も引かないようなささやかな犯罪だった。事実、この事件は裁判ざたにはならなかった。が、チカチーロは七月には〈ロストフネルト〉を辞め、〈スペツエネルゴアフトマーチカ〉でトルカチとして働きはじめた。この間の事情を深読みすれば、〈ロストフネルト〉が起訴を取り下げるかわりに、チカチーロがみずから職を辞したとも考えられた。

一方、ドミトリー・プタシニコフ殺害の捜査を続けていたノヴォシャフチンスクの民警から、バッテリー横領事件をあらためて起訴に持ちこみ、チカチーロをもうしばらく留置場にとどめてほしいという要請が寄せられた。ロストフの同僚たちと同様にノヴォシャフチンスクの捜査員《ストウカチ》たちも、留置場という施設には容疑者を自白に追いこむ力があると固く信じていた。密告者と同じ房に閉じこめておけば、モイセーエフには話さなかったことをロにするかもしれないのだ。モイセーエフはこの要請を受け入れた。

チカチーロの起訴が決まると、捜査当局は彼のアパートを家宅捜索する許可を手に入れた。ヴィクトル・ブラコフは、この家宅捜索の指揮をとるよう指示された。彼はチカチーロという男が駅で逮捕されたこと、そしてその男の血液型がA型であったということを漠然と知らされていただけだった。ブラコフ自身は、チカチーロを尋問してはいなかった。カレニクに関する調査がようやく終息しようとしていた矢先のことだけに、家宅捜索の指揮のために職務を中断させられるなど、ブラコフにとっては迷惑以外の何ものでもなかった。しかもモイセーエフはすでに、今回の猥褻行為に関しては起訴しないことを決めていたのだ。

とはいえ、結局ブラコフはシャフトゥイへと車を飛ばし、共産主義青年同盟《コムソモール》の設立五十周年にちなんで名づけられた建物に向かった。チカチーロはかつて教師だったため、彼の住居はある学校の学生寮の一階にあった。家宅捜索は、なんらめぼしい収穫を得ることなく終了した。証拠品として役立ちそうなものといえば、毛皮の帽子とコート、そしてブラコフがストーブの下で見つけた大きなブーツぐらいのものだった。ブラコフは押収した証拠品をモイセーエフのもとに送ると、カレニク事件の調査に戻った。

依然収監されたままのチカチーロは、レソポロサ連続殺人の容疑を全面的に否定しつづけていた。だが、結局バッテリー横領の罪で六カ月の刑を言い渡されたうえ、党籍を剥奪された。

自分が追い求めている男は、いったいどんな男なのか——いつしかブラコフは、深く考えこむようになっていた。犯罪学関係の論文は検閲によって公表が差し止められることが多いため、連続殺人についての知識を文献から得ることはほとんど不可能だった。その年の九月、ブラコフはあえて危険な賭けに出ることを決意した。上司から何の許しも得ずに、依然部外秘とされている事件の概要を外部に漏らすことにしたのだ。精神医学の専門家から助言を得るためである。ブラコフは連続殺人に関する情報をモスクワの専門家たちに送り、事件について説明したいので精神科医と性病理学者による会議を招集してほしい、とロストフ医科大学の学長に依頼した。

会議の席では、きわめて大まかな概要しか話さないように、ブラコフは細心の注意を払った。何者かが少女から、成人した女性、さらには少年まで殺害している、と彼は説明をはじめた。彼は死体損傷のパターンについてざっと説明したうえで、集まった専門家たちに疑問を提示した。同一の殺人犯が男女をともに性犯罪の対象として選ぶことがありうるのか？　複数の犯人がグループを形成している可能性は？　人間をこのような行動へと駆りたてるのはどのような病気か？　そしてそれは、犯人の行動様式全般にどの程度の影響を与えるものなのか？

返ってきた専門家たちの発言に、ブラコフは落胆した。専門家たちの大半は、殺人鬼の逮捕にさして関心を抱いていないようなのだ。ブラコフは怒りをおぼえた（しかし、ソヴィエト連邦における精神医学弾圧の歴史を考えれば、突然姿を現わしては挑発的な質問をくり返す民警の捜査員が警戒の目で見られるのも無理からぬことだった）。出席者たちのなかには、ブラコフの説明すらろくに聞いていない者さえいた。他の出席者たちの発言も、あいまいなうえに相反する意見が多かった。ある出席者は、犯人は一人であると主張し、別の専門家は、集団の犯行かもしれないと答えるというぐあいだった。

だが、会議が散会となったとき、出席していた精神科医の一人であるアレクサンドル・ブハノフスキー博士がブラコフに近づき、話がしたいので研究室まで来てほしいと誘いかけてきた。ブハノフスキーの名は、ブラコフも以前から小耳にはさんでいた。もみあげを長くのばし、くせのある黒髪をオールバックにした浅黒い肌の肥大漢、ブハノフスキーは、凡庸で無気力なソヴィエトの精神科医のなかではひときわぬきんでた人物だった。

あらゆる学問のなかで、社会主義体制下でもっともきびしい弾圧にさらされたのは精神医学と遺伝学だった。スターリンの独裁時代においては、遺伝学はブルジョア主義に毒された似非《えせ》学問として研究が禁じられていた。遺伝学が弾圧されたのは、社会主義に基づいた新しい環境においては人間の本質までが改善されるという党のドグマと真っ向から対立するためであった。党は同じような理由で、精神医学をあらゆる分野にわたって抑圧した。快楽の追求こそが人間の諸活動の原動力であるという人間観は、党の幹部たちにはとうてい容認できるものではなかった。さらに、経済的状況よりも幼児期の人間関係のほうが人格形成に重要な役割を果たす、という主張もかれらの神経を逆なでした。フロイトは事実上禁書あつかいされていた。ソヴィエトの精神科医たちは、学問の上でも実生活においても西側の精神科医とはまったく交流がないままに、診療や研究を行なっていた。ソヴィエトの精神科医がもっとも力をそそいでいたのは、たとえば、生産性を向上させるための最適環境などの研究だった。

アレクサンドル・ブハノフスキーは、出自においても性格においても、他の精神科医とは大きく異なっていた。ブハノフスキーはアルメニア人女性を母親に、そしてドイツ軍と戦うためにロシアに送られてきたポーランド系ユダヤ人を父親に、戦時下の一九四四年に生まれた。終戦後、彼の父親はポーランドに戻り、その後アメリカに渡った。しかし、父親がブハノフスキーと母親をアメリカに呼び寄せる前に、鉄のカーテンが閉ざされてしまった。結局、彼の母親は再婚し、ソヴィエト市民として生きる道を選んだ。

ロストフの学校では、ブハノフスキーは〈赤色卒業証書〉を授与された。すなわち、全科目で優をとったのである。彼はロストフ医科大学に進み、精神医学を専攻した。血を見るのが嫌いで、人と話をするのが好きだったからだ。

ブハノフスキーが受けた精神医学の講義はソヴィエトではごく標準的なものであったが、彼はみずからの力で知識を拡大していった。一九六〇年代の末、陸軍で二年間の兵役につかされたブハノフスキーは、北極圏の都市ムルマンスクに配属された。ムルマンスクでは、勤務時間外にはすることがほとんどなかった。ましてや、太陽が地平線から決して昇らず、温度計の目盛りが零度以上には絶対に上がらない、長く暗い冬のあいだはなおのことだった。陸軍はモスクワでも最高の図書館から蔵書を借りだし、兵士たちを本に親しませることによってその埋め合わせをしようとした。

ブハノフスキーは大量の本を手あたりしだいに読みまくった。彼は党の中央委員会が合法化したばかりの遺伝学の本と、スターリンによって徹底的な弾圧が加えられる以前の二〇年代に著《あらわ》された精神医学の専門書を読みふけった。ブハノフスキーはそれらの著作と、大学で使用されていた教科書の内容が大きく食い違っていることに気づいた。いや、単に食い違っているだけではなく、二〇年代に書かれた本のほうが道理にかなっていた。

ブハノフスキーは兵役を勤め上げてロストフに戻り、大学に復帰すると、統合失調症と性病理学の研究をはじめた。こうした研究を進めるには、当然ソヴィエト社会の清教徒的なイデオロギーと絶えず衝突をくり返さねばならなかったが、とりわけ彼の関心を引いたのは、トランス・セクシャリズム——女になりたがる男の心理だった。ブハノフスキーは大学の外科医の協力を得て、性転換にはどのような処置が必要であるかを患者に説明するプログラムを確立した。このようなプログラムを作成した精神科医は、ソヴィエトではほんの一握りしかいなかった。さらに一九八〇年代の初頭からは、彼は同性愛に関する調査研究に着手していた。ブラコフが会ったこのとき、ブハノフスキーは四十歳だったが、すでに精神医学界の異端児として知られていた。

ブハノフスキーとその数人の同僚に従って、ブラコフはブハノフスキーの研究室に足を踏み入れた。ブラコフは精神科医たちの無関心ぶりをきびしく非難し、論より証拠とばかりに、殺人犯によって傷つけられた死体の写真を医師たちに見せた。もし精神科医のみなさんが犯人逮捕のための協力を怠《おこた》るなら、みなさんの子供たちが次の犠牲者にならないという保証はどこにもない、とブラコフは言った。ブハノフスキーにはオリガという名の十五歳の娘がいた。彼は捜査に協力することを約束した。

二週間後、ブハノフスキーはブラコフのために七ページにわたるレポートを書き上げた。レポートのなかでブハノフスキーは、捜査員たちが捜査の拠《よ》りどころとしている仮説を徹底的に批判した。この事件は、性的な人格異常が原因と考えてほぼまちがいない、と彼は断言した。犯人は、他人に苦痛を味わわせることによってのみ性的な満足をおぼえるサディストである。精神医学の文献にも、ナイフや針を使って他人に浅い傷を負わせることに快感を見いだすサディストの例が載っている――ブハノフスキーはそうつづけた。

犯人は強い強迫観念に悩まされている。犯人の胸に殺人の衝動がいったん生じたら、ちょうど飢えた人間が食べ物を食べずにはいられず、渇きに苦しむ人間が水を飲まずにはいられないように、だれかを殺さずにはいられなくなるのだ。犯人は獲物を見つけ出すために計画を練り、そしてその計画に従って行動することができる。たとえそれが、いかに複雑で微妙な計画であっても。しかし、殺人によって解放感を得た場合をのぞき、犯人は鬱屈と苛立ちに悩まされる。頭痛や不眠症にも苦しんでいるかもしれない。月の満ち欠けや天候といった周期的な事象が、犯人の殺人衝動の引き金となっている可能性もある。

おそらく犯人は、とブハノフスキーのレポートはさらにつづいた。ノーマルなセックスに関しては不能であろう。他人に苦しみを味わわせないかぎり、性的な興奮を得ることができないのだ。ときとして異性と性的な関係を結ぶことがあったとしても、継続的な関係を維持することはできないと思われる。犯人は自らの性的な問題を医者に相談したり、医学関係の論文を調べてみたことがあるかもしれない。

犯人は精神病、おそらくは統合失調症を抱えているが、狂人でも精神遅滞者でもない。彼にはあらかじめ計画を練り、逮捕を避けるだけの知性がそなわっている。犯人は自分だけの世界に閉じこもり、他人とのつき合いもほとんど皆無であろう。仮にごく親しい友人がいたとしても、友人関係はすでに失われていることだろう。一連の事件が複数の人間からなるグループの犯行である可能性はきわめて乏しい。二人ないしそれ以上のこうした傾向の持ち主がめぐりあい、たがいに協力しあうことはまず考えられない——というのが、ブハノフスキー・レポートの概要であり結論であった。

一方、ブラコフの提供した情報にもとづいてモスクワの国立性病理学研究所が作成したレポートには、いささか異なる見解が盛りこまれていた。G・S・ヴァシレンコとI・L・ボトネヴァによって作成されたこのレポートには、犯人の体内では月に一度ないし二度、ホルモンが過剰に分泌されるという仮説が提示されていた。この過剰分泌がはじまると、犯人はほとんど無意識のうちに獲物を探しはじめる。まず彼は、駅やバス停の待合室、公園などをぶらつく。少女、成人女性、少年のすべてが犯人の欲望の対象となりうる。獲物を前にすると、犯人は多弁になる。

犯人には、相手がどんな人間であるかを巧みに読みとる能力がある。獲物が大人である場合、彼は食べ物、カネ、ねぐらを必要としている者を選ぶ。犯人はこのような女たちに、酒やねぐらを提供すると言って誘いをかける。あるいは、目的地まで車で送ろうと申し出るのかもしれない。獲物が子供である場合、犯人はより衝動的に行動する。特定の子供にそなわった何らかの外面的な特徴が、犯人の抑えがたい欲望を刺激するのかもしれない。欲望に駆られた犯人は、子供の興味を煽りたてるような話をでっちあげ、思いどおりの場所に誘い出すことができる。

ひとたび獲物を林のなかに連れこむと、犯人の人格は一変し、激情が爆発する。ブハノフスキーと同じようにモスクワの専門家たちも、犯人はノーマルな性行為では勃起が得られないか、あるいはそれを維持できないものと考えていた。犯人は被害者の身体をナイフで刺し、血が流れるのを見て性的な興奮をおぼえる。そして犯人は自然に、あるいはマスターベーションによって、射精する。犯人の精液が被害者の体内からではなく、衣服から発見されたのはこのためである。犯人は性的な満足感を得ることだけに集中しているため、犯行のどの時点で被害者が死んだのかさえわからない。

犯人の被害者の身体を切断あるいは毀損《きそん》する行為には、一定のパターンが見られる。これが行なわれるのは、被害者が死んだあとか、さもなくば犯人が性的な絶頂に達したあとであろう。しかし、被害者が死んだ時点でもオルガスムスに達していない場合には、犯人は興奮を高めるために被害者の性器を切りとるのかもしれない。

犯行を終えたあと、犯人は身体についた血糊を落ち着いて拭きとり、衣服にはね飛んだ血しぶきをぬぐい、現場に指紋や証拠を残していないかを確認する。切りとった被害者の身体の一部は投げ捨てられるのかもしれないし、犯人がそのまま持ち帰るのかもしれない。何くわぬ顔で林を出た犯人は、たまたま出くわした相手とごく自然に言葉を交わすことも、すぐに車を運転することもできる。これが、ヴァシレンコ＝ボトネヴァ・レポートの要旨だった。

犯人が集団であることはまず考えられない、という点ではモスクワの専門家とブハノフスキーの意見は一致していた。両者とも、同一の犯人が男女を問わずに殺人をくり返していると考えていた。

だが、ブラコフのもとに寄せられた第三の見解には、さらに最初の二つとの食い違いが見られた。モスクワのセルプスキー研究所のV・E・ペリパスは、一連の事件には二人の犯人がいると主張した。第一の殺人者は三十五歳から四十歳までの男で、少年たちを殺害したのはこの男である。この犯人は、学校ないしインテルナトに勤務しているのかもしれない。子供のあつかいには慣れている。彼は一人暮らしか、あるいは家族とともに生活している。ガールフレンドや友人はおらず、仮にいたとしても数えるほどであろう。ポルノグラフィーやフェティシズムに、ひそかな興味を抱いていることも考えられる。被害者の身体から性器を切りとったのは、フェティシズムの表われかもしれない。そう述べるペリパスによれば、少女と女たちを殺害したのは別の犯人だった。この第二の殺人者は第一の殺人者よりも若く、年齢は二十五歳から三十歳のあいだと思われる。第二の殺人者は、少年たちを殺害した犯人よりも腕力と魅力にめぐまれた男であろう。この犯人は、ことによると自動車の運転を職業としているかもしれない、とペリパスは推測した。

レポートを読みながら、ブラコフは考えをめぐらせた。これらのレポートによって、彼の推論の一部が裏づけられた。たとえば、レポートはいずれも、カレニクやチャプキンのような容疑者を想定してはいない。集団による犯行という仮説も、除外されている。さらに、死体に残された傷に関しても説明がなされている。犯人の性的不能やサディズムについての記述は、ブラコフにとっても納得のいくものだった。

しかし、実際問題として、これらレポートによって多少なりとも犯人逮捕の可能性が高まったといえるだろうか？　専門家たちの見解は、犯人が一人か二人かという点においてさえ食い違っているのだ。レポートに描かれた犯人像は漠然としていて、これに該当する男はロストフ州に何千人といるだろう。もしこの事件が単独犯の犯行ならば、犯人は彼を逮捕しようとやっきになっている捜査員たちを静かに嘲笑い、どこかで犯行の機会をうかがっているのだろう――ホルモンの過剰分泌がはじまるのを待ちながら。

6 同性愛者の弾圧《ゲイ・ポグロム》

一九八四年の秋には、レソポロサ連続殺人の犠牲者は二十四人にのぼり、そのなかには八歳から十四歳までの五人の少年たちが含まれていた。すなわち、イーゴリ・グトコフ、セルゲイ・マルコフ、ドミトリー・プタシニコフ、ドミトリー・イラリョノフ、そしてサーシャ・チェペルである。少年たちはいずれも八三年に殺害されていた。少年たちが次々に殺されたうえ、その衣服や体内から精液が発見されたため、捜査当局は犯人の標的が女だけでなく男にまでひろがった理由を説明する二つの仮説について、それまで以上に真剣な検討を加えはじめていた。仮説のひとつは、セルプスキー研究所のペリパス博士によって支持されていたもので、この事件は少女と成人女性を殺害する男と少年を殺害する男という、相互に無関係な二人の犯人の犯行であるというものだった。第二の仮説は、犯人は一人であるが、この犯人は本質的には同性愛者であるというものだった。ヴィクトル・ブラコフは、この二つの仮説にもとづいて捜査を進めた。

ロシア人の大半がそうであるように、彼も同性愛に関してはほとんど何も知らなかった。ロシア人の多くは、同性愛はおろか、性に関する一般的な知識すら豊富には持ち合わせていなかった。ソヴィエト社会における性の問題のとらえ方には、スターリンの見解が大きく反映されていた。毛沢東やヒトラーと同じくスターリンも、セックスとは新しい党員、国家の新しい公僕を産みだすための手段にすぎないと考えていた。スターリンにとっては、どのようなものであれ性的快楽の享受は、彼の理想とする国家的規律をおびやかすものだった。

もともと保守的であったロシア人の性道徳は、スターリン主義によってさらに保守化していった。同性愛を禁じる法律は、一九一八年にボルシェヴィキによって廃止されたが、一九三四年には復活していた。学校は男子クラスと女子クラスに分けられ、性教育の授業もなかった。映画や小説でも、厳格な清教徒主義が貫かれていた。ソヴィエト市民の多くはプライバシーなど存在しない共同住宅で暮らしているため、性行為は人目を忍んであわただしくすまさなければならなかった。同性愛者たちは言うにおよばず、配偶者以外の異性と関係を持っている者も、ことが他人に知られ、秘密警察に密告されまいかとつねに怯《おび》えていた。とはいえ、スターリンの死後、数十年という月日が過ぎるうちに国家による統制もしだいにゆるんでいった。たとえば、一九五〇年代のなかばには男女共学が復活している。しかし、依然としてソヴィエトは、先進諸国のなかでももっとも性に関する抑圧が強い国のひとつだった。

こうした社会的傾向と社会主義制度の結合により、ソヴィエト連邦のホモセクシャルやレズビアンをめぐる状況はきわめて苛酷なものとなっていた。同性愛者に対する一般市民の態度は、嫌悪と侮蔑の中間にあった。社会主義国家におけるホモセクシャルやレズビアンには、自分たちにとって居心地のよいサブカルチャーを生み出す機会が与えられていなかった。たとえば、当然のことながらかれらは、みずから事業を起こしたり、経済的に独立することができなかった。かれらとて国営企業で働かねばならず、性的な傾向が露見しようものなら解雇されかねなかった。自分たちのために専用のアパートを借りることもできず、ましてや同性愛者同士が一定の地区に集まって暮らすなど論外だった。住居の割当ては国によって行なわれ、独身者はおおむね、結婚するまでは狭苦しいアパートで両親と同居しなければならなかった。同性愛者たちが集まれる場所を探すだけでも並大抵ではなく、薄汚れた国営の酒場やレストランではつねに監視の目が光っていた。

一九八四年、アレクサンドル・ブハノフスキーの教え子であり、ロストフ医科大学の若き精神医学者でもあるアレクセイ・アンドレーエフは、ロストフ市の同性愛者を対象とする史上初の組織的な調査を開始した。ブハノフスキーとアンドレーエフは、ソヴィエトの基準からすれば、同性愛については進歩的な考えの持ち主だった。全男性のなかには先天的なホルモン異常の者が少数ながら一定の比率で存在し、このような人たちは不可避的にホモセクシャルになると二人は考えていた。ブハノフスキーは同性愛者たちに同情し、かれらに敵意を向ける社会に怒りを感じていた。これまでの社会はホモセクシャルに、自己を嫌悪するよう仕向けていると彼は考えていた。このような自己嫌悪は、自分自身に対しても、そして周囲の人間に対しても、破壊的な結果をもたらす行動へと結びつく。

しかしながら、ブハノフスキーの同性愛のとらえ方には、差別を助長するような要因が含まれていた。ブハノフスキーは、先天的なホモセクシャルによって形成される中核集団の外縁には、程度の差こそあれ、自らの性的傾向が明確化されていない少年や男たちが存在すると考えていた。かれらは特定の状況においては、異性愛者としてふるまう。しかし、別の状況においては、ホモセクシャルによって〝徴募〟されるというのである。こうした考え方は、同性愛に小児性愛《ペドフィリア》――ホモセクシャルが、本来ホモセクシャルではない少年を誘惑する――というイメージを負わせるものであった。

アンドレーエフは、ロストフ市内の精神科クリニックに通う患者たちとの面接を基礎に調査を進め、こうした理論を裏づけるデータを集めようとした。この調査によって、さまざまな社会階層の出身者からなる、秘密の帳《とばり》に包まれたゲイ社会の存在が明らかになった。ロストフ市の百万におよぶ人口の約一パーセントが、これに加わっているのだ。この社会の頂点に位置するのは、二種類のエリートたちだった。第一のグループに属するのはおもに芸術家で、その多くが市内にあるオペレッタ劇場の男たちだった。このグループは仲間うちだけで集まり、宝飾品や香水を身にまとい、女装を楽しんでいた。こうした男たちのなかには、他の男と長期にわたる関係を結ぶ者もめずらしくなかった。

第二のグループは、ソヴィエトの〝ノーメンクラトゥーラ〟の地位を占める高官たちだった。このグループは自分たちの秘密を厳重に守り、体面をとりつくろうために結婚し、家庭をかまえているケースが多かった。そのような男たちの妻はほとんどが、自分の夫がホモセクシャルであることを知らない。このグループの同性愛者は、同じような地位と境遇にある相手と長きにわたってひそかな関係をつづけることもあれば、バカンスや出張の際にめぐりあった少年や男たちと、一夜かぎりの関係を結ぶこともあった。こうした男たちのなかには、州の党委員会や州政府の頂点からそう遠くない地位にある者も少なくなかった。

一方、ソヴィエト社会のさらに低い階層には、同性愛者であるがゆえに人生が決定づけられてしまった男たちがいた。このような男たちは、自分がホモセクシャルであることを隠そうともしなかった。かれらは社会からつまはじきにされ、おおむね失業状態にあるか、さもなければレストランのウェイターなどの低賃金の仕事で暮らしを立てていた。身体を売って生活している者も少なくなかった。こうした男娼たちは、ロストフ市内のマクシム・ゴーリキー公園の公衆トイレの周辺にたむろしていた。

こうしたグループのなかに〝徴募者〟たちがいる、とアンドレーエフは信じていた。ロストフのゲイの多くは、何よりもうぶな少年たちを珍重する、というのがアンドレーエフの持論だった。徴募者たちは駅やバス停の待合室で、途方にくれている孤独な十代の少年を探し出す。こうした少年たちは、たとえば家庭内での暴力から逃げてきた家出少年などで、優しさと理解を示してくれる人間を求め、食べ物と暖かいねぐらを必要としていた。徴募者たちは少年たちを誘惑し、友人に紹介することによって、自らの性的な欲求を満足させ、ときには紹介料を得てそれを生計の足しにしていた。

ゲイ社会のさらに低い階層に属する男たちは、ロストフの社会の最底辺《プリヨムニク》を形成していた。かれらの多くは大酒飲みで、公園や待合室、あるいはホームレスの収容所をねぐらにしていた。より幸運に恵まれたゲイたちのあいだには、このような同類たちを指す隠語があった——〝ゴミ〟である。

ブハノフスキーと同じくアンドレーエフも、ロストフのゲイ社会の一部に見られる強引な小児性愛は、ある程度ソヴィエト社会の抑圧的傾向によって助長されているものと考えていた。ソヴィエトでは、成人したゲイ同士の安定したオープンな関係すら許されていなかった。ゲイは堕落した、嫌悪すべき存在とみなされていた。同性愛者が人目を忍んであわただしく関係を結ぶのも、純真な少年たちを欲望の対象とするのも、このような社会的状況が一因となっているとアンドレーエフは考えた。

ロストフのゲイたちは、当然ながら、また別の見解を持っていた。成人したゲイの多くは、最初の同性愛経験が十代の頃であり、相手が年上の男であったことを認めていた。しかし、初めて同性愛を体験したときには、自分にはゲイとしての傾向がすでに芽ばえていて、年長者たちは単に自分が探しもとめていたものを与えてくれただけなのだ、とかれらは考えていた。

いずれにせよ、同性愛を禁ずる法律の第二条には、未成年者を相手とする同性愛行為は、相手が成人である場合よりも長い刑期が言い渡されると明記されていた。

ホモセクシャル犯人説にもとづいた捜査を進めはじめたときには、ブラコフがブハノフスキーと顔を合わせてからまだ日も浅く、ブハノフスキーが作成した犯人についてのレポートはまだ届いていなかった。だが、成人のゲイが少年を殺したり、傷を負わせるという事件は、ブラコフもときおり耳にすることがあった。ただ、そのいずれも、連続殺人や連続傷害ではなかった。いずれにせよ彼は同性愛者を性的な変質者とみなし、またレソポロサ連続殺人の犯人も変質者であると考えていた。したがって、犯人または犯人たちはゲイである、という仮説にもとづいて捜査を進めることに関しては、ブラコフはなんのためらいも感じていなかった。

ブラコフは、ゲイの容疑者の洗い出しにとりかかった。一九八四年以前には、同性愛行為を理由に重罪が科せられた者は一人もいなかった。そうする必要がなかったからである。社会ならびに経済の構造と、ロシア人一般の同性愛に対する嫌悪の念——この両者の結びつきには、同性愛を抑圧するだけの力があったのだ。民警が注意を向けるような事件は、年に二、三度しか起こらなかった。それはおおむね家出少年の捜索からはじまり、ゲイが未成年との同性愛行為で起訴されることによってしめくくられた。民警のファイルには、捜査の手がかりとなるような記録はごくわずかしかなかった。

これら数少ない記録のひとつが、ヴァレリー・イヴァネンコという男に関する分厚いファイルだった。イヴァネンコは、同性愛や異常な性行為を禁ずる法により、二十年のあいだに六度にわたって有罪判決を受けていた。一九八二年に六度目の有罪判決を受けたとき、イヴァネンコはセルプスキー研究所の精神科医に、彼が精神異常であると信じこませることに成功した。これによって彼は、ロストフ市の北のコヴァレフカ村の精神病院に送りこまれた。記録によれば、一九八三年にブハノフスキー博士がイヴァネンコの後見を引き受け、彼をロストフ医科大学の付属病院に連れ帰っている。当時、ロストフ市のゲイに関するアンドレーエフとの共同研究は端緒についたばかりで、博士はイヴァネンコを研究材料として使おうと考えたのだった。が、ロストフ医科大学に着くとすぐに、イヴァネンコは脱走した。一九八四年の夏の時点では、彼はあいかわらず追っ手をかわして逃げつづけていた。

記録に目を通したとたん、ブラコフはイヴァネンコという男に興味を抱いた。イヴァネンコは教養のある人物だった。英語とフランス語を話し、レニングラードの演劇学校を卒業していた。同性愛の罪で有罪判決を受けるまでは、教師として働いていた。記録によれば、彼は人あたりがよく、だれともすぐに打ち解ける面白い人物で、他人を引きつけずにはおかないところがあるという。それだけでなく、ドミトリー・プタシニコフを従えて歩いていた男とイヴァネンコの特徴は、みごとに一致していた。イヴァネンコは身長百八十二センチで年齢は四十六歳。髪は灰色であごにはくぼみがあり、近眼で眼鏡をかけている。

イヴァネンコの母親はいまもロストフ市内で暮らしていた。彼女が住んでいるナハロフカのマクシム・ゴーリキー通りのアパートは、ブラコフが以前借りていた家の近所だった。

ブラコフは、イヴァネンコの母親のもとを訪ねてみた。彼女のアパートは、ロストフのスラム街によくある建物のひとつだった。煉瓦がぼろぼろに欠けた四階建てのアパートには中庭があり、そこには長年にわたって建てられてきたバラックや掘っ建て小屋が並んでいた。イヴァネンコの母親が暮らしている四六号室は、この中庭に建てられた二部屋のバラックだった。

イヴァネンコの母親は脳卒中で手足が麻痺していた。だれが食べ物の用意をするのか、ブラコフはたずねた。シーツの取り替えはだれが？　金を払ってだれかに面倒をみてもらうだけの貯えがないのは明らかだった。息子のヴァレリーが、面倒をみにきているのか？ちがう、と老婆は否定した。法廷の指示でコヴァレフカの精神病院に収容されて以来、息子には一度も会っていない、と彼女は言った。

ブラコフは、彼女が嘘をついているものと考えた。その夜から、彼は中庭を見渡せるアパートの二階の非常階段に張り込み、イヴァネンコの母親の小屋を見張りはじめた。それから数日後の土曜日、深夜の二時に灰色の髪をした背の高い男が中庭に姿を現わし、四六号室のなかへと消えた。ブラコフは足音を忍ばせて非常階段を降り、男を逮捕した。彼は抵抗しようともしなかった。

イヴァネンコの活動の詳細は、ブラコフがみずから行なった尋問を通じて明らかにされていった。ブハノフスキーのもとから逃げ出したあと、イヴァネンコはロストフ州の州境のすぐ先にあるウクライナの都市、ドネツクに不法に住みつき、写真屋として生計を立てていた。週に二度、彼は危険を冒してロストフ行きの列車に乗りこみ、深夜に母親のもとへ食べ物を運びこんでいたのである。

血液検査やその他の調査の結果、イヴァネンコがレソポロサ連続殺人の犯人である可能性は即座に否定された。彼の血液型はA型だった。リュボフィ・ビリュクが殺害された当日、イヴァネンコがセルプスキー研究所にいたことも確認された。ブラコフは血液検査の結果に大きな落胆をおぼえた。ダブル・チェックのために精液を提供してほしい、とブラコフはイヴァネンコに頼んでみた。イヴァネンコはこれに応じた。そしてその精液もまた、A型であることが判明した。

とはいえ、イヴァネンコがそのまま放免されることはなかった。ただ精神病院に送還されるだけで、彼はそれを何よりも恐れていた。そこでブラコフは、ひとつの取引を提案した。イヴァネンコがロストフで暮らし、だれはばかることなく母親の面倒をみられるよう取り計らおう、とブラコフは申し出た。だが、その見返りとして、ロストフ市内のゲイたちの身元を明らかにし、捜査を進めるために手を貸してほしい、と。

イヴァネンコはこの取引に応じた。ブラコフの計算どおり、彼には選択の余地がなかったのだ。

しかし、この新しい内通者がどれだけ役に立ってくれるかは、ブラコフにもよくわからなかった。イヴァネンコにはメモをとっておく習慣があったため、彼はまず二百五十人を超えるロストフ市のゲイたちの名前、住所、性的嗜好を記したカード式のインデックス・ファイルをブラコフに提供した。それらの男たちの九十パーセントは、ゲイであることを秘密にしていた。ブラコフはこのファイルをオフィスの金庫に保管した。金庫にはまた、白い紙を貼って顔写真を隠したイヴァネンコのファイルも収められていた。ブラコフは、この新しい内通者の正体をフェチソフ以外には明かそうとしなかった。

ほどなくイヴァネンコは、ファイルに新しい情報を追加しはじめた。容疑者リストから抹消して以来、ブラコフはイヴァネンコを少しばかり信用するようになっていた。ブラコフは彼に、何者かがロストフ州内で少女、成人女性、少年を次々に殺害していることや、犯人が死体に残した傷痕について説明した。するとイヴァネンコは、捜査に自分も協力したいと申し出た。ブラコフは他の捜査員同様、このような申し出に対してはシニカルだった。イヴァネンコのような男がみずから民警に協力するのは、自分の利益のためではないか——捜査員なら、だれしもそう考えるところだった。だが、ブラコフは彼を信じることにした。イヴァネンコが、自身の自由を確保するために友人や知人を裏切ったりするとは、ブラコフには思えなかった。彼はイヴァネンコという男から愛他主義と、社会のためにつくしたいという気持ちを感じとっていた。

動機が何であれ、イヴァネンコは優秀な秘密捜査員だった。彼がとくに貴重な働きを見せたのは、容疑者が法に抵触するような行動を見せず、したがって尋問に持ちこめないような場合だった。そのようなケースのひとつが、田園地帯の田舎家でひとり静かに暮らすイヴァン・フョードロフという男について調査したときだった。フョードロフは十年ほど前、隣人の娘に性的ないたずらをして、有罪判決を受けたことがあった。ブラコフは捜査員が高圧的な態度をとり、そのせいでフョードロフが固く口をつぐんでしまうことを恐れた。そこで彼はイヴァネンコを使うことにした。

イヴァネンコの調査は、調査対象者と親しくなる方法を探すことからはじまった。フョードロフの場合、その趣味がカギとなった。彼の趣味はウサギの飼育だった。ウサギの毛皮は、冬のロシアではどこでも目につく帽子、シャプカに使われる。イヴァネンコは図書館に足を運び、ウサギの飼育法とその問題点について学び、アマチュア飼育家として通用する程度の知識を仕入れた。そして彼はその田園地帯へ出かけ、フョードロフの家を訪れてウサギの繁殖方法についてあれこれたずねた。

イヴァネンコはたちまちフョードロフの友情を勝ち得、一週間ほど彼の家に客としてとどまり、ウサギの様子を観察したり世間話をしたりしてすごした。イヴァネンコはロストフに戻ると、ブラコフの金庫に収められることとなる詳細な秘密報告書を手書きで作成した。

フョードロフは、以前は幼い少女に強く惹《ひ》きつけられていたように思われる、とイヴァネンコは報告書を書き起こした。しかし、性犯罪に走ってしまったために妻や家族から見捨てられ、いまでは孤独でさびしい老後を送っている。彼がウサギの飼育に情熱をそそいでいるのは、その孤独を埋め合わせるためである。現在は性的な欲求もそれほどないようで、少女、成人した女性、あるいは少年に対して興味を抱いているようには見えない。また、フォードロフは肉体的に虚弱で、彼がレソポロサ連続殺人事件の犯人だとは思えない、とイヴァネンコは結論づけた。

当初はブラコフも、イヴァネンコの判断にそれほど重きをおいていなかった。しかし、時間がたつにつれて、イヴァネンコの報告がきわめて正確であり、人物鑑定にも狂いがないことが明らかになった。捜査員らによる調査の結果も、彼の報告の正しさを裏づけていた。しだいに二人のあいだに、奇妙な信頼関係が育《はぐく》まれていった。二人の関係は相変わらず捜査員と内通者の関係にすぎなかったが、いつしか二人は友情と敬意をもって言葉を交わすようになっていた。

ブラコフはイヴァネンコが提供したカード・ファイルをもとに、ロストフ市の何百というゲイたちが自分たちを守るために築いた壁を崩していった。フォードロフを調べるときにはイヴァネンコが行なったような秘密調査が必要だったが、他のゲイたちはそんな手間は要《い》らなかった。カード・ファイルから名前をひろい、ひそかに監視の目を光らせ、同性愛禁止法を犯した現場を押さえて連行すればよかった。そして実刑を示唆すれば、ゲイたちは友人や知り合いについて供述し、そのなかに暴力的傾向を持った変質者がいるかどうかを明かした。

ブラコフがボリス・パンフィロフを起訴に持ちこんだのも、そのような手順によってだった。パンフィロフはイヴァネンコが作成したファイルにも名前が載っていた二十代前半の独身の男で、オペレッタ劇場の音響・照明係を務めていた。彼はロストフ市の再開発計画で取り壊しが決まっている建物の一室にひとりで住んでいた。イヴァネンコによれば、パンフィロフは十代の少年に目がなく、同時に女の恋人がいることを自慢のタネにしていた。彼はポルノグラフィーの収集家で、ときおりモスクワやレニングラードまで足をのばしては、仲間たちと乱交にふけっていた。だが、パンフィロフに暴力的な傾向があるという証拠は、まったく見つからなかった。

パンフィロフはむしろ、ナターリャ・シャロピニナやユーリー・カレニクをはじめとする、レソポロサ事件に巻きこまれた男女と同じような過去の持ち主だった。父親はアルコール依存症で、母親はまだよちよち歩きだった彼をタガンロクの街のインテルナト、〈第七少年の家〉にあずけた。基本的にはこのインテルナトは、知能の面で問題のない孤児のための施設だった。しかし、グコヴォにある精神遅滞児のインテルナト同様、この施設も環境が劣悪だった。パンフィロフにはその当時の楽しい思い出はほとんどなく、せいぜいインテルナトの職員からキャンディをもらったことや、職員に連れられて生まれて初めて映画を――『シンデレラ《ゾールシカ》』を観たことくらいのもので、それを観て彼は、大きくなったら俳優になりたい、と考えるようになった。

パンフィロフが十一のとき、彼の母親は息子を引きとることにした。政府の新しい方針により、インテルナトが入所者の部屋代と生活費を要求するようになったためである。だが、彼の母親は一間のアパートで暮らしているうえ、愛人がいた。パンフィロフは街角で時間をつぶさねばならず、ロストフの映画館のスクリーン裏で眠ることもしばしばだった。ある夜のこと、彼はスクリーンの裏のねぐらから落ちて脚の骨を折り、それ以来少し足を引きずって歩くようになった。やがて彼は、古巣のインテルナトに帰ることになった。十五歳のとき、パンフィロフはインテルナトとも母親とも訣別した。彼は映画学校に入学し、月三十ルーブルの奨学金を頼りに暮らしはじめた。パンフィロフは、小柄で痩せ型ではあったが、ハンサムな青年へと成長していた。身体はほっそりとして、髪はブロンドで瞳は青——いかにも写真映りのよさそうな容姿だった。彼は俳優養成コースに入ろうとしたが、片足を引きずるうえに、舌がよくまわらなかったため、試験を通過することができなかった。結局彼は、照明と映写技術を学ぶことになった。

インテルナトでの思春期以来、パンフィロフは自分が少女よりも少年や大人の男に惹きつけられることを意識していた。初めての性体験は十六歳のときで、相手は少女だった。だが、誘いをかけてきたのは少女のほうで、パンフィロフにとっては味気ない体験でしかなかった。彼がマクシム・ゴーリキー公園をぶらつくようになったのは、十七歳のときだった。その年、彼は二十二歳の男を相手に初めての同性愛行為を体験した。

それ以来彼は、一般市民の目から隠れたゲイ社会と密接に結びついた職を探すよう努めた。まず彼は、ゲイたちのたまり場であるマクシム・ゴーリキー公園に隣接する、〈ロシア劇場〉の映写技師として働きはじめた。それから十八カ月後、彼はオペレッタ劇場に移った。生まれて初めて彼は、自らの性的嗜好をおおっぴらにできる環境で働くことができたのだ。

そして四年後、パンフィロフは劇場の幹部と衝突してそこを辞めた。公演旅行の際、同僚の裏方たちと四人でホテルの一室に泊まらねばならなかったため、プライバシーが保てる待遇が与えられないなら退職すると主張したのだ。劇場の幹部はこの主張を受け入れた――彼を退職させたのである。職を失ったパンフィロフは、モスクワの映画学校に入学しようとしたが、果たせなかった。その後バーテンダーの見習いをはじめたものの、仕事が気に入らず辞めてしまった。ドアを蹴破って乱入してきたブラコフの四人の部下たちに逮捕されたとき、パンフィロフは失職中で、同じ部屋にはあと八カ月たたないと十八歳にならない少年がいた。

検察局は家宅捜索とその後の調査の結果を検討したすえ、パンフィロフを同性愛行為、未成年者との同性愛行為、ならびに猥褻印刷物所持で起訴した。ポルノグラフィーは、家宅捜索の際に見つかった。さらに、七・六二ミリの銃弾が二発発見され、起訴状に未登録銃器等の所持という罪状が加わることになった。

パンフィロフの尋問を担当したのは、ブラコフとイーゴリ・アナニェフという捜査検事だった。パンフィロフの目には、この二人がそれぞれ善玉と悪玉を演じているように映った。ブラコフは冷静で道理をわきまえた尋問者だった。血液検査の結果、パンフィロフの殺人容疑は消えた、とブラコフは説明した。ブラコフが望んでいたのは、他の容疑者を見つけ出すためにパンフィロフの協力を得ることだった。捜査当局はパンフィロフの住所録を手に入れ、彼の知人の大半はすでに名前が割れていた。協力してくれるなら、刑期を短縮するよう取り計らおう、とブラコフは持ちかけた。もし協力を拒《こば》むなら、長い年月を刑務所ですごすことになるだろう、と。

一方、レソポロサ事件におけるゲイの容疑者の大半を担当したアナニェフは、かれらに好意的な態度はまるで見せなかった。この事件でアナニェフの尋問を受けたゲイたちのほとんどが、彼をきわめて敵対的な人物と感じていた。たとえば、尋問を受けたゲイの一人、サーシャ・シヴォロボフは、精液はどんな味がするのか、とアナニェフにしつこく当てこすられた。パンフィロフは、丸い赤ら顔に薄い口ひげを生やし褐色の髪を短く刈ったアナニェフは豚に似ていると思った。アナニェフは彼を容赦なく罵倒したが、質問の内容はブラコフと同じだった。アナニェフもまた、刑期の短縮を口にした——協力すれば一年か二年で釈放される、と。

パンフィロフは抵抗を試みた。神経の異常によって口がきけなくなったふりをして、二度にわたって尋問に黙秘をつづけたのだ。パンフィロフは精神病院に送りこまれ、そこで医師に口と鼻をマスクで覆われた。医師は彼が屈伏するまでマスクにエーテルを垂らし、自白剤と思われる薬を注射した。そのあと彼はふたたび収監され、今度は同房の男たちにさんざん殴られた。殴れば煙草をやると看守に言われたからだ、とその男たちは言った。やがて、パンフィロフはあらいざらい白状した。

だが、それまでの抵抗が原因で、パンフィロフはブラコフやアナニェフが講じてくれるはずだった寛大な処置が受けられなかった。彼は五年の懲役を言い渡された。

パンフィロフはノヴォチェルカスクの州刑務所へと送られ、性犯罪者だけが集められる特別棟で刑に服することになった。同じ棟の囚人の一人が、ユーリー・カレニクだった。自動車窃盗で有罪となったカレニクの服役期間は、一九八五年の三月をもって終わるはずだった。しかし、あいかわらずパーヴェル・チェルヌイショフ副本部長をはじめとする民警幹部の一派は、一連の事件の少なくとも一部はカレニクの犯行であることを証明しようとやっきで、捜査を続行し彼を監視のもとに置くために服役期間の延長を計ったのである。カレニクが出所を迎える前に、チェルヌイショフ派の捜査員たちは、かつてグコヴォのインテルナトでカレニクと一緒に暮らしていた若者を探し出した。若者は、インテルナト時代にカレニクから同性愛行為をせまられた、と証言した。カレニクはこれを断固として否定したが、裁判官は証人と民警の主張を信じた。カレニクは、さらに二年半を刑務所ですごすことになった。

刑期を延長されたカレニクはパンフィロフに、レソポロサ事件のせいで彼がどれほどひどい目にあい、犯人逮捕に情熱を燃やす捜査員らによって彼の人生がいかに壊滅的な打撃を被《こうむ》ったか、そのいきさつを連綿と語った。パンフィロフは、当然のことながら、彼の話をすべて信じた。

このころにはヴィクトル・ブラコフも、レソポロサ連続殺人の一部ないしすべてがゲイの犯行だとする仮説は、ほかの仮説と同じように誤りではないかと考えはじめていた。彼はそれまで以上に頻繁にアレクサンドル・ブハノフスキーを訪ね、事件の相談をするようになっていた。ブラコフは夜遅くにブハノフスキーのアパートに立ち寄り、犯人は統合失調症のサディストで異性愛者であろうというブハノフスキーの説に、紅茶を飲みながら耳をかたむけた。ブラコフはまた、彼の密偵でありゲイでもあるヴァレリー・イヴァネンコとも事件についてさかんに議論を交わした。ブハノフスキーほどの専門知識こそ持ち合わせていなかったものの、イヴァネンコも同じ意見だった。ブラコフにゲイ犯人説を捨てさせた最後の決め手は、これまで尋問してきたゲイの容疑者たちだった。二十人以上もの被害者にひそかに忍び寄り、林のなかへと連れこみ、頭部に一撃を加えて、性器を切りとる――そのような殺人鬼に見える人間は、ゲイのなかには一人としていなかったのだ。

一九八五年の末、ブラコフは彼が推理するもっとも確かな犯人像をメモにまとめ、同僚たちに回覧させた。このメモでは、彼はブハノフスキーから助言を受けたことを伏せておいた。当面は、ブハノフスキーとの信頼関係を危険にさらしたり、事件についての情報を漏らしたことを明らかにしないほうがよいと考えたからだった。

犯人はおそらく三十歳から五十歳の男で、サディストまたは、死体を愛好するサディストだろう、とブラコフはメモに書いた。被害者をナイフで刺し、その身体に損傷を加えないかぎり犯人は性的な満足を得ることができない。彼は切りとった肉体の一部を家に持ち帰り、それをマスターベーションのために使っているかもしれない。となると、犯人に家族がいるとは考え難《がた》い。彼は一人で暮らしているか、さもなければ殺人の衝動にかられたときはいつでも出かけられ、しかもだれにも見咎《とが》められることなく帰宅できるような環境で暮らしているにちがいない。

犯人には、自身の精神障害を同僚や知人たちから隠す能力がそなわっている。すなわち、犯人は標準ないしそれ以上の知性の持ち主と推測される。犯人は何らかの職についていて、それは出張の多い仕事であろう。ことによると犯人は、犯行に車を使っていないかもしれない。車を使っていると仮定した場合、犯人が女の被害者たちの衣服を隠そうとした理由が説明できない。たとえば犯人は、オリガ・スタルマチェノクの衣服を死体近くの麦畑に埋めている。車があれば、衣服をトランクに隠しておき、安全な機会を見つけて処分することもできたはずだ。

犯人は、たとえ男との性体験が多少あったとしても、本質的には異性愛者である。そうつづけたあと、「はたして犯人がホモセクシャルである可能性がわずかでもあるだろうか？」とブラコフは問いかけ、「私の知っているさまざまな年齢のホモセクシャルたちを参考に考えると、その可能性はないと思われる。少なくとも、犯人は純然たるホモセクシャルではない」と結んだ。

しかしこのときには、ロストフ市のゲイ社会を対象とした捜査は、すでに歯止めがきかなくなっていた。尋問が新たな容疑者を生み、容疑者がさらに新たな尋問と容疑者の呼び水となった。捜査が完了するころには、当局が身元を確認し、取調べを行なったロストフ市内のゲイは四百四十人にもおよんでいた。うち百五人が、国の定める同性愛禁止法によって有罪判決を受け、投獄された。

民警による捜査は、逮捕されて尋問を受けた者ばかりでなく、ロストフのあらゆるゲイたちを恐怖のどん底に陥れた。民警の手を逃れるために、かれらはたまり場を公園から別の公園へと絶えず移動させた。ロストフ市を離れて、別の土地で暮らしはじめたゲイも少なくなかった。性的な行動を一時的に控えようとする者さえいた。

だが、この苦境を乗りきれなかったゲイたちもいた。ウェイターのヴィクトル・チェルニャエフは民警から呼び出しを受け、同性愛禁止法を犯した罪で法廷に引き出すと脅迫されると、手首を切って自殺した。両性愛者の電話技師、エヴゲニー・ヴォルエフは、市内の病院に記録されているゲイの梅毒患者リストに名前が載っていたために、捜査員たちの執拗な尋問にさらされ、服毒自殺をした。カフェーの大道具方、アナトーリー・オトレズノフは、小児性愛の容疑で民警が自分を捜していると友人たちに語った翌日、両手首を切って自殺した。

7 モスクワの死体

レソポロサ事件の捜査の進捗《しんちょく》状況は、依然モスクワの上層部を満足させるようなものではなかった。ソヴィエトでは世論が重視されることはほとんどなく、政治家は次の選挙で落選する心配がないため、一般市民の不満の声を恐れなかった。反面、大量の計画書や報告書が作成され、集会や会議が際限なく開かれるこの国では、下部の会議での発言や報告書が中央政府の頂点にまでとどくこともめずらしくはなかった。

内相ヴィタリー・フェドルチュクが、事件について報告を受けるためにミハイル・フェチソフとパーヴェル・チェルヌイショフをモスクワに呼び寄せたのは、一九八四年も暮れのことだった。フェドルチュクは名うてのタカ派としてだれからも恐れられる人物だった。ウクライナ共和国KGBにいたときには、彼は政治的不満分子を弾圧することによって昇進を重ねていった。その弾圧ぶりは、ロシア人の同僚を上まわるほど非情なものだったという。一九八二年、ユーリー・アンドロポフが党書記長に就任すると、フェドルチュクはその後任としてKGB議長の地位についた。しかし、アンドロポフは就任後わずか十五カ月にしてこの世を去った。最高指導者の交代により、フェドルチュクは内相の座へと追いやられた。政治ではなく市井《しせい》の犯罪を担当させておけば、こうした男も国家に害をなすことが少なかろう、という新指導部の意向による人事だった。

フェチソフは、チェルヌイショフとともにモスクワのオガリョヴァ通りにある内務省に到着すると、内務省付属の幹部訓練校時代からの友人たちのところにまず立ち寄った。フェドルチュクに呼び寄せられたことを話すと、友人たちは一様に深い同情を彼に寄せた。一人などは、葬儀の際の司祭よろしく、フェチソフの頭上でロシア正教会式の十字を切ってみせた。

「まず生きては帰れんな」と、その友人は言った。

五時ちょうど、補佐官が二人をフェドルチュクの執務室へ案内した。フェチソフは部屋に足を踏み入れた瞬間、フェドルチュクには二人を解任するつもりがないことを見抜いた。フェドルチュクは私服姿で、おまけに上着は椅子の背にかけてあった。もし解任するつもりなら、制服に身を固め、上着もきちんと着ているはずなのだ。

フェドルチュクは愛想よく二人を迎え、紅茶を持ってくるよう補佐官に命じた。それから一時間ほど事件のあらましに耳をかたむけたあと、次のように言った。「六カ月後にもう一度来てもらおう」

それがタイムリミットを意味することを、フェチソフは理解した。一九八五年の半ばまでに犯人を逮捕できなければ、彼はむかし親戚たちに勧められたように、炭坑の仕事を探すことになるのだ。

一九八五年が冬から春へと移るあいだ、フェチソフとブラコフは死体発見の知らせを待ちながら、落ち着かぬ日々を送っていた。犯人が凶行におよぶのは暖かくなってからだろう、と二人は考えていた。また、晩秋から冬にかけて殺害された被害者は、三月、四月の雪解けの時期にならないかぎりまず見つからない。しかし、雪解けの季節が来ても死体はまったく発見されなかった。

捜査陣は疑わしいゲイたちの捜査を続ける一方、前年夏に頻発した殺人に関する謎の解明にもひきつづき取り組んでいた。一月、ドンスコイに住む老婆から、娘と孫が行方不明になったという連絡が入った。その老婆は、六カ月も二人の姿を見ていないというのだ。老婆の娘の名はタチアーナ・ペトロシャン、年齢は三十歳。孫娘はスヴェトラーナといい、十歳だった。二カ月後、検死官の報告がとどけられた。それによると、ペトロシャン母娘の歯並びや身体的特徴が、前年の七月にシャフトゥイ南郊を走る鉄道に近い林で発見された二体の死体と一致したということだった。

タチアーナの生涯は、これまでに身元が確認された成人女性の被害者たちときわめてよく似ていた。タチアーナも、夫もなく、職もなく、定まった住居もなく、精神病院に収容されていたことさえあった。そのうえ大酒飲みで、〝反社会的性生活〟を送っていた。ときには、娘の見ている前で男を楽しませることもあったという。

タチアーナは無軌道な生活を送っていたため、母親も、彼女がしばらく姿を見せなくても格別不審に思わなかった。それまでにも何度となく、親戚の家やどこへとも知れぬところを泊まり歩いて何ヵ月も行方をくらますことがあったからだが、さすがに六ヵ月も行方が知れぬと心配になって、届けたのだった。母親は、娘がどんな相手とつき合っていたか、ほとんど心あたりがなかった。ただ、一九八四年の四月に自分のアパートに十五分ほど立ち寄った男のことを思い出した。タチアーナから聞いた話によると、その男は教師だということだったが、母親は男の名前は思い出すことができなかった。

一九八五年七月、イリーナ・ルチンスカヤの死体が発見されてから早くも十ヵ月が経過していた。彼女はレソポロサ連続殺人事件に特有の傷痕が残されていた最後の被害者だった。ヴィタリー・フェドルチュクがフェチソフに提示した猶予期間も、まもなく終わろうとしていた。

だが、政局の急転に助けられて、フェチソフはとりあえず窮地を脱することができた。その年の三月にはコンスタンチン・チェルネンコが死去し、ミハイル・ゴルバチョフが書記長の地位を引き継いでいた。ゴルバチョフ体制における最初の人事のひとつが、ヴィタリー・フェドルチュクを隠退に追いこむことだった。新任の内相がロストフ州での未解決の連続殺人事件の処理を進めるのは、まだしばらく先のことだろう、とフェチソフは踏んでいた。

一九八五年の上半期には死体は一体も発見されなかった。これについては、ブラコフとフェチソフは三つの仮説を立てた。犯人は自己の内部にひそむ悪魔に耐えられなくなり、みずから命を絶ったのかもしれない。あるいは、ロストフ州から出ていったのかもしれない。あるいはまた、別の罪で投獄されたか精神病院に収容された可能性もある、とみた。二人は自殺者のリストと、投獄された犯罪者のリストを調べはじめた。

ブラコフはしかし、たとえ州外に出ていたとしても、犯人が殺人をやめるわけではない、と思っていた。彼はソヴィエト全土の民警本部に回状を送り、レソポロサ事件の犯人が死体にどのような損傷を加えるかを簡潔に説明した。ソヴィエトにはコンピュータによって一元化された犯罪情報のデータベースはなかったが、どこであれレソポロサ連続殺人に似た事件が発生した場合に、可及的すみやかに連絡がほしかったのだ。

そして八月初旬、ブラコフはモスクワから殺人事件の知らせを受けとった。ナターリャ・ポフリストヴァという名の若い娘が、ドモジェドヴォ空港近くの木立のなかで、全裸の死体となって発見されたというのだ。現場は、もっとも近い舗装道路から百四十メートル以上離れていた。報告書には、学校で撮影された被害者の顔写真が添付されていた。短い黒髪と茶色の瞳をした、愛らしい少女だった。同封されていたもう一枚の写真は、死体となって発見されたときの現場写真だった。彼女の顔は泥で汚れ、あいたままの口は無言の悲鳴をあげていた。それはブラコフがいやというほど目にしてきた表情だった。犯人は彼女の首と乳房のあいだを刺したうえ、左右の乳首を切りとっていた。

被害者の両親がモスクワの捜査員に語った話も、ブラコフが何度も耳にしてきたような話だった。ナターリャは軽度の精神遅滞者で、成長するとともに親の言うことを聞かなくなってきた。彼女は煙草を吸い、酒を飲み、放浪癖もあった。

ドモジェドヴォ空港は、本来はモスクワとソヴィエト連邦南東部を結ぶ便の発着に使われていた。ロストフ＝モスクワ間を往復する便は、モスクワのもうひとつの空港、ヴヌコヴォ空港を使用していた。しかし、一九八五年の夏のあいだは、ヴヌコヴォ空港は補修工事のために閉鎖され、ロストフ＝モスクワ便はドモジェドヴォ空港を使っていた。

またしても犠牲者を出したにもかかわらず、ブラコフの痛恨の思いは別の思いに相殺《そうさい》された。追い求めていた獲物が、ようやくまた姿を現わしたのだ。今度こそは犯人を包囲し、逮捕できるものとブラコフは確信した。ロストフとモスクワのあいだを飛行機で移動した人間は、おのずと限られている。その一人ひとりをチェックすることは、決して不可能ではない。彼はロストフでの事件を記録した写真つきのファイルを手にすると、モスクワ行きの最初の列車に飛び乗った。

首都に到着するやいなや、彼はすぐにポフリストヴァ事件担当の捜査員たちとミーティングを開いた。ブラコフは持参した写真――リュドミラ・アレクセーエヴァの死体を撮った写真を、モスクワの捜査員がテーブルに置いたナターリャ・ポフリストヴァの写真の横に並べた。ポフリストヴァ事件の説明をはじめたモスクワの捜査員は、誤ってそのアレクセーエヴァの写真を手にとり、そのままそれを示しながらポフリストヴァの死体の傷や現場の説明を続けた。それほど二人の被害者の身体に加えられた暴行の痕跡はそっくりで、わずかに小さな違いがひとつあるだけだった。ポフリストヴァを殺害した犯人は、彼女の口のなかに木の葉と土を詰めこんでいたが、アレクセーエヴァの口は空っぽだった。しかし、そのような些細《ささい》な相違では、レソポロサ事件の犯人がこの二人を殺害したというブラコフの確信は揺るがなかった。二体の死体のあいだに違いがあるのは犯人の気まぐれのせいだ、と彼は信じていた。ブラコフはさらに、現場写真にいくつもの共通点があることを指摘した。もはやロストフの殺人鬼がモスクワに現われたことを疑う者は、その場に一人もいなかった。

モスクワを訪れた犯人がポフリストヴァを殺害したすぐあとにロストフに戻ったという前提に立って、捜査が開始された。モスクワの捜査員らの調べによると、犯行は七月三十一日ないし八月一日に行なわれたようだった。ロストフとモスクワの捜査員からなる混成チームは、ドモジェドヴォ空港にあるアエロフロート――ソヴィエトの国営航空のオフィスへと向かった。そして、八月第一週のモスクワ＝ロストフ便の搭乗記録を残らず借り出した。

搭乗記録のすみずみにまで目を通すのは、気の遠くなるような作業だった。アエロフロートの予約システムはコンピュータ化されておらず、しかも搭乗券は手書きだった。捜査員たちは、大急ぎで書かれた、ほとんど判読不能の署名のカーボンコピーを一枚一枚確認しなければならなかった。苦労の末に名前を読みとったものの、頭文字と姓しか書かれていないこともあった。搭乗券に〝I・V・ペトロフ〟と書かれていたとしても、ペトロフが何者なのか、どこに住んでいるかはわからないのだ。ソヴィエト市民は何を買うときでもかならず現金払いであったため、クレジットカードの記録を通じて乗客の身元を確認することも不可能だった。それでも、作業が開始された一カ月後には、調査すべき乗客のリストがしだいに整いはじめた。

ブラコフは、ほかにも捜査の糸口を見いだしていた。ポフリストヴァが殺害されたのは、ゴルバチョフ体制下での初の大がかりな国際イベント、〈世界青年学生祭典〉がモスクワで開催されていたときだった。このイベントに参加するためにロストフからモスクワに向かった人たちは、二つのタイプに分けることができた。まず、党の承認のもとに青少年のためのイベントを企画・運営する共産主義青年同盟《コムソモール》の職員たち。ならびに、フェスティバルの外国人招待客がモスクワの街に悪い印象を持ったりしないよう、交通整理や会場警備にあたるモスクワ民警の応援に駆り出された警官たち。それと、フェスティバルのために派遣された大工、配管工、電気技術者などである。

モスクワはむろんリゾート地ではないが、さまざまな労働組合が専用の保養所や宿泊施設を構えており、その数は数十をかぞえた。夏はその利用者数がピークに達する季節だった。ブラコフは、こうした施設の利用者も調べるつもりだった。

しかし、犯人がフェスティバルとも保養所とも無関係である場合も考えられた。たまたま、職場からの出張でモスクワを訪れていたのかもしれない。ブラコフはロストフ州政府にも問い合わせてみた。州内の企業でモスクワの企業と取引のあるものは、三百四十二社におよんでいた。これらの企業が七月末にモスクワに派遣した出張員も、しらみつぶしに調べねばならない。

それでもこの捜査網に大きな穴がいくつもあいていることは、ブラコフにもわかっていた。犯人はモスクワに居座ったのかもしれない。モスクワまでは寝台車で出かけたのかもしれない――もちろん、列車に乗客リストはない。だがブラコフは、ついに犯人の尻尾をつかんだと考えていた。彼はレソポロサ事件捜査班の人員のほとんどすべてを、この新しい手がかりを調べるために投入した。

モスクワの捜査員たちも、別の手がかりを探り当てた。ロストフでレソポロサ殺人がぱったりとやんだ一九八四年の秋、モスクワでは十歳から十一歳の三人の少年たちが残虐な手口で殺されていた。犯人は少年たちを凌辱し、うち一人の首を切断していた。ロストフで犯行を重ねた犯人がモスクワに移動してきたか、さもなければモスクワへ定期的に出張する職務に就いたかのどちらかだろう、とモスクワの民警当局は推測した。さらに、容疑者に関する新たな手がかりがモスクワからもたらされた。モスクワでの被害者の一人は、サマーキャンプから姿を消していて、そのキャンプに参加していた被害者の友人は、被害者が姿を消す直前にフィッシャーという男と一緒にいたところを目撃していたのだ。

ロストフ州在住のフィッシャー姓の男を調査せよ、という指示がブラコフのもとに届いた。これは大変な作業だった。何世紀もむかし、ドイツ貴族の出である女帝エカテリーナ二世は、数多くのドイツ人農民をロシアに招き、ヴォルガ川の下流域に入植させていた。

そのなかにはフィッシャー姓の者もいて、その子孫の多くが現在でもロストフ州で暮らしているのだ。

アリバイが確認されたフィッシャーたちを、捜査班は容疑者リストから消していった。この捜査の過程で、名前こそフィッシャーではないものの、興味深い男が浮かびあがった。ニコライ・ポポフという名のがっちりとした体軀の男で、いくつもの前科があるうえ、その左肩には〝フィッシャー〟という入れ墨があったのだ。入れ墨はアメリカ人のチェスのチャンピオンの名前だ、とポポフは主張した。しかし、彼は一九八五年の七月までを獄中ですごすことになった。

一九八五年八月末、あたかも捜査当局を混乱させるのが目的であるかのように、シャフトゥイ市内のバス停近くの林でまたしても殺人が起こった。被害者はイネッサ・グリャーエヴァ、十八歳。この被害者もまた、家もなく、職もなく、ウオツカやろくでもない男たちの誘惑に弱い娘の一人だった。父親は不明で、母親に女手ひとつで育てられた被害者は、義務教育を終えたところで学校とは縁を切っていた。母親が捜査員に語ったところによると、四月初旬から姿を消していたということだった。

このグリャーエヴァの検死によって明らかになった二、三の事実が、ブラコフの注意を引いた。八月二十八日に発見された死体は死後一日程度しか経過しておらず、その口には、モスクワで発見されたナターリャ・ポフリストヴァと同じように、木の葉が詰めこまれていた。どうやら犯人は儀式に新たな手順を加えたようだった。頸部の傷からは、血液に混じった汗が採取された。汗のタイプはAB型で、被害者の血液型はO型だった。また、爪からは、おそらく犯人の衣服の一部とみられる赤と青の二本の糸屑が見つかり、さらに指のあいだからは灰色の髪の毛が一本発見されていた。

まもなく、このイネッサ・グリャーエヴァに関しては、シャフトゥイの民警が詳しく知っていたことが明らかになった。殺害の二日前、シャフトゥイから東へ六十五キロ離れた川沿いの街、コンスタンチノフカの民警分署長が出勤途中に彼女を逮捕していた。朝の八時に酔いつぶれてドン川の堤防に倒れていたためで、酔いがさめてまともに話せるようになった彼女は、自分には家がないのだから家に送り返そうとしてもむだだ、とコンスタンチノフカの民警分署長に告げた。彼女はいわゆる〝ボムシ〟だった。ボムシとは、ビェズ・オプレジェリョンノヴァ・ミェスタ・ジチェリストヴァというロシア語の頭文字で、「定まった住居を持たない者」を意味した。ホームレスの収容所のなかでは、シャフトゥイの施設がいちばん近かったため、民警分署長は彼女をそこに送りこんだ。

このシャフトゥイのボムシ収容所はほとんど留置場同然で、両者を区別できるのは、法執行機関の官僚くらいのものだった。収容所は二階建てのコンクリートの建物で、入口には鉄の門があり、窓には鉄格子がはめこまれ、看守は民警だった。ボムシたちが放りこまれるのは、鉄の寝棚とぼろの寝具が詰めこまれた暗い広い部屋で、扉には古めかしい南京錠がかかっていた。

イネッサ・グリャーエヴァは収容所に到着するなり、地面に寝ていたせいで汚れた服を洗おうと洗濯部屋に行き、そこで服をぬいだ。パンティ以外はすべて脱いでしまった彼女に、着替えを貸してやろうとする者は一人もいなかった。イネッサは鼻が大きく、顔ものっぺりとした不器量な娘だったが、胸は豊かだった。彼女が裸同然の姿で洗濯をしているというニュースは、またたくまに収容所じゅうに広まった。雑用のために部屋の外で働いていた男たちはもちろん、看守までが、イネッサを見るために洗濯室に押し寄せた。

収容所の男たちがのぞき見に精を出しているころ、シャフトゥイの捜査検事はイネッサの身元を確認しようとしていた。たまたま彼女はパスポルト——ソヴィエトの全市民に携帯が義務づけられている身分証明書を所持していた。そのパスポルトによれば、彼女はシャフトゥイから数百キロ南のクラスノダールで、母親と一緒に暮らしていることになっていた。つまり、彼女は厳密にいえばボムシではないのだ。捜査検事は、帰る場所のある人間に無料の食事やベッドを提供するなど、ソヴィエト人民の血税の無駄遣いであると判断し、イネッサの釈放を指示した。八月二十七日の午後、収容所はこの指示に従った。そしてその翌日、彼女は死体となって発見されたのだった。

シャフトゥイの民警は、死体の身元をすぐには確認できなかった。それがこれまでの事件と同じように全裸で、衣服も身分証明書も見つからなかったためである。ほかならぬ収容所の看守たちも、死体の写真を見せられたにもかかわらず、こんな女は一度も見たことがないと口をそろえて答える始末だった。死体の指紋と収容所に残された指紋の一致が確認されたのは、一週間も経ってからのことだった。

シャフトゥイでの事件の詳細を知らされたとき、ブラコフとフェチソフの胸には期待と不安が同時に生じた。レソポロサ連続殺人の犠牲者が、事件発生後これほど早く発見されたことは、これまでほとんどなかった。犯行直前の被害者の居場所が、これほど正確に判明しているケースもめずらしかった。また、被害者の写真を見た収容所の看守たちが、心あたりがないと証言しているのも、どうも腑《ふ》に落ちなかった。死体の爪から赤と青の糸屑が発見されているとあってはなおさらで、糸屑は赤いストライプの入った青いコットンのシャツとズボンという民警の夏の制服の色なのだ。二人が不安をおぼえたのは、そのためだった。

かねてから捜査当局は、民警が犯人である可能性についても検討していた。犯人が民警であれば、これほど多くの被害者がなぜ林のなかまで素直についていったかが説明できた。犯人が現場にほとんど物的証拠を残していない理由も説明できる。だが、決定的な証拠が発見されないかぎりこの仮説は信じたくない、というのが捜査員たちの本音だった。

しかし、もはやこの仮説にもとづいて捜査を進めないわけにはいかなかった。グリャーエヴァがホームレスの収容所にいたことはすでに確認されていて、洗濯部屋での一件を憶えている人間を見つけるのも造作はなかった。そのうちの何人かは、セルゲイ・コルチンという民警がグリャーエヴァに強い関心を示していたと証言した。それらの入所者は、コルチンが彼女に話しかけているところも見ていた。

コルチンは、これまでの捜査でも一度注目を浴びたことがあった。一九八三年、〝溜《プリ》まり場《トン》〟で死の前夜をすごしていたヴェラ・シェフクンのところに一人の民警が訪ねていたが、その民警とコルチンのおおよその特徴が一致していたのだ。しかし、彼はそのプリトンは知らないと主張し、それ以上容疑者として追及されることもなかった。

コルチンの記録を調べるにつれ、一九八三年にこの男の容疑を解いたのは大失態だったのではないか、とブラコフは考えはじめた。コルチンは収容所の運転手をしており、さまざまな目的のために民警の公用車を走らせていた。そのなかには、ロストフ市への出張も含まれていた。仕事柄《がら》彼は、自由に車を借りだすことも、同僚たちの注意を引かずに職場から姿を消すこともできた。二十代半ばのコルチンは、背が高くがっしりとした身体つきで、黒い髪と黒い眼をしていた。結婚経験はあったが、浮気が妻に露見したせいで離婚していた。つまり、レソポロサ連続殺人の被害者の大半と同じように、コルチンもまた〝反社会的性生活〟を送っていたのだ。そればかりではない、精液の提供を求められてそれに応じた彼の血液型と精液の型は、AB型であることが判明していた。

ブラコフとフェチソフはコルチンを尋問した。十日ものあいだ、一日六時間から八時間にわたって、二人はすでに明らかになっている事実――とくに死体から発見された精液の型を材料にコルチンを締めあげた。

すると、コルチンはみずから墓穴《ぼけつ》を掘るような行動に出た。自分のシャツのなかの一枚を洗ってほしい、という手紙をばか正直にも母親のもとに送ろうとしたのだ。当然のことながら捜査班はこの手紙を手中に収め、文面に目を通した。コルチンが手紙で言及していたシャツはすぐに見つかった。シャツには血痕がついていた。分析の結果、AB型の血液であることが判明した。血痕はコルチンの血かもしれない。だが、コルチンの汗が混入した他人の血液なのかもしれない。なぜ母親にそのシャツを洗わせようとしたのか、と二人はコルチンに迫った。

そして十日目、コルチンは陥落した。

コルチンは、グリャーエヴァが収容所を出たあとに、あらためて彼女と会う約束をとりつけた。彼はグリャーエヴァを林のなかへと連れこみ、情交におよぼうとした。彼女もその気になっていたが、どういうわけかコルチンは勃起を得ることができなかった。それを見てグリャーエヴァが笑いだしたため、コルチンは彼女の頭を殴りつけ、そして殺したというのだ。

だが、コルチンの供述に、ブラコフはなにか釈然としないものを感じた。ユーリー・カレニクと同じように、コルチンもまた、死体にはどのような傷が加えられていたかなど、犯人が知っていてしかるべき詳細な事実を知らなかったのだ。犯行現場まで案内させると、コルチンはグリャーエヴァの死体が発見されたバス停近くの木立ではなく、現場から何キロも離れた林へブラコフらを導いた。グリャーエヴァをそこまで連れていき、情交におよぼうとし、そして彼女を殴った、と彼は言った。グリャーエヴァ殺害の罪で捜査検事が正式な起訴状を準備しはじめたとき、コルチンは供述の一部を撤回した。自分はグリャーエヴァを殺していない、と彼は主張しはじめた。

相手の真意を理解しようと、ブラコフは何時間ものあいだコルチンと話し合った。コルチンは、心理的な重圧に押しつぶされ、犯してもいない罪を自白するにいたった意思の弱い容疑者にすぎないのだろうか？　それとも、グリャーエヴァを殺しておきながら、捜査陣を混乱させるために現場から離れた場所に一同を連れていったのだろうか？　ブラコフには、どちらとも断定できなかった。

ブラコフは他の事件におけるコルチンのアリバイを確認するために、ロストフの捜査班のうち動員可能な最大限の人員をこの調査に投入した。初回の調査の結果は、ひどくあいまいだった。他の事件があった日のコルチンの居場所を示す、たしかな証拠はまったく存在しなかったのだ。各事件の犯行当日、彼が犯行現場との往復が可能な場所にいたことは確認されていた。しかし、収容所の公用車が夜間に使用された形跡はなかった。したがってコルチンは、たとえば、オリガ・スタルマチェノクを第六集団農場の麦畑まで車で連れていくことはできなかったはずだった。だが、もちろん、スタルマチェノクが犯行現場まで車で連れていかれたかどうかも、確認されているわけではなかった。

ブラコフとフェチソフは捜査検事たちと協議した末、急遽《きゆうきよ》ひとつの決定を下した。殺人罪によってコルチンを起訴することを延期したのだ。しかし十月には、コルチンは国家機関に勤める運転手ならだれもが犯している罪で起訴された——公用車のタンクから国家の所有物であるガソリンを抜きとり、闇で売りさばいたという罪で。コルチンは有罪判決を受け、十八カ月という刑期を言い渡された。これによって、ブラコフはコルチンに対する捜査をさらに進めることができた。

一九八五年の秋にはしかし、事件全般の捜査は完全な行き詰まりを見せていた。依然身元未確認の死体が何体もあった。チェルヌイショフやフェチソフは定期的に幹部を呼んではさまざまな指示を与え、各方面での捜査の進捗《しんちょく》について報告を受けていた。しかし、満足のいく報告が得られることはめったになかった。一九八五年七月にアエロフロートのロストフ＝モスクワ線を利用した乗客の確認作業もはかどらず、いつ終わるかまったくめどがつかなかった。州内の企業をまわり、モスクワに出張した被雇用者のリストを作成していた捜査員たちも、はかばかしい成果をあげていない。企業の記録の多くはひどくずさんだった——あちこちのオフィスに書類が分散しているうえ、内容も不完全なのだ。しかし、捜査員の多くが、ただ単に書類を調べるふりをしていただけなのも事実だった。ちょうど、〈ロストセリマシ〉の工員の多くがトラクターを組み立てるふりをし、国営農場の労働者の多くが作物を育てるふりをしているにすぎないように。これは、いわばソヴィエト社会の風土病だった。

十一月、事件解決に向けてのモスクワからの圧力がさらに強まった。ロシア共和国検察局長の指名により、イーサ・コストエフという特命捜査検事が捜査の監督役として派遣されてきたのである。コストエフはモスクワに勤務していたが、ロシア人ではなく、ロストフ州の南のカフカス山脈北側にあるチェチェン・イングーシ自治共和国の出身だった。元来回教徒である彼の民族は、十九世紀に強引にロシア帝国に併呑《へいどん》され、第二次大戦中はスターリンによって、ドイツとの内通を理由に大変な迫害を加えられていた。

コストエフは小柄でずんぐりした浅黒い肌の男で、ブラシのような口ひげを生やし、額の生えぎわは後退していた。ロシア共和国で捜査検事として昇進を重ねてきたコストエフは、被害者の数ははるかに少ないとはいえ、ロシア西部のスモレンスクで発生した連続殺人事件の解決にも一役買っていた。

コストエフの派遣については、ブラコフとフェチソフは矛盾する感慨を抱いていた。モスクワの捜査検事が捜査の監督役に指名されたのは、ポフリストヴァの殺害以来、レソポロサ連続殺人が複数の司法管区にまたがる事件だと認識されたことにほかならない、と二人は考えた。しかし、コストエフがロストフに常駐するつもりがないことを知らされると、二人は落胆した。コストエフは定期的にロストフにやってきては、一週間から一ヵ月滞在し、会議をひらき、それからまた別の事件に取り組むというのだ。どうせ特命捜査検事を送ってくれるのなら、事件に専念できる人間を送ってくれればいいものを、とブラコフは心中不満もおぼえていた。

標準的なロシア人は概してカフカス地方の人間に偏見を抱きがちで、ブラコフやフェチソフも、多少はこうした偏見にとらわれないわけにはいかなかった。ソヴィエト連邦は表向きには連邦内の諸民族に対して寛容で、すべての民族が友好的な関係を結んでいることになっていたが、ロシア南部では民族間の対立が激しかった。ロシア南部には、カフカス山脈を故郷とする十以上もの少数民族が住みついていた――アルメニア人、オセット人、グルジア人、チェチェン人、イングーシ人、カバルダ人などである。これらカフカス山脈の諸民族がロシアの支配下におかれてからすでに何世紀という年月が経過していたが、かれらはロシア人の過去の仕打ちを忘れてはいなかった。ロシア人はすきを見せればロシア語とロシア文化を押しつけてくる帝国主義者である、とかれらは考えているのだ。

一方ロシア人は、カフカスの少数民族をバザール――農民たちの市場でしか目にすることがなかった。かれらはささやかな私有地で育てた作物を、バザールで自由に値をつけて売っていた。多くのロシア人は、カフカスの少数民族は排他的で貪欲なうえに根っからの犯罪人で、商品価格のつり上げを画策していると思いこんでいた。カフカスの少数民族の話をするとき、ロシア人たちはよく〝マフィア〟という言葉を口にした――たとえば、〝グルジア・マフィア〟あるいは〝チェチェン・マフィア〟というようにである。

カフカスの人間は上昇志向があまりに強烈で、出世のためならどんなことでもやりかねない、とブラコフも考えていた。しかもブラコフは、コストエフについては気になる噂を耳にしていた。コストエフは、単に捜査の一翼を担《にな》っただけの事件を、あたかも独力で解決したかのように主張したことが何度もあるというのだ。だが、ブラコフは党員だった。それは、ソヴィエト市民は民族の違いによって差別されるべきではないという党の綱領を、少なくとも表面上は守らねばならないということ、そして、中央から課せられた規律と命令に従わねばならないことを意味した。だからブラコフは、コストエフと協調して仕事を進めようと思った。

レソポロサ事件捜査班はそのころには大所帯と化し、捜査検事は十五人、捜査員は二十九人を数えていた。これらのスタッフは自動車も民警も、必要なだけ動かすことができた。駅やバス停の待合室、あるいは公園で獲物を狙う犯人を見つけ出すために配置された一度の動員数が、ときには二百五十人を超えることもあった。捜査班には男女混成の捜査員チームがあり、〈囮《おとり》作戦〉と名づけられた捜査を夜間の駅で展開していた。まず、女性捜査員が駅の待合室をぶらぶらと歩きまわる。そして男が声をかけてくると、男の捜査員がその男を尋問し、受け答えに不審な点があると、血液検査が行なわれるのである。

ロストフにやってきたコストエフは、事件に関する資料に目を通したあと、捜査がはかばかしい成果をあげていないと捜査班一同をきびしく批判した。ゲイ、精神病患者、タクシー運転手のリストを最後まで調べ上げなかったのはなぜか、とコストエフは詰問《きつもん》した。一九八五年の七月にロストフからモスクワへ向かった人間は何百人もいたはずであるのに、身元が確認され、調査の対象となった者が八十一人しかいないのはなぜか？　捜査班は一度犯人を手中に収めながら誤って釈放しているにちがいない、とコストエフは主張した。スモレンスクでの連続殺人事件を捜査したときも、同じことがあったというのだ。一九八四年九月から一九八五年七月にかけて犯人は犯行を停止しているが、これは犯人が何らかの理由で行動に出られなかったか、逮捕を恐れたせいであろう。一九八四年の八月以降に投獄された人間の調査は完了しているのか？　ノヴォシャフチンスクで筆跡標本を集めて、〝黒猫〟の葉書の筆跡と照合する作業が中断されたのはなぜか？　コストエフはそう言いつのった。

しかし、モスクワから工場や農場に派遣されてくる監察官の多くがそうであるように、コストエフもまた、どうすべきかよりも何がまちがっているかを指摘することに熱心すぎた。彼は結局、新しい捜査方法を何ひとつ提示しなかった。コストエフが捜査に貢献したことといえば、一九八四年に派遣されたヴラジーミル・I・カザコフが提案していた計画を承認したことくらいのものだった。カザコフの計画は、犯人は自動車を使用しているという仮説に基づいたものだった。犯行があった地域の住人で、運転免許を取得している者の血液型を残らず調べるのだ、とコストエフは主張した。この条件にあてはまる人間は、十六万人にもおよんでいた。このグループのなかから、血液型がAB型である者を徹底的に調べあげればいい、というわけである。単純に計算すれば、血液型がAB型の者は七千人ほどだった。

ソヴィエトのドライバーは、事故に巻きこまれて輸血が必要になった場合のために、血液型が記載された書類を携帯することが法によって義務づけられていた。この法はそれほど厳密に運用されてはいなかったが、コストエフの命により、運用の徹底化が図られた。停止を命じられたドライバーが、血液型を記載した書類を所持していない場合、血液検査を強制されるのである。これはじつに費用と時間のかかる作業だったが、あえて実行に移された。

コストエフはまた、ユーリー・カレニクをはじめとするグコヴォの精神遅滞者たちの捜査を、放棄しないまでも大幅に縮小することに決めた。捜査は続行されたが、担当人員は削減されることになった。

また、レソポロサ連続殺人の少なくとも一部はホモセクシャルの犯人によって行なわれたにちがいないという、セルプスキー研究所の仮説に、コストエフは強い関心を示した。彼はロストフ市のゲイ社会に対する組織的捜査を続行し、さらに捜査の規模を拡大するよう指示を出した。そしてある朝のこと、コストエフはロストフ性病クリニックのイリーナ・ニコライエヴナ・スタドニチェンコを訪ねた。

イリーナ・ニコライエヴナは、白くなりかかったブロンドの髪を短く切って染め直し、踵《かかと》の低い靴をはいた、小柄でずんぐりした四十代後半の女性だった。彼女は初期のジェイムズ・ボンド映画に出てくる女の悪役のように見えたが、実際には元捜査検事で現在は弁護士を兼業していた。クリニックのロビーのとなりにある彼女の散らかったオフィスは、生肉を餌にし、彼女の脚のあいだに鼻づらを突っこもうとする巨大なアフガン・ハウンドのせいで、いっそうひどいありさまになっていた。彼女の仕事は、性病に感染していることを知りながら他人にそれを感染《うつ》した場合は犯罪になると患者にアドバイスすることと、患者の性的なパートナーをクリニックで治療させるよう説得することだった。スタドニチエンコはその仕事を通じて、おそらくブハノフスキーとアンドレーエフの両博士を除けば、ロストフ市のゲイ社会にもっとも詳しい人物になっていた。しかし、ゲイに対する個人的な嫌悪感を隠そうともしないアンドレーエフ博士とは対照的に、彼女はゲイたちに好感を持ち、その人権を守ろうと努めていた。彼女はみずから〝ママ・ゴルビフ〟、すなわち〝ゲイたちの母親〟と名乗っていたほどだった。

　コストエフは事件のファイルの一部をイリーナ・ニコライエヴナに送ると、捜査検事として捜査班に加わり、疑わしいゲイの捜査に手を貸してほしいと要請した。だが、この事件の犯人がゲイだとは思えない、というのが彼女の回答だった。いくらゲイを追いかけてみても時間の無駄であり、新たな犠牲者を出すだけだと彼女は主張した。そうした捜査は上層部にアピールする報告書の作成には役立っても、しょせんは無駄骨であり、満足できる結果が得られることはないだろう。そう言って、彼女はコストエフへの協力を拒《こば》んだ。

　ヴィクトル・ブラコフには、コストエフに従う以外に選択の余地がなかった。だが彼は、コストエフがモスクワに戻るたびに捜査陣に、もっと見込みのありそうな捜査に重点を置くよう指示を出した。しかし、ゲイたちの捜査については、コストエフに全面的にまかせるしかなかった。

　コストエフが派遣されてきてからまもなく、ユーリー・カレニクがらみの捜査を通じて、ニコライ・アルカジエフという容疑者の存在が浮かびあがった。捜査員のなかには相変わらずカレニクを相手に尋問を続け、友人の名前を聞き出そうと努めていた者がいたのだ。

これら捜査員は依然として〝カレニク＝チャプキン一味〟の存在を立証しようとしていた。いまだ野放しである一味のメンバーが、カレニクの収監後も犯行を重ねていると考えていたのである。

ある日の尋問で、カレニクはアルカジエフの名前を口にした。アルカジエフはグコヴォ生まれの二十七歳の歯科技工士で、ウクライナに住んでいた。ブラコフは一目見るなり、アルカジエフが精神的に不安定な人間であることを見抜いた。尋問がはじまったとたん、彼は自分がゲイであることを認めた。

アルカジエフは、あっけないほどあっさりと犯行を認めた。彼が自供したことを知ると、コストエフは急遽モスクワから駆けつけ、みずから尋問を担当した。コストエフによる尋問は、まる一日休みなく行なわれた。

自供書に目を通したとたん、ブラコフは顔をしかめた。アルカジエフは一九八四年の夏以降に起こった三件の殺人、すなわちリュドミラ・アレクセーエヴァ、エレーナ・バクリナ、ナターリャ・ゴロソフスカヤの殺害を自白していた。だが、アルカジエフがこれらの事件について何も知らないことは、疑いの余地もなかった。彼は被害者の耳を切り落としたと自供していた。が、この三人の被害者の耳はまったく無傷だった。また、彼はいわゆる〝一味〟がどのように被害者から血を採り、その血液から〝皮下注射で注入する麻薬〟を作りだしたか、その方法を説明していた。

一日アルカジエフに対したコストエフは、嫌悪の表情を見せながら尋問を打ち切った。

さらに捜査をつづけるように、と彼はアルカジエフを捜査員らの手にゆだねた。アルカジエフを手もとにとどめておくために、捜査班はソヴィエトの保険・医療関係者であれば事実上だれにでも適用できる罪状で彼を告発した。すなわち、国有財産である医薬品を自分個人の患者のために不法に流用した、という罪である。

ブラコフの計算では、レソポロサ事件の捜査で容疑者から虚偽の自白が引き出されたのはこれが五度目だった。一方、ブラコフが重要視していた調査、たとえばナターリャ・ポフリストヴァが殺害されたときにモスクワに滞在していた人物の洗い出しなどは、放置されたままだった。

8　行き詰まり

事件がいつまでも未解決であることにしだいに焦《あせ》りを感じ、ヴィクトル・ブラコフは助言を求めて、アレクサンドル・ブハノフスキー博士のもとに足繁《しげ》く通うようになった。二人は奇妙な取合わせの協調コンビとなった。学歴の大きな隔《へだた》りを別にしても、二人は体制内の対照的な立場からソヴィエト社会を見ているといえた。

ブハノフスキーは自分がロシア人でなく、アルメニア人とユダヤ人の混血であることをつねに意識せずにいられなかった。支配層の目から見てさらに問題なのは、ブハノフスキーにはアメリカ在住の父親がいたことだった。ブハノフスキーは自分より能力が劣っていながら、妥当な民族的、政治的出自の精神医学者たちが、彼には閉ざされている昇進コースを歩むのを目《ま》のあたりにしてきた。ロシア人であれ外国人であれ自分の尊敬する精神医学者の説や自分自身の考えよりも、精神医学に関する党の公式見解を押しつけられることに、彼はつねに苛立ちを感じていた。自由な社会にいれば、もっと創造的で充実した生活を送っていられるだろうにと痛切に思わずにはいられなかった。

一方、ブラコフはまったくといっていいほど体制に対して疑いを抱いていなかった。彼はこれまでの人生でさんざん辛酸《しんさん》をなめてはいた。しかし、彼の先祖は貧農ばかりで、そのあまりの貧しさゆえに、スターリンによる集団農場化の圧政の対象とすらなりえなかった。そんな先祖の生活にくらべれば、彼の暮らしはまだましといえたのだ。

だから、ブラコフは体制によって要求されるとおりの人生を歩んできた。共産党にも入党し、いまではしだいにその見返りを受けていた。一九八三年、ブラコフとスヴェトラーナの夫婦は、ロストフの北端の宇宙飛行士通りに新築された煉瓦造りの建物に、念願の自分たちの住まいを得た。建設業者の仕事はいいかげんで、ブラコフ一家は暇をみてはドアの立てつけや壁の継ぎ目の穴、配管などの手直しをし、すっかり直し終えるまで丸二年かけなければならなかった。が、しかしとにもかくにも、一家はまずまずの住まいを得ることができたのだった。そしてまもなく高校を卒業する予定の長男のアンドレイは、陸軍の士官学校に進みたいと申し出て、父親を喜ばせていた。また、ブラコフは民警における車購入希望者の優先順位のトップまであと少しのところにきていた。それに、民警がロストフ郊外の集団農場の土地所有権を取得し、別荘《ダーチャ》の用地として配分するという話があり、ブラコフにも十アールの土地がまわってきそうだった。

ふつうならブラコフが、知識人で異端者のブハノフスキーのような人物と関わりをもつことはまずありえなかった。しかし、レソポロサ事件の捜査が早くも五年目に入り、ブラコフはなんとか容疑者のリストをしぼりこもうとやっきになっていた。そしてブハノフスキーの専門知識がその助けになるかもしれなかった。深夜の討論が何日もつづき、ブラコフはブハノフスキーの洞察力に対する信頼をしだいに強めていき、同時に死体加虐性愛《ネクロサディズム》などの言葉を自分の語彙に加えていった。

ブハノフスキーは一般的なソヴィエトの官憲には見いだせないものをブラコフから感じとっていた。ブラコフは学ぶことに熱心で、そのために自分の無知をさらけ出すこともいとわない男だった。それにブハノフスキーにとって、大勢の被害者の死体に自分自身の〝病気〟の痕跡を残していく正体不明の殺人犯は、なかなかめぐり合えない、この上なく魅力的な〝患者〟でもあった。

まもなくブラコフとブハノフスキーのあいだには信頼関係が生まれた。ブラコフはブハノフスキーに犯行現場捜査報告書や検死報告書などの一次資料に目を通すことを認め、事実上すべての資料を彼に提供した。その代わり、ブハノフスキーはブラコフのために犯人のきわめて詳細な人物像を描いてみせた。

ブラコフあるいはブハノフスキーが知るかぎり、二人がやっていることはソ連の犯罪捜査史における画期的な試みだった。アメリカ合衆国では、警察やFBIが精神科医との共同作業の長い歴史を有し、クワンティコのFBI研修所には、連続殺人犯とその心理特性に関する専門家の研究室もあった。ブハノフスキーとブラコフはしかし、文字どおり自分たちの力だけで作業を進めなければならなかった。

ブハノフスキーは無報酬で何カ月にもおよぶ時間を費やして、犯人の人物像を徐々に描いていき、六十五ページに達する報告書を書き上げた。ブハノフスキーは報告書のなかで犯人をXと呼んだ。

Xは自分の行動を制御できない人間という通常の意味での狂人ではない、とブハノフスキーは報告書で述べ、次のようにつづけている。「Xは自身を取り巻く状況とその展開を自分の望む方向に制御し、被害者すなわちパートナーの選択に際して注意力と洞察力を働かせる。Xの欲求は強度の自衛本能に守られている。Xは捜査当局に対する優越感、自身の才能・頭脳に対する驕《おご》りを持っていると考えられる」

ブハノフスキー自身はXを、並はずれているとまではいかない平均的な頭脳の持ち主とみていた。Xは殺人を行ない、現場から逃走するための、それなりにしっかりした計画を考え出してはいるが、並はずれた頭脳の持ち主ならとると思われる計画上の自在性や多様性は見せていなかった。

Xは同性愛者とは考えられなかった。「被害者の大部分が女性であるという事実から類推すると、Xの欲求の本来の対象は女性であり、少年に対する攻撃はXの欲求に基づくものではなく、実践上の必要から生じた例外的部類に属するものと考えられる。少年たちの殺害当日、Xは女性に接近しようとしたが、何らかの理由でその試みは失敗したのであろう」と、ブハノフスキーは推理している。

一九八四年にブラコフが初めて助言を求めたときと同じく、ブハノフスキーは今回の連続殺人が複数の人間の犯行であるという可能性を否定した。今回の事件は、特異な性向を有する単独犯によって行なわれたものであり、行動や性癖を他者と調整できるタイプの人間の犯行ではないとした。

Xは単なるサディストではなく、死体加虐性愛者《ネクロサディスト》とされた。性的満足を得るためにXは被害者の死を目《ま》のあたりにする必要があり、Xの殺人は性交の類似行為である。被害者を森のなかに誘いこむと、Xは素手かナイフの柄で頭部に打撃を加え、被害者を無力にすることから儀式を開始する。次に被害者を裸にし、その横にかがむか、あるいは被害者の上に馬乗りになる。Xのナイフは正常に機能しないペニスの代用品となる。Xはまず軽いタッチでナイフを使い、のちに被害者の首や胸に発見される浅い傷を負わせていく。この行為は前戯に相当するものである。次にXは腹部を深く突き刺す。これは一般の男性がオルガスムスに達するための最終的な行為に相当するものである。

しかし、Xの本来のペニスはもう一方の手に握られているか、あるいは衣服のなかに隠されているはずである。Xはときには被害者の血や断末魔の苦しみを目にするだけで充分な刺激を得、マスターベーションをせずにオルガスムスに達するであろう。またときには、ズボンの前をあけ、あいた手でマスターベーションをしなければならないこともあるであろう。被害者によって死体に付着する精液が発見されたり、発見されなかったりするのは、このような事情によると考えられる――そうブハノフスキーは犯人像を描いてみせた。

一部の被害者の眼が傷つけられている理由として、ブハノフスキーは四つの可能性を挙げている。性的喜びをもたらす対象物、すなわちフェティッシュとして、Xは眼を考えているのかもしれない。あるいは、Xにとって眼は、支配力のシンボルとしての意味があるのかもしれない。また、被害者が抵抗力や意識を失っていても、Xは被害者の視線に耐えられないのかもしれない。最後にXは、殺された者の眼に殺した相手の姿が焼きつけられるというロシアの古い迷信を信じているのかもしれない、とした。

Xが女性被害者の生殖器を抉《えぐ》り出すのは、被害者たちに対する支配力を自分自身に誇示するためと考えられる、とブハノフスキーの推理はつづく。より強い刺激を得るために、Xは血まみれの生殖器を自分の身体にこすりつけているかもしれない。それらの臓器を持ち帰って、あとで食べている可能性も考えられる。ブハノフスキーが知っている十九世紀の事件では、犯人は被害者の臓器でスープをつくり、それを飲むとただちに勃起して、オルガスムスに達したという。また、一部の未開民族の戦士のあいだでは、倒した相手のある種の臓器を食べると、その臓器から特有の力が授《さず》かると信じられている。心臓は勇気を、睾丸は性的能力をもたらす、などというものである。

少年が被害者のケースで、Xが少年の性器を切り落とすのは、性器を見ると性的興奮の妨げになるからと考えられる。

ブハノフスキーはさらに連続殺人の個々の事件について、その発生の日の天候のデータを集めた。ほとんどのケースで、気圧が下降傾向にあり、そのうちの十一件では雨が降っていた。気圧は事件の一日ないし二日前と、五日ないし七日前でも下がる傾向を示していた。ブハノフスキーの考えではこれは、Xの狂気を引き起こすものが、モスクワの性病理学研究所が主張するようなホルモン分泌の急激な増加ではなく、「Xを取り巻く環境の物理的条件の変化……（そして）Xの家庭や職場における心理的環境の変化」であることを物語っている。言い換えれば、もしXが身近な対人関係で困難をかかえ、なおかつ気圧が下降すると、Xの脳の内部で何かが起き、彼を異常行動に駆り立てるのである。ブハノフスキーの指摘によれば、一九八四年の夏の天候はとくに不安定だった。

ブハノフスキーはまた、Xが殺人を犯した曜日を示す円グラフをつくった。大半の事件は火曜日と木曜日に起きている。水曜日と金曜日には一件も、日曜日には一件しかなく、明らかに犯人はこれらの日には他のことで忙しいものと考えられる。土曜日と月曜日は他の曜日の中間に位置している。これらの点から考え、Xは生産スケジュールに縛られている可能性が高い。Xは工場の供給部門の仕事か、倉庫から出入りする品を定期的に点検する仕事に就《つ》いているのかもしれない。

残念ながら、ブハノフスキーの指摘の一部はきわめて漠然としたものだった。彼の推測によれば、Xは平均的な被害者より十五センチ背が高く、百七十センチくらいの身長と考えられた。この推測は犯行現場に残された大きな足跡やドミトリー・プタシニコフと一緒に歩いているのを目撃された男が長身だったことと一致しなかった。しかしブハノフスキーは、Xの実際の身長は十五センチくらい違っているかもしれないといって、自身の推測に弁明の余地を残しておいた。

Xの職業に関しても、ブハノフスキーの推測には弁明の余地が残されていた。彼は報告書に、Xは他人との交流をあまり必要としない数学者や物理学者のような研究者かもしれない、と書いた。しかしまた、他人を支配したい自分の欲求を発散できる教師や刑務所の看守のような職業に就いている可能性も考えられるとした。

精神医学関係の文献によれば、性的倒錯がもっとも著しいのは四十五歳から五十歳のあいだであり、Xの年齢もこれに当てはまると考えられる――ブハノフスキーの報告書はさらにつづいた。Xは厳格なしつけによって特徴づけられる苦しく孤独な幼児期を送ったであろう。家族が一部屋で暮らしていたために、両親のセックスの場面を目撃しているかもしれない。

内面の葛藤のために、Xは寡黙で慎重な性格であろう。表面上、Xは社会的に充分適応しているであろうし、仕事においても有能であるかもしれない。しかし、人生のさまざまな困難を前にして精神の平衡を維持するために、Xは空想に満たされた内面世界へ避難しているであろう。おそらくXは子供のころから友人をつくることを苦手とし、その特異な性格のために職場の同僚からかなりからかわれているかもしれない。しかし、Xが怒りを爆発させるのは、自分の時間の大半をあてている内面の空想の世界が他人に侵された場合だけであろう。

Xは正常な性交渉、恋愛、求婚を行なう能力に欠けていると思われる。性欲の処理はもっぱらマスターベーションによって行なわれ、おそらくXは正常な性交において勃起したり、それを充分持続させることはできないであろう。しかしここでも、ブハノフスキーは明快な推測から後退していた。彼はXが過去の一時期結婚して子供をもうけていたり、現在でも結婚している可能性も否定できなかった。ブハノフスキーによれば、おそらくXに関心がないか不感症のために、性的な面ではXにほとんど期待していない妻がいるかもしれない。もしいるとすれば、妻はXが自分一人の時間を多く持ちたがるのを好きなようにやらせているであろう。

いずれにせよ、Xが自分の意思で殺人をやめる見込みだけは絶対ないと断言できるであろう。逮捕の危険性が増したと感じたとき、一時的に中断することはあるかもしれない。また、彼が最近は被害者の死体をこれまでより注意深く隠していることも考えられるだろうし、一九八四年の夏以降発見される死体の数が減少しているのはこのせいかもしれない。しかし、Xを殺人へと駆りたてる倒錯的な情熱に終止符を打てるのは、X自身の死か逮捕しかないといえるであろう――ブハノフスキーはそう結んだ。

ブラコフにとり、ブハノフスキーの報告書は興味深く説得力に富んでいたが、同時に物足りなくもあった。報告書はブラコフの考えを支持し、同性愛者を責めたてたり、精神遅滞の若者のいわゆる〝一味〟を追いまわしても、レソポロサの殺人犯には行き当たらないことを教えていた。それに、報告書は被害者の死体のひとつひとつに刻まれた無残な傷の意味についても、これ以上期待できないほどの詳細な説明を行なっていた。

しかし、ブラコフはもっと実際的な情報がほしかった。もしブハノフスキーが、Xの倒錯は左の睾丸の欠落のせいだといえば、民警はロストフじゅうの男の身体検査をしてみせるだろう。もし犯人は刑務所の看守や一人暮らしの独身男だと断定してくれれば、捜査の範囲は確実にしぼられるだろう。しかし、ブハノフスキーの報告書が述べているのはつまるところ、犯人は自分の倒錯を周囲のすべての、あるいはほとんどすべての人々から隠すことができる中年男で、この男は結婚し子供だっているかもしれないということだった。この描写に当てはまる男は何十万といるのだ。

ロストフの捜査陣に、一人の連続殺人犯の心のなかをのぞく機会がまもなく訪れた。ロストフの三百二十キロ南にあり、ミハイル・ゴルバチョフがその地の共産党組織で政治家としての駆け出しの時期を送ったスタヴロポリ市で、一九八五年、アナトーリー・スリフコという男が逮捕された。スリフコは一九六四年以来、二十一年間で七人の少年を殺した罪で、スタヴロポリの法廷によって死刑を宣告された。南ロシアのこの地方では、死刑はレソポロサの連続殺人の地理的中心をなすロストフから五十キロ北のノヴォチェルカスクの刑務所で行なわれていた。処刑直前の数日間、スリフコの身柄はノヴォチェルカスクの刑務所を管理するロストフの民警の手のなかにあった。

ブラコフとフェチソフとコストエフは、別の連続殺人犯の心から何か探り出せるか、スリフコを調べてみる価値があると一致して判断した。スリフコがレソポロサの連続殺人に関わっていないことは三人とも知っていた。スタヴロポリの民警がロストフ州で起きた殺人の相当数について、発生当日のスリフコのアリバイをすでに確認していた。それに、彼の血液型はB型だった。ブラコフはスタヴロポリから捜査資料のコピーを取り寄せ、ブハノフスキーのいわゆるXの捜索に役立ちそうな行動や性格特性のパターンがないかと資料にさっそく目を通した。

ブラコフが得た情報によれば、アナトーリー・スリフコは地元のスタヴロポリでは大変に尊敬されていた人物で、ソヴィエト政府が昇給の代わりに授けるのをつねとする名誉称号のひとつも受けていた。スリフコは名誉文化労働者であり、チェギドと呼ばれる子供クラブの責任者を長年にわたって務め、小旅行などの活動を組織していた。そして写真を趣味とし、妻と二人の息子がいた。

しかし、スリフコには隠された性の悩みがあった。彼は南ロシアの村で生まれ、平和とはいいがたい家庭で育った。彼が子供のときに両親は離婚したが、のちに同じ相手と再婚し、いまも一緒に暮らしていた。スリフコが捜査員に語った話によれば、彼の家系には統合失調症の血が流れていた。

アナトーリー・スリフコは少年期から青年期にかけ異性にまったくといっていいほど興味を抱かなかった。清い交際を経て、彼は二十九歳で結婚した。妻となった女性は婚約中、スリフコが肉体的な関心を示さないことを、彼の内気な性格のせいだと好意的に解釈していた。最初、彼は妻との性交に失敗した。彼は母親にそのことを話し、母親は性病理学者の診断を受けるよう彼に勧めた。医者は笑いながら強壮剤を処方し、リラックスすればすべてうまくいくと言うだけだった。結局、スリフコは弱々しい勃起で、短時間の恥じ入るような性交をときおり妻と行なえるようになった。しかし彼の計算では、そのような性交も十七年間の結婚生活で十回足らずしかなく、しかも次男の誕生後は一度もなかった。

　結婚当時のスリフコは、何が自分に性的興奮をもたらすかをすでに発見していた。一九七六年、二十三歳のとき、彼は十三、四歳の少年が死亡する凄惨な交通事故を目撃した。少年は白いシャツと赤いネッカチーフとブルーのズボンに黒の靴という、ソヴィエトの生徒の標準的な制服姿だった。スリフコは炎を見、ガソリンの臭いをかいだ。あたりのアスファルトに血が飛び散っていた。なぜかは自分でも説明できなかったが、その光景にスリフコは性的な興奮をおぼえた。彼はいつかその光景を夢に見るようになり、なんとかそういう少年をつかまえ、相手に苦痛を与えることで性的興奮をふたたび味わいたいと考えるようになった。

　不幸なことに、スリフコの仕事が彼にそのチャンスを与えた。彼はひとつのパターンを編み出した。年に一度か二度、スリフコは赤いネッカチーフと黒い靴を身に着けている適当な年齢の少年と友だちになった。彼の相手に選ばれるのは、急激な身長の伸びがまだはじまっていない、そのままいつまでも友人たちより背が低いのではないかと心配している少年だった。少年の信頼をつかんだあと、スリフコは身長を伸ばす実験的な方法があると持ちかけた。それは、少年にエーテルで麻酔をかけてから、一種の首吊り状態にして脊椎を伸ばすという方法だった。スリフコは少年を森のなかに連れこむと、ロープの先端に輪をつくった。赤いネッカチーフと黒い靴の少年はエーテルをかぎ、絞首刑を受けるように輪に首を入れて、ぶら下がった。この間、スリフコは写真か八ミリを撮ってマスターベーションをし、そのあと、ほとんどの場合は、少年たちを蘇生させた。

スリフコがいくら言葉巧みでも、少年たちにそのような行為ができたとは信じがたい話だが、二十一年間で四十三回、彼はそれをやってのけたのだった。そのうち三十六回は、少年たちを蘇生させていた。少年たちは実験のことを口外しないようにというスリフコの言いつけを守ってその後の人生を送っていた。それはソ連社会が、権力者を決して疑わないように子供たちを育てている証《あかし》だった。

しかし七回は、スリフコの欲求はさらなる刺激を求めた。それらのケースでは、スリフコの行動は血なまぐさいものと化した。彼は死体の手足と首を切断し、胴体に残された生生しい切り口をカメラに収めた。そして死体にガソリンをかけて、火をつけ、彼のサディスティックな倒錯を呼び起こす最初の引き金となった交通事故の光景と臭いを再現したのだ。そのあと、彼は燃え残った死体を埋め、フィルムを家に持ち帰って現像した。写真や八ミリの映像は数カ月ないし数年のあいだ、マスターベーションのために妄想をかきたてる道具として使われ、やがてそれに飽きると、スリフコはもっと新鮮な刺激を求めて、ふたたび殺人を犯すのだった。

スリフコの事件では、一人の被害者の殺害と死体の埋葬から次の被害者の殺害と死体の埋葬まで、いつも間隔が長く空いていた。そのため、スタヴロポリの民警は集中的な捜査を展開しようとせず、早い段階でスリフコを捕らえることに失敗し、行方不明の被害者たちをいずれも家出人として処理してしまったのだった。

ブラコフは、連続殺人犯の思考と行動を、自身を例に手紙でできるかぎり説明するようスリフコに求めた。死を目前にし、改悛の思いを示したかったスリフコは、ブラコフの求めに応じた。

スリフコの手紙によれば彼は、彼のような殺人犯に対して社会がどう立ち向かうべきか、多くの人にたずねられたという。彼はその問題について深く考え、いくつかの結論を導き出していた。彼のような殺人犯はいずれもサディストで、正常なセックスを行なうことが困難であり、血や〝パートナー〟の苦しみによって興奮する。また、絶えず空想にとらわれがちで犯罪の立案を楽しむ一方、規則や規律を強く希求する傾向があり、自分自身のルールをつくろうとする。殺人を行なうときにどんな道具を使うか、犠牲にするパートナーにどんな相手を選ぶか、一人ひとりが自分のルールを持っている――たとえばスリフコの場合は、十七歳以上の少年は決して選ばないというように。

スリフコの考えでは、生殖に関する基本的な生物学的知識以外まったく教えようとしないソ連の学校の教育方針をあらため、性についての知識を子供たちにもっと与えるべきだった。「もしそういう教育を受けていたら、最初に異常な徴候が表われたときに、私は医者に行ったでしょう」と、スリフコは書いていた。軍隊や刑務所など、若者が集まる場所で、性的倒錯や同性愛を矯正する社会運動を展開する必要性についても、彼はあいまいな表現で言及していた。しかし、スリフコはロストフの連続殺人に関しては何も知らなかったし、その犯人を捕らえるための実際的なヒントも提供できなかった。

ブラコフとフェチソフとコストエフは、スリフコの刑が執行される前にノヴォチェルカスクまで足を運び、彼から直接話を聞くべきだという結論に達した。三人は取調室でスリフコと会った。スリフコはげっそりとやつれ、長くのびた黒髪をオールバックにしてまばらな口ひげを生やし、眼は彼を苛《さいな》む罪の意識を映していた。

どうして少年たちに惹きつけられるようになったのか、と三人はたずねた。

「べつにそう願ったわけではありません」と、スリフコは答えた。「そういう性向について、何かで読んだことも、見たり聞いたりしたこともないんです。ほんとうに、いつのまにかそうなったんです」そう言ったあと、彼は二十三歳のときに目撃した交通事故の話をはじめた。

スリフコの悲痛な告白によれば、彼は自分を抑えようと努力しなかったわけではなかった。しかし、欲望が勝手に独裁的な拷問者となり、彼の身の外に存在する力のようになったのだった。「それが絶えずわたしを苦しめたんです」とスリフコは打ち明けた。

三人はスリフコの殺人の儀式について詳細にたずねた。少年たちを犯したのか？　少年たちの性器をもてあそんだのか？

その質問に、スリフコはうんざりしたように身をすくめた。彼にはそんな欲望はなかった。自分のつくり出した光景、とくに少年たちの靴のイメージを刺激材料にして、マスターベーションをすれば充分だったのだ。

掘り出された一部の死体の検死報告書によれば、ペニスが切断されている形跡があるが、と三人は指摘した。

「憶えてません」と、スリフコは言った。「実際にそういうことをやっていたとしても、いまとなっては、なぜなのかわかりません」

死体を切断したとき、身体に血を浴びたか？

「いえ、まったく」と、スリフコは答えた。「死んでしまったあとというのは、ほとんど血が流れないものなんです」

これは重要な証言だった。レソポロサの事件のあと、血を浴びて犯行現場を去っていく男を見たと届け出る者がなぜ一人もいないのかと、ロストフの捜査陣はずっと疑問に思ってきたのだ。これで説明がつくかもしれなかった。スリフコの説明は、経験豊かな殺人犯ならみんな、大量の血を流さずに人を殺す方法を知っているにちがいないことを示唆していた。そういう犯人たちは、心臓がいったん停止すれば、ほんのわずかの出血しか起こらないことを知っているはずであり、そのように殺人の儀式を執《と》り行なうはずだった。

つづいて、まったく他愛のない質問から、もっとも注目すべき答えが飛び出してきた。煙草や酒の経験はあるのか？

スリフコはちょっと憤慨したようだった。彼は煙草を吸ったことがなかった。女性に対する自信がわくかもしれないと考え、酒を飲んだことはあった。しかし、自信など少しもわかなかった。

それよりも重要だったのは、とスリフコはつづけた。少年たちの指導者としての自分の義務を忠実に果たすことだった。「子供たちといつも一緒でしたから、子供たちに対する責任をつねに意識してました」と、七人の少年を殺害した男は語った。「道徳上問題だし、わたし自身の信念からも、酒臭い息をして子供たちの前に出るなんて、わたしにはできなかった」

スリフコのほかの発言と同じく、この言葉はブラコフらに、かれらの追っている男の心のなかを多少なりとも理解するヒントを与えた。スリフコの心のなかは明確に仕切られていて、彼は一方で次々と少年たちを殺しておきながら、酒臭い息をして子供たちの前に出ることを不道徳と考えるのだ。レソポロサの殺人犯の心のなかも同じように仕切られている可能性があった。彼はまったく正常な生活を営む一方、ときに、彼の外にあるように思えるサディスティックな欲望に衝《つ》き動かされて、殺人を犯すのかもしれなかった。

しかし、何かがその欲望を埋火《うずみび》にしていた。一九八六年春の雪解けがはじまっても新たな死体は出てこなかった。一九八四年の狂気の夏以来、ロストフ州で発見された死体は、一九八五年夏のイネッサ・グリャーエヴァの死体一体だけだった。ロストフ市民の態度はいつもの冷めた無関心なものに戻った。それでも捜査陣はあいかわらず巨大な容疑者製造機のようにフル回転し、ドライバーをチェックしては血液型がＡＢ型の者を抜き出して調べ、さらに同性愛者や精神病患者や性犯罪者を洗い出しては疑わしい者を尋問していた。しかし、新たな被害者の発見が皆無に近い結果、かえってブラコフは多くの難問を抱え、心労をつのらせた。レソポロサの連続殺人犯はロストフを去ったのか、それとも殺人をやめてはいるが、いまもロストフにいるのだろうか？　犯人は刑務所に入っているのか、それとも、身辺に迫ってきた捜査の手に怯えて殺人を手控えているのだろうか？　イネッサ・グリャーエヴァ殺害は別の犯人の仕業なのか？　ブラコフには答えられない疑問ばかりだった。

ブラコフがそんな疑問に悩まされていた七月二十三日、ロストフの南の農業の町チャルティルの民警から、集団農場の三十三歳の農婦リュボフィ・ゴロヴァハの死体発見の報がもたらされた。被害者は裸にされ、二十二の刺し傷を負わされていた。死体の近くから、男物のシャツの一部と思われる布切れが発見され、鑑定の結果、AB型の精液の付着が認められた。

ブラコフは、この殺人がレソポロサ連続殺人犯の仕業かどうか疑いを抱いた。被害者が最後に目撃されたのは結婚披露宴の席であり、彼女は午前一時にそこを出て徒歩で帰宅の途についたのだった。犯人は被害者の乳房や生殖器に手をつけていなかった。ブハノフスキーとスリフコの話を聞いて以来、ブラコフは連続殺人犯にとっての儀式や規則の重要性を強く意識していた。レソポロサ連続殺人犯が犠牲者を選ぶのはつねに白昼か夕刻であり、公共交通機関のなかか、その周辺でだった。そして、死体が腐敗をまぬがれ充分な判断材料が残っていた事件では、犯人はその狂気をつねに被害者の生殖器に向けることが判明していた。

暑く長い夏のあいだ、ゴロヴァハ殺害事件の捜査はまったく進展しなかった。ゴロヴァハの近所の住人はほとんどがアルメニア人農民で、一七五〇年代に女帝エカテリーナ二世に招かれてロストフ一帯に移住してきたアルメニア人の子孫だった。かれらは外部の者、とりわけロシア人民警にはなかなか口をひらこうとしなかった。証人を含め、民警は何の手がかりも発見できなかった。ブラコフはこの事件をレソポロサ連続殺人のリストに一応加えはしたものの、ゴロヴァハ殺害は結婚披露宴の席における何らかのトラブルがもとで、顔見知りの者によって行なわれた可能性もあると考えていた。

八月十八日、ロストフ近郊の工業都市バタイスクの民警から、イリーナ・ポゴリエロヴァという名の若い女性の死体が、集団農場の敷地から発見されたという連絡が入った。これには、まちがいなくレソポロサ連続殺人犯の印《しるし》が残されているように思われた。被害者の死体は首から生殖器のあたりまで切り開かれているうえに、ナイフによる浅い刺し傷が全身にあり、片方の乳房は切り取られ、眼は両方とも抉《えぐ》り出されていたのだ。

しかし、今回の犯行現場には新しい興味深い特徴が見られた。ポゴリエロヴァの死体は地面の深い穴に押しこまれており、しかも犯人は二百七十メートル先の温室から盗み出したスコップを使い、真剣な努力を払って死体を埋めていた。女性被害者の死体を隠そうとする犯人のこれまでの試みは、ブラコフの目にはほとんど形だけの象徴的行為にとどまっているように見えていた。犯人は木の葉や枝しか使っていなかったのだ。が、この事件の犯人は明らかに本気で死体を隠そうとしていて、ポゴリエロヴァの裸身は片手を除き完全に地中に埋まっていた。検死官によれば、犬に臭いをかぎつけられるまで、ポゴリエロヴァの死体は一週間地中にあったと考えられるということだった。これは一九八四年以降の新しい被害者がほかにもいることを示唆しているのだろうか？　地中深く埋められた死体がもっとあるのだろうか？

ポゴリエロヴァは地元の刑事裁判所の書記官という責任ある仕事についていた。しかし、捜査員らの調べによって、彼女がきわめて自由奔放な性生活を送っていたことがまもなく判明した。彼女のパートナーとなった男たちの一部は裁判所で知り合った者で、しかもそのすべてが法の正しい側にいたわけではなかった。ブラコフのチームは最後に彼女の姿が目撃された日のアリバイをチェックするため、被害者とつき合いのあった容疑者候補の厚いファイルをただちに作成した。

だが、ブラコフは自分でその作業を命じておきながら、ポゴリエロヴァの過去の性交渉の相手をすべて調べても、結局何の収穫も得られないだろうと予想していた。犯人はバタイスクにちょっと立ち寄っただけの男で、彼女はバス停か列車のなかでその男と知り合い、どこかに一緒に行くことに同意したのかもしれなかった。ブラコフたちにわかっているのは、犯人がＡＢ型の血液型の持ち主であり、今回の事件以前に少なくとも二十六人の被害者の命を奪っているということだけだった。

費用と人員の大量投入のあげく、捜査の手がかりや方針が次々と立ち消えになっていった。

一九八六年の初めに、すべてのドライバーをチェックし、血液型がAB型の者を調べる作業を開始してまもなく、ブラコフは厄介な報告を受けとった。アクサイの市立病院に何者かが忍びこみ、公文書に押すのに用いられるA型とO型の血液型のゴム印を盗んでいったというのだ。

ブラコフには、この窃盗の目的は容易に推測できた。民警がAB型の人間を捜索していることをロストフ一帯の犯罪者が知るのに時間はかからなかった。犯罪者たちがとんでもないババをつかまされかねない捜査の手をかわすには、車の免許証や旅券にAB型以外の血液型のスタンプが押されていればよかったのだ。いまや、カネさえ払えばそのスタンプを押してもらえることになった。全ドライバーを調査するという捜査方針は新しい闇商売を生み出したのだ。それでも、この捜査方針は堅持された。

ロストフ州内のすべてのフィッシャーを割り出す作業をはじめて一年後の一九八六年秋、捜査本部にモスクワから新たな情報がもたらされた。フィッシャーを目撃したと語っていた少年が前言を翻《ひるがえ》し、自分の証言はすべて作り話だったと言いだしたというのだ。

ほぼ時を同じくして、ノヴォシャフチンスクの筆跡鑑定の専門家チームが敗北を宣言した。三年におよぶ作業のあげく、ついに〝黒猫〟の葉書と同じ筆跡の文書を発見できなかったのだ。

また、情報公開《グラスノスチ》の恩恵を受け、民警はロストフの新聞社の協力のもと、遠回しな表現の記事をいくつか掲載した。記事は連続殺人犯の存在を示唆するとともに、一部の被害者たちの写真を載せ、市民に情報提供を呼びかけた。

その結果、少なからぬロストフ市民が不幸な結婚生活を送っていることを示す電話や手紙が次々と寄せられた。女たちは夫が異常なセックスを強《し》いたり、暴力をふるったりし、ちゃんとした理由もなく一晩じゅう家を空けると訴えた。民警はそれらの〝手がかり〟をすべて調査した。だが、多くの場合、離婚を予定している妻が、夫を監獄に入れておいて、そのあいだに夫婦の共有財産を分割しようと考えていたことが判明した。

そういう通報のひとつが、一人の男の人生を狂わせるという例もあった。声望の高い既婚のある大学講師が夜中に車で走りまわり、女性を誘惑しようとしているという情報を得、民警はその人物の身辺を洗った。レソポロサ事件との関連は発見されなかったが、ポルノの収集に熱心で、何人もの学生と関係をもっていた事実が判明したため、その講師は大学を追われる結果となったのだ。

一九八六年の秋を迎えるころには、ブラコフの特別チームは、レソポロサ事件の犯人はソ連国内の他の町に移り住んだという可能性をより真剣に考慮するようになっていた。一九八四年の夏以降、ロストフで発見された被害者は二人だけ——リュボフィ・ゴロヴァハを計算に入れたとしても三人だけだった。一九八五年夏のモスクワでのナターリャ・ポフリストヴァ殺しで、犯人は本来のホームグラウンドを出て犯行におよぶこともあることがわかっていた。犯人が他の町に移り住み、その町の民警が何体かの死体を発見していながら、それがロストフで始まった連続殺人の一部であることに気づいていないのかもしれなかった。夏の休暇のあいだだけ犯人がロストフにもどってくると考えれば、一九八四年以降にロストフで発見された三人の被害者がいずれも、夏のあいだに殺されていることも説明がついた。

連邦内のすべての民警本部に送るために、ブラコフは部下たちと一緒にレソポロサ事件に関する小冊子の作成をはじめた。その結果、連続殺人のすべての資料を手もとに並べ、分類することになり、ブラコフは小冊子の作成作業が事件を考え直すいい契機になることに気づいた。彼は被害者全員の名前を表にし、それぞれの名前の右に、現在までに発見されている手がかりの有無を書きこんだ。眼球摘出の有無、精液の鑑定結果、死体の損傷の様子のほか、被害者の性別、年齢などの特徴も書きこんだ。二十七人の被害者のうち、十三人は住所不定か放浪癖の持ち主だった。十二人は放埒《ほうらつ》な性生活を送り、五人は精神医学的な問題を抱えていた。

ブラコフは犯人の手口を洗い直してみた。すべての犯行に共通している点は二つしかない。すべての死体が道路の近くで発見されていることと、すべての被害者がナイフで殺されていることだった。被害者のうち、十七人は十六歳以上の女性で、五人は十五歳以下の少女だった。五人は男性で、いずれも十五歳以下だった。大半の被害者はシャフトゥイとロストフで発見されたが、ノヴォシャフチンスクで発見された者が三人、他の地域で発見された者も数人いた。生殖器を完全に抉《えぐ》りとられている被害者もいたし、手付かずのままだった者もいた。眼を抉りとられている被害者もいたが、一部の者、なかでも比較的最近の被害者はその難を免れている。正確な死亡推定日時を割り出せた事件はいずれも、水曜日と金曜日以外の日に起きており、とくに火曜日と木曜日に多かった。

容疑者のリストの作成はきわめて困難な作業となった。捜査員たちが資料から二十二人の最重要容疑者のグループと四十四人の二次的なグループを選び出し、次にブラコフがそれをより疑わしい順に並べていった。

しかし、それはこれまでの捜査の失敗を認めていく作業のようなものだった。リスト上の容疑者はいずれも、捜査陣から向けられた嫌疑を跳ね返す強力な根拠をもっていた。この男こそもっとも疑わしいと、ブラコフが名を挙げられる容疑者はいなかった。リストの最初の六人は、精神遅滞児のインテルナトに収容されていたカレニクとチャプキンおよびその仲間だった。次にくるのはロストフ空港の酒飲みの手荷物係、飛行士公園の森で逢引していた男ニコライ・ビェスコルシーだった。次はタチアーナ・ポリャコヴァ殺しの犯人で、アクサイの麻薬常用者アルトゥル・コルシェンコだが、この男の血液型はA型であり、みずから犯行を認めている殺人事件一件にしか関わっていないものとブラコフは判断していた。九番目の容疑者は、アレクサンドル・ザナソフスキーがロストフじゅうのバス停や駅を尾行してまわったアンドレイ・チカチーロだった。しかし、このチカチーロの血液型もA型だった。

シャフトゥイのホームレス収容所の民警セルゲイ・コルチンは十四番目にランクされた。しかし、コルチンとのつながりが判明した被害者は、収容所で最後の姿を目撃されたイネッサ・グリャーエヴァただ一人だった。むろん、ヴェラ・シェフクンが最後に目撃された溜まり場《プリトン》を訪れたといわれる正体不明の警官がコルチンである可能性はあった。しかし、他の被害者とのつながりはまったく浮かんでこなかった。それでもコルチンがリストに載せられたのは、血液型がAB型だからだった。

ブラコフの指導のもと、小冊子は内容がまとまり、赤い装丁をほどこされて完成した。捜査チームはそれを連邦内のすべての民警本部に郵送し、反応を待った。

小冊子の作成は早々に、捜査陣に思わぬ援軍をもたらした。捜査員が調査対象者を数百人、数千人と調べていくにしたがい、エンゲルス通りの民警本部に集まる情報はすでに膨大な量に達していたが、ソ連社会全体のコンピュータ化の遅れを反映して、ロストフ民警にはまだコンピュータが導入されていなかった。そのため、捜査員が足で集めた情報の量は、金庫に保管されているマニラホルダーを主とする情報整理システムの容量を超えはじめていた。そこで、小冊子の作成のためにすべての捜査資料を再整理する必要に迫られたブラコフは、内務省に助力を求めた。それに応えて、モスクワから資料整理の専門家グループが派遣されてきたのだ。

専門家たちは図書館のカード目録に似たアルファベット順のカード・ファイルを作った。事件に関わる人物全員に、カードが一枚ずつあてられた。血液型がAB型の容疑者には赤い線の入ったカードが、他の容疑者には黄色い線のカードがあてられた。また、死体の発見者や他の情報提供者にはブルー、被害者の身内にはグリーンのカードが用いられた。線の入っていないカードも一部あった。たとえば、シャフトゥイの公園で身元不明の男が子供にいたずらしようとしていたという目撃情報が入ると、その件にはこの線のないカードが用いられた。

個々の容疑者のカードには本人の氏名、住所、血液型、生年月日が記入された。自家用車の有無と、もし所有している場合にはナンバープレートの番号も書きこまれた。その人物が嫌疑を受けた理由を示す欄、事件発生当日のアリバイの有無を書く欄もあった。カードの数はまたたくまに数千枚に達した。

ところが、それがまた捜査陣に大きな問題をもたらした。会議を開くのはわけはなく、その会議でAB型のドライバーや、性犯罪・精神病の前歴者をすべてチェックするといった捜査方針を決定することは簡単そのものだったが、その捜査方針をひとつひとつ実践して容疑者を一人ひとり調べていくという、単調で退屈な作業を最後までやり抜くことははるかに困難だった。概して、捜査方針や容疑者を想定するのが首尾よくいけばいくほど、それらを完全に検証する作業は不首尾に終わりがちだった。

ある意味では、ブラコフたちのかかえる問題は、ソ連の体制全体の問題を映し出すものだった。クレムリン宮殿の奥にいる政治局のメンバーにとり、一九八六年の中央経済計画で靴の二十パーセント増産を決定することは容易だった。しかしその決定と、ロストフの狭苦しく薄暗い靴屋の手元に必要な革や糸が届くかどうか、靴職人がしらふで職場に現われるかどうか、職人が靴をちゃんと作るかどうかは別だった。ソ連の消費者ならだれでも知っているように、政治局の会議と靴屋の店先とのあいだのどこかで、つねに問題が起きているのだった。

ブラコフは同様に、レソポロサの事件の捜査にもかなり怪しい部分があることを知っていた。まず、カード・ファイルのカードの相当数は本来そこにあるべきではなかった。ブラコフが国内旅券の更新時に血液型を記入し、皮肉にもそれがAB型であったために、彼自身の名前も容疑者の一人に加えられていた。彼の名前の入った赤い線のカードがだれかの手で作られたのだ。しかも、決まりどおりやれば、連続殺人が起きた日の彼のアリバイを確認するために、捜査員のだれかが数十時間を無駄にしなければならないのだ。

ブラコフは、何かの確認の際に現場の捜査員がしばしばおざなりな仕事をしたり、あるいはまったく仕事をサボっていることを知っていた。たとえば、工場に籍があるという理由で、ある容疑者が事件当日に仕事をしていたと簡単に結論づけてしまい、工場の作業現場に出向いて職長にあたったり、出勤簿を確認したりしようとしないのだ。新しい任務のために、それまでの任務が放っておかれることもあった。なにしろ、ロストフ州内で発生する殺人事件は年に四百件以上に達しているのだ。モスクワのナターリャ・ポフリストヴァ殺しから一年経ったいまも、ロストフの三百四十二企業からモスクワの取引企業への出張者のリストは完成していなかった。そのほかにも、まだ完了していない調査は数多くあった。

このような問題は、フェチソフやコストエフはもちろん、だれであれ捜査をフォローしている者の目には明らかだった。当局の内部資料は捜査の停滞に対する批判に満ちていた。「諸地域の民警組織において、重大な不手際や組織上の怠慢が見られ、任務および命令遂行の失敗例が認められる」と、一九八六年九月に作成された典型的な内部批判の資料には記されていた。

モスクワ当局はあいかわらず不快感を示していた。しかし当時は、全国的に増加する一般の犯罪や汚職に対処するために、ミハイル・ゴルバチョフによって内相の首が次から次へとすげ替えられていた。そうした、トップの混乱のせいで、フェチソフや彼より序列が下のブラコフたちは責任の追及をまぬがれていたのだった。

モスクワにいるロシア共和国検察局のコストエフの上司たちも、満足していなかった。一九八七年四月、ロシア共和国検察局次長検事I・S・ゼムリャヌシンは、コストエフとともにロストフに飛び、捜査会議に出席した。いつまでも事件が未解決であることをモスクワは憂慮している、とゼムリャヌシンは警告した。共産党の中央委員会が捜査の進展を監視することをすでに決定していて、ゼムリャヌシンもまた、コストエフの仕事ぶりを監視することになった。

コストエフがこの事件に取り組んですでに十八ヵ月目に入ったが、彼はほとんどロストフにいなかった。コストエフは発言を求め、批判の矛先《ほこさき》を自分の前任者たちにそらそうとした。精神遅滞の若者グループ、カレニクとチャプキンらの〝一味〟に執着したような一九八三年当時の愚かな過ちが、真犯人の捜索を混乱させ、遅らせた、とコストエフは弁明した。

五つの容疑者グループに的をしぼって捜査すれば犯人を逮捕できるはずだ、とコストエフは主張した。彼によれば、犯人は性犯罪の前歴者、同性愛者、性的倒錯の傾向をもつ精神障害者、現役または元警察官、鉄道関係者のいずれかにちがいなかった。

コストエフは自分の指示によって、捜査陣はAB型のドライバーのリストアップと、ポフリストヴァ殺害時にモスクワに滞在していたロストフ住民の割り出しを進めていると語った。しかし、民警がしばしば無能な捜査員を送りこむために、自分の仕事は妨げられている、と彼は苦情を言った。かれらがイリーナ・ポゴリエロヴァの殺害現場を踏み荒らしたために、犯人の足跡が消えてしまった可能性がある。それに、自分はほかの任務のためにロストフにいることができず、捜査を指揮することは困難である、と。

捜査の停滞からくるフラストレーション、あるいは中傷や非難が、ミハイル・フェチソフとヴィクトル・ブラコフの精神の安定に影響を与えはじめた。新たな被害者が次々と発見され、精神遅滞者の〝一味〟説の説得力のなさがますますはっきりしてくるにつれ、ユトリー・カレニクの問題をめぐって生じた民警内の不和はしだいに癒《い》えてきていた。しかしそれに代わって現われたのが、この事件はいつまでも解決することがなく、捜査担当者たちの一生の汚点となるのではないかという漠然とした不安だった。

新たなメンバーが捜査陣に加わる一方、定年退職や転属で去っていく者もあり、また、なかには事件の重圧に耐えられなくなって辞職した者もいた。フェチソフの右腕として活躍したヴラジーミル・コレスニコフは、より高度な訓練を受けるためにモスクワの内務省アカデミーに入っていた。

フェチソフは一九八二年の事件発生当初から捜査に関わっている唯一の人物だった。しかしその彼でさえ、近ごろは他のさまざまな仕事に時間をとられていた。ブラコフは一九八三年の初め以来、レソポロサの事件に事実上かかりきりだった。この事件の捜査を専門に行なうために編成された特別殺人捜査班の指揮を任《まか》されるようになり、彼はその責務を果たすためにずっと働きづめだった。

フェチソフは熟睡できなくなっていた。どうしても夜中に目が覚めてしまい、そうすると今度はいても立ってもいられなくなって、忍び足で八歳の息子の寝室に行き、息子がちゃんとそこにいるか確かめるのだ。そしてようやく眠ることができても、血と死体だらけの夢を見つづけるのだった。

フェチソフはときどき、自分が悪夢のなかを生きているのではないかという気がした。毎晩のように夜中に起き上がって外に出かけ、人を殺しておきながら、家に帰って眠りに落ち、朝になると何も憶えていないのではないかという気がするのだ。

フェチソフはそのことをブラコフにだけ打ち明けた。

「なあ、ヴィクトル」ある日、フェチソフはひそやかに言った。「今度の一連の殺しは、われわれがやってるんじゃないかって思うことがないか？ きみとわたしでだ？」

「わたしもついそんな気がしてしまうんです」ブラコフは答えた。

実際、ブラコフは四六時中、どうしても事件のことを考えてしまうのだった。夜、帰宅してくつろごうとしても、眠れないし、本を読もうとしても途中で投げ出してしまう。気をまぎらそうとテレビを見ているうちに、いつか夜中になり、最後の番組が終了してしまう。そこでベッドに入ると、天井を眺めながら、まだ調査の終わっていない容疑者のことをあれこれ考えてしまい、下手をすると、惨《むご》たらしい死体を次から次へと思い浮かべてしまうのだ。

一九八六年の末、ブラコフはついに、西側でいうところの神経衰弱でダウンした。彼が感じたのは身体的な症状——全身の虚脱感として意識される進行性疲労だけだった。民警本部の二階にある自分の部屋へ上がるのに、階段の手すりにすがり、文字どおり身体を引きずり上げるようにしなければならなかった。

ブラコフは病院で診察を受けた。医師の話では、ストレスによる神経の消耗のせいで心臓が弱っているということだった。三日間、ブラコフは集中治療室に入れられ、点滴を受けた。医師はどんな薬を使ったのか言わなかったが、ようやく睡魔がもどってきた。まる一週間近く眠りつづけたあと目覚めると、ブラコフは身体の調子が正常な状態にもどっているのが自分でもわかった。それでもさらに三週間入院させられ、そのあと、彼はソチに近い黒海沿岸の民警の保養所〈サリュート〉に送られて、さらに一カ月静養しなければならなかった。

レソポロサの事件の担当をだれかに代わってもらうよう、妻のスヴェトラーナ・ブラコヴァから懇願されたが、ブラコフは拒否した。彼はこの捜査にすでに自分の人生の四年の歳月をあてていた。途中で投げ出すわけにいかなかった。それは、サンボの試合中に、膝の骨が折れたというだけで、マットをたたいて降参するようなものだった。

といって、ブラコフには犯人を捕らえるための新しいアイデアはなかった。実際、ブラコフは無力感――捜査は完全に行き詰まってどうにもならないという思いにとらわれていた。しかし、ブハノフスキーによれば、いまではこの事件は、捜査当局より自分のほうが一枚上と考えている男、Xとブラコフとの個人的な戦いとなっていた。

ブラコフはかならず犯人を捕まえる覚悟だった。

9 浮上

ある意味では、ヴィクトル・ブラコフは犯人がまた殺人を犯すことを望んでいた。病院のベッドに横たわりながら、そして一九八七年一月の黒海で健康を取りもどしながら、彼は事件について考え、これまでの捜査方法ではとうてい犯人逮捕には結びつかないだろうという思いを強めていった。州内のAB型のドライバーをすべてチェックすることは可能だろうが、捜査班が追っている男は車を運転しないかもしれないし、カネで買った偽の血液型スタンプをパスポルトに押しているかもしれなかった。連邦内のすべての強姦犯や同性愛者、精神障害者を調べ上げることは可能だろうが、連続殺人犯はそのどのリストにも載っていないかもしれなかった。

ブラコフは自分が目の前の魚を釣り上げられない釣り人のような気がした。大きな魚が水面に現われるのを見て、そこに何度釣針を投げても当たりがなく、獲物に逃げられたとようやく気づいた釣り人にできるのは、その魚がもう一度水面に現われるよう願うことしかなかった。

同じように、ブラコフが自分の獲物を捕らえるには、犯人にまた殺人を犯させるしかなさそうだった。殺人を続けていれば、犯人はいつかヘマをするにちがいない。指紋を残すか、現場を目撃されるかもしれない。あるいは、手強《てごわ》い相手にぶつかって反抗され、逃げられて、民警に届け出られるかもしれなかった。

しかし一九八七年中、レソポロサ連続殺人犯の明確な痕跡が残された死体はロストフのどこからも出てこなかった。

一九八八年四月六日、クラスヌイ・スーリン駅の近くで働く鉄道員によって、若い女性の死体が発見された。死体は線路の近くの雑草の茂った平坦地に横たわっていた。死因に疑問の余地はなかった。頭蓋骨の左半分が砕かれていたのだ。最初に現場に到着した捜査官たちは、どこかの建築業者が捨てたコンクリート塊が、凶器として使われたのだろうと推測した。死体の発見現場のほど近くに、そのようなコンクリート塊が散乱しているのも確認された。被害者は裸にされ、うしろ手に縛られていた。

ブラコフはシャフトゥイの北東約二十五キロの農業と製材業の町クラスヌイ・スーリンに車を走らせ、現場捜査に加わった。

最初の課題は被害者の身元の割り出しだった。死体の損傷はひどかったが、写真を撮れる程度には頭蓋骨が原形をとどめていたし、指紋も損なわれていなかった。

ブラコフのチームは被害者の写真と指紋、身長などの数字を記入した手配書を作り、連邦内のすべての民警本部に送る一方、被害者の特徴を行方不明者名簿のすべての女性と照合した。しかし名簿に該当者はなく、被害者に心あたりがあるという連絡もどこからも入らなかった。

　ブラコフはいまでは、被害者についてかなり合理的な推理を働かせられるようになっていた。被害者の女性は孤児かもしれないし、両親からまったく除《の》け者にされていたのかもしれない。十八歳まで施設で暮らしたあと下働きの仕事を得たものの、クビになったかどうかしてホームレスの仲間入りをし、この数年は電気鉄道《エレクトリチカ》でうろつきまわりながらすごしていたのかもしれない。殺されたときの被害者は、自分のことを心配してくれる知り合いが一人もいなかったのだ。

　捜査員の調べによると、クラスヌイ・スーリンの駅員たちは、被害者が列車から降りるのを見たかどうかも記憶していなかった。叫び声を聞いた者や、犯行現場から立ち去る男を見た者もいなかった。今回の事件では、ひとつだけ物証が発見された。それは土の上に残された三十から三十三センチのサイズの足跡で、四年前、ドミトリー・プタシニコフの死体のそばで発見されたものと一致する可能性があった。

　今回の被害者をレソポロサ事件のリストに含めるべきかどうか、ブラコフは迷った。死体の損傷の内容が、一連の女性被害者のものと大きく違っていたからだ。多数の刺し傷が見られ、鼻がそぎ落とされてはいるものの、今回の女性の死因が頭部への打撃であることは明らかだった。眼球と生殖器は無傷で、死体のどこからも精液が検出されなかった。そして、ブラコフが何より重視したのは、過去の事件の大半の被害者と異なり、今回の女性が森のなかで殺されていない点だった。

ブラコフのこの疑問がまだ解けなかった一九八八年五月十七日、レソポロサ事件の捜査陣のもとに、連続殺人犯の痕跡が明白な殺人事件の報告がウクライナから届いた。被害者はウクライナ共和国とロストフ州の境界の五十キロほど西にあるイロヴァイスクの町に住む、アレクセイ・ヴォロンコという名の九歳の少年だった。ブラコフの注意を引いたのは、イロヴァイスクがこの地方の鉄道の中心であることだった。ロストフを出入りする列車の多くがこの町を経由しており、ロストフから来た列車の乗務員はイロヴァイスク駅でウクライナの乗務員と交代する。アレクセイ・ヴォロンコの死体はこの駅のそばの森で発見されていた。

ブラコフはチームに動員をかけ、自分も検察局の捜査検事《スレドヴアチエリ》の一団とともにイロヴァイスクにのりこんだ。今回の事件が殺人の手口の細部にいたるまで過去の事件と一致していることがすぐ明らかになった。被害者の死体には異常性愛の跡が生々しく残されていた。口と肛門に土が詰めこまれ、ペニスが切り落とされているほか、ナイフによる多数の刺し傷と頭部への打撃の跡があった。死体は両親から行方不明の届けが出された二日後に発見されていた。

そして今回、捜査員たちは目撃者を見つけ出すことができた。

アレクセイが姿を消した午後、線路のそばで遊んでいたクラスメートが、一人の男について森のほうに歩いていくアレクセイと出会っていた。クラスメートから声をかけられたアレクセイは、すぐ戻るからと答えていた。最後にアレクセイを見た場所としてクラスメートが指さしたのは、死体が発見された森の現場に通じる道にまちがいなかった。フィッシャーの件で、犯人を見たとありもしない証言をした同じ年ごろの少年のことを思い起こしながら、捜査員らはアレクセイと一緒にいたのがどんな男か目撃者の少年にたずねた。

ジャージャだったよ、と少年は答えた。このロシア語は本来は伯父または叔父を意味するが、中年男性全般に対して用いられることも多い。少年によれば、男は三十五歳くらいのがっしりとしたスポーツマンタイプで、まばらな口ひげを生やし、口は金歯だらけだった。それに、肩からスポーツバッグを下げていた。

犯人のやつ、とうとうヘマをやったな、とブラコフは思った。ついに、いくつかの具体的な手がかりを捜査陣に与えたのだ。

まずは、金歯だった。ロシアの歯科医にはいとも簡単に患者の歯に金属冠を被《かぶ》せようとする傾向があり、その結果、白い歯並びの笑顔はこの国の成人のあいだではあまり見られなかった。しかし、口じゅう金歯というのもめずらしかった。近辺の歯科医と歯科技工士をすべてリストアップするよう、ブラコフは捜査員たちに指示した。どこであれ歯の全部に金冠を被せている男がいれば、容易に発見できるはずだった。

犯人はロストフの企業から出張でイロヴァイスクに行ったのかもしれない、とブラコフは推測した。三年前、モスクワのナターリャ・ポフリストヴァ殺しのときも、捜査陣は同じ推測のもとに捜査を進めた。しかし、その捜査は最初から最後まで捜査員たちの頭痛のタネだった。一年以上にわたって、ブラコフとフェチソフは現場の捜査員たちの尻をたたきつづけ、ロストフじゅうの企業に足を運ばせて、一九八五年の七月末にモスクワに出張していた者のリストの作成と該当者の調査を急がせたが、捜査員たちはついにその作業を完了するにいたらなかった。しかし、今回はもっと簡単そうだった。イロヴァイスクに取引先をもつロストフの企業はごくわずかしかなかった。ブラコフはあらためて出張者のリストの作成を指示した。

犯人がロストフ州からイロヴァイスク地方に移り住んだ可能性や、親戚を訪問していた可能性もブラコフは考慮した。事実を確かめる方法はひとつしかなかった。地元民警の協力のもと、ブラコフのチームは徹底した聞き込みを行ない、半年後には、人口二万五千人のイロヴァイスク市の全世帯の少なくとも一人から話を聞き終えていた。

しかし一九八八年の末には、いずれの手がかりからも具体的な成果が得られないことが明らかになった。金歯の男性のあいだにそれらしい容疑者はいなかったし、ロストフからの出張者やイロヴァイスクに親戚がいる者、新規転入者に関しても結果は同じだった。

ブラコフらの捜査は、アレクセイ・ヴォロンコの死体が発見された時点と同じ位置まで後退させられることになった。しかし、一九八八年の末には、実際はそれよりさらに後退していたのだ。

一九八八年末、モスクワの保健省法医学局生物学研究所の女性所長、スヴェトラーナ・グルトヴァヤ博士は、連邦のすべての法執行機関に衝撃的な書簡を送った。

性犯罪の捜査にあたる者はもはや、血液型と分泌液の型がつねに一致すると仮定してはならない、とグルトヴァヤ博士の書簡は述べていた。博士の研究によれば、きわめてまれではあるものの、血液型と精液の型が一致しないケースがありえた。したがって、容疑者の精液が犯行現場で発見された精液の型と一致するか否かをまちがいなく確認するには、容疑者から精液のサンプルを採取して検査する以外に方法はないというのだ。

しかし、血液と精液の型が一致しないケースがありえるというグルトヴァヤ博士の見解は、世界の他の法医学者や専門医師たちのあいだでは支持されていなかった。国際的に支持されている定説は、正しい検査を行なえば、結果は二つしかありえない——すなわち、血液型も分泌液の型もA型というように、血液と分泌液に同じ抗原が検出されるケースか、あるいは、精液、唾液などの体液のなかに抗原がまったく分泌されない〈非分泌型〉のケースの二つしかないというのである。

加えて、ソ連国内の研究施設の能力に疑いを示す論文が一部の研究者から発表されていて、グルトヴァヤ博士が発見した不一致の原因は別のところにあるとも推測された。正確な検査を行なうには、精液のサンプルに試薬を混ぜて顕微鏡をのぞき、細胞の集束の有無を決定する、研究所職員の充分な技術力と注意力が要求されると同時に、適切な手順と、正しく製造されて異物の混入していない一定品質の試薬が不可欠なのだ。しかしそのいずれも、一九八〇年代後半の停滞期のソ連には期待できないものばかりだった。一九八九年にソ連の雑誌《法医学研究》に発表された論文によれば、筆者のT・V・ステグノヴァはソ連で起きた性犯罪の十九の事例を再検討し、そのうちの八件で研究施設が精液の型を誤って分析していたことを発見した。ある事例では、対照標準を適切に使用できていなかったり、重要な検査の手順が守られていなかったりした。また別のある事例では、精液に用いられた試薬が、ありもしないＢ型抗原の存在を示した。そのほか、Ａ型の血液と分泌液の型を有する犯罪者の精液が、ソ連の研究施設によってＡＢ型と判定されていた事例もあった。

だが、グルトヴァヤ博士が新しい医学現象を発見したにせよ、レソポロサ事件に関わってきた研究施設が検査をやり損なっていたにせよ、この新たな事態は現実問題として、ブラコフたち捜査陣にとっては同じことだった。結局、捜査の基本的な前提条件であったものがもはや全面的には信頼できないということだった。

レソポロサ連続殺人の複数の犯行現場で発見された精液が、ＡＢ型だったというグルトヴァヤ博士の結論が届いて以来、この四年以上のあいだ、捜査本部は調査対象者を血液型によってふるい分けてきた。ドライバーの調査では、十六万人のドライバーをふるいにかけて、血液型がＡＢ型の者を追跡調査の対象として選び出した。捜査本部が作成したすべてのリスト——出張旅行者、同性愛者、精神病患者、強姦犯、退職警官たちも同じふるいにかけられた。ところが、いまになってグルトヴァヤ博士は、わずかではあるが犯人の血液と精液の型が異なる可能性があり、犯人が捜査のふるいの目からこぼれ落ちているかもしれないというのだ。

過去四年の捜査をやり直そうにも、二つの問題が巨大な壁のように捜査陣の前に立ちはだかっていた。第一の問題は、容疑者の圧倒的な数である。ブラコフのオフィスのカード・ファイルは、一九八八年末には一万五千人分近くに達していて、その約半数はA、B、O型の血液型の所有者であるという理由で容疑者リストから外されていた。さらに問題なのは、数千人の全調査対象者の再チェックを確実に行なうにはひとつの方法——すべての対象者に精液のサンプルを提出させるという方法しかないことだった。

ソ連の民警が精液のサンプルの採取に用いる方法はきわめて単純なものだった。容疑者にポルノ写真をわたして空き部屋に入れ、マスターベーションをするよう求めるのだ。通常の犯罪の場合は、この方法でこと足りることが多かった。捜査員が容疑者に対して、精液のサンプルなしでも有罪にできる充分な証拠がそろっている、だからサンプルの提出はむしろ容疑者自身のためなのだ、と思いこませることができれば、まずサンプルは得られた。とはいえ、この方法の実践にはやはり容疑者の協力と、容疑者に不利な証拠がほかにあると思わせる捜査員側の能力が不可欠だった。

そもそも数千人もの男を民警分署に呼び出し、サンプルの提供を求めるなどということは、ブラコフには想像もできなかった。そのような方法をとる際の物理的な障壁——厖大な数のポルノ写真と空き部屋を用意しなければならないということを別にしても、強制力の問題があった。ソ連の法律はサンプルを要求する権限を捜査当局に与えていなかった。それでもスターリンの時代なら、そのような要求をすることは可能だっただろう。協力しなければシベリア送りになりかねないと容疑者が知っていたからだ。ペレストロイカとグラスノスチの時代には、民警はそんな脅しの手を使えなかった。それに噂やマスコミの報道によって、容疑者は協力しないのがいちばん自分のためになること、民警には何の強制力もないことをすぐ知るはずだった。したがって、過去の全調査対象者の精液を検査するという選択肢は問題外だった。

ブラコフは、レソポロサ連続殺人犯を捕らえるにはやはり古典的な方法に頼るしかないという思いをますます強くした。犯人を特定できるような目撃者をなんとか確保するか、あるいは鉄道の駅やバスの停留所を徹底的に見張って犯人を現行犯逮捕するか、どちらかだった。

しかし、捜査陣は挫折感と困惑と中傷の深みのなかでもがきつづけた。モスクワの検察官イーサ・コストエフは定期的にロストフにやって来ては会議をひらいた。ブラコフとフェチソフ、それに地元の捜査検事たちは数字を挙げながら、いかに多くの容疑者をすでに調べたか、あるいはこれから調べるかを説明した。コストエフは相互協力態勢がなっていないなどと言って、ロストフの捜査陣を責めたてた。「きみらが並べる言葉も数字もみんなけっこうだ」と、コストエフはある会議で言った。「しかし、いまの捜査のやり方が完璧だなどという話は認めるわけにはいかん。情報が入ってきても、必要な部署に届いてない。ただゴミの山に埋もれるだけだ」

ブラコフ自身も、一部の同僚の慢性的にずさんな仕事に我慢ならなくなってきていた。アレクセイ・ヴォロンコ殺しから数ヵ月後、ブラコフは一人の捜査員をクビにしようとした。その捜査員はレソポロサ事件の捜査チームに配属されているロストフ市民警のベテランだったが、調査対象者を一人ひとり調べ上げていくという単調な仕事を嫌って、自分の責任を果たしていなかった。ブラコフはその捜査員が職務中に酒を飲んでいたという話も耳にした。この捜査員が同僚たちの士気に悪影響を与えている、とブラコフはフェチソフに訴えた。一人の怠慢が許されていると、他の者も自分もという気にならないはずがなかった。

フェチソフはその捜査員をクビにしなかった。ソヴィエト共和国連邦でだれかをクビにすることは、きわめて強力な労働組合に守られている西側の国家公務員を解雇するのにいささか似て、ひどく煩雑な手続きが必要だった。フェチソフはそれを避け、その捜査員をレソポロサ事件の捜査チームからはずすことにした。一人の職員の職務怠慢の問題はそれで解決したが、この捜査員はただの極端な一例に過ぎず、ほかにもいいかげんな捜査ですませたり、あるいは自分の責任をまったく果たしていない捜査員はめずらしくなかったのだ。

一九八九年春の雪解けを迎え、ブラコフら捜査陣は連続殺人犯が新たな手がかりを与えるか、息を詰めるようにして待った。はたして、その期待は裏切られなかった。一九八九年四月十日、シャフトゥイとクラスヌイ・スーリンの真ん中近くにあるドンレスホーズ駅のそばの森で、エヴゲニー・ムラトフという名の行方不明中の少年の死体が木こりによって発見された。死体の損傷の状態から、少年を殺したのがレソポロサ連続殺人犯であることは明らかだった。死体は腐敗がひどかったが、検死の結果、数十の刺し傷を受け、ペニスと睾丸を切り落とされていることが判明した。

ムラトフは十六歳とこれまでの男性被害者のなかではもっとも年齢が高かったが、身体つきはその年齢に見えないほど小さかった。華奢な身体に黒い髪と黒い瞳で、背は百五十センチと少ししかなかった。過去の被害者の多くとは対照的に、彼は成績優秀な生徒で、精神遅滞児のインテルナトがあるグコヴォから鉄道で少し行った小さな町ズヴェロヴォに住んでいた。

一九八八年の夏、鉄道員の養成学校への入校手続きをするためにロストフに出かけたあと、ムラトフは行方不明になっていた。入校手続きの翌日から、家族と一緒にヴァカンスに出かける予定になっていたのだが、彼は二度と帰宅しなかった。ロストフとグコヴォの両民警は強力な捜索活動を開始し、地元放送局から被害者の写真をテレビで流して情報提供を呼びかけた。しかし、収穫はまったくなかった。予想された事態ではあった。ドンレスホーズ駅はロストフの北百十キロ、ズヴェロヴォの東五十キロに位置し、木こりやキノコ採りの人たちぐらいしか訪れない辺鄙《へんぴ》な地にあった。この死体発見現場には、過去の多くの被害者の場合と共通する点がひとつあった。ロストフとグコヴォ間の電気鉄道《エレクトリチカ》の沿線にあるということである。

ブラコフの推測では、犯人とエヴゲニー・ムラトフは列車の車内で知り合った可能性がきわめて高かった。犯人は車内でムラトフにうまく話を持ちかけて、ドンレスホーズで一緒に列車を降りると、森のなかの人目につかない場所まで連れこんで少年を殺したにちがいなかった。

しかし、この推測はブラコフの苛立ちをつのらせるばかりだった。一九八六年以来、レソポロサ事件の捜査チームは当の電気鉄道線の特別パトロールを実施していた。すべての列車のすべての車両に目を光らせるわけにはいかなかったが、可能なかぎり多くの列車に乗りこんで監視することになっていた。成人女性もしくは少年少女と一緒に列車を降りる成人男性にとくに警戒するよう、指示が出されていた。しかし、ムラトフ少年が姿を消した日に任務についていた警官たちから、金歯などの特徴のあるおじさん《ジャージャ》と二人だけでいるムラトフを見たという報告はなかった。犯人には何らかの方法で、監視の目から逃れる術《すべ》があるのだ。ブラコフはシャフトゥイのホームレス収容所の民警、セルゲイ・コルチンを尋問したときと同じ胸騒ぎをおぼえた。もしかすると、同僚のなかに犯人がいるのではないか？

捜査陣には二つの手がかりがあった。エヴゲニーの両親によれば、少年は「誕生日に叔父トーリャと叔母ラーヤからゼーニャへ」と刻まれた腕時計をはめていた。殺害現場からはその時計は発見されていなかった。犯人が時計を持ち去ったものと考えられ、それを売ろうとする可能性もあった。ブラコフは州内の時計修理業者や古物商を徹底的に洗うよう指示した。しかし、収穫はゼロだった。

第二の手がかりはドンレスホーズ駅の出札窓口の女性係員、リュドミラ・イェピシェヴァからもたらされた。一九八八年の夏、イェピシェヴァはホームをうろつく不審な男を目撃していた。じつは、男は彼女の息子スラヴァを森に連れこもうとして失敗していたのだった。民警は近くの村の住人であるこの男をまもなく発見したが、男はムラトフ殺しのことはまったく知らないと主張し、民警の側でもその言葉を突きくずすだけの証拠を発見できなかった。しかも、男は一九八二年十二月から一九八四年十一月まで、アルコール依存症患者用の刑務所同然の病院に入院しており、これはレソポロサ事件が集中した期間と重なっていた。男が犯人である可能性はそれで消えた。

ほとんど惰性に従って、捜査陣は古くからの容疑者ユーリー・カレニクの身辺を洗った。カレニクは当時すでに刑務所から釈放されてグコヴォに帰り、自身が思春期を送った精神遅滞児のインテルナトでボイラーマンとして働いていた。施設の責任者は、カレニクが何の問題も起こさない優秀なボイラーマンであると保証した。ムラトフの行動圏からそれほど遠くないところで暮らしていることだけが、カレニクの怪しい点だった。しかし、カレニクはムラトフ殺しへの関与を全面的に否定した。捜査員らは今回は寛大にも、彼の言葉を信じることにした。

捜査チームが頼みとしていた手がかりは先細りとなる一方だった。ムラトフ殺しは容疑者候補のリストをしぼりこむのに役立つどころか、かえって捜査対象をひろげる結果となったのだ。捜査本部が一九八六年以降のレソポロサ連続殺人の被害者と確信しているのは、二人の少年——イロヴァイスクのアレクセイ・ヴォロンコとドンレスホーズ駅近くのエヴゲニー・ムラトフだけだった。一九八八年にクラスヌイ・スーリン近郊で発見された身元不明の女性に関しては、本部の意見は定まっていなかった。その結果、一九八六年以降の被害者として確定しているのが少年だけであるという事実が、一部の捜査員のあいだに、ここしばらく忘れられていたもうひとつの仮説——レソポロサの事件には少なくとも二人の犯人がいて、一人が男性を、一人が女性をそれぞれ独自に殺してまわっているという説をよみがえらせた。その二人の犯人のうち、少年を殺すほうはいまも犯行をつづけているのに対し、女性を殺す犯人は何か別の罪で収監されているか、自殺したか、捕まるのを恐れているか、何らかの理由で活動を停止しているのではないか、というのだ。

ムラトフの死体発見後、捜査を監督するためにロストフに到着したイーサ・コストエフは、この複数犯説に与《くみ》した。「これだけの殺人がすべて、一人の男の手で行なわれたなどと考えられるだろうか？」一九八九年五月十一日の捜査会議で、コストエフはそう述べた。「この死体の山を見れば、そんなことは不可能だとわかるだろう」

ブラコフはアレクサンドル・ブハノフスキー博士によって示された説——ゆがんだ精神構造を持った単独の人物が男性と女性の両方を殺しているという説をいまも信じていた。だが、ブラコフはコストエフに反論しようとはしなかった。六年間も、この事件を追っていながら何の収穫も示せないブラコフは、他人の考えに異議を唱えられるような立場にはなかった。

　捜査会議が開かれた五月十一日のその当日、新たな少年の失踪事件が発生した。アレクサンドル・ジャーコノフは前日、八歳になったばかりだったが、その誕生日はあまり幸せなものとはいえなかった。アレクサンドル少年が暮らすロストフでは、学校の施設が生徒数に追いつかないため、生徒は二交替制で通学し、アレクサンドルは午後のクラスに出ていた。学校が終わったら道草を食わずに家に帰るように、少年は日ごろ両親から言われていた。アレクサンドルの家は〈第二次五カ年計画通り〉にある五階建ての共同住宅の二間の一戸で、両親はともに自宅からそれほど遠くないヘリコプター工場に勤めていた。だが、アレクサンドルはあまり聞き分けのいい子供ではなかった。陽気がよくなり、日が長くなるにつれて、少年は道路や空き地でいつまでも友だちと遊んでいようとした。そのせいで父親に殴られることもしばしばあり、五月十日の誕生日にも折檻《せっかん》を受けていた。五月十一日、アレクサンドルは家に帰ってこなかった。両親は外を探してまわったが、手がかりは得られなかった。

　翌日、両親から届けを受けた民警は捜索チームを組織した。民警は今回の行方不明事件を秘密あつかいせず、アレクサンドル少年の写真入りのビラを作った。写真のなかの少年は笑顔を浮かべ、サンダルとブルーの制服姿で、ロシアの漫画のキャラクターであるネズミとネコの描かれた通学カバンを持っていた。その写真を見た者は、そんないたいけな子供を傷つけられるのはいったいどこのどんな男だろうと思わずにいられないはずだった。刑事たちはビラを持って、ジャーコノフの近所の家を一軒一軒まわった。しかしその努力も空《むな》しく、少年の元気な姿も、その遺体も発見されなかった。

捜査本部の当初の注意は行方不明の少年の父親ヴラジーミルにおもに向けられた。子供が行方不明になると、まず尋問されるのはいつも身内であり、ヴラジーミル・ジャーコノフはその際の受け答えのために疑いを招いた。彼は息子を殴ったことを一言も話さなかったのだ。捜査員らがその話を聞いたのは、隣人からだった。その後、ヴラジーミルは息子を殴ったことを認めたが、息子の行方不明事件との関わりはいっさい否定した。地元の捜査員らの疑いはそれでも消えず、ヴラジーミルは連日のように出頭を求められ、尋問を受けた。何日か取調べを受けたあと、ヴラジーミル・ジャーコノフが妻に漏らした話では、捜査員らは彼に、もし息子を殺したことを認め、死体のある場所を教えれば、軽い刑で済むようにすると保証したというのだ。

二ヵ月後の七月十五日、ロストフのタクシー運転手がちょっと用を足そうと、ナンセン通りとスタヨナヤ通りの合流点の三角形の空き地の茂みに足を踏み入れた。道路端から一・五メートル入ったところで、運転手はネズミとネコの絵が描かれた通学カバンと骨を見つけた。死体は腐敗が進み、ジャーコノフ夫婦もそれが自分たちの息子であるか確認できないほどだった。民警は白骨化した死体の身長と捜していた少年の身長を比較するとともに、通学カバンが一緒に発見されたことを考慮した結果、最も避けたかった結論に達し、その死体がアレクサンドル・ジャーコノフであると断定した。まもなく提出された検死報告書により、アレクサンドルがレソポロサ連続殺人犯の被害者であることは動かしがたい事実となった。少年は数十カ所におよぶ刺し傷を受け、生殖器を切断されていたのだ。

ヴィクトル・ブラコフにとって、アレクサンドル・ジャーコノフの死体の発見場所は、連続殺人犯の行動パターンの変化を示唆していた。ヴォロンコとムラトフの事件では、犯人は鉄道かその周辺で被害者を漁《あさ》っていて、民警は列車内と駅構内での監視態勢を一部強化してそれに応えていた。しかし、犯人は民警の動きに気づいたらしく、ブラコフらの推測によれば、街なかでアレクサンドル・ジャーコノフを見つけたあと、暗闇と濃い茂みに紛《まぎ》れて、車の流れから数メートルと離れていない場所で少年を殺したのだった。今度もまた、犯人は信じられないほどの才能を発揮し、だれにもその姿を見られていなかった。しかし、同時にブラコフには、犯人の行動がしだいに自暴自棄的で強迫観念に駆られた不注意なものに変わってきているように思えた。

しかし、一九八九年八月十九日に消息を絶った次の被害者のケースは、犯人が捜査陣の思惑などおかまいなしに犯行を重ねていくことを示した。被害者の性別と犯行現場の両面で、最近のパターンがくり返されるだろうと考えていた捜査陣は、みごとにその予想を裏切られたのだ。今度の被害者はエレーナ・ヴァルガという十九歳の女性で、一九八二年から一九八六年までのレソポロサ連続殺人事件の初期に被害にあった女性たちの例と酷似していた。ロストフの北五十キロに位置し、鉄道から遠く離れたロジオノヴォ・ニェスヴェタイスカヤ村の近くの森で、ヴァルガの死体は発見された。捜査員らの聞き込みでわかったのは、彼女が鉄道よりバスをよく使ったということだけだった。しかし、ヴァルガがレソポロサの事件の被害者であることに疑問の余地はなかった。犯人は彼女の腹部を切り裂いて子宮を抉《えぐ》りとり、さらに鼻と乳房を切り落としていた。

九日後、捜査陣の関心はシャフトゥイの十歳の少年アレクセイ・ホボトフに向けられた。アレクセイはアレクサンドル・ジヤーコノフと酷似した状況で、市の中心街のカール・マルクス通りから姿を消していた。シャフトゥイの民警はアレクセイの父親を連日尋問し、一度など父親を失神させてしまうほどその取調べは厳しかったが、結局、少年の発見にまではいたらなかった。

犯人の激情は四ヵ月と少しのあいだおさまっていた。一九九〇年一月十四日、アンドレイ・クラフチェンコという名の十一歳の少年が、シャフトゥイの中心街にある自宅近くの路上から姿を消した。生殖器を切断されたアンドレイの死体が数日後、彼の姿が消えた場所から目と鼻の先の木立から発見された。

一九九〇年三月七日、十歳の少年ヤロスラフ・マカロフが、ロストフ駅近くの公園から姿を消した。少年の死体は数日後、舌と生殖器を欠いた状態で発見された。

二ヵ月後、身元不明の女性の死体が、ドンレスホーズ駅に近い、一年前のエヴゲニー・ムラトフの発見現場からわずかしか離れていない場所で木こりたちによって発見された。被害者の女性は子宮と乳房を抉りとられていた。

一九九〇年七月三十日、真夏の水浴びを楽しむ市民でにぎわう市営ビーチに近い、ドン川左岸の小さな森で、作業員のグループが十三歳の少年ヴィクトル・ペトロフの死体を発見した。少年は七月二十八日にロストフ駅で最後に目撃されて以降、行方不明となっていた。大柄で、身長百六十七センチの少年の死体も、これまでの被害者と同じように無惨に切り刻まれていた。

レソポロサ連続殺人犯の手にかかったと考えられ、ブラコフのリストに名前を書きこまれた被害者は、この時点で三十二人に達していた。この数字は、被害者の死体の具体的な損傷の内容とともに捜査当局の機密事項とされていた。しかし、単独犯か複数犯かはともかく、ロストフに殺人鬼が出没していることはもはや秘密でも何でもなかった。ミハイル・ゴルバチョフの情報公開政策《グラスノスチ》によって、一九八九年までには、新聞社や州のテレビ局はすでに、レソポロサ連続殺人がはじまった当時のような国家統制のための従順な道具ではなかった。検閲制度はまだ存在し、編集責任者は州共産党幹部の勧告に従ってはいたが、いまや党によって明確に公認されていないニュースを報道することも恐れていなかった。この事件についても、マスコミは写真入りで被害者たちの記事を流し、目撃者は民警に協力を申し出るようにと呼びかけた。

連続殺人犯の活動がもっとも活発だった一九八四年の夏に起きたパニックは、ロストフ州内の被害者が二人しかいなかった一九八五年から一九八八年のあいだにおさまっていた。

しかしエヴゲニー・ムラトフ、アレクサンドル・ジャーコノフ、エレーナ・ヴァルガ、アンドレイ・クラフチェンコ、ヤロスラフ・マカロフ、ヴィクトル・ペトロフの切り刻まれた死体が次々と発見された一九九〇年の夏には、各地で物騒《ぶっそう》な噂が飛び交った。そのなかでいちばん執拗にくり返されたのは、急速な地盤沈下をつづけるソ連邦での民族間の政治的緊張を反映して、ザカフカス地方の共和国から来た人殺しの一味がロシア人の少年を手当たりしだい切り刻んでいるという噂だった。

ミハイル・フェチソフは事件の解決に対して強いプレッシャーを感じていた。そのフェチソフにとって、ペレストロイカ時代の混乱はひとつの恵みでもあった。モスクワの内務省のトップは一九八〇年代後半に六回交代し、事件解決に期限を設けてその実行をフェチソフに迫れるほど長くポストにとどまっていた内相は一人もいなかった。ロストフ州でも人事再編の動きは急で、昇進のチャンスが大きくひろがる結果となった。A・N・コノヴァロフ将軍は引退し、パーヴェル・チェルヌイショフ副本部長はモスクワの新ポストに転出していった。一九九〇年の春、フェチソフは州共産党によって州民警の本部長候補に指名され、少将への昇進のチャンスを与えられた。

しかしもはや党は、自らが選んだ候補を政府の主要ポストに自動的につける力を持っていなかった。州には、初めて競争による選挙で選ばれた最高会議があった。連邦の最高会議がミハイル・ゴルバチョフによって指名された閣僚会議の候補に対して、賛否の票を投ずる権利を要求し、勝ち取りつつあったのとまったく同じように、ロストフ州の立法府も、州の主要行政職への党の候補に賛否の票を投ずる権利を要求し、獲得していた。生まれて初めてフェチソフは、選挙で選ばれた人民の代表に立ち向かわなければならなかった。

都市犯罪に対する市民の不安の高まりに応えられる計画の提示を中心にすえ、フェチソフは慎重かつ建設的なスピーチの原稿を用意した。まず、彼は民警へのコンピュータ・ネットワークの導入を提案した。当時、パーソナル・コンピュータが一部導入されていたものの、ネットワーク化されていなかったために、その役割はひどく限られていた。ブラコフのオフィスでは、住所や前科、そして相変わらず血液型などによって容疑者を分類するプログラムへ、カード・ファイルのデータを移す作業が職員によってはじめられたところだった。また、フェチソフは教育水準の高い男女の徴募を促進するために、警察官用の集合住宅を増設することと、通報に応えて市民のもとにより早く駆けつけられるように、民警の車両部隊に新型無線機を導入することを提案した。現実的で、大衆受けするビジョンをもった新しい指導者が求められている現在のロシアにおいて、これこそまさに最高のスピーチだとフェチソフは考えていた。

しかし、フェチソフに質問した最高会議のメンバーたちの意見は違っていた。

「いったいいつになったら、レソポロサの殺人犯を逮捕できるのですか」と、議員の一人はたずねた。

それに対して、フェチソフが返すことができる最良の答えは、捜査の進みぐあいを監視するためにロシアからやってくるイーサ・コストエフに言ったものと同じだった。今回の事件に投入されている捜査員の数、すでに調べ終えた容疑者の数、今回の捜査のせいで余罪が明るみに出て検挙された犯罪者の数など、フェチソフは次々と数字を挙げた。そして、彼は事件がまもなく解決することを議員たちに保証した。議会はフェチソフの昇進を承認し、その結果、彼はエンゲルス通りの民警本部二階の広々とした執務室を引き継ぐとともに、左右の肩章にひとつずつ金色の星を付けることになった。

だが、フェチソフの胸中は決しておだやかではなかった。レソポロサ連続殺人の捜査はソ連の体制全体を侵しているのと同じ、無能力と無責任の泥沼にはまりこんでしまったようだった。一九九〇年三月十一日の幹部だけの捜査会議の席で、フェチソフはこぶしでテーブルをたたき、声を張り上げた。「諸君は、わたしがどれだけ指示を出したら動きだすんだ？　ホボトフのときも、クラフチェンコのときも、初動捜査が遅れたではないか。諸君は指示されたことをやっていない！　部下の仕事ぶりを監督していない！　諸君のなかには、行方不明者の報告を軽く考えている者がいる。マカロフの失踪届けが出されたとき、担当の捜査官たちは、マカロフが最後に目撃されたときの服装さえ、調べようとしなかった始末だ！」

フェチソフはヴィクトル・ブラコフを含む全員に警告を与えた。捜査のやり方が改善されなければ、「全員、クビだ」と、フェチソフは宣告した。

しかし、依然犯人はだれにも見られずに被害者を選び、切り刻み、殺害する能力をもっているかにみえ、捜査員の懸命の努力もなかなか実《み》を結ばなかった。

真昼の暑さがいつまでも残る一九九〇年八月十七日の夕方、ブラコフは新たな犠牲者が発見されたという知らせを受けた。今回の現場は、ロストフの北五十キロのノヴォチェルカスクの市営ビーチだった。ロストフ州の各都市はレクリエーション施設の整備にはつねに低い優先順位しか与えておらず、ノヴォチェルカスクの市営ビーチもそのような政策を反映していた。現場に向かうブラコフは、舗装があちこちで剝げ、高い隆起と深いくぼみが交互し、連邦のなかでも最悪ではと思われる道路に揺さぶられていかなければならなかった。ドン川の支流の、どんよりと澱《よど》んだようなアクサイ川の湾曲部の岬状のところに、市営ビーチはあった。更衣室として使われているむき出しのコンクリートの小屋が二つ並び、金属製の色あせた二つの日よけが小さな日陰をつくっていた。ビーチ側の土手に沿って、高さ一・八〜二メートルの葦が青々と茂り、反対側の土手には鉄道の線路が走っていた。その光景を見て、すぐブラコフの頭をよぎったのは、いちばん近い電気鉄道《エレクトリチカ》の駅まではどれくらいあるだろうという疑問だった。あとで聞いた話によると、一・五キロほど先だということだった。

被害者はイヴァン・フォミンという名の十一歳の少年で、四十二の刺し傷を受けて生殖器を切断され、ビーチから十五メートルほど先の葦のあいだに屍《しかばね》をさらしていた。少年の姿が最後に目撃されたのは、川と線路を見下ろす断崖の上にある、祖母の家の外の通りでだった。暑い日だったので、少年の世話をしていた祖母は、孫が一人でビーチに泳ぎにいくことを許したのだった。その日の小さなビーチはソ連の水泳場のいつもの顔ぶれでにぎわい、小さな子供とその母親や祖母が、身体に合う大きな水着がないのか下着姿の者も交えて、泳いだり浅瀬を歩きまわったり、日光浴をしたりしていた。

しかし、死体と現場を自分の目で見るためにブラコフが到着したときには、ビーチには民警と捜査検事の姿しかなかった。川辺の葦はびっしりと茂っていた。ブラコフは葦に分け入った。背後はたちまち葦で閉ざされ、数歩進んだところで後ろをふり返ってみたが、ビーチも川の流れも目にすることができなかった。ビーチの利用客たちが着替えやトイレの行列に加わるのを嫌って葦のなかで用を済ませていることは、同じようなビーチを何度も見ているブラコフには容易に察しがついた。葦のなかは人目を避けるには絶好だった。だが、それでもブラコフは、大勢の利用客の目と鼻の先の真夏の葦の原で殺人を犯すような無謀な人間がいるとはとても想像できなかった。どうして犯人は、被害者の叫び声を聞かれずにすむという自信が持てるのか？　ふと、ブラコフの頭に浮かんだイメージは、残忍で、敏捷で、狡猾なオオカミのそれだった。

死体は葦のあいだの浅いくぼみに横たわっていた。傷を見ようと腰を下ろしたとき、ブラコフは被害者の少年と同じ年ごろの息子のマクシムを思い出した。自分の血の味を舌先に感じるほど、ブラコフは強く唇をかみしめた。挫折感と怒りが胸にこみ上げ、心臓に鋭い痛みが走った。一九八六年の神経衰弱のときのような心臓の衰弱ぐらいではすまず、今度こそほんとうに心臓発作を起こすのでは、とブラコフは思った。彼は湿った地面に両手をつき、気持ちを鎮めようとした。汗を流しながら首を振ると、彼はゆっくりと立ち上がった。心臓の痛みはしだいに治まっていった。しかし、胸の怒りと挫折感は消えなかった。

10 罠

電気鉄道《エレクトリチカ》がブラコフの頭を大きく占めるようになっていた。過去の事件の大半が鉄道の線路と駅の周辺で起き、被害者の大半は列車に乗っていた。ただ、イヴァン・フォミンの場合はちがい、捜査員が精いっぱい足取りを追ってみたかぎりでは、少年は徒歩で事件現場に行っていた。しかし、犯人のほうは現場の小さなビーチへ行くのに電気鉄道を使ったかもしれなかった。それに、五十メートル先を通過する電車の轟音が、少年の断末魔の叫びをかき消したのかもしれない。犯人に負けずに、捜査陣も電気鉄道を有効に使う手立てを講じる必要があった。

フォミン殺しのあと、ブラコフはいつもの措置を命じた。捜査員が付近の住民全員に対して聞き込みを行なう一方、本部は新聞社や州のテレビ局に情報を流し、事件当日ビーチにいた者、何か見た者は申し出るよう呼びかけた。しかし、目撃者は現われなかった。

ブラコフらはノヴォチェルカスクじゅうの精神病患者、強姦犯などの性犯罪者、同性愛者を洗った。しかし、収穫はゼロだった。

何の成果もないまま似たような捜査対象グループを七年間も追ってきたので、ブラコフはこの結果に驚かなかった。新たな殺人を防げなかったという胸の痛みがいくらか和《やわ》らぐと、彼はわずかだが期待を抱きさえした。一九九〇年に入り、この八カ月間で犯人はすでに五件の殺人を犯していた。一九八四年の夏以降、これだけの事件が八カ月間で起きたのは初めてだった。犯人の狂気を引き起こすものが、モスクワの専門家たちによって示されたホルモン分泌であれ、あるいはブハノフスキーの言う気象条件であれ、それがふたたび頂点をむかえつつあることは確かだった。フォミン殺しの無謀な犯行現場は、犯人が自暴自棄の域に達しつつあり、遠からず大きなミスを犯す可能性があることを示していた。

犯人を誘導して、捜査員が見ている前で致命的なミスを犯させるよう、電気鉄道とその駅に罠を仕掛けられるかもしれない、とブラコフは考えた。一九九〇年の夏が終わろうとするときにブラコフとフェチソフが実施した作戦は、まさにそれが狙いだった。

一九八四年以来、民警は鉄道の駅とバスのターミナルに監視の目を光らせてきた。これは、犯人が被害者を漁るのにこれらの場所をよく使っているという事実に対処したものだった。すべての列車を一日も欠かさず監視することは不可能だったが、一九八六年以降は、制服・私服の捜査員からなる特別班が列車に乗りこんでいた。それに、ブラコフの部下も全員は知らなかったが、一九八九年のエヴゲニー・ムラトフの死体発見以来、KGBの協力を得て、列車の乗客をひそかにビデオと写真に撮っていた。一部の車両には、隠し撮りのカメラが仕掛けられた客室も用意されていた。しかし、捜査陣はこれまで運に恵まれなかった。列車内のフィルムからも、潜伏捜査員の報告からも、被害者や、被害者と一緒にいる男の映像や情報が得られたことはただの一度もなかったのだ。

ブラコフはその原因の一端が、ロストフやシャフトゥイのような大都市周辺ではとくにそうだが、列車と駅を利用する乗客の多さにあると考えた。制服であれ私服であれ、潜伏捜査員が圧倒的な数の乗客のすべてに注意を払うことは不可能な状態にあったのだ。だが、ドンレスホーズ駅近くで発見された二人の被害者――エヴゲニー・ムラトフと一九九〇年五月の身元不明の女性の事件に、この捜査の改善策のヒントが示されていた。

ドンレスホーズは、ソ連版の国有林である林業ソホーズの真ん中にある三つの電気鉄道の駅のひとつだった。出改札用の小さな駅舎とコンクリートの低いホームが二本あるだけで、ホームのあちこちの割れ目から雑草がのびているような駅だった。ロシア人がキノコ採りに森に押しかける夏の終わりの週末を別にすれば、利用者はほとんどなく、ロストフとモスクワ間の急行は素通りし、鈍行しか停車しなかった。

そこで、なんとか犯人がこの駅をもう一度使うよう仕向けられないものか、とブラコフは考えたのだった。同じ線のもっと大きな駅にはすべて、犯人がかならず気づくように人目につく制服警官を配置し、ドンレスホーズと森のなかのほかの二つの駅、クンドリュチャとレソステプには、私服の捜査員を潜《もぐ》りこませるのだ。電気鉄道で〝獲物〟を見つけた犯人は、民警の姿の見えない駅で〝連れ〟と列車から降りたいはずだった。当然犯人には、森の三駅だけが安全に見える。その三駅の私服警官には、すべての乗降客の名前、とくに成人女性もしくは少年少女と二人だけでいる男の名前を聞き取るよう指示しておく。そして、別の私服警官の一隊を森林ソホーズの作業員に変装させて、森のなかに配置しておくのだ。

フェチソフはこのブラコフの計画を承認した。制服と私服合わせて三百六十人の警察官を動員し、列車の運行時間中のすべての駅を監視するという大がかりな作戦だった。フェチソフはさっそく警官たちを配置した。この時点で、レソポロサ殺人捜査班は発足当初の十名から、ロストフ州民警本部を拠点とするブラコフ指揮下の捜査員二十七名とロストフ州検察局を拠点とする捜査検事二十八名からなる大所帯にふくれあがっていた。加えてシャフトゥイ、ノヴォシャフチンスク、グコヴォ、クラスヌイ・スーリンの各地元民警分署も、レソポロサ事件の捜査に計七十二名の専従員をあてていた。ロストフ州の犯罪発生率が全般的に上昇している状況のなか、今回のブラコフ計画に人員を割くために通常のパトロールは停止され、他の業務も一時中断されたのだ。フェチソフは、計画がもし失敗すれば、自分が州最高会議の新しい主たちの前で弁明しなければならないという、ひじょうに困難な立場に立たされることを承知していた。

これはきわめてロシア的な作戦だった。一八一二年にナポレオンを打ち破ったロシア軍の指揮官クツーゾフ元帥や、一九四三年にナチの国防軍《ヴェールマハト》を撃退したジューコフ元帥なら、きっとこの作戦に理解を示し、賛同を与えるはずだった。二人の元帥は敵の侵入を甘受し、多大の損害を被《こうむ》りながらも、圧倒的な人員を戦場に投入して最終的な勝利を収めていた。これらの軍人は才知にたけた戦術よりも大量の人員と不撓不屈《ふとうふくつ》の精神に重きをおいたのだった。

ブラコフとフェチソフの作戦にも同様の精神が宿っていた。この作戦はまた、専門家の鋭敏な推理や法医学研究所の分析から犯人を突きとめようとした試みが、すべて失敗に帰したことを暗黙のうちに認めるものだった。そして、犯人が森の三駅のいずれかに現われるとすれば、それは新たな被害者を森に誘いこもうとする最中にちがいないという事実を暗黙のうちに受け入れるものでもあった。森は広大であり、人目につかない場所は無数にある。新たな殺人が起こる前に、現場の私服警官が犯人を押さえられないという事態も充分ありえた。その危険を承知で、ブラコフとフェチソフはこの作戦に賭けるしかなかったのだ。

十月二十七日、フェチソフは作戦にミスが生じないように計画の各部署の責任者による特別会議を招集した。そして、過ちを犯したものはクビにする、と彼は部下たちに警告を与えた。

フェチソフはまだ知らなかったが、そのときすでに連続殺人犯は、計画の舞台となる三駅のなかのドンレスホーズの近くで新たな犯行を重ねていたのだった。十月三十日、駅のそばの松林で働いていた労働者たちが少年の衣服を発見した。通報を受けた民警は、冷たい雨が激しく降るなかで捜索を開始した。翌日、小柄で華奢な少年の死体が発見された。死後、二週間くらい経過していると思われた。死体の損傷の様子から見て、連続殺人犯の仕業であることはまちがいなかった。少年は首を絞められたうえ、ナイフによる二十七の刺し傷を受けていた。左眼にも刺創があり、睾丸を切断され、舌の先もなくなっていた。

　行方不明者の届け出から、死体の身元はすぐ判明した。被害者の少年はヴァジム・グロモフ、年齢十六歳だった。少年は精神遅滞で、四月までシャフトゥイのインテルナトに収容されていた。インテルナトを出たあとは、少なくとも表向きには母親のもとで暮らしていることになっていたが、実際には二人はほんのときおり顔を合わせていただけだった。少年は電気鉄道が好きで、毎日のように乗っていた。十月十七日、母親から七ルーブルもらった少年は、シャフトゥイの商店で品切れのキャンディがまだ手に入るという噂のロストフかタガンログまで、列車で行ってくると告げて家を出た。それ以後、母親は息子の顔を見ていなかった。

　グロモフの死体発見の知らせに、ミハイル・フェチソフとヴィクトル・ブラコフは困惑と怒りをおぼえた。犯人は、二人が犯人をおびき寄せたいと考えていた三駅のひとつに現われ、少年を殺し、死体を放置して逃走したのだ。犯行が行なわれたのは罠を仕掛ける計画が開始される十日前だったが、そのときもすでに、電気鉄道の各駅に対する厳重な監視の指示が出されていた。監視記録には、十月十七日にドンレスホーズ駅で不審な人物、とくに十六歳くらいの少年と一緒に駅を出て、一人で戻ってきた男の記載はなかった。

　コストエフとフェチソフ、それにフェチソフを助ける新任の副本部長、ヴラジーミル・コレスニコフの三人はロストフを発《た》ち、シャフトゥイに前線本部を設置した。ブラコフはロストフにとどまり、ドンレスホーズ周辺の全住民に対する聞き込みを進める捜査員や、各駅の監視チームから入りはじめた報告に目を通し、その分析を行なった。

しかしその同じ日、捜査本部にまたもや悪い知らせが、今度はシャフトゥイの民警から届いた。十月三十日、ヴィクトル・チシチェンコという名のまたも十六歳の少年がシャフトゥイ駅に家族旅行の切符を買いにいった。叔母の住むノヴォロシースクという四百八十キロほど南の街への旅行を楽しみにしていた少年は、そのままもどらず、取り乱した家族から、翌日、届けが出された、というのだ。

悪い予感をおぼえたフェチソフは駅周辺の森の徹底的な捜索を命じた。三日後、シャフトゥイ駅から南に三キロほど行った、隣のキルピチナヤ駅寄りの深い森で、チシチェンコ少年の死体が発見された。現場は、六年前にタチアーナとスヴェトラーナのペトロシャン母娘の死体が発見された場所からあまり離れていないところだった。

チシチェンコは過去の男性被害者たちより大きく、ほとんど大人に近い体格をしていた。身長は百六十七センチで、体重は六十キロほどあった。死体の周辺の木立には激しく格闘した跡が見られ、あちこちの枝が折れ、落ち葉はかき乱されていた。しかし、少年の抵抗は功を奏さなかった。死体にはナイフによる刺し傷が四十あり、そのなかには腹部を大きく切り裂いたものも含まれていた。睾丸がなくなっている点はヴァジム・グロモフと同じだが、眼には手がつけられていなかった。

民警の監視は失敗だった。当日のシャフトゥイ駅では四人の警官が監視の任に就いていたが、チシチェンコを見た憶えのある者は一人もいなかった。ブラコフとフェチソフはその理由を推測できた。毎日、数千人の乗客がシャフトゥイ駅を行き交っている。ある者は切符を買って列車に乗り、ある者は列車を降りる。ある者はモスクワやレニングラードに向かう列車からすばやく飛び降りて、ホームの農民の行商人からミネラル・ウォーターやリンゴを買うと、また自分の列車にもどって去っていく。洪水のように氾濫する乗客のなかから、だれかの顔を見分けたり、記憶することは容易ではなかった。しかも、シャフトゥイ駅の監視チームは、成人女性や少年少女と一緒にいる中年男にとくに注意を払うよう指示されていた。成人に近い体格のチシチェンコは、そのいずれにも当てはまらなかった。

シャフトゥイ駅での犯人逮捕の失敗はコストエフの怒りと民警の挫折感をさらに強めた。これ以上失敗できないことは、ブラコフ、フェチソフの両名とも、口に出さなくともわかっていた。重圧が雪崩《なだれ》のように捜査陣にのしかかってきた。

ブラコフのチームは調査対象者を大量にリストアップし、調査に入った。同性愛のノヴォシャフチンスク出身のボクシング・トレーナーはシロと確認された。ＡＢ型の血液型で、最近出所したばかりの男たちの名前もリストから消えた。

今回も、目撃者を求めて捜査員たちが徹底的な聞き込みを行なった。シャフトゥイ駅の出札係の女性はチシチェンコを憶えていると語り、眼鏡をかけた中年男が少年の後ろに立っていたと証言した。しかし、その男の姿はぼんやりとしか憶えていなかった。その出札係の娘も別個に話を聞かれ、眼鏡をかけた不審な中年男を一週間ほど前に目撃したと証言した。電気鉄道の電車内でその男と一人の少年が楽しそうに話をしていたと思うと、少年は突然座席から立ち上がって、シャフトゥイ駅で一目散に列車から飛び降りたというのだ。出札係の娘が語る男の姿もぼんやりしたものではあったが、一九八四年の事件で殺される直前のドミトリー・プタシニコフの前を歩いていた男と、特徴がよく似ていることがわかった。しかし、その男はいったいどこのだれなのか？

フェチソフとブラコフに諮《はか》ることなく、藁《わら》をもつかむ思いのシャフトゥイの民警は、報告書には〝K〟とだけ記されている霊媒師の力を借りようとした。Kはチシチェンコの死体が保管されている死体置場に案内され、少年の霊魂と話すことが許された。Kはただちに犯人のきわめて詳細な特徴を語りはじめた。犯人は三十代前半の妻帯者で、四歳から六歳のあいだの息子が一人いる。スポーツマンで元体操教師と考えられ、上唇の左に傷痕が、右頬にあざがあり、右膝の手術を受けた経験がある。国産車のモスクヴィッチを運転し、シャフトゥイ市内の、おそらくスホルナヤ通りかコシェヴォ通りに住み、チシチェンコの葬儀に列席するだろう——そうKは告げた。シャフトゥイの民警はチシチェンコの葬儀の場で、以上の特徴にあてはまる男がいないかと目を光らせた。しかし、その努力も無駄骨に終わった。

そのころ、ソ連邦の各地は、一九一七年のボルシェヴィキ革命の七十三周年を祝う長い休日を控え、生産活動を減速させていた。十一月七日水曜日の本来の祝日のほか、翌日の十一月八日も慣例的に休日とされ、しかも、連邦じゅうの工場やオフィスが十一月の第一週に一日余分に働いた結果、十一月九日の金曜日も休みに加えられることになっていた。

土曜日と日曜日を合わせると、連邦全体が実際には一週間近い連休に入る計算だった。

かつて、十一月七日のモスクワのパレードは、党の年中行事の最大のものとされていた。レーニン廟の上に居ならぶ政治局員や軍首脳が厳《いか》めしい顔で見守るなか、戦車やミサイルが赤の広場を行進した。選りすぐりの労働者たちが、書記長など主だった指導者のおびただしい数の肖像を掲げて練り歩き、軍の精鋭部隊が足をまっすぐ伸ばすきびきびとした歩き方で玉石の上を行進した。各国の外交官やジャーナリストはクレムリンの政策や人事の変化を探る手がかりにしようと、パレードのスローガンやレーニン廟の上の指導者たちの並び方を注意深く観察した。

一九九〇年に入り、この厳めしいショウは急速に色あせつつあった。ミハイル・ゴルバチョフは一九八八年に肖像のパレードを、つづく一九八九年には戦車やミサイルのパレードを廃止した。一九九〇年十一月七日のパレードは、ゴルバチョフの政策が国民の支持を得ていないことを示し、党がモスクワの通りをコントロールできなくなっていることを明らかにするものとなった。市民たちが無許可で赤の広場になだれこんで、ゴルバチョフと党を批判するプラカードを掲げて行進し、ゴルバチョフはパレードの終了を待たず、レーニン廟の上のひな壇から早々と退席したのだった。

ロストフのような地方都市ではそんな過激な抗議行動は起こらなかった。市民は別荘やアパートにこもって休日割当てのウォッカで憂さを晴らし、貴重な五日間の連休を満喫することで現在の政治状況に応えた。

そして十一月十一日の連休の終了とともに、民警の罠が仕掛けられている森林ソホーズの労働者たちが木の伐採のために森に戻ってきた。十一月十三日、一同はレソポロサ連続殺人犯が怠け者でないことを発見した。ドンレスホーズ駅近くの森にまた新たな死体が横たわっていたのだ。レソポロサ事件の三十六人めの犠牲者だった。

新たな死体発見の連絡を受けたとき、ミハイル・フェチソフはたまたまドンレスホーズから三、四キロしか離れていないところにいた。グコヴォ民警分署長のアリク・ハダフヤンが心臓発作で十一月十二日に死去し、フェチソフは葬儀に列席することにしたのだった。ロストフからの無線連絡で報告を受けたとき、彼は葬儀に向かっている最中で、シャフトゥイ近くまで来ていた。フェチソフは現場に急行した。その日は冷たい霧雨の降る、南ロシアの典型的な十一月の一日で、フェチソフはぬかるみに足をとられながら、重い足どりで死体の横たわる木立に向かった。

フェチソフが到着したとき、死体は発見時の状態のまま置かれていた。被害者はくすんだ色の金髪を長さの不ぞろいなショートカットにした若い女性で、手を腋の下につけ、全裸で仰向けに横たわっていた。顔の殴られた痕が青黒く腫れ、片目は開き、片目は閉じていた。叫び声をあげながら死んでいったかのように、口が大きく開かれていた。唇は血糊で覆われ、のちの検死の結果、舌が切りとられていることがわかった。犯人は腹部にもナイフを振るい、胸骨から生殖器のあいだを縦に深々と切り裂いていた。フェチソフが見たところ、被害者は死後一週間くらい経っていた。

フェチソフの知るかぎり、過去一週間に若い女性と一緒にドンレスホーズで列車を降りた男に関する報告はなかった。罠はまたもや失敗したのだ。フェチソフは怒りに身をふるわせた。彼は運転手に命じ、ドンレスホーズの監視を受け持つクラスヌイ・スーリンの地元民警分署に車を向かわせた。

フェチソフはドンレスホーズの監視任務の直接の責任者ヴァシリー・パンフィロフを呼びつけ、なぜ犯人に監視の目をくぐられたのか説明するよう求めた。私服警官はずっと監視していたはずではないのか？

ほとんどずっといた、とパンフィロフは答えた。

「ほとんどずっととはどういうことだ？」フェチソフは詰問した。

「食事のとき以外はということです」パンフィロフは答えた。「何も食べないわけにはいきませんので」

森の真ん中に食堂があるはずはなかった。私服警官はときおり持ち場を離れ、クラスヌイ・スーリンにもどって食事をしていたのだ。しかし、少なくとも一人はつねにホームに残っていたはずだ、とパンフィロフはフェチソフに確言した。

激怒したフェチソフは、おまえはクビだ、とパンフィロフに向かってわめきたてた。

食事の問題はともかく、なぜホームの監視者から報告がないのか、とフェチソフは怒鳴った。

パンフィロフは顔を真っ赤にしながらフェチソフに書類の束を差し出した。報告はある、と彼は答えた。ただ、連休のあいだ、だれもそれをロストフのブラコフのオフィスに送ろうとしなかっただけだった。

腹を立てたままフェチソフは書類をとり、私服警官に呼びとめられて身元を明らかにするよう求められたキノコ狩りの行楽客や林業労働者の名前に目を通しはじめた。イヴァノフ、ペトロフ、シドロフ……

どこかで聞いたような名前の男が一人いた。十一月六日にドンレスホーズ駅のホームで呼びとめられた男、アンドレイ・ロマノヴィチ・チカチーロだった。

フェチソフはブラコフに電話をかけ、まだ正式に提出されていない報告書について話した。そのあと、フェチソフは自分の目をとらえた名前を告げた。

「チカチーロという男に心あたりはないか？」

その名前を耳にしたとたん、ヴィクトル・ブラコフはすべての暗雲が一挙に吹き払われたような気がした。長い追跡が終わったという思いが彼の胸にわいてきた。

一九八四年九月に、チカチーロが逮捕されて取調べを受けたあと、血液型がA型であるという理由で釈放されたとき、フェチソフは休暇中だった。彼はその名前をほんのかすかに憶えているだけだった。

しかし、ブラコフはチカチーロのアパートを捜索したことがあり、一九八七年に作った容疑者リストの九番目にチカチーロの名を挙げていた。その主要容疑者の一人が、信頼するに足る目撃者によって犯行現場近くで確認されたのは今回が初めてだった。

チカチーロがレソポロサ連続殺人犯にちがいない、とブラコフは思った。かろうじて、罠は功を奏したのだ。


そのあとで、ブラコフは、捜査員たちが危うくチカチーロを見逃すところだったという話を聞いた。十一月六日の午後のその時間には、二人の私服警官がドンレスホーズ駅で任務についているはずだったのだが、一人は食事にいっていて、実際に持ち場にいたのは、ドネツクから派遣されたイーゴリ・ルイバコフという名の警官だけだった。しかもルイバコフは私服姿ではなかった。その日は霧雨が降って寒く、制服のオーバーが彼の持っている衣類のなかでいちばん乾いていて暖かかったので、ルイバコフはそれを着ていたのだ。

そして午後も遅くなって、ルイバコフは、眼鏡をかけた長身の男がカバンを手に森の小道から駅のほうに向かってくるのに気づいた。男は駅のすぐ手前の井戸で立ちどまり、水を汲み上げて両手を洗った。そのあと男は、季節遅れのキノコ狩りの行楽客グループが電車を待っているホームにやってきた。ルイバコフはすでに、そのキノコ狩りの行楽客らの身分証明書は調べてあった。

長身の男はキノコ狩りの行楽客らと話をはじめ、「どうでした、収穫はありました？どの辺がいちばんよかったですか？」などと訊いていた。

ルイバコフは男に近づくと、軽く民警流の敬礼をしてバッジを示し、「身分証明書《パスポルト》を」

と言った。

男は無言でパスポルトを差し出した。

ルイバコフはアンドレイ・チカチーロという男の名前を書き取った。そしてチカチーロを子細に見た。頬にうっすらと赤いしみがついていた。ルイバコフはふっと、さきほどこの男は井戸で顔の血を洗い落としていたのではないかという気がした。

しかし、ルイバコフにはチカチーロを逮捕する名目がなかった。ルイバコフは赤いしみについて簡単に手帳に書き留めておいた。

大きな音とともに電車が駅に入ってきた。チカチーロとキノコ狩りの行楽客が乗りこむと、電車はホームから離れていった。

危ないところだったと、フェチソフとブラコフは一週間後に報告書を読み直したときも思わずにいられなかった。もしチカチーロが真犯人だったならば、彼が森のはずれからでも目につくルイバコフの民警のグレーのオーバーに驚いて森のなかに引き返さなかったのは、フェチソフたちにとってまったく幸運の極《きわ》みだったといわざるをえなかった。

イーサ・コストエフもすでにクラスヌイ・スーリンに到着していた。フェチソフは彼にチカチーロの報告書を見せた。二人はチカチーロをただちに二十四時間の監視下におくことで合意するとともに、チカチーロの身辺を徹底的に洗うよう捜査員たちに命じた。

民警をあわてさせたのは、チカチーロを監視するために送られた捜査員らがすぐには彼を発見できなかったことだった。ブラコフのオフィスのカード・ファイルには一九八四年以降の記録が収められていて、それによればチカチーロは、シャフトゥイ市内の共産主義《コムソ》青年同盟《モール》通りの五十周年記念アパートの五号棟に住み、ロストフの〈特殊エネルギー・オ《スペツエネルゴアフ》ートメーション《トマーチカ》〉に勤めているはずだった。ところが調べてみると、すでに四年前からチカチーロはシャフトゥイに住んでもいなければ、〈スペツエネルゴアフトマーチカ〉で働いてもいなかったのだ。チカチーロを捜すにあたっては慎重に事を進める必要があった。民警が彼のことをたずねまわっているという話が、友人や親戚から本人の耳に入ってはまずかった。三日がかりで、民警はようやく彼の居場所を突きとめることができた。チカチーロはノヴォチェルカスクのグヴァルディスカヤ通り三六番地に戦前からある大きなアパートの六八号室に住み、ロストフ市内の〈電気機関車修理工場《エレクトロヴォソレモントヌイ・ザヴォド》〉に勤めていた。

いまや捜査対象が一人の男にしぼられ、捜査員らはチカチーロに関する情報をすみやかに収集した。新たに入手した情報は、捜査陣の目に狂いがないことを示すものばかりだった。チカチーロはノヴォシャフチンスクの第三十二職業訓練学校で数年間教鞭をとったあと、公式には自主的に退職していた。しかし、校長の話によれば、実際は女生徒数人から、チカチーロにいたずらされたという苦情が校長のもとに寄せられ、チカチーロは穏便な退職を迫られたのだった。チカチーロはロストフの企業数社で資材調達係《スナブジェニェッツ》として働くようになった。しかし、必要な資材を調達できずに手ぶらで出張から帰ることが度重なるなどの理由で解雇され、次々と職場を変えていく。そして、チカチーロが逮捕され収監されていた一九八四年九月からの三カ月間は、連続殺人の休止期間のひとつとぴったり一致していた。

もっとも注目すべきは、一九八五年一月から一九九〇年一月までチカチーロが働いていた、ノヴォチェルカスクのNEVZという機関車製造工場の出張記録だった。まさにナターリャ・ポフリストヴァが殺された時期にあたる一九八五年七月末に、まちがいなくチカチーロはモスクワに派遣されていたのだ。しかも、チカチーロは明らかにモスクワまで列車を使っていた。それで、アエロフロートの航空券購入者のチェックから彼の名が浮かばなかった点も説明がつく。しかし、一九八五年に捜査陣がNEVZの出張記録を見つけ出せなかったのはなぜか、これは説明がつかなかった。要するに、担当捜査員が自分たちの職務をまっとうしていなかったのだ。規律や生産性が全般的に崩壊しつつあるソ連邦においては、このような例は少しもめずらしいものではなかった。

NEVZの別の出張記録から、チカチーロとほかの被害者の殺害現場との結びつきも浮かんできた。たとえば、一九八八年にアレクセイ・ヴォロンコが殺されたとき、チカチーロは殺害現場のイロヴァイスクを含むウクライナ方面に出張していた。ブラコフから新しい情報を聞かされたフェチソフは首をふった。まるで、チカチーロの行くところ、かならず死体ありというありさまだった。

捜査員らはチカチーロの居場所を突きとめたあと、彼が自分たちの推理を裏づけるような行動をしてくれればと願いながら、四日間監視を続けた。理想をいえば、チカチーロが他のレソポロサ連続殺人事件そっくりに〝獲物〟を見つけて森のなかに誘いこむという行動に出、その様子をひそかに観察させてくれれば申し分なかった。そうしたらそれを尾行し、殺人におよぼうとする瞬間に押さえこむのだ。

その願いがかなえられないとなると、当局の立場は弱かった。チカチーロがだれかを殺す場面を実際に見たと証言できる目撃者は一人もいなかった。多数の殺害現場とその近辺に彼がいたことは証明できるが、それは状況証拠にすぎなかった。また、唯一の物証であるAB型の精液のサンプルは、かえって当局にとって不利な材料となるかもしれなかった。チカチーロに精液のサンプルを提出させ、それが彼の血液型と同じA型だったら？　そのときは、チカチーロから自白を引き出せるか否かにすべてがかかってくる。一九八四年には彼は自白しなかった。それを考えると、やはり現行犯逮捕がベストだった。

しかし、捜査員らが常時張り込んで監視していた四日間、チカチーロは殺人はおろか、他の違法行為も一切しなかった。彼は定時に機関車の修理工場に出勤し、定時に帰宅した。ゴミをアパートの外に運び、グヴァルディスカヤ通りの商店に行き、ノヴォチェルカスクの一画を占める巨大なNEVZの工場と自宅のあいだにある公園に出かけた。監視班の報告によれば、その公園でチカチーロが少年か少女に近づき、話しかけたことが三度あった。しかしいずれの場合も、彼か子供のほうから話を打ち切り、チカチーロは一人で立ち去った。あとで捜査員が相手の子供にたずねてみると、返ってきた答えはどれも似たようなものだった。チカチーロはこう訊いたという。元気がいいね？　どこの学校に行ってるの？

どんなスポーツが好き？　邪悪な意図を感じさせるところはまったくなかった。

十一月二十日になると、ブラコフとフェチソフはチカチーロを連行するときがきたと判断した。十一月十三日に発見され、いまなお身元不明の女性被害者が殺害された時間帯にドンレスホーズ駅にいたという事実とともに、状況証拠とはいえ出張に関する証拠は、チカチーロを尋問する際の強力な武器になると考えられた。それに、フェチソフはまたミスが生じることを恐れていた。チカチーロが尾行に気づくかもしれないし、夜の闇にまぎれて自宅を抜け出し、逃亡するかもしれなかった。自殺する可能性だって考えられる。コストエフはフェチソフらの考えに同意し、逮捕令状に署名した。

フェチソフはコストエフにひとつの要望を出した。チカチーロが連行されてくれば、容疑者を見つけ出して逮捕するという民警の本来の職務は完了する。尋問という次の段階は、主としてコストエフの責任において行なわれるべきものだった。しかし、検察側に引き渡す前に、フェチソフは自分の目でじっくりとチカチーロを見ておきたかった。そこでフェチソフは、民警本部の二階にある自分の部屋でチカチーロの予備尋問を行なうよう要望した。前例のない申し出だったが、コストエフは同意した。

モスクワでの訓練終了後、再度ロストフに配属されて副本部長となったヴラジーミル・コレスニコフに、フェチソフはチカチーロの逮捕を命じた。日中はチカチーロの尾行をつづけて、現行犯逮捕のチャンスをいま一度うかがうよう、フェチソフはコレスニコフに指示を与えた。しかし、チカチーロの逮捕は夜になる前に行なわなければならない。それに、今回の事件のビデオテープによる公式記録に加えるために、可能ならば逮捕の模様を録画すること、とフェチソフはつづけた。コレスニコフはブラコフと相談し、秘密捜査におけるる監視作業のベテラン、ヴラジーミル・ペルシコフとアナトーリー・エヴセーエフを今回の任務班に加えた。さらに、スラヴァ・ヴィノクロフという若手警官に新規導入のビデオカメラを担当させ、逮捕の模様をできるだけテープに収めることにした。そして、ブラコフとフェチソフは本部に腰をすえ、チカチーロが連行されてくるのを待つことになった。

三十分後、コレスニコフの任務班は、ライトブルーのセダンの覆面パトカーでノヴォチェルカスクに到着し、地元署の監視班と合流した。地元署のメンバーの話によれば、チカチーロはコレスニコフたちが着く三十分前にアパートを出ていた。近所の公園に入ってシナノキとアカシアの八百メートルほどの並木を抜けたチカチーロは、まっすぐビールの売店に行って、肩のバッグから取り出した大きな瓶にビールを満たしてもらい、いまは自宅のほうに向かっているところだった。

コレスニコフは、チカチーロの帰路にある〈雪の精《スネジンカ》〉という小さな食堂の外に部下を配置した。食堂は公園の子供相手にアイスクリームやクッキーを売っていて、裏手の遊び場では、大勢の子供が大声をあげながらシーソーやブランコで遊んでいた。コレスニコフの部下はチカチーロを見たことがなかったが、人相書きを持っていたし、尾行中の監視班の無線連絡による情報が二人の地元署員を経由して伝えられた。チカチーロはビールの瓶を持ち、片手に包帯をしているということだった。コレスニコフたち四人は煙草に火をつけると、公園で暇をつぶしているように装った。

葉の落ちた黒っぽい木のあいだの小道をのんびりとやってくるチカチーロの姿が、コレスニコフたちの目に入った。チカチーロは三十六人もの人間を殺せるような男には見えなかった。痩身で、眼鏡をかけ、猫背で、身長は百八十センチくらい。濃い茶のコートを着て帽子をかぶっている。帽子からはみ出した髪は白いものがまじり、長さがちょっと不ぞろいだった。革のショルダーバッグを提げてのんびりと歩く姿は、定年までの残された時間のことでも考えながら家路をたどる平凡な役人を思わせた。

捜査員たちのそばまで来たチカチーロはくるりと向きを変え、水のない噴水池にかかる黄と赤の色あせた小さな橋を渡って、子供たちの食堂に入った。コレスニコフはチカチーロを自由に泳がせ、現行犯逮捕の最後のチャンスをうかがった。食堂の正面の大きなガラス窓の向こうで、チカチーロが一人の少年に近づき、話しかけるのが見えた。二人のやりとりはほんの数分で終わった。チカチーロはゆったりとした足どりで食堂を出て、自分のアパートのほうに向かった。コレスニコフの合図で、三人の警官がチカチーロを取り囲み、チカチーロは足をとめた。ヴィノクロフは木立から駆け出してビデオの撮影をはじめた。

「名前は?」コレスニコフが穏やかにたずねた。

「チカチーロ、アンドレイ・ロマノヴィチ」チカチーロはそう答えた。

「逮捕令状だ」コレスニコフは言った。

チカチーロは無言で両手を差し出し、手錠を待った。

チカチーロの反応はコレスニコフを喜ばせた。無実の人間ならこんな場合、違った反応を見せるはずだった。相手が何者で、何のために名前を訊くのか、反問するものなのだ。ところが、チカチーロの態度は、逮捕される瞬間をずっと予想し待っていたかのように感じられた。チカチーロは虚脱し、意気消沈し、ひどく疲れているように見えた。ペルシコフがチカチーロに手錠をかけ、エヴセーエフは革のバッグとビールの瓶を自分の手にとった。捜査員たちはチカチーロを車に押しこみ、ロストフへの帰途に着いた。

車がロストフへの幹線道路に入ったとき、後部座席で二人の警官に挟まれていたチカチーロが不意に口をひらいた。

「なぜ、わたしは逮捕されるんです？」と彼はたずねた。

警官たちは無言のままだった。そんな問いに答えることは二人の仕事ではなかったからだ。

街が闇にすっかり包まれたころ、コレスニコフたち任務班はロストフに帰り着いた。フェチソフの部屋のなかは混乱状態の一歩手前となった。コストエフやブラコフなど部屋いっぱいに捜査員らが取りかこむなか、チカチーロの取調べがはじまった。

コートと帽子をとるとチカチーロはいっそう知的に見え、残忍な殺人犯にはとても思えなかった。白いものがまじった髪は頭の真ん中が薄かったが、広い額を際だたせるオールバックで、その薄いところは隠されていた。それでも、スラヴァ・ヴィノクロフの手で並べられたライトに照らされて、頭皮が光って見えた。チカチーロはブルーのズボンと紫のシャツを身につけていた。襟元の茶色の細いネクタイは、服装全体にちょっとした計算された気品を添えているようだった。チカチーロは首が細長く、鼻はかぎ鼻だった。物腰は依然静かで、ほとんど意気消沈しているように見えた。

型通りの逮捕手続きの質問に、チカチーロは抑揚のない小さな声で答えた。彼は一九三六年にウクライナのヤブロチノエで生まれた。コミュニケーションと電子工学の専門教育を受けているほか、ロストフ州立大学教養学部の学位を持ち、ドイツ語を話す。家族は五十二歳の妻と子供が二人。これまでの勤務先の名を列挙しているとき、彼は汗をかきはじめた。

医師が尋問を引き継いだ。いま何か病気にかかってはいないか？

いいえ、とチカチーロは答えた。

医師は服を脱ぐよう命じた。白の下着姿になったチカチーロは無言でこの辱《はずかし》めに耐えた。チカチーロの身体は骨張り、腹だけがいかにも中年男らしくせり出していた。医師がチカチーロの右手中指の包帯を慎重にほどくと、緑色の消毒薬に染まった醜い傷が現われた。第二関節が骨折していた。

「これはどうしたんだ？」

仕事中の事故で、とチカチーロは答えた。箱が指の上に落ちてきたのだと言った。

医師は全裸になるよう命じた。チカチーロは屈辱に顔をゆがめながら、その言葉に従った。医師はチカチーロのペニスを注意深く調べ、炎症を起こしている部分に注目した。

「これは何だ？　いつ、どうやってできたんだ？」医師は詰問した。

チカチーロは口ごもりながら、わからないと答えた。

「奥さんと最後にセックスしたのはいつだ？」コレスニコフが口をはさんだ。

「憶えてません」チカチーロは答えた。

医師はチカチーロに身体を折らせ、肛門を調べた。そのあと、チカチーロはウェストにベルト代わりのゴム紐の入った灰色の囚人ズボンをはかされ、看護師の手で血液を採取された。

コレスニコフがビデオカメラの前に進み出ると、チカチーロのショルダーバッグから見つけたもの——折りたたみナイフを示した。


ヴィクトル・ブラコフは取調べの様子をしばらく見守っていたが、やがて廊下を抜けて自分の部屋に戻った。彼はレソポロサ連続殺人犯を逮捕する日を何度も夢想してきた。そして、いま、その日がついにやってきたことを確信していた。当然、それを現実に目にしながら何の感慨もわかないなどということは想像もしていなかった。しかし、じつのところ、何の感慨もわいてこなければ、何かの感慨にふける気にもなれないのだ。怒りとも、高揚感とも無縁だった。犯人個人に対する関心はほとんどなかった。事件に幕を引くことにだけ関心があった。そのためには、明日から本格的にはじまる尋問を成功させなければならない。自白を引き出すことに失敗すれば、チカチーロを有罪に持ちこむ材料は、心もとない状況証拠しかない。自白なしでは、ソ連の法廷といえどもチカチーロに有罪を言いわたすことができないかもしれないのだ。

ユーリー・カレニク。1983年、犯してもいない罪を自白させられたカレニクは容疑者リストのトップに挙げられ、五年間を獄中で過ごすことになった。

ドミトリー・プタシニコフが失踪する前夜に一緒に歩いていた男。民警の依頼で画家が描いたスケッチ。

ロストフ医科大学の精神医学者、アレクサンドル・ブハノフスキー博士。捜査に行き詰まり、助言を求めて訪れたブラコフのために博士が作成した犯人のプロフィールはきわめて正確であったことが、後に証明されている。アンドレイ・チカチーロの尋問が暗礁に乗り上げたとき、ブラコフの依頼に応じてチカチーロを自白に追いこんだのもブハノフスキーだった。

アンドレイ・チカチーロ。一九九〇年十一月二十日、二度目にして最後の逮捕の夜に撮影されたもの。

現場検証で、ブラコフ（中央）の質問を受けるチカチーロ（右）。チカチーロは犯行現場まで一行を案内し、どのように被害者を殺害したか説明した。

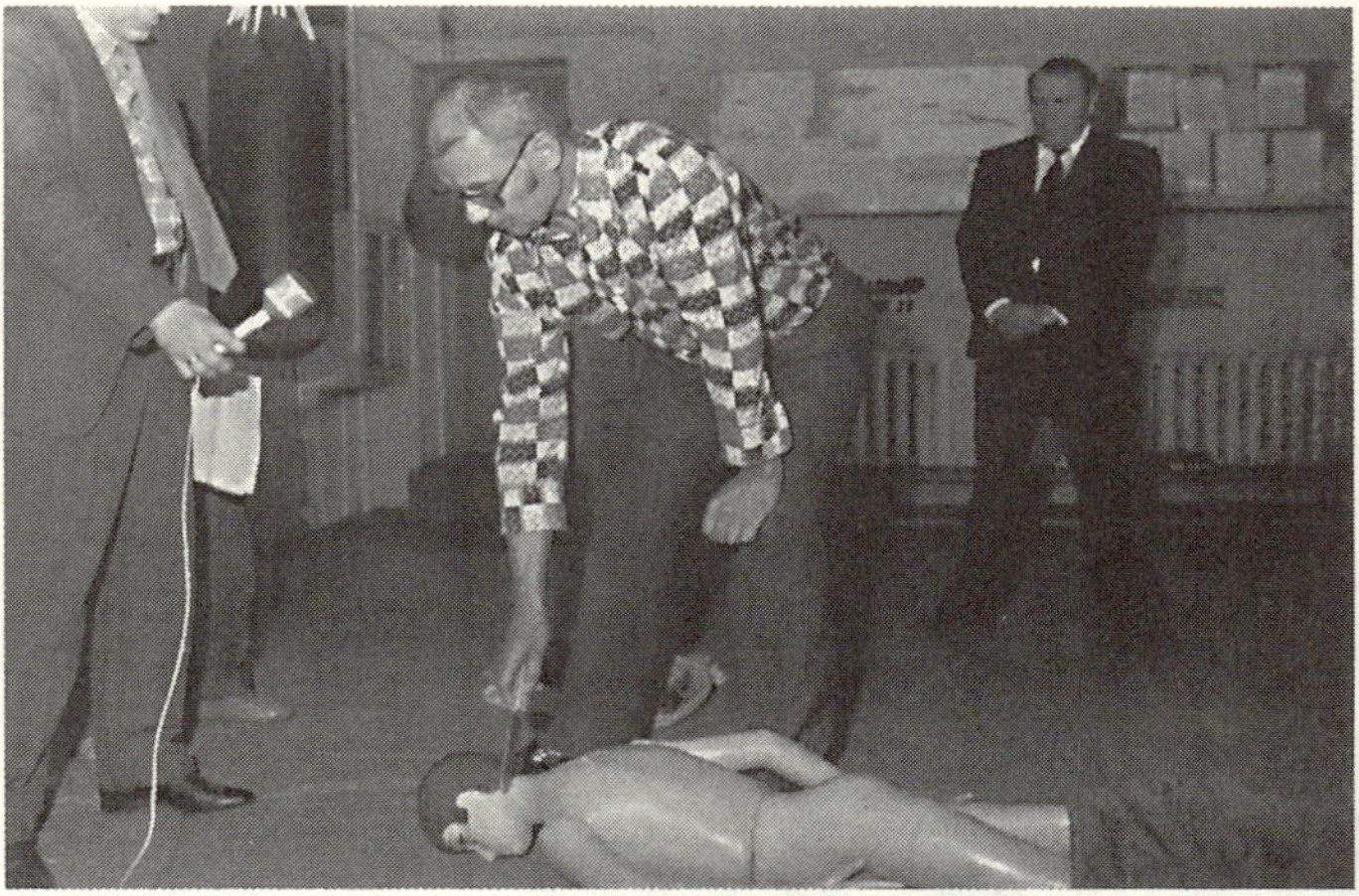

マネキン人形を使って、ブラコフ（奥）をはじめとする捜査官たちに殺害の手口を説明するチカチーロ。

ロストフの法廷。アンドレイ・チカチーロの裁判は、1992年4月から五カ月にわたってこの部屋で行なわれた。レオニード・アクブジャノフ裁判長は、両わきの席の二人の人民参審員とともに裁判を進めた。

JEREMY NICHOL ／ KATZ ／ SABA

法廷のアンドレイ・チカチーロ。彼が収容されている檻は、殺人罪で起訴された被告人を遺族による復讐から守るのが本来の目的といわれる。

11　自　白

フェチソフ以下事件担当者がひととおりチカチーロ容疑者の顔を検分し終わるが早いか、イーサ・コストエフは、今後の尋問は自分ひとりで行なうと宣言した。他のだれも――民警も他の検事や精神科医も――コストエフがチカチーロの口を割らせるまで、尋問に加わることはならないというのだった。ロシアの司法制度の下では、だれが容疑者を取り調べるかは検事であるコストエフに決定権があった。コストエフは自分の能力に誇りをもっていたし、レソポロサ事件がやがて世間の注目を浴びるだろうことも承知していた。彼はアンドレイ・チカチーロの尋問を自分の檜舞台《ひのき》にするつもりだった。

チカチーロはエンゲルス通りの民警本部に隣接するKGBビルの監房に収容された。そこには、ヴラジーミル・チトレンコという名の同房者がいたが、チトレンコは密告者《ストウカチ》で、ヴィクトル・ブラコフのみるところでは、このときロストフの監獄に収容されていた詐欺師のなかで最高の腕前の持ち主だった。チトレンコの役目はチカチーロに近づき、どんな内容のものでもいいから、とにかく可能なかぎり多くの情報を引き出すことだった。その見返りとしてブラコフは、できるだけ早い仮釈放の実現など、法的に可能なあらゆる面で民警がチトレンコに便宜をはかることを約束していた。

翌日、コストエフは地元の弁護士会であるロストフ法律家協会の事務所に連絡し、容疑者のために尋問に立ち会う弁護士を派遣するよう要請した。ゴルバチョフ時代後期に法制化された改革により、刑事事件の容疑者は尋問の開始と同時に弁護士の助言を受ける権利を与えられていた。容疑者にその費用の支払い能力がない場合には、経済力のある依頼人の弁護料の一定割合を積み立てた基金から、地元の法曹協会が費用を賄《まかな》うことになっていた。これは重要な改革だった。旧ソ連の制度では、検事が容疑者にとって不利な証拠を集め終わった段階で初めて、容疑者は弁護士を頼むことができた。国家の申し立てに反論するわけにはいかず、一般的に法廷弁護士がとれる戦法は、容疑者は過ちを悔いており、なにとぞ寛大な処分を、と訴えることぐらいしかなかったのだった。

しかし刑事法のペレストロイカも、対審制度（検察側と弁護側が対立する形で主張を展開し、裁判官または陪審が判断を下す方式）の採用にまではいたらなかった。弁護士はみな、依頼人よりもまず国家に奉仕するように訓練されていて、かなり進歩的な弁護士でさえ、自分たちの第一の職務は法廷が真実を発見するのに協力することであり、依頼人を助けることは二の次であると考えていた。弁護士たちが受けた訓練によれば、本当に罪を犯した依頼人に対し、捜査官の尋問に答えるのを拒否するよう助言するのは、倫理にもとる行為とされていた。

ロストフの弁護士会はヴィクトル・リュリチェフという三十二歳の刑事専門弁護士をチカチーロの弁護人に指名した。リュリチェフはレソポロサ事件についてすでに多少の知識フ《コレクチフ》を持っていた。彼はロストフ州立大学の法学部を出たあと、地元の検察局で捜査検事として数年のあいだ勤務した経験があり、リュドミラ・アレクセーエヴァとアレクサンドル・コレクチチェペルの事件を手がけたあと、捜査検事の職を辞してアクサイの町で弁護士の団体のメンバーになったのだった。

リュリチェフはロストフに車を飛ばし、KGBビルの入口の警備員に身分証を示して、入館を認められると、尋問室に直行した。机とテーブルがひとつずつと木の椅子が数脚並び、どぎつい電灯に照らされた尋問室では、すでにコストエフが待ちかまえていた。

コストエフはレソポロサ事件の容疑者が逮捕されたと告げ、初日の今日は総括的な尋問を手短に行なう予定であると話した。警備員に連れられて、チカチーロが尋問室に入ってきた。囚人服姿の彼は昨夜ビデオカメラに収められたときと同様、意気消沈し、屈辱にゆがんだ表情をしていた。レソポロサ事件の犯人像についてのリュリチェフの予想はほぼ当たっていた。彼が見るチカチーロは平凡で、善良そうな男だった。もし、いかにも狂暴そうな男だったら、こんなに長く逃げおおせたはずはなかったのだ。

コストエフは基本的な質問から尋問をはじめ、チカチーロの住所、氏名、勤務先を再確認していった。

事件について何か言いたいことは？

ある、とチカチーロは答えた。わたしに対する容疑はまちがっている。わたしは法を犯すようなことは何もしていない。六年前にも同じ殺人事件の容疑者として逮捕され、尋問された。あの逮捕は違法だったし、今回もそうだ。当局がわたしをつけ狙うのは、シャフトゥイの息子のアパートの工事のことで起きたもめごとのせいにちがいない。息子の部屋の日照が奪われるのにもおかまいなく、アパートの中庭にガレージを造ろうとする計画があった。わたしはシャフトゥイからモスクワまであちこちの役所に抗議の手紙を書き、賄《わい》賂《ろ》をもらっている役人がいると訴えた。わたしが狙い撃ちされるのはそのせいにちがいない。

指の骨折の原因は？

仕事中にやってしまった——工場の積み出し口で荷物の積み込みを手伝っていたら、箱のひとつが指の上に落ちてきたのだ、とチカチーロは答えた。

この半月のあいだに顔に怪我をしたことは？

ない、とチカチーロは答えた。

では、十一月六日はどこにいた？

ほとんど一日じゅう工場にいた、とチカチーロは主張した。仕事を終えると、まっすぐ妻の待っている家に帰った。

ではなぜ、十一月六日にドンレスホーズ駅で警官に目撃されたのか？　しかも、頬に怪我をしている様子だったというが？

何のことかわからない、とチカチーロは言った。

一日めはこれで充分だろうとコストエフは判断した。彼はいまの問答を書いたものをリュリチェフとチカチーロに渡した。調書と呼ばれるこの書類は尋問の基礎的な記録となるものだった。チカチーロとリュリチェフはそれぞれ署名し、記録に誤りがないことを認めた。

リュリチェフは尋問のあいだ一度も発言しなかった。コストエフが部屋から出て行き、ようやくリュリチェフはチカチーロと二人だけで話す機会を得た。リュリチェフは自己紹介をし、チカチーロの弁護人に指名されたことを告げた。

自分が弁護人になることに何か異論は、とリュリチェフはたずねた。

チカチーロは首をふった。何の異論もないのか、異論があってもそれを口にする意思がないのか、どちらとも受けとれる答えだった。

二人の一方通行の話し合いは十分間つづいた。リュリチェフは、尋問への対処法を工夫する必要があるとチカチーロに説き、沈黙を守るのが最善かもしれないと提案した。しかし彼の助言は、完全黙秘し、尋問への協力を全面的に拒否するよう勧めるまでにはいたらなかった。そんな助言をすることは法律家の倫理にもとる行為にほかならなかったからだ。

チカチーロは何の反応も示さなかった。

話し合いのあと、リュリチェフはコストエフともう一度会った。

チカチーロに対する告発には、アレクセーエヴァとチェペルの事件も含まれるのか、と彼は訊いた。

そうなるはずだ、とコストエフは答えた。

それなら、自分はこの件から手を引く、とリュリチェフは申し出た。なぜなら、その場合自分には利害の衝突が生じるからだ、と事情を説明した。

コストエフは同意し、法律家協会から別の弁護士を派遣してもらうと言った。しかし翌日、チカチーロはコストエフの用意した権利放棄証書に署名した。これによってこのあと七カ月間、チカチーロは弁護士の助言をいっさい受けられなくなったのだった。

翌日の午後、チカチーロが陳述書を書きたいと言いだした。彼は明らかに心のなかに何か重荷を背負っていた。それは罪の意識かもしれなかった。コストエフは筆記用具を与え、チカチーロが何を書くか様子を見ることにした。約二時間後、チカチーロはくねくねとしてきわめて読みにくい字で書かれた三ページの陳述書を差し出した。学歴のある人間が書いたにしては、尻切れとんぼのセンテンスや句読点の誤りだらけで、文法的にもまったくひどい文章だった。チカチーロの心のなかの隠しきれない重圧がそこに表われているようだった。

陳述書

提出先　ロシア・ソヴィエト社会主義共和国連邦検察官

提出者　アンドレイ・チカチーロ

私は十一月二十日に逮捕され、それ以来ずっと拘禁されています。いまの心境を正直に申し上げたいと思います。私は抑圧された耐えがたい状態におかれています。自分に罪があること、不安定な性的感情を持っていることはわかっています。頭痛、記憶力の弱さ、不眠症、性の悩みのために、以前、精神科で診《み》てもらいました。しかし、治療の効果はありませんでした。

私には妻と二人の子供がいます。セックスの弱さと無力感で悩んでいます。そういう心の状態のために、私はすぐ何でも忘れるし、無意識のうちにズボンのなかに手を入れるものですから、みんなに笑われます。私は恥ずかしい思いをしています。同僚や取引先のみんなの笑い者になっています。子供のころから辱《はずかし》めをうけ、ずっと苦しんできました。学校に行っていたころは、栄養不足のせいで腹が膨らんでいたり、ぼろを着ているからといって、みんなに笑われました。倒れるくらい勉強して、大学を卒業しました。工場の仕事がしたかったので、一生懸命働きました。仕事がよくできると認められていたのに、私の性格の弱さのせいで、管理者たちに理由もなく突然辞めさせられました。こんなことが何度もつづきました。上部の機関に文句を言いにいくと、虫けらのように追い返されました。こういうことも、何度もありました。もう年だから、性的な能力は必要ありませんが、心の悩みが出てきています。腹が立ってしかたないので、モスクワの鼻持ちならない連中にせっせと手紙を書きます。息子のアパートの中庭にガレージとトイレを作ることを決定した連中にです。そうして精いっぱい我慢しているのです。

しかし、異常な性欲が表われると、激しい怒りを抑えられないし、自分の行動を抑えられなくなります。

子供のときから、自分が人並みのちゃんとした人間だと思えたことがありません。でも、それ（つまり、異常な性行動のこと）のあとは、しばらくは、性的な安らぎというより、心の、精神の安らぎが得られます。とくにポルノビデオを見たあとにその症状が現われます。倒錯した性行為やSMやホラーのビデオを見ると、そうなるのです。

A・チカチーロ

興味深い陳述書だった。チカチーロが告白した一連の心理的徴候は、数年前にアレクサンドル・ブハノフスキー博士が心理分析報告書のなかで予言していたものとぴったり一致していた。自分がコストエフたちの追い求めてきた犯人であることを認めたも同然だった。怒りについての記述や、自分を抑えられないという部分をほかにどう解釈できるだろう？陳述書のなかには、自分を正当化しているように見える部分もあった。たとえば、ポルノビデオが異常行動の引き金になったかのような記述がそうだが、これはレソポロサ連続殺人の大半が、ソ連でまだポルノが禁止され、ほとんど出まわっていないころ起きたという事実と矛盾していた。ポルノビデオが出まわりはじめたのは、せいぜい一九八九年か一九九〇年になってからなのだ。しかし、ソ連の犯罪者はほとんどみんな、自分の責任を他人に転嫁しようとした。チカチーロのこの態度も予想されたものだといえた。チカチーロの陳述書の真の問題点は、殺人の明確な告白を避けているところだった。

コストエフは陳述書を読み終えると、明確な告白を引き出す作業にとりかかった。最初の殺人のことを話してみないか、と彼は言った。

チカチーロは、気分がすぐれないので明日まで待ってくれと言った。コストエフは同意した。

しかし翌日、チカチーロはまたもや陳述書を書きたがった。できあがった陳述書は今度も支離滅裂な文章だったが、彼の混乱した心中をさらによく示していた。

抑圧された耐えがたい状態におかれて、私は自分の人生がずっとあまりにも苦悩と恥辱に満ちたものだったことを思い出します。たまたま仕事柄《がら》出張が多く、私はソ連じゅうのあちこちの町に行きました。そのため列車や、電気鉄道《エレクトリチカ》、バスをよく使ったので、あちこちの駅や乗り物の様子を見てきました。どこも若いのや年とったのなど、ホームレスでいっぱいです。連中はあれこれせがんだり、施しを求めたり、盗みをはたらいたりします。午前中から酔っ払っていて、夜中まで、売店や駅でビールやウオツカを飲んでいます。われわれ労働者は仕事がありますから、とてもそんな真似はできません。経済的な余裕もありません。

こういう怠け者たちは未成年者を悪の罠に引きこみます。連中は列車に乗って駅からあちこちに行きます。駅や列車のなかで、こういう怠け者たちの卑猥な行為を何度も見せつけられました。そのたびに私は、自分がいまだに一人前の男であることを証明できないでいることを思い出し、屈辱をおぼえました。

やがて、疑問がわいてきました。はたしてこういう腐った連中に、みんなが見ている前で大手を振って生きている資格があるのだろうか？　連中のせいで、みんな迷惑しているというのに？　そこで、私は考えました。この怠け者たちはもとはどこにいたんだろう？　勤め先も、家もあったはずです。一人ひとり身元を調べて、もといたところに連れもどせば、自分で働いて、自分で暮らしていけるはずではないか？　たしかに、連中のなかには精神的におかしかったり、障害を持っていたりするのが大勢います。でも、どこもおかしくない連中だっているはずです。当然、疑問が起きます。なぜそういう連中が人にたかって生きるのを許されているのか？　それればかりか、連中はどんどん子供を産んで、ますます増えています。子供をだしに物乞いで稼いで、ぜいたくをしているのです。それに子供だってそのうち、親と同じ犯罪者の仲間入りをすることになります。こういう連中と知り合いになるのは難しくありません。連中は自分たちから近づいてきて、カネや食べ物やウオツカやビールをねだり、身体を売ろうとします。連中が客と一緒にそこらの物陰や木立に入っていくのを何度も見ました。そうしては人の噂や新聞で、町はずれや道路や鉄道沿いで死体が発見されたという話をよく聞いたり読んだりしました。そういう世の中のいろいろな状況のなかで、いつも屈辱を感じ、職場の仲間にしょっちゅう笑われ、どこへ行っても無教養で厚顔無恥な人間の下で働かなければならない。この屈辱と不公平さのせいで、私はいつも心のなかで闘っています。自分ではよく仕事のできるちゃんとした労働者だと思っているのに、記憶力が弱いせいで辱めを受けます。そこで、いつもペンと手帳を持って歩くようにすると、何でもメモするといってみんなが笑います。ごく最近は社会的な不公正と戦っています。息子のアパートがただでも古くて暗く、じめじめしているせいで、私は憂鬱だった。ところが、市はそのすぐ隣にトイレとガレージを作ることを決めたのです。

私は市の党委員会、州の党執行委員会、ゴルバチョフ大統領に抗議の手紙を書いて、改善を求めました。しまいに市は、法的処置をとるといって私を脅しました。実際に、シャフトゥイ市の検事とロストフ州の検事に告訴したのです。私はそんな困難にも、それに健康面では心臓発作にも耐えました。私は両脚とも関節炎を患《わずら》っています。私の年ではあまり必要ではありませんが、それでもインポテンツのせいでときどき自殺を考えますし、実際に試みたこともありました。月曜日に（今日はまだ木曜日だが、チカチーロは金曜日と考えているらしい）弁護士の立ち会いのもと、自分がやったことをすべて告白します。

A・チカチーロ

最初のものと同じく、この陳述書も支離滅裂だった。しかし、ここでもチカチーロは自分の行為の正当化を図っているが、同時に殺人の動機を示してもいる。チカチーロは、殺人に至った彼なりの動機と、その行為を自分自身に正当なものとして納得させた過程を書きつらねていた。チカチーロにとっては、彼の行為は社会のクズが増えるのを阻止しようとしただけのことだったのだ。

しかし、この陳述書でもチカチーロは自分の罪を明確に認めることを避けていた。そして、翌日の十一月二十三日の金曜日にも、本格的な取調べは十一月二十六日まで延ばしてほしいと陳述書での要求をくり返した。その日になれば、自分自身の罪についても、ほかの者の罪——何のことかはっきり書いていない——についても、すべてを正直に話すからというのだった。

コストエフの記録は、彼がチカチーロの言葉を信じたことを示している。十一月二十四日と十一月二十五日に尋問が行なわれたという記録はなかった。

十一月二十六日、調書によれば、チカチーロは弁護士の立ち会いの件を忘れていた。コストエフのほうでも、弁護士の助言を受けられる権利のことは持ち出さなかったし、チカチーロが書いた権利放棄証書はいまも有効だった。さっそく、コストエフは犯罪の事実について具体的な供述をはじめるようチカチーロをうながした。しかし、チカチーロはコストエフを困惑させるようなことを突然言いだした。

わたしは何の罪も犯していない、とチカチーロは答えた。たしかに、電気鉄道にはよく乗ったが、だれも殺したりしていない。たしかに、自分の罪を告白すると十一月二十三日に書いたし、それはだれに強制されたものでもなかった。しかし、今日ここに、わたしは何の罪も犯していないことを断言する——そう言った。

コストエフは尋問の方針を変え、具体的な日付や場所についてチカチーロに質問しはじめた。

十月三十日の夜から三十一日の未明にかけて、キルピチナヤ駅（これはほぼヴィクトル・チシチェンコの殺害現場と時間にあたる）に行ったか？

行かない、とチカチーロは答えた。

ノヴォチェルカスクの市営ビーチ（イヴァン・フォミンの殺害現場）には何度行った？

一度も、とチカチーロは言った。

一九九〇年三月六日から三月八日（ヤロスラフ・マカロフの殺害時期）のあいだはどこにいた？

ノヴォチェルカスクの自宅に妻といた、三月八日が国際婦人デーで祝日だったので、その週末は連休になった、とチカチーロは答えた。

逮捕されたとき持っていた折りたたみナイフはどこで手に入れた？

一九八七年に買ったとしか憶えていない、とチカチーロは答えた。出張でスヴェルドロフスクに行ったときに買った。ソーセージを切ったりと、いろいろ使うことが多いので、いつも持ち歩いている、と。

一九八五年の世界青年学生祭典のとき（ナターリャ・ポフリストヴァの殺害時期）モスクワに行っていたか？

このときの出張記録が残っていることを知っているらしく、チカチーロは当時出張でモスクワに行っていたことを認めた。往復とも列車だった、と言った。ドモジェドヴォ空港に行ったことは？

憶えていない、とチカチーロは答えた。これで、コストエフはこの日の取調べを打ち切った。

コストエフは時間を無駄に費やしているわけではなかった。もしこのような質問に容疑者が虚偽の答えをしたとしても、その嘘は後《のち》の取調べの有力な材料となりうるからだ。捜査員らの今後の捜査で、チカチーロが行っていないという場所で彼を見たという目撃者を発見できれば、コストエフはチカチーロの虚言を否定する具体的な材料を彼に突きつけることができ、それによって、殺人という核心の問題に関しても虚偽の答弁は無駄だと悟らせることができるかもしれなかった。

しかし翌日、チカチーロは全面否定の態度をあらためた。

いろいろ考え直した結果、自分が犯した罪について話したくなった、とチカチーロは言った。

けっこうだ、とコストエフは答えた。レソポロサ連続殺人の最後のものとなった、ドンレスホーズ駅近くの十一月六日の事件について聞かせてもらおう、と彼はつづけた。このときすでに、捜査員らの調べによって被害者の身元は判明していた。被害者の女性はホームレスの宿泊所と夜の電気鉄道の常連で、二十四歳のスヴェトラーナ・コロスチクだった。しかしチカチーロの頭には、スヴェトラーナ・コロスチクのことはなかった。そんな女性は知らない、殺していない、と彼は言った。わたしが話したいのは、たしか一九七七年ごろに起きたことについてだ、と。

当時チカチーロは、鉱山関係の職業訓練コースのあるノヴォシャフチンスクの学校で、国語とロシア文学を教えていた。彼はグルツェヴァという女生徒に興味をそそられていた。ある日、チカチーロはグルツェヴァに特別の課題を与え、放課後に教室に残ってそれをやるように言った。教室で二人だけになったとき、チカチーロは彼女の身体を押さえつけ、胸と臀部を触った。グルツェヴァが叫び声をあげると、彼はドアに鍵をかけて自分だけ立ち去り、怯えた彼女は窓から飛び降りて（教室は一階にあった）逃げ出した。それが校長の知るところとなり、チカチーロは退職を迫られたのだった。

しかし、当時わたしが犯した罪はそれだけではない、とチカチーロはつづけた。彼は別の古い事件について話した。生徒たちと湖に泳ぎにいったときに、やはりリュボフィ・コスチナという女生徒を押さえつけ、いたずらしたのだった。彼女も大声をあげた。

子供たちがそばにいると、自分の欲望を抑えられなくなる、とチカチーロはコストエフ

ていない、と。

ほかに性に関する事件は？　ないと、とチカチーロは答えた。自分を抑えられなかったような経験はその二回しか憶えていない、と。

に告白した。

翌日の十一月二十八日、チカチーロはまた陳述書を書きたがった。できあがった陳述書によれば、チカチーロは長年にわたって不眠症と悪い夢に悩まされていた。他者の助けを借りようとしたが、結果はかんばしくなかった。グラスノスチ後のソ連のテレビに登場したインチキ治療師の番組にかじりつき、電波を通して送られてくるという心霊エネルギーにさえ頼ってみたが、やはり効果はなかった。「四六時中イライラし、人が天気のことを話しているのを聞いても腹が立ってきます」とチカチーロは書いていた。「もし、私が異常者だというなら、ぜひ治療してもらいたいのです」と。

陳述書によれば、チカチーロは尋問室から、仕事や家族から切り離された留置場に戻されると、ときどき突然激しい怒りがこみ上げて、全身が震えてきた。「罪を犯したときも、いつもこうでした」と、チカチーロは陳述書に書いた。「捜査の足を引っぱるつもりは毛頭ありませんが、でも、やったことを全部話すことなどできません。そんなことをすれば、身体が震えだします」

コストエフがどう攻めようと、結局、チカチーロはそれ以上話そうとしなかった。チカチーロの逮捕から九日経った。チカチーロは自分自身のことをしゃべりまくり、自分が真犯人であることをさかんに匂わせた。ところがそれでいて、彼が自白したのは、はるか昔にやった二件の子供へのいたずらだけだった。彼が罪悪感と不安に苛まれ、ある面では心の重荷を降ろしたいと願っていることは確かだった。しかしイーサ・コストエフには、その罪悪感と不安を利用して必要な自白を引き出す方法が依然見いだせなかった。

ヴィクトル・ブラコフは尋問の進みぐあいを逐一聞き、不安をつのらせていた。公式には彼の役割は捜査員を指揮し、チカチーロに関する詳細な情報をできるだけ多く発掘することに限られていた。チカチーロ逮捕の翌日、ブラコフは捜査員らを率いてノヴォチェルカスクに出向き、チカチーロが妻と二人で暮らしていたアパートの家宅捜索を行なった。夫婦用の寝室ひとつのほか、居間と台所ぐらいしかないアパートから、捜査員らはほんの少しでも証拠として使える可能性があるものはすべて押収した。台所ナイフが二十二本、クロゼットのチカチーロの衣類すべて、さまざまな紐や布切れ、それにアタッシェケースひとつとバスの切符などだった。しかし、そこで目にしたもののなかでもっとも重要と思われたものは、持ち帰ることができなかった。ロシアのたいていのアパートと同じく、チカチーロの自宅にはトイレや風呂場に使われる小さなスペースがいくつかあった。チカチーロは少し前に風呂場の浴槽を台所に移していて、ブラコフたちが訪れたときもその浴槽が、ただでさえ雑然としている台所の貴重な空間を占領して場違いな姿をさらしていた。

ブラコフは自分のアパートでの修理作業の経験から、チカチーロの苦労のほどが想像できた。パイプ類を買い求めたり、左官工事をしたりと、チカチーロは大変な時間とエネルギーを費やして浴槽を移動させ、どうにか、浴槽があった場所を自分専用の小部屋にしたのだった。風呂場跡の小部屋はこれからまだ手を入れるつもりだったらしく、空っぽでがらんとしていた。しかし、この工事をここまでやった男が、家族や世間から隔離された自分ひとりの小さな聖域が欲しいという願望に取り憑かれていたことは明らかだった。

チカチーロがコストエフ宛てに書いた陳述書と同じように、浴槽の移動跡は、連続殺人犯と思われる男の心を理解するヒントとなるものだった。しかし、これが何かの証拠になるかといえば、それはまた別だった。浴槽を動かしたのは一人で書き物や勉強をする場所が欲しかったからだとでも、チカチーロは主張するにちがいないのだ。

同じように、チカチーロの隣人や家族に対する事情聴取も、ブラコフたちの興味をひきはしたが、何も証明しなかった。

上の階に住む女性、イリーナ・ザハレンコによれば、チカチーロは礼儀正しいが、あまりつき合いがよさそうには見えなかった。階段で顔を合わせると、彼は笑顔で儀礼的な挨拶はするが、それだけだった。

そういえば、とザハレンコはつけ加えた。彼女の記憶によれば、以前、チカチーロがアパートの中庭で遊ぶ子供たちを長い時間眺めていたことがあった。

ブラコフはチカチーロの家族の尋問には立ち会わなかった。それは検察局のコストエフの部下たちの仕事だった。しかし報告書によれば、チカチーロの妻フェオドシアとすでに成人している子供たちユーリーとリュドミラは、殺人のことは何も知らなかったと主張し、チカチーロは正直で家庭的な夫であり、父親だったと証言した。

チカチーロの逮捕前の目撃者たちの証言はあまり当てにならない、とブラコフはみていた。一九八四年にドミトリー・プタシニコフの前を歩く、チカチーロの背丈ほどの男を見たというノヴォシャフチンスクの目撃者たちは、その男の服装について互いに矛盾する証言をしていた。六年後のいま、目撃者たちの記憶がより鮮明になっているとは考えにくかった。それにイロヴァイスクの少年は、一九八八年にアレクセイ・ヴォロンコと一緒にいた男が口じゅう金歯だらけだったと証言しているが、チカチーロの歯並びはごくふつうのものだった。

物証のほうはしかし、多少期待できるかもしれない、とブラコフは思った。チカチーロ逮捕の翌日、グルトヴァヤ博士がロストフに到着していた。数日後に示された博士の報告によれば、チカチーロの唾液と精液から弱いB型の抗原が検出された。チカチーロは博士が新しく発見した現象、いわゆる〈分泌不一致型《パラドクチカル・セクリーション》〉の一例であり、血液型はA型で、抗原はAB型だというのだった。ブラコフはその鑑定結果にあまり信頼をおいていなかったが、グルトヴァヤ博士の証言が、後の裁判で提出される唯一の法医学上の見解となることは承知していた。裁判で証拠として採用される今回の精液の分析結果は、チカチーロの有罪を証明するには至らないまでも、少なくとも有罪の可能性を否定はしないはずだった。やはり、どうしても自白が必要だった。しかし、ブラコフのもとに入ってくる情報によれば、その望みがかなえられる見込みはまだなかった。コストエフはブラコフに尋問の記録を見せなかったが、チカチーロの同じ監房の密告者《ストウカチ》が尋問から戻ったチカチーロの言葉をブラコフに毎日報告していた。

密告者によれば、コストエフは尋問の正式な調書に載せない質問でチカチーロを責め立てていた。コストエフは殺人の凄惨な面についてくり返し問いただし、なぜ女性被害者の子宮を抉《えぐ》り出したのかなどと迫っていた。そうした質問はチカチーロをひどく恥じ入らせ、彼を自分の殻にこもらせてしまったと、密告者は報告した。もしチカチーロがコストエフを相手にいつか自白するとしても、そういう場面は少なくともここ当分はありそうもなかった。

ブラコフはあまり時間を無駄にしたくなかった。ソ連の法律によれば、民警と検察局は容疑者の逮捕と尋問開始から十日以内に、特定の犯罪について容疑者を起訴し、その罪状を容疑者本人に知らせなければならなかった。起訴の段階での証拠の基準は後の裁判で有罪を証明するときの基準ほど厳格ではなく、西側の司法制度で、大陪審が容疑者を正式に起訴するかどうか決定するときの基準、〝相当の根拠〟とだいたい似ていた。しかし、もし十日のあいだに起訴できなければ、検事は容疑者を釈放しなければならなかった。

もちろんソ連の捜査当局には、必要ならこの十日間の規定に対する抜け道はいくつも用意されていた。この連続殺人の個々の事件の捜査で数えきれないほど行なわれてきたように、何か軽微な罪を見つけ出し、それを名目に容疑者を留置しつづけ、尋問するという方法もあった。

さもなければブラコフの考えでは、連続殺人の最後の事件、十一月六日のドンレスホーズ駅近くのスヴェトラーナ・コロスチク殺しで、チカチーロを起訴できるはずだった。それは犯行現場とチカチーロを結びつける強力な目撃者がいる唯一の事件だった。他の事件は証拠が見つかりしだい、罪名に加えていけばいいのだ。

しかし、もしチカチーロを起訴するのなら、もっと確実な証拠に基づいて起訴したいというのが、捜査員全員の切実な願いだった。捜査員たちは、チカチーロに対する処置のひとつが、モスクワでのきわめて入念な審査の対象になることを知っていた。自分たちの仕事ぶりの新たな批判材料を提供するようなことは、どの捜査員も絶対に避けたいところだった。

ブラコフの考えでは、いま必要なのは、容疑者と対話できる別の質問者、チカチーロの著しい罪悪感と羞恥心から自白を引き出す方法を知っている人物だった。ブラコフはその候補に心あたりがあった。アレクサンドル・ブハノフスキー博士である。

ブラコフは十一月二十七日に初めてこの話をコストエフに持ちかけた。コストエフの最初の反応は否定的なものだったが、ブラコフは粘りづよく訴えつづけた。十日間の勾留期限が切れる前日の十一月二十九日、コストエフは同意した。その朝、ブラコフは医科大学に車を送り、KGBビルの尋問室にブハノフスキーを迎え入れた。

チカチーロの逮捕はマスコミや一般市民には秘密にされていた。早まって事件の解決を宣言し、みずからをさらに窮地に追いやるようなことは、捜査員のだれも望んでいなかったのだ。コストエフが教えるまで、ブハノフスキーはチカチーロの逮捕を知らなかった。捜査本部のスタッフは一人残らずチカチーロが真犯人であることを確信している、とコストエフは言った。しかし、いろいろやってみたが、チカチーロから自白を引き出すことは容易ではなかった、とコストエフはつづけた。質問に対してチカチーロは、あるときは支離滅裂な話を長々とし、あるときは答えるのを拒否した。彼に答えさせなければならない重要な質問がまだ数多く残っている。チカチーロは実際に殺人を犯したのか？　どういう基準で被害者を選んだのか？　どうやって被害者を森に誘いこんだのか？　現場から消えている被害者の衣類や剔出《てきしゅつ》した臓器はどうしたのか？

なんとかなるだろうか、とコストエフはブハノフスキーにたずねた。

条件をひとつのんでもらえればやってみせる、とブハノフスキーは応じた。わたしは捜査員としてでなく、精神科医としてチカチーロと話をする。真実を話させるようにするが、法廷でチカチーロに不利な証拠として使われるであろう調書は書かない、と。

コストエフは同意した。コストエフはブハノフスキーの一九八七年の報告書のコピーをテーブルの上に置き、席をはずした。数分後、警備員に付き添われたチカチーロが現われ、警備員が去ると、尋問室にはブハノフスキーとチカチーロだけが残された。

長年、その人物像を推理してきた相手を目の前にし、ブハノフスキーは自分の考えの正しさが証明されたと思った。チカチーロの姿格好も経歴も、ブハノフスキーが描いた人物像にきわめて似ていた。ブハノフスキーの報告書は、ロシア国内だけでなく、世界じゅうのどこに持っていっても、専門的な精査に耐えられるはずだった。そういう思いと同時に彼はまた、このようにきわめて独特な精神構造の人物を観察する機会を得たことに、興奮を抑えられなかった。

ブハノフスキーはチカチーロに名刺を渡し、自分が精神科医であることを告げた。そして、長年、チカチーロのことを考えてきたと話すと、ブハノフスキーは自分がまとめた報告書を開き、チカチーロのことをいかに何でもよく知っているか示していった。

およそ二時間ほどで、ブハノフスキーはチカチーロとのあいだに完全な信頼関係を築き上げ、捜査員たちがほしがっていた殺人の自白を引き出しはじめた。あとでブラコフたちと会ったブハノフスキーはチカチーロに対する質問の内容を正確に話すことを断わった。ブハノフスキーによれば、カギはチカチーロが何を話したがっているかを理解することにあった。彼の陳述書にあふれている恥辱、屈辱、怒りの感情を理解すればよかったのだ。自分がそのような感情を理解し、チカチーロを理解しようとする人間であることを証明したら、ブハノフスキーはもう難なく自白を引き出すことができた。二人の話し合いはたっぷりと夕方まで続いた。そのあと、チカチーロは自分の監房に戻り、ブハノフスキーはコストエフに、チカチーロはいつでも正式な自白をするだろうと伝えた。

夜のうちに、コストエフはブハノフスキーの手書きの記録を参考にしながら、殺人事件の正式な起訴状を作成した。日付は十一月二十九日、チカチーロ逮捕から十日目の勾留期限切れのわずか一日前だった。起訴状のなかでチカチーロの犯行とされたのは、リュボフィ・ビリュクにはじまり、スヴェトラーナ・コロスチクに終わる男女三十六人の殺害事件だった。それらはいずれもレソポロサ連続殺人事件の基本的な特徴――死体が木立や茂みのなかに放置され、切り刻まれていて、被害者の身体に精液の付着している場合には、それがAB型であることがはっきりしている事件だった。

コストエフは尋問調書にブハノフスキーの功績も記した。

そして、もちろん、「十一月二十八日の陳述書に、心理的障害のせいでどうしても事実を話せないと書いてあった」と、コストエフはチカチーロに対する自分の言葉を引用し、その障害を取り除くためにブハノフスキーとの対話を自分がチカチーロに提案したことを記した。

また、それに対するチカチーロの、「その人は知りませんが、でもわたしがずっと苦しんできたわたし自身の心理的な衝動について話を聞いてもらえたらと思います。ほんとに、自分でやったことでも、どうしても説明できないことがあるんです」という答えも引用した。

「この容疑者の要望は認められた」と、コストエフの調書はつづいた。「容疑者はブハノフスキー博士と二人だけで面談した。面談後、容疑者は自分が犯した罪を一部始終告白したいと申し出た」

民警本部の二四号室にいたヴィクトル・ブラコフは、ブハノフスキーの成功を知らされ、心の底から安堵した。初めて、ブラコフは自分の仕事が終わったことを実感した。十一月二十日のチカチーロ逮捕以来初めて、安心してそれを祝う気になれた。ブラコフはとっておきのウオツカのボトルを取り出し、まだ勤務していた数人の捜査員の一人ひとりについでやった。捜査員たちは無言で祝杯をあげた。

しかし、捜査員たちがアンドレイ・チカチーロの精力的な活動の真の姿を知るのは、じつはまだこれからだったのだ。

翌朝、コストエフは尋問を再開した。これ以降の調書は哀れなまでに悔悟《かいご》するアンドレイ・チカチーロの姿を克明に描くものとなった。

「十一月二十九日の、わたしに対する起訴状は読みました。内容も全部理解できました」と、チカチーロは言った。「起訴状に記されている事件は、たしかにすべてわたしがやったものです。いまのわたしは、自分がやったことを反省する気持ちでいっぱいです。自分自身と自分の人生について、それに、大変な罪を犯すようになった事情について、正直にお話ししたいと思います」

チカチーロはしばらくのあいだ自分の比較的若いころの話をし、一九七〇年代に職業訓練学校で教えていたときに女生徒二人に対してしてしたいたずらの件にふれた。そのあと、彼はロストフ州の検察局と民警を驚かせ、当惑させる事実を明らかにした。殺人の最初の被害者はリュボフィ・ビリュクではない、と彼は言った。一九七八年のエレーナ・ザコトノヴァという少女が最初の被害者だというのだ。

この告白が事実だとすれば、ちょっとした騒ぎになりそうだった。シャフトゥイの当局はザコトノヴァ殺しの犯人として別の男、アレクサンドル・クラフチェンコに有罪を宣告し、すでに処刑していたのだ。

チカチーロの説明によれば、彼はその年シャフトゥイに転居して、鉱山技術者を養成する第三十三技術学校の教師となった。共産主義青年同盟《コムソモール》の設立五十周年にちなんだ名前の通りにある寄宿舎の一階の部屋が、彼の住まいとして学校側から提供された。家族は一時的にノヴォシャフチンスクに残っていたので、数カ月間、彼はまったくだれの目も気にせず、空いた時間を好きなように使うことができた。

「その当時は、子供の裸が見たいという欲望に駆られて、まったくどうしようもないほど子供に惹《ひ》きつけられていました」と、チカチーロはコストエフに言った。「街の中心部の女性用トイレのまわりをうろついては、だれも見ていないすきを狙って、トイレ内の女の子をのぞいたものです。知り合いになるために、よく子供にチューインガムを買ってやりました」

そのころ、チカチーロはシャフトゥイ市内でももっともみすぼらしい、彼の学校とは反対側のはずれにあるメジョヴォイ通りのあばら家を買い求めた。未舗装で汚く暗いこの通りは、第三世界のスラムの一画を切り取って、南ロシアに運んできたかのようだった。通りに並ぶ小さな家はほとんどが一間かぎりで、上下水道やガスの設備もなかった。通りに沿った小さな谷にはグルシェフカ川という小川が流れ、ロシアでも最下層の人々がここで暮らしていた。チカチーロは年老いた父親の住まいにという名目で二六番地の小屋を買った（ソ連市民は一定地域の小住宅を買うことは許されていた。ただ、その土地は買えなかった）。じつは、チカチーロがその家を買ったのは退職後の父親用にではなく、最近はじめた自分の秘密の生活のためだったのだ。

「一九七八年十二月末のある日――正確な日付は憶えてませんが――その夕方、街の中心部から路面電車にグルシェフスキー橋駅まで乗って、メジョヴォイ通りを自分の家に向かってたんです」チカチーロは語った。「まったく予想してなかったんですが、ふっと見ると、わたしのとなりを、十歳か十二歳くらいの女の子が歩いているんです（エレーナ・ザコトノヴァは実際は九歳だった）。その子は通学カバンを持っていました。しばらく並んで歩いてから、わたしはその子に話しかけました。友だちの女の子の家に行くところだとか行ってきたとか言っていたのを憶えています。小川に近い、人家からはまだちょっと離れたところまで来たとき、わたしは急に、この少女とセックスをしたいというどうしようもない衝動に駆られたんです。自分がどうなったのかわからないんですが、身体がほんとうに震えてきました。わたしは少女に手をかけて、背の高い草むらに押し倒しました。少女は逃げようとしましたけど、わたしはほとんどもう獣のようでした。

少女のパンツを下ろして、性器に手をやりました。そのすぐあと、静かにさせようと思って、力いっぱい首を絞めました。手で性器をもてあそんで、そして、少女の身体に覆いかぶさっているうちに射精しました。初めて体験する、なんともいえない快感でした。精液が少女の腹の上に飛び散って。そのとき、少女が死んでいることに気づいたんです。服を着せ直してから、死体を川に投げこみました」

コストエフはザコトノヴァ殺しの記録を取り寄せて、目を通した。記録は少なからぬ点でチカチーロの話を裏づけていた。死体は実際に川で発見されていた。しかし、少女はナイフで刺されて死んでおり、絞殺されたのではなかった。どういうことなのか、とコストエフはチカチーロに質《ただ》した。

「わたしは何度か少女を打ったといいましたが、それはナイフでという意味だったんです。でも、ナイフで刺したときはもう死んでいたはずです。首を絞めたときに死んだんだなと、そのとき思いましたから」チカチーロは言った。

コストエフはさらに追及した。死体は目隠しをされた状態で発見された。何かわけがあってなのかね？

「飛びかかって地面に押し倒したあと、首を絞めて、それから少女のスカーフで目隠ししました。というのも、殺された者の眼に、殺人者の姿が焼きつけられるという話を以前聞いたからです。同じ理由で、ほかの被害者の眼もナイフで傷つけるようにしました。もっとも、何年か経つと、そんなのはたわいのない迷信にすぎないと思って、眼を傷つけるのはやめました」と、チカチーロは言った。

一九八二年、最初にロストフ連続殺人犯の犯行を示す特徴のひとつとされた、被害者の眼窩のナイフ痕の謎は、このチカチーロの説明で解けたのだった。

しかし、ザコトノヴァ殺しに関するチカチーロの供述と一九七八年の捜査記録のあいだには、ほかにもまだ食い違う点がいくつかあった。コストエフはさらにチカチーロを追及した。

隠していたことがある、とチカチーロはようやく認めた。彼が少女を殺したのは谷の土手ではなく、自分の小屋のなかでだった。最初の説明で嘘をついたのは、メジョヴォイ通りの隣人たちの前で家宅捜査が行なわれれば、シャフトゥイの人々に自分の正体が知れ、いまもそこに住む自分の家族に迷惑がかかることを恐れたからだ、とチカチーロは言った。ほとんど意味をなさない言い訳だった。最初の告白によって、いまさらチカチーロが少女の殺害場所をとくにどこと供述しようと、ザコトノヴァ事件の再捜査が行なわれるのは必《ひっ》至《し》なのだ。

チカチーロが少女殺害の際の小屋の役割を隠そうとしたのは、彼の心のなかで小屋と、最初に少女に近づいたときの下心が結びついているから、というのがより真相に近いにちがいなかった。彼は最初から少女を犯したかったのだ。しかしそれを認めると、彼にとっては明らかに殺人以上に恥ずべきことまで認めなければならなくなるのだ――ペニスが勃起せず、ナイフをその代用品としなければならないことまで。

コストエフは最終的に次のような告白を引き出した。

「五時か六時ごろでした。もう寒く、暗くなっていました」と、チカチーロは言った。

「暗い通りに少女が一人でいたので、どうしてこんなに遅くまで出歩いているのかたずねたんです。少女は、友だちの女の子の家に行くところだとか行ってきたとか答えて、それから、髪を直したいと言いました。そこでわたしは、『うちにおいで』と誘ったんです。

明かりをつけ、ドアを閉めると、わたしは少女にのしかかりました。少女が驚いて、泣きだしたので、その口を手でふさぎました。でも、どうしても勃起しなくて、ペニスが膣に入らないんです。とにかく最後までいきたいという思いしか頭になくなって、そのためなら、どんなことをしてもかまわないという気になりました。少女の泣き声のせいで、わたしの興奮はさらに激しくなりました。上に覆いかぶさって、性交をするときみたいに身体を動かしながら、ナイフを取り出して、少女の身体に突き刺していきました。ふつうの性交のときとまったく同じように、わたしはのぼりつめました。それから手で、精液を膣に入れていったんです」

ところが、驚いたことに、少女はまだ生きていたのだった。

「少女がひどくしゃがれた声で何か言ったので、わたしはその首を絞めました」と、チカチーロは言った。

チカチーロは目隠しの件についても供述を変えた。

「上に覆いかぶさっているあいだ、少女のスカーフで眼をふさぎました。じっと見られているのが怖かったんです」

　チカチーロの最終的な供述は、ブハノフスキーが一九八七年にまとめた、レソポロサ殺人犯の性的倒錯や儀式に関する分析結果と驚くほど一致していた。コストエフは、エレーナ・ザコトノヴァを殺したのがまちがいなくチカチーロであり、司直の恐るべき誤りが一九七九年のシャフトゥイで起こったことを確信した。コストエフはザコトノヴァの名前を被害者のリストに書き加えると、当時のシャフトゥイ当局による捜査のあいだ、どうやって嫌疑をかわしたのか、とチカチーロにたずねた。

「数日後、わたしは警察署に呼び出されて、取調べを受けました。事件のあった夜、どこにいたかと訊かれたんですが、わたしは家にいたと答えましたし、妻もそれを証明してくれました」と、チカチーロは語った。

　じつは、この事件にはもっと複雑な事情があった。民警はエレーナ・ザコトノヴァと一緒に歩いている男を見たという目撃者を見つけ出していた。目撃者の協力によって作られた人相書きはチカチーロにそっくりで、捜査員からそれを見せられた第三十三技術学校の校長が、「これはアンドレイ・チカチーロだ」と答えたほどだった。

　チカチーロが助かったのは、メジョヴォイ通りに近い一角に住む男が捜査当局の嫌疑を一身に引き受けてくれたからにほかならなかった。アレクサンドル・クラフチェンコは仮釈放中の元殺人犯であり、何か事件があるたびに、真っ先に容疑者リストに名を挙げられるタイプの男だった。

予想にたがわず、捜査記録にはクラフチェンコの取調べの具体的な記述はなかった。いずれにしろ彼は自白し、有罪を宣告され、処刑されたのだった。彼の名はレソポロサ事件の巻き添えとなった犠牲者のリストに、ずっと前にさかのぼって記入された。

チカチーロの告白によれば、エレーナ・ザコトノヴァの殺害以来、彼はそのときの少女の苦しむ姿ばかり思い浮かべていた。少女の身体とその上においた自分の手が四六時中目の前にちらついた。一人でいると、その光景を再現したいという狂おしいほどの衝動に駆られた。チカチーロはその衝動に打ち勝とうと闘った。ときには、出張を途中で切り上げて家に帰ることもあり、そうやって、新しい犠牲者を見つけて殺したいという誘惑に抗しようとした。

しかし一九八一年の秋、チカチーロは誘惑に負けた。「ノヴォシャフチンスクのバスターミナルで、ホームレスらしい若い女が一人でいるのを見たんです。来る車、来る車に寄っていっては、乗せてくれるよう声をかけていました。しばらくそのあとについて、観察してみたんです。すると、女がわたしのほうに近づいてきて、ビールかワインでも買いたいから、カネをくれと言うんです。その代わり身体を自由にしていいって。わたしは、カネをやってもいいよ、と言いました。

わたしはその女と一緒にバスターミナルを出て、道路を渡り、林のなかに入っていきました。一キロぐらい行ったところで、腰を下ろすと、女は服を全部脱いで手招きしました。

わたしはズボンとパンツを下ろして、女に挿入しようとしました。でも、ぜんぜん変化しない。立たないんです。女は、早く済ませてカネをくれってせっつくし、わたしは怒りが込み上げてきました。いつかビデオの残虐なシーンを思い出しながら、ナイフを取り出して女の身体を刺していました。あちこち、まったく手当たりしだいに。女の身体を切り裂いて、その大きく開いた切り口を見た瞬間、思わず射精《えぐ》しました」

チカチーロによれば、この女性が、彼が生殖器を抉り出した最初の相手だった。「なぜ、そうしたいのか、自分でもわからないんです。襲いかかっている瞬間は何もかも切り裂きたくなって、被害者の腹を切り開いて、子宮や他の生殖器を抉り出しました。生殖器と被害者の服は、いつも殺害現場を離れるときに投げ捨てました。獣のように興奮してるんで、自分でやっておきながら、ところどころ記憶があやしいんですが。

被害者とどれくらい一緒にいたかはよくわかりません。全部、あっというまに終わったような気もするし、そのくせ、そこを離れるときは身体がぐったり疲れているんです。虚脱状態になってしまって、森から道路に出るときに、車にはねられそうになったことが何度もありました。車やバスがクラクションを鳴らしても、身体が疲れていて思うように動かないんです」

チカチーロの話によれば、彼は被害者の名前をほとんど知らず、姓は一人も知らなかった。「なかには、名字まで言っていた相手もいたかもしれませんが、ぜんぜん憶えてないんです。名前には興味がなかったもので」

ロストフの過去の未解決の殺人事件で、このチカチーロの告白した二件目の殺人と特徴が合致するものはなかった。ブラコフの指示により、捜査員たちはただちにこの二番目の被害者を特定する作業に乗り出した。

ほとんどテーブルか床ばかり見ながら低い声でつぶやくように、チカチーロはつづく数日間、レソポロサの連続殺人の最初のリストに挙げられた三十六人の被害者について語っていった。自白の進展とともに、彼が驚異的な記憶力の持ち主であることが明らかになった。

「こういうケースもありました」と、チカチーロは言った。「手ごろな道を調べておいて、適当な相手のあとをつけながら、その道まで来たら殺すんです。起訴状のリストの最初の名前、（リュボフィ・）ビリュクの場合がそうでした。一九八二年の夏の初めのことです」

チカチーロはビリュク殺害の日が土曜日だったことを憶えていた。彼は仕事が休みだったので、シャフトゥイからのバスで、ドン川の対岸のバガエフスキー・ライオンと呼ばれる村に出かけることにした。チカチーロによれば、バガエフスキー・ライオンはキュウリなど質のいい野菜が穫《と》れることでシャフトゥイのほうでは有名だった。彼も野菜を買おうと思っていた。

チカチーロはドンスコイでバスを乗り換えるつもりだった。しかし、乗る予定のバスが故障したと知り、彼は歩いていくことにした。

「通りの左側を少し行ったとき、手に何かバッグを持った十二、三歳の少女が、後ろからくることに気づいたんです。わたしは歩調をゆるめて、少女が追いつくようにしました。そして林の横を並んで歩いているとき、少女に話しかけました。興味をひきそうなことを何でも話しました。少女が、買い物の帰りだと言っていたのを憶えています。五百メートル近く行ったとき、いきなり木立のなかに押しこんで、腰を抱えて林の奥に引きずっていきました。そして地面に押し倒して、着ているものを引きちぎってから、上に覆いかぶさると同時に、ナイフで刺していきました。ペニスを突き入れているようなつもりでです。それで、射精しました。やるべきことをやったあとは、少女の死体に葉っぱや小枝をかぶせて、森を抜け出しました。少女の服とバッグはどこかその辺りに投げ捨てましたが、場所は憶えてません。

だれか殺したあとは、いつも手が血だらけでした。草で拭《ぬぐ》ったり、被害者の服で拭ったりしました。湖や池のようなところで洗ったこともあります」

チカチーロの自白は、捜査本部がつかんでいるビリュク殺しの事実と合致していた。天気のいい土曜日の昼間で、数メートル先には人の行き来する道があるというのに、チカチーロがだれにも気づかれずにビリュクを殺せたというのは驚くべき事実だった。彼には周囲の状況を見定め、人の目を避ける本能的な能力が備わっているかのようだった。

スタヴロポリの連続殺人犯アナトーリー・スリフコのように、チカチーロも自分の服を血だらけにしないで被害者たちを切り刻む方法を知っていて、それで人目を引かずに犯行現場から立ち去ることができたのだった。チカチーロによれば、彼は被害者のかたわらにしゃがんで、相手が息絶えて心臓が止まるのを待ち、それから、大した出血も見ずに被害者を切り刻んでいった。帰宅したときに、もし服が乱れていたり、ひっかき傷から血がにじんでいたりした場合には、工場での荷降ろしの作業でそうなったと弁解した。

名前や日付と個々の事件の具体的なディテールとを結びつけながら、チカチーロは着実に被害者リストをたどっていった。

「その後しばらくして、場所はシャフトゥイ駅ですが、十八から二十歳ぐらいの女を見かけたんです。ホームレスだってはっきりわかる女でした。起訴状からすると、カラベルニコヴァという名前の女です（イリーナ・カラベルニコヴァは一九八二年発見の身元不明被害者の一人で、一九八五年に本人と確認された）。わたしは、その女が酒瓶を持った男たちと駅をぶらついている様子を眺めていました。まわりの男たちが行ってしまうと、女はわたしのほうに寄ってきて、それで、一緒に森へ行くことにしました——カネと引き替えのセックスをするために。二人で線路を渡って、森に数メートル入ったとき、女がしゃがんで用を足しはじめたんです。その瞬間、わたしは本能の奴隷となり、ナイフを取り出して女に切りつけました」

カラベルニコヴァ殺しの説明は全部が全部正しいわけではなかった、とチカチーロは後の尋問で認めた。彼にとっては依然、殺人の事実以上に自分の不能を認めるのがためらわれるのだった。

じつは、とチカチーロは事実を語った。「女の上に覆いかぶさったんですが、だめだったんです。女は大声でわたしを侮辱しはじめ、足でわたしを突き飛ばしました。わたしは怒りがこみ上げてきて、ナイフを取り出しました。女と格闘になって、その最中に射精してしまいました。わたしは女の腹を力いっぱい何度も突き刺しました。それから起き上がって、眼、胸、生殖器と切り刻んでいったんです」

チカチーロの自白には、怒りの引き金となる屈辱的な不能が、殺人の動機としてたびたび登場した。被害者が成人女性の場合、とくにそうだった。「ほとんどの場合」と、彼は告白した。「ふつうのセックスのやり方で、女と最後までいけることはないんです。被害者の女たち――つまり、ホームレスたちは、二人だけになったとたん、早くはじめるようにせっつくんです。それで、わたしはいつも怒りを爆発させたんです。身体の具合（不能のこと）のせいで、すぐはじめるってことはわたしにはできないものですから。そのうち、わたしの場合は性的な満足を得るには、血を見たり、人の身体を切り刻んだりすればいいんだってわかってきたんです」

駅から森に誘いこんだ女性たちを前に勃起に失敗すると、チカチーロはその屈辱感から逃れたいという気持ちに駆りたてられるようだった。彼はそのパターンで何度も犯行をくり返した。チカチーロによれば、一九八三年の夏のある夕方、ノヴォシャフチンスクのバスターミナルをうろついていた彼は、自家用車を持っている男を見つけようとしている二十歳ぐらいの女を目にした。車を持っているような男なら一晩泊めてくれると女は考えたのかもしれないし、あるいは、路地や森のなかで身体を売るのがいやなだけだったのかもしれない。

「女は車を持っている男にあたりをつけようとしたんですが、だれにも相手にされませんでした」と、チカチーロは語った。「それで、一緒に森に行こうって、わたしが誘ったんです。

女は『車、持ってるの?』って訊きました。

わたしは『いいや』と答えました。

すると女は、『車がなくちゃ、お断わりよ』と返事をしました。

でも、女はいつまでたっても車を持っている男を見つけられないものだから、わたしのところに来て、一緒に森に行ってもいいって言ったんです。で、森のなかに入っていって横になったんですけど、うまくいきませんでした」

そのとき、その若い女が冗談を言ったのだった。ロシア語で〝車〟にあたる語はマシーナだが、その愛称形のマシーンカは〝小さなモノ〟を意味する。

「マシーナは持ってないし、あんたのマシーンカは役に立たないとくるんだから」と、女はからかった。

チカチーロの告白によれば、その言葉を耳にするや、彼はナイフを抜き、女に襲いかかった。息の根を止める前に、女の首筋や胸に浅い傷をたっぷり負わせるようにしたという。

後にこの女性の死体は発見されたが、身元はついに判明しなかった。

少年の被害者たちに対しては、チカチーロは少し違った儀式を用意していた。供述によると、彼は自分が同性愛者だとは考えていなかった。それに、彼が過去に成人を相手に同性愛の関係をもったという証拠もなかった。しかし女性被害者と同じように、男性被害者にも、チカチーロの残虐性を呼び覚ます何かがあった。少年を森に誘いこんだあと、チカチーロは自分が第二次大戦中のソ連のパルチザンになった空想をすることが多かった。彼の空想のなかでは、被害者は捕虜のナチ兵士の役を務めた。

これはチカチーロの世代の男性のあいだでは珍しくない空想だった。兵士として参戦するには幼かったこの世代は、ドイツ兵がソ連西部を占領していた一九四一年から一九四三年にかけてのパルチザン・ゲリラの英雄的な物語を耳にし、目にしながら育った。そのような物語には、部隊の動きや弾薬庫の秘密を聞き出すために、ナチ兵士を拷問する場面もよく登場した。少年時代のアンドレイ・チカチーロがそういう物語に大きな影響を受けたことはまちがいなく、だからこそ彼は男性被害者を相手にその再現を試みたのだった。

チカチーロによると、彼がノヴォシャフチンスクでドミトリー・プタシニコフに目をつけたのは、少年が街角の売店で切手を見ているときだった。チカチーロは自分にも切手収集の趣味があるように装って少年に話しかけた。切手のコレクションを見に自分の家に来るようチカチーロが誘うと、少年は同意した。

森のなかに入ったとたん、とチカチーロはその告白をはじめた。「身体が震え、口のなかがカラカラになってきました。わたしは自分を抑えるのをやめ、少年に襲いかかりました。まず、手を縛りました。そうすると、いつも全身の血が沸いてくるんです。自分がパルチザンで、ナチの兵士である被害者を、捕虜収容所に連行しているところだって気になるんです。わたしは被害者に〝手を上げろ!〟って叫びます。被害者は、手を縛られてるからそんなことできないって言います。そこでわたしは、ナイフを振るいはじめるんです。プタシニコフの服をはぎ取ったあと、わたしは少年の身体を傷めつけました。たっぷりとナイフで突き刺して、それからペニスを切り落としました。なぜそうしたのか憶えていませんが、舌も切り落としました。手を縛ったのは、この少年だけではないんです。他の少年のときも、舌を切り、性器を切り落としました。なぜそうしたか自分でもわからないんです。でも、すべてが――叫び声、血、苦痛にゆがむ顔が、わたしの気持ちをぱっと明るくして、何か喜びをもたらしてくれるんです」

チカチーロによれば、彼はたびたび被害者の血を味わっていた。「血を見ると、寒気がして、身体が震えました。ときどき、被害者の唇や舌を自分の歯で噛み切ることもありました。相手が女なら、乳首を噛み切って呑みこみ、子宮をナイフで抉《えぐ》り出します。少年なら、袋を切り開いて睾丸を取り出し、口のなかでしゃぶってから、そのあたりに吐き捨てました。そういう行為は全部、獣のような悦びと満足を与えてくれるんです」

一九九〇年十二月の第一週までに、チカチーロはリストの三十六人の殺人すべてについて詳細な告白をした。彼の供述はどの殺人に関しても、事件のすでに明らかになっている事実と一致した。彼はアレクサンドル・ジャーコノフの死体の発見場所がロストフの繁華な通りの近くだと知っていたし、じっさい、通りの車の音が少年の小さな叫びをかき消したことまで憶えていた。チカチーロはイヴァン・フォミンの殺害現場がノヴォチェルカスクの市営ビーチのわきの葦原であることも記憶していた。しかも、ビーチの利用客がだれも少年の声に気づかないことに驚いたという証言までした。大多数の事件について、チカチーロは求めに応じて、犯行現場の略図を描いていき、道路、橋、それに後の死体発見現場を正確に記すことができた。

さらに、チカチーロは起訴状のリストに新たな被害者をつけ加えていった。

チカチーロが語るところによると、一九八九年八月末、彼はシャフトゥイの繁華街で十歳くらいの少年と出会った。チカチーロはビデオを見せる店でぶらぶらしていたときに、その少年を見かけ、声をかけた。少年が町じゅうのビデオを見つくしてしまったとこぼしたので、チカチーロは自分の家にビデオがいくらかあるともちかけ、少年を誘いに乗せることに成功した。チカチーロは少年をシャフトゥイの中央墓地に連れこんで殺害した。しかし、この事件ではチカチーロは通常の手順に変更を加えた。いつもなら、男性被害者には本人の衣類を、女性被害者には落ち葉や小枝をかけていた。しかしこのときは、だれかが墓の手入れに使って忘れていったらしいスコップをそばで見つけたので、チカチーロは浅い墓穴を掘って、そのなかに少年の死体を埋葬したのだった。

コストエフはその情報をブラコフに伝えた。ブラコフは、チカチーロの供述のなかの被害者の特徴や日付、場所が、行方不明者のリストのアレクセイ・ホボトフのものと一致するとただちに答えた。ホボトフは一九八九年八月末に消息を絶ち、それまで発見されていなかった。

コストエフは取調べの一時中断を決定し、チカチーロの自白の現場検証をし、それがホボトフ少年の死体発見に結びつくか確かめることにした。

十二月七日、コストエフ、ブラコフらの捜査陣は、逮捕以来初めてチカチーロをKGBビルの外に連れ出した。チカチーロには手錠がかけられ、体格のいい二人の民警が両わきについた。死体の捜索の模様は民警の写真班員スラヴァ・ヴィノクロフがビデオで記録することになった。逮捕されたときと同じ服装のチカチーロは、やつれた顔に不安そうな表情を浮かべ、頭を垂れて目を伏せたまま捜査員の質問に答えた。チカチーロは深く恥じているようだった。

シャフトゥイの墓地に着くと、チカチーロはいちばん近い墓石からでも二、三メートルくらい離れた茂みの前に一同を案内した。チカチーロの指示に従い、捜査員はぬかるみのなかのかすかな窪みにスコップを入れた。数分後、ぬかるみの下から男もののスニーカーが現われた。

夕暮れが迫り、ビデオの撮影が困難になると、コストエフの指示でこの日の捜索は打ち切られた。翌朝、冷たい霧雨が降る灰色の空の下、捜査員は作業を再開した。ゆっくりと穴が掘り進められていくと、やがてスコップの下から、黄色みをおびた白骨死体が現われた。小柄で大人のものとは思われない白骨死体は顔を下にし、泥のなかでうつぶせになっていた。後日、歯科診療の記録などから、それがアレクセイ・ホボトフの死体であることが確認された。

十二月十一日、チカチーロは最初のリストの三十六人以外の殺人の全部について、一件一件具体的な事実を記していくことに同意した。

「一、女、一九八七年ごろ、クラスヌイ・スーリンの生い茂った草むらで」と、チカチーロは書き、そのあとに、殺害現場への道順を示した。「クラスヌイ・スーリン駅から右に行き、まっすぐ進む。二、ザポロージェ（ウクライナ）の少年、一九八六年ごろ、線路ぞいの森で。三、シャフトゥイ市のインテルナトの少年、一九八五年ごろ、シャフトゥイ駅近くの森で。四、シャフトゥイの女、一九八九年にシャフトゥイ駅近くで。出身はカメンスク。五、レニングラードの職業訓練学校の男子生徒、一九八六年ごろ。六、スヴェルドロフスク州レフダの少年、一九八六年ごろ、レフダ駅近くの森で。七、ヴラジーミル州コリチュギノの町の少年、一九八七年にビーチから森に連れこんで。八、クラスノダールの少年、一九八六年ごろ、郊外の森で。九、クラスノダールの少女、空港近くの果樹園で。十、タシケントの女、一九八四年に川の堤防で。十一、タシケントの少女、郊外のだれかの農地で、出身はアルマアタ」

チカチーロの自白はほとんど順番も何もあったものではなかった。コストエフは一九八八年にドン川左岸のビーチで発見された女性の死体のことを思い出し、その事件ももしやチカチーロの仕業ではないかという気がした。死体に残された痕跡がレソポロサ事件の通常のものと一致しなかったので、三十六件の殺人のリストには加えられなかった事件だった。

ちがう、とチカチーロは答えた。しかし、その近辺で殺した、やはり被害者のリストに載っていない別の女性を思い出したようだった。彼の記憶では、一九八七年か一九八八年のことだった。捜査陣はチカチーロを、問題の場所を見わたせるドン川の橋の上に連れていき、殺害現場を指し示すように言った。チカチーロが捜査陣を案内したのは、一九八一年に、ラリサ・トカチェンコという女性の刺殺死体が発見された場所だった。そして、よく考えたら、一九八一年か一九八二年のことだったような気がする、とチカチーロは前言を翻したのだった。

トカチェンコの事件がレソポロサ事件のリストに入れられなかったのは、一九八一年の鑑定書で、犯人の血液型はB型だろうと結論されたからだった。しかし、研究所の分析能力はすでにすっかり信用を失い、またチカチーロの自白が得られた結果、トカチェンコの事件も起訴状に書き加えられることになった。

チカチーロが今回自白したほかの事件が当初の起訴状に含まれなかったのは、犯行の手口が通常のレソポロサ事件のものと一致しなかったり、犯行現場がロストフから遠く離れていたりしたからだった。

チカチーロが言及したカメンスクの若い女性は、タチアーナ・ルイジョヴァという十六歳の学生と判明した。チカチーロの話によれば、ルイジョヴァとは一九八九年二月末にシャフトゥイ駅で出会った。彼は彼女を自分の娘リュドミラの元のアパートに連れていった。リュドミラがウクライナはハリコフの男と結婚してから数カ月、そのアパートは空き家になっていた。ソ連のほとんどの家族がそうだが、チカチーロ一家もいったん自分たちのものにしたアパートを手放すようなことはせず、ずっとせっせと家賃を払いながら、息子のユーリーが軍隊を除隊して戻ってくる日に備えていたのだった。

アパートのなかでは、ありきたりのシーンがはじまった。酒を飲んだルイジョヴァはセックスをすることに同意し、服を脱いだ。「なんとか立たせようとしました。手でペニスを持って、挿入しようとしてみたんです」と、チカチーロは言った。彼は失敗したのだった。「女が傷ついたのはたしかみたいです。腹を立てながら五百ルーブル出せって言って、出さないと仲間を呼んで、アパートをめちゃくちゃにするって脅しましたから。なだめてみたんです。でも、いくら言っても無駄だってわかりました。で、殴ったら、女は気を失いました」チカチーロが言うには、彼は森のなかのときのように、そこにそのままにしておくわけにはいかないとすぐ気づき、女の身体をバラバラに切断したのだった。

チカチーロは外に出て歩きまわっているうちに、一軒の家の開いた門の奥にソリがあるのを見つけ、それを盗み出すことにした。チカチーロによると、犬がさかんに吠えるので、彼は盗みの現行犯で捕まるのではと怯えたが、何ごとも起こらずにすんだ。彼はソリを持ってアパートに引き返し、がらくたの山のなかからぼろ布を何枚か見つけ出した。そして暗闇のなかでこっそりとバラバラの死体をソリに積みこんで、ぼろ布をかぶせると、死体を捨てる場所を求めて、夜の町に出た。他の被害者の死体を放置した同じ森に今回の死体も持っていけるのではと考え、シャフトゥイ駅のほうに歩きだした。チカチーロによると、途中でソリが立ち往生したが、通行人の一人がぼろ布の下に何があるかも知らずに、通りの反対側までソリを引くのを手伝ってくれたという。森に着く前に下水の本管の蓋が開いているのを見つけると、チカチーロはすぐさまそのなかにバラバラ死体を捨てた。ソリは二、三百メートル先の側溝に放置した。

その十日後に発見されたルイジョヴァの死体は、チカチーロの自白があるまで、レソポロサ連続殺人と結びつけて考えられたことは一度もなかった。というのも、その死体は内臓が抉り出されているのでなく全身がバラバラに切断されていたし、それに森のなかでなく、下水溝に捨てられていたからだった。

アレクセイ・ホボトフ、ラリサ・トカチェンコ、タチアーナ・ルイジョヴァ殺しについてのチカチーロの告白を聞いたブラコフは、自分たちが逮捕したのはまちがいなくレソポロサ連続殺人犯であるという確信をますます強めた。一九八三年から一九八六年のあいだに五件もの虚偽の自白に踊らされて以来、ブラコフは、捜査担当者がすでに詳細を知っている犯罪について得られた自白はあまり信頼できない、と思っていた。自白を強要することがいかに容易か、彼は自分の目で見てきたからだ。チカチーロにしても、起訴状のリストを見ながらでは話をでっち上げたり、あるいはだれかから話を吹きこまれるという可能性がまったくないとは言いきれなかった。

しかし、アレクセイ・ホボトフが死んでいると自信をもって断言できる捜査員は一人もいなかったし、その死体が埋められている場所を知っている捜査員はもちろんどこにもいなかった。大勢の捜査員を現場に案内できるのは犯人にしかできないことだった。

数週間が経ち、さらに新しい情報が集められると、チカチーロの自白のほかの部分の裏付けがとれた。小さな事実が彼の自白の正しさを少しずつ証明していった。たとえば、チカチーロは、一九八四年二月に殺された酒好きの女性、マルタ・リャベンコがソ連の有名な将軍の孫娘であることを知っていた。将軍の姓はリャベンコではなかったから、チカチーロは、被害者との会話のなかで彼女と将軍の関係を知ったものと考えられた。また、チカチーロの自白によれば、彼とアンナ・レメシェヴァという被害者がもみ合いになったとき、彼女はヒョウ《バルス》と呼ばれる男がこの仕返しにやってくるからと脅したという。のちに判明したのだが、レメシェヴァには、手の甲に〝バルス〟というニックネームを入れ墨した男友だちがいたのだった。

殺人を犯した場所としてチカチーロが名を挙げたレニングラード、タシケント、スヴェルドロフスク、クラスノダールなどの都市では、地元の民警が過去の記録を再度調べ、チカチーロの供述と一致する身元不明死体や行方不明者を探した。一部の事件については、厳重な監視のもとチカチーロが現場検証に連れていかれ、数年前に死体が発見された場所を正確に示して自白の信憑性を証明した。

チカチーロが一九八四年の逮捕に影響を受けていたことも明らかになった。一九八五年から一九八九年のあいだ、彼はほとんどすべての殺人を出張で出かけたロストフ州以外の地で行なっていた。しかし、しだいに衝動が警戒心を押しきり、彼は地元の周辺での殺人を再開したのだった。

また、チカチーロが自白した殺人のなかには、ブラコフたちがその真偽を確認できなかったものも三件あった。チカチーロは、この三件の殺人は一九八〇年から一九八二年にかけてシャフトゥイの近郊で行なったと供述し、記憶にしたがって死体の遺棄地点を捜査員に示した。民警は三カ月を費やし、チカチーロの供述した場所をシラミ潰しに捜索した。ときには、沼の一部の水を空《から》にしたこともあった。しかし、死体らしきものはいっさい発見されず、また、チカチーロが記憶している日時や場所と一致する行方不明者の記録もなかった。

尋問の最終日には、チカチーロが殺害を自白した被害者の数は五十六人に達していた。そのうち、充分な証拠が発見でき、チカチーロの起訴の対象となったものは五十三人――女性三十一人、男性二十二人だった。しかし、正確な総数は決して明らかにならないだろう、とブラコフは思っていた。彼の想像では、チカチーロが忘れてしまった被害者や、何らかの理由で秘密にしておこうとしている被害者もいるはずだった。証明する手立てはなかったが、被害者の本当の総数は今回の最終的な数字をはるかにしのぐものかもしれなかった。

12 殺人犯の横顔

なぜ自分はこんな人間になってしまったのか、とアンドレイ・チカチーロは自身でも不思議だった。「考えれば考えるほど――」と、十二月初旬の尋問のとき、彼はコストエフに告白した。「これは何か病気のせいにちがいないという結論に達するんです。まるで自分が何かに操られているみたいなんです、何か自分とは別個の、超自然的な力か何かに。自分で自分がまったく抑えられなくなってしまうんです、そういう殺人を犯すときというのは、人をナイフで刺したり、残酷な真似をするときは。ですから、捜査にあたっておられるみなさんにお願いがあります。どうかわたしを心理学か性病理学の専門家に診《み》せてください。専門家の前に出たら自分の状態について何でも話しますし、どんな質問にでも答えます。専門家に真実を解明してもらいたいんです」

チカチーロが精神鑑定を強く希望するのは、何が自分にとって最善かを彼が知っているからかもしれなかった。すでに得られた自白の内容を考えれば、彼の命を救えるチャンスがあるのは精神科医だけだった。彼の犯罪を精神異常によるものと精神科医が判定をくだした場合のみ、彼は死刑を免れられるのだ。

一方、捜査陣のほうも、チカチーロの希望を受け入れる以外に方法はなかった。裁判で彼の責任能力の問題が取り上げられるのは必至であり、精神異常を主張する弁護側に反論するには精神鑑定が必要になるはずだった。尋問と現場検証への立ち会いがすべて終了した一九九一年八月、捜査本部は六日間にわたる精神鑑定のために、厳重な警戒のもと、チカチーロの身柄をモスクワのセルプスキー研究所に移した。

セルプスキー研究所はクロポトキン通り二三番地にあり、モスクワのなかでももっとも古い町並みの一角を占めていた。周辺には、現在は各国の大使館によって使われている革命前の商人の優雅な邸宅が立ち並び、パステルカラーの塀、アーチ形の門、パラディオ様式の玄関、ドリス式の白い円柱などが光彩を放っていた。しかし、セルプスキー研究所はソヴィエト時代の産物であり、暖かみとも上品さとも無縁の建物だった。上に有刺鉄線の張られた御影石の塀が周囲を取り囲み、敷地のなかに足を踏み入れると、傲然とそそり立つ壁と格子の入った小さな窓ばかりが目についた。警備員や医師らは灰白色のドアをあける重々しい鉄製の鍵の束のリングをたずさえて、研究所内を各部門から他の部門へ移動していた。

ブレジネフ時代、セルプスキー研究所は悪名をはせたものだった。何の法も犯していない反体制派の監禁の口実を求めるKGBに協力し、統合失調症の診断書をでっち上げるところとして知られていた。チカチーロが送られてきたときには、ペレストロイカのせいで研究所の性格は変わっていた。とくに異常な犯罪者を診断する国の中心的な研究所であることに変わりはなかったが、もはや反体制派の監禁のための合法的な口実を提供することはなかった。

チカチーロは研究所の第三課に送られた。ここはロシアの精神医学界で定義されるところのプシホゲニア――外部要因に対する反応として起こる人格異常を専門に扱う部門だった。セルプスキー研究所にはほかに、癲癇《てんかん》などの器質性脳障害を扱う部門や統合失調症を研究対象とする部門などがあった。第三課で、チカチーロはうす汚れたグリーンの高い壁に囲まれた、寝台がひとつあるだけの独房に入れられた。その寝台のマットレスからは詰め物が飛び出し、壁の上のほうにひとつだけある窓は、ペンキが塗ってあるためわずかな光しか通さなかった。

チカチーロの担当医には、痩身でそばかすがあり、くしゃくしゃの藁《わら》のような金髪でブルーの眼をした若い精神科医、アンドレイ・トカチェンコが選ばれた。トカチェンコ博士は、ミハイル・ゴルバチョフの書記長就任の年、一九八五年に医科大学を出てセルプスキー研究所の一員となった。博士は、小児性愛、露出症などの性倒錯症を研究するセルプスキーや他の研究所の精神科医をメンバーとする、私的なグループの組織運営にもたずさわり、そうした性的異常について本も書いていた。ロストフのアレクサンドル・ブハノフスキー博士が、ソヴィエト制度に逆らって最新の精神医学を実践する一匹狼だとすれば、アンドレイ・トカチェンコは制度が変わり、西側の考え方ややり方に寛容になった時代にこの道に入った精神科医の若い世代の代表といえた。

トカチェンコの指示で、チカチーロに対して、西側の臨床医にはおなじみの検査がひとおり行なわれた。チカチーロはミネソタ多面人格目録の質問に答え、ロールシャッハ・テストのインクの染みをにらみ、脳波計などの理学的検査を受けた。精神科医たちはコストエフの尋問調書や、ほかの捜査員によるチカチーロの身内への事情聴取の記録にも目を通すことができた。そして、毎日チカチーロとの面接を重ねていき、医師たちは彼が自発的に質問に答えていることを確信するようになった。

トカチェンコらの精神科医による面接、コストエフの尋問調書、本書のために行なわれたチカチーロの知人や身内とのインタヴューによって、レソポロサ連続殺人犯の横顔をのぞくことがここに可能となった。

「わたしはスムスカヤ州のヤブロチノエで生まれました」と、逮捕後まもない尋問でチカチーロは語った。「兄弟は妹が一人、一九四三年生まれのタチアーナがいます。大学に入るまで、両親と一緒に生まれ故郷の村にいました。父は戦争（第二次世界大戦）に行って、捕虜になり、終戦後は、元捕虜ということで非難されて、しばらくチュヴァシカヤ（ロシア共和国のヴォルガ川下流域の地方で、強制収容所が集中していることで知られる）に送られました。コルホーズで働く母がわたしと妹を育ててくれました。食べるものもなくて、貧しかったけれど、わたしは勉強はできるほうでした」

自分の幼年時代について語る、チカチーロの簡潔で淡々とした言葉の裏には、じつは、途方もない苦しい経験が隠されていた。

スムスカヤ州はロシア共和国ではなくウクライナ共和国にあり、キエフとハリコフの中間に位置していた。アンドレイ・チカチーロが生まれた一九三六年当時のウクライナは、人類に対する今世紀最大の犯罪のひとつ、ヨシフ・スターリンによる大量虐殺的な農業集団化の舞台だった。一九三〇年初頭、スターリンはソ連から個人農業を放逐することを決意した。それを受けて、狂信的な共産主義者が地方にのりこみ、銃剣の力を背景に、土地と家畜を集団農場に提供するよう零細農家に迫った。同時に、国家は穀物の過酷な徴発を開始した。当時のソ連の各都市は、第一次五カ年計画の製鋼所やその他の工場の狂気じみた建設ラッシュで集まった新プロレタリアートであふれ、その食料を確保しようと、国家は農民から穀物を徴発したのだった。その要求はときには、農民の植えつけ用の穀物までも奪い、恐ろしい飢饉を引き起こす結果となった。

ウクライナに対しては、スターリンはさらに別の決意をもって臨んだようだった。ソ連で最大の少数民族であるウクライナ人に共産主義の恐ろしい力を見せつけ、独立運動の芽を完全に摘《つ》んでしまおうというのだった。数十万人のきわめて優秀なウクライナ農民がシベリアの強制収容所に送られ、大半がその地で死に、また、推定六百万人のウクライナ人が農業集団化のもたらした飢饉で命を失った。そして、一九四一年、ウクライナはナチス・ドイツの侵略を受けて占領された。ソ連軍がヒトラーの軍隊を撃退したのは一九四三年に入ってからのことだった。

これらの事件がローマンとアンナのチカチーロ夫妻に与えた影響は推測するしかなかった。夫妻の娘タチアーナが一九九二年の事情聴取で語ったところによると、彼女と兄は幼い頃から、自分たちにアンドレイより数年前に生まれたステパンという兄がいたという話を聞いていた。ステパンはスターリンが引き起こした飢饉のなかで死に、両親の話によれば、その死体は飢えた隣人たちに食べられてしまったということだった。この話が事実かどうか確認する方法はない。しかし、ウクライナには、当時人肉を食べたという記録が数えきれないほど残っている。チカチーロの兄ステパンの話は大いにありうることだった。

セルプスキーの精神科医らはアンドレイ・チカチーロの脳に生まれつきの異常があることを発見した。「彼の脳波（脳内の電位変動の記録）は、脳の発達の初期段階に生じたと考えられるある種の障害を示していました」と、トカチェンコは語っている。「おそらく、妊娠中の母親の胎内で起こった何らかのトラブルによるものでしょう。この障害に特有の徴候がほかにも発見されています。頭蓋骨にわずかに水頭症の徴候が見られるし、左右の瞳孔の大きさも違います。それに、舌を出させると、まっすぐ出せないで右に曲がる傾向があるんです」

不幸なことに、チカチーロにはこの脳の異常が生殖器に現われた。トカチェンコが聞いたところによると、チカチーロは十二歳になるまで自分の排尿をコントロールできなかった。また、脳の異常はのちには極端な早漏の傾向となって現われ、勃起する前に射精することもしばしばだった。

しかし、幼いころは寝小便の問題がなんといっても切実で、チカチーロ家の事情がそれをさらに深刻なものにした。自供のなかでチカチーロが言ったように彼の家は極度に貧しく、一間かぎりの掘っ建て小屋での暮らしだった。寝る場所は、一家が寝椅子と称する木の台がひとつしかなく、冬場、暖をとるには自分たちの身体を寄せ合うしかないこともしばしばだった。アンドレイ・チカチーロがベッドを濡らすと、家族全員がそれを知り、そして迷惑した。

それに、彼の母親のアンナは黙って我慢するタイプではなかった。自分自身の過酷な経験のせいか、アンナは癇癪持ちの冷酷な女性だった。アンナ・チカチーロが死んですでに二十年になるが、娘のタチアーナは捜査員がそのことにふれても、いまもって母親をほめる言葉をひとつも見つけられなかった。

「わたしたちはほんとうに貧しくて、食べるものもなく飢えていました。両親は朝から晩まで働きましたが、何の足しにもなりませんでした」と、タチアーナは語った。「父はそれでも優しい人でした。でも、母はとても厳しくて、口うるさかった。母自身つらいことがいろいろあったからだと思うんです。でも、母はわたしたちにわめいたり怒鳴ったり、もうそればっかりで、優しい言葉をかけてくれたことなんか一度もありませんでした。わたしの女友だちが遊びに来ると、その友だちに対しても怒鳴りちらして、自分の家の手伝いでもしたらどうなんだって言うんですよ。十四のときに、わたしは家を出ました」

アンドレイ・チカチーロは赤ん坊のときから母親と一緒に寝ていた。きっと彼女のシーツをたびたび濡らしていたにちがいないのだ。父親が戦争に行った、だいたい五、六歳のときから、妹が生まれる七歳のときまで、彼と母親と二人だけで寝る生活がつづき、彼はその間、彼女の怒りからだれにも守ってもらえなかった。戦争が終わり、戦後の収容所での務めも終わって、父親がずっと家にいるようになったのは、アンドレイが十歳ぐらいになってからだった。

この間の生活がアンドレイ・チカチーロにどんな影響を与えたか、トカチェンコはただ想像するしかなかった。チカチーロが母親のベッドで寝小便をし、その結果、それが生まれつきの肉体的欠陥のせいとわからぬまま、母親のひどい癇癪のために、きつい言葉や手が飛んだにちがいなかった。しかし、チカチーロはそのことを話そうとしなかった。セルプスキー研究所にいたあいだ、チカチーロは殺人をはじめ、多くのことをしゃべった。しかし、子供時代の記憶は彼の心の奥深く閉じこめられ、精神科医たちはついにそれに到達することができなかった。

「わたしたちがいくらたずねても、母親にどうされたか話そうとしませんでした」と、トカチェンコは言う。「答えることを拒否したわけではないんです。憶えていないと言うか、何かほかのことを話しだすかなんです。もしかすると、本当に憶えていないのかもしれないし、抑圧しているのかもしれません」

チカチーロは彼の心のなかに深く刻みこまれていると思われる、子供のころの二つの思い出を医師たちに語った。

「彼の妹（タチアーナ）は、生まれたばかりのころ脱腸になったようなんです」と、トカチェンコはそれについてふれた。大腸の一部が肛門から飛び出すというのは、幼児期には比較的よく見られる現象で、西側の医者はたいてい手術せずにそれを元に押しこんで治すが、一九四三年のウクライナで、アンナ・チカチーロは七歳の息子の目の前でみずからそれをやってのけたのだった。「彼はそれを見て、怖くなりながら、同時に血が沸くような感じがしたそうです。それについての彼の話はきわめて鮮明でした。頭によっぽど強く焼きついているようです」

チカチーロが子供時代のもうひとつの忘れられない思い出として精神科医たちに語ったのは、戦争中の体験だった。彼はドイツ軍の爆撃のあとの惨状――手足のない死体や血の海の光景を憶えていると言った。「彼の子供のころのもっとも衝撃的な経験のひとつだったんです」と、トカチェンコは言う。「その光景を見たとき、恐ろしさを感じると同時に興奮したそうです。こういう場合の興奮は、このタイプの男性ではほとんど性的な興奮とみてまちがいありません」

トカチェンコはアナトーリー・スリフコからも似たような思い出話を聞いていた。スタヴロポリの連続殺人犯スリフコには、ブラコフ、フェチソフ、コストエフの三人も一九八六年の処刑前に直接会っていた。「スリフコも（ドイツ軍による）占領時代を経験しています。ドイツ兵が犬を殺す場面にぶつかったことを憶えていて、同様の情緒的な反応をおぼえたそうです。性的な興奮とまでいかなくても、その芽生えのようなものでしょう」

子供時代のアンドレイ・チカチーロにはいい思い出はひとつもなかった。彼はうまく友だちをつくれなかった。というより、同年代の少年たちにからかわれ、いじめられていたというのが真相だった。七歳年下のタチアーナは、この当時のアンドレイのつらい毎日を物語る光景を、ぼんやりとだが記憶していた。「兄が言いがかりをつけられて、追いかけまわされていたことだけ憶えてます」と、彼女は話した。「ときどき、兄が家の隣の野菜畑に隠れているのを見ました。怖くて外に出られないんです」

「彼は同輩とのあいだに良好な関係を形成することができなかった」と、トカチェンコは少し専門的な用語で説明した。「彼の性格が妨げになったんです。劣等感が強く、極度に神経過敏で、積極性や肉体的な強さといった、少年たちが重んじる資質を持っていなかったからです」

トカチェンコはチカチーロのサディズムの原因を、彼のこの少年期の生活に見いだした。母親や同輩との関係が、彼を屈辱感と抑圧された怒りで満たしただけでなく、チカチーロは戦争の恐ろしい流血の場面を目撃し、それが刺激的なものであることを発見した。そして、戦後蔓延《まんえん》したさまざまなプロパガンダが、チカチーロのその経験を肯定し、残虐行為や暴力をさらに正当化したのだった。

「チカチーロは『若き親衛隊』という小説を愛読していました。戦争中のパルチザンを主人公にしたものなのですが、ドイツ兵をたたきのめしたり、鉱山の立坑に放りこむシーンが描かれています。チカチーロは自分がパルチザンになり、ドイツ兵捕虜を拷問して、そして殺すという空想をよくしました。その種の空想は、彼の世代のサディストのあいだではごくふつうに見られるもので、他人に対して支配力を行使する立場に自分を置くという点が、かれらの空想には共通しています」と、トカチェンコは語っている。

少年時代のさまざまな思い出を打ち明けたとき、チカチーロ自身は何よりも自分の近視について力を込めて語った。彼はそれを屈辱的な弱点と呼んでいた。「近視のせいで、三十まで劣等感を持っていました」と、チカチーロは供述書に記している。「恥ずかしくて眼鏡をかけられなくて、でもそのせいで、ときどき困ったことにもなりました」供述書のつづきによると、三十歳のときにオートバイを買い、免許証をとるためにどうしても視力を矯正しなければならなくなって、彼は生まれて初めて眼鏡を買ってかけたのだった。

少年時代のチカチーロには空想のほかにも劣等感を補う方法があった。彼は学校では黒板のそばの席に坐り、一生懸命に勉強した。「わたしにとって、学校の勉強は楽ではありませんでした。近視のうえに、記憶力が悪くて、教師が教えることを全部憶えるのも大変でしたから」と、チカチーロは書いた。「でも、辛抱づよくやったせいで、十学年（ハイスクールの最終学年にあたる）まで無事終了しました。わたしの村では、そこまでいく者はほんの少ししかいなかったんです」

劣等感から逃れようと頑張ったせいで、チカチーロはいくつかの面では模範的な生徒だった。まず、成績がよかった。また、好評を得ていた課外活動のひとつで、老人に援助の手をさしのべる委員会の委員長を務めてもいた。共産主義青年同盟《コムソモール》の集会で使う、スターリンを称えるプラカードを描いたし、他の生徒に見せるコムソモールの壁新聞の製作にも取り組んだ。

　しかし、ある重要な面で、チカチーロは仲間たちに遅れをとった。トカチェンコによると、脳の異常のためにチカチーロの性的な成熟が遅れたのだった。思春期の性的経験についてのチカチーロの説明は、相手の医師により少しずつ異なっていたが、それでも、共通部分から話の全体像をつかむことは充分可能である。チカチーロの性的成長はかなり遅くはじまった。彼は十七歳になるまでマスターベーションをしなかった。それに、彼が自分の性的成長に怯えたことは明らかだった。チカチーロがモスクワの性病理学研究所の専門家たちに語った話によると、十四、五歳のとき、彼は結婚するまで女性に触れないと自分に誓ったという。だが、むろん、その誓いは守られなかった。

　女性に対するチカチーロの数少ない経験は、そのほとんどが無残なものだった。彼が十六歳ぐらいのとき、妹の友だちがチカチーロ家に遊びにきた。そのとき、家には彼以外だれもいなかった。ちょうど彼が、初めてのセックスを経験していく村の仲間たちを羨ましく眺めていたころで、妹の友だちはチカチーロよりずっと年下の十歳か十一歳くらいだった。彼は少女を犯したいという衝動に突然とらわれたらしく、彼女をつかまえて床に押し倒した。そして、もみ合っているうちに初めての射精を経験した。そのあと、彼は少女を解放した。性病理学研究所のヴァチェスラフ・マスロフ博士によると、この出来事によってチカチーロの心のなかで、相手に対する暴力的な行為と性的満足とが固く結びつけられたのだった。

思春期の終わりごろ、チカチーロは学業で重大な失敗を犯し、さらに劣等感を強める結果となった。彼は五年前のミハイル・ゴルバチョフと同じコースをたどることで、貧しい田舎生活から抜け出そうと照準を定めていた。南ロシアのスタヴロポリ地方出身のゴルバチョフは、ソ連でもっとも格式のあるモスクワ大学の法学部への入学資格を取得することによって、故郷のコルホーズからの脱出を果たしていた。もちろん、ゴルバチョフのことは何も知らなかったが、チカチーロは同じ大学の同じ学部に出願した。だが、入学を果たすには(党の有力者の子弟は別として)きわめて競争率の高い試験を突破しなければならなかった。チカチーロによれば、試験はロシア語で行なわれ、それが彼にとって大きなハンディとなった。ウクライナの彼の故郷のほうでは、スペイン語とポルトガル語ほども異なるウクライナ語とロシア語を混ぜ合わせた方言が日常的に用いられていたのだ。チカチーロはモスクワへ行き、試験を受けた。チカチーロの話によると、彼は良と優のあいだという素晴らしい成績をおさめた。しかし、モスクワ大学の門をくぐるにはそれでも充分ではなかったのだ。

チカチーロはこの失敗もまた新たな屈辱と考えていた。チカチーロがセルプスキー研究所の医師たちに語った話では、彼は故郷の学校長から、父親の戦争中の汚点のせいで、モスクワ大学への入学は無理だろうと言われていたというのだ。この校長の指摘は当たっていたかもしれないが、しかし当時すでにスターリンは世を去り、ニキータ・フルシチョフの指導のもとイデオロギー面の雪解けがはじまっていたことも事実だった。いずれにせよ、不合格の理由は何であれ、この失敗はチカチーロが屈辱と感じなければならないほどのことではなかった。それは譬《たと》えて言えば、ネブラスカの農村の利発な若者が、ハーバードに門前払いを食わされたようなものだった。ふつうなら、その若者は代わりにネブラスカ大学に入るだけのことである。チカチーロも同じようにもう少し格の低い大学に出願しなおすか、一年間自分で勉強してから、もう一度モスクワで試験を受けるかできたはずだった。しかし、彼はそのどちらの道もとらなかった。

アンドレイ・チカチーロはもうこれ以上屈辱的な思いをする気になれなかった。「何か仕事を探すことにしたんです」と、彼はコストエフに語った。「鉄道でクルスクまで行って、そこで三カ月間、肉体労働者として働きました」そのあと、彼は職業訓練学校に入って、通信技師になるための訓練を受けた。モスクワで法律家の道を歩みはじめようと野心に燃えていた若者が、結局、電話の修理工に甘んじることになったのだった。

その学校を修了するとすぐ、チカチーロは徴兵された。彼はKGBの通信部門の特別部隊に配属され、そこで三年間、下士官としてすごした。除隊後は数年、ロストフ州で技師の仕事を転々とした。一九六〇年には共産党への入党を果たし、当時の彼にとっては党員であることが唯一の誇りだった。

チカチーロにとって女性との関係は相変わらず悲惨なものだった。ときおりだが、彼は女性と知り合い、勇気を奮ってデートに誘ったうえ、さらに積極的な誘いをかけたこともあった。なかには、快い返事をした女性もいたという。「調べてみたところ、彼が語ったうちのひとつのケースは事実と確認できました」と、トカチェンコは言う。「除隊直後の一九六〇年に、彼はある女性とセックスを試みました。その女性の話によると、チカチーロは迫ってはきたが、結局果たせなかったそうです。この失敗の前にも、彼は別の女性を相手に何度か試みています。しかし、勃起しないか、またたくまに射精してしまうかのどちらかでした」

チカチーロの性的能力に関して、トカチェンコは二つの明確に異なる問題を指摘している。「うまく勃起しないのは心理的な問題のせいです。自分に自信がない、劣等感が強い、などの問題です。しかし、早漏は肉体的な原因によるもので、脳機能の器質的な異常のために、チカチーロは性病理学者が低い興奮閾《いき》と呼ぶ問題をかかえているのです。彼は性的刺激がなくても、あるいは非性的刺激だけでも興奮するし、勃起しないで射精することもあります」

たがいに関連しながら、はっきりと異なるこの二つの性的能力の欠陥に悩まされ、チカチーロはさらに内向的で消極的になった。「わたしは内気で、無口でした」と、彼はコストエフに言った。「女性と性的関係をもったことがなかったし、そういうことを考えようともしませんでした。いつも、ラジオを聞いたり、テレビを見たり、新聞を読んだりして、それで満足していました」

一九六一年、チカチーロの妹タチアーナが十六歳で学校を終えた。粗末な家と冷酷な母親の待つヤブロチノエに帰らせるのが忍びず、アンドレイは妹を自分のもとに引き取ることにした。兄妹は一間のアパートで半年一緒に暮らし、妹は兄に感謝の念を抱くようになった。「兄はわたしのことを大切にしてくれました」と、彼女は言う。ガールフレンドが一人もいない点を除けば、彼女が兄の行動に異常なものを感じることはなかった。

まもなく、タチアーナはヴァシリーという名の肉体労働者と結婚し、兄のアパートを出た。しかし彼女は、兄が結婚し自分の家庭を持てるよう力になりたいと考えていた。アンドレイ・チカチーロには魅力的な点がいくつかあった。彼は学校を終えたあとも通信教育で勉強をつづけるまじめな青年であり、また、党員でもあった。しかしなんといっても彼の一番の長所は、ほとんど酒を飲まないことだった。ソ連では夫の酒癖の悪さが、群を抜いて離婚原因のトップだった。したがって、結婚相手を求める女性の多くは、酒をあまり飲まない、頼りがいのある働き者の男性でさえあればいいと考えていた。

一九六三年、タチアーナと彼女の夫の家族は、そういう女性をアンドレイ・チカチーロのために見つけ出した。相手はノヴォシャフチンスクの炭坑労働者の娘で、フェオドシア・オドナチェヴァといった。フェオドシアはずんぐりした身体つきの、あまり魅力的とはいえない女性で、中等教育まで終了していた。当時二十四歳で、ソ連の女性の結婚適齢期を少し過ぎていた。

アンドレイ・チカチーロの記憶では、それはまったくの見合い結婚のようなものだった。

「妹のタチアーナがほとんど取りしきりました」と、彼はコストエフに語った。「妹とあれの亭主の側《がわ》の親戚がお膳立てして全部の段取りを決め、二週間後、わたしたちは結婚したんです」

最初、チカチーロはペニスが勃起せず、なかなか床入りを果たせなかった。しかし、最終的には、妻を相手に初めてのセックスを経験することができた。彼にとってセックスとはごくたまに、苦労しながら行なうものだった。しかしそれでも、フェオドシアを妊娠させるには充分だった。二人のあいだには一九六五年に初めての子、長女リュドミラが、一九六九年には二人目の子、長男ユーリーが生まれた。

チカチーロとフェオドシアの家族はどちらもこの結婚をたいへん喜んだ。「わたしはフェオドシアからとてもいい印象を受けました」と、タチアーナは言う。フェオドシアの家族の目には新しい義理の息子はインテリに見えた。「彼とは復活祭のたびに会っていました。うちの両親の墓の手入れ(ロシアの風習)を手伝いに来てくれたんです」と、イヴァン・オドナチェフは語った。「酒を一杯か二杯飲んで、何か食べると、ひとり離れて新聞を読んでいました。いつもそうです。わたしは彼のことをとても高く買っていました。本をたくさん読むし、党員ですしね」

チカチーロは一九九〇年に逮捕されるまで、外見はふつうの家庭人を装っていた。一九八五年、娘のリュドミラが、造船技師をめざして勉強中の青年、ピョートル・モリャコフと結婚した。モリャコフとリュドミラ・チカチーロは夫のほうの両親と暮らしていたが、妻の両親ともよく会っていた。肉親を別にすれば、おそらくこのモリャコフがいちばんアンドレイ・チカチーロと直接接していたものと思われる。

モリャコフが知る義理の父は、横柄な妻におとなしく従う無口な男だった。アンドレイ・チカチーロとフェオドシアの家庭は、義理の息子の目にはあまり温かいものには見えなかった。モリャコフは二人がキスしているのを一度でも見た記憶がなかった。彼によると、チカチーロ夫婦のあいだでは、つねにフェオドシアが主導権を握っていた。「あの家族は、女たちのほうが力をもっていました」と、彼は語った。「義母が何でも決め、あれこれ義父に指示するんです」

モリャコフが語るアンドレイ・チカチーロの妻の姿は、タチアーナ・チカチーロが語った彼女たち兄妹の冷酷な母のそれに驚くくらい似ていた。「義母は義父にしょっちゅうわめいたり、どなったりしていました」と、モリャコフは回想する。「何でもないようなことでもそうでした。水道が出ない、ガスが止まったといっては、義父になんとかするよう騒ぐんです。すると義父は、いつもそうですけど黙って立ち上がって、義母の言うとおりにするんです」

モリャコフもまた、義理の父の秘密の生活にまったく気づいていなかったし、他の家族が気づいていたらしい様子も見かけなかった。何もかもごくふつうに見えた。モリャコフとチカチーロは一緒にチェスをした。モリャコフの記憶では、勝つのはいつも義理の父だった。二人でロシア文学について語り、チカチーロは大した蔵書がないと残念がった。出張がなくて家にいるときのチカチーロは、よくアパートの改造計画に取り組んでいたようで、ときどきは義理の息子を相手に大工仕事や左官工事について講釈したりもした。

モリャコフの話では、リュドミラは自分の父親をひじょうに尊敬していた。「妻はよくわたしに、彼女の父を見習うよう言ったもんです。わたしは趣味で絵を描くんですが、妻に、義父の肖像画を描けばいいのにって言われたこともあります。断わりましたけどね。わたしは女性しか描かないんで。とにかく妻は、義父がとても教養のある人間だと思っていました」

一九八六年、ピョートルとリュドミラのあいだに初めての子供ができた。男の子だった。アンドレイ・チカチーロの反応は、義理の息子によれば、初孫を前にしたふつうの親と変わらなかった。チカチーロは生まれたばかりの赤ん坊が大きくて健康であることを喜んだし、孫がいくらか成長すると、遊園地に連れていってメリーゴーランドに乗せてやったりした。

モリャコフは義理の父に何の疑いも持たなかったが、じつは、チカチーロの平凡な外見の下に隠されているものに少し気づいていた人たちもいた。しかし、その人たちは最初から、ひそかにそれを無視することに決めていた。

一九六四年、結婚の翌年、チカチーロはさらに高度な教育を受けようと決意し、ロストフ州立大学教養学部の通信課程の生徒となった。これは、年に二カ月教室に通い、残りは郵送されてくる教材をもとに自分で勉強するというコースだった。学位を得るまで通常よりずっと時間がかかったが、チカチーロはやり抜いた。一九七〇年、彼はロシア文学の学位を与えられた。コルホーズ生まれの男がソ連のインテリゲンチャの仲間入りを果たしたのだった。

チカチーロは自分の新しい社会的地位にふさわしい仕事をさっそく探しはじめた。彼には党内に有力な縁故があった。一九六八年から一九六九年にかけてロストフの党の学校で研修を受けたときに知り合った、ノヴォシャフチンスクの夜間学校の校長を務めるパーヴェル・ヴォズニコフもその一人で、チカチーロはこの校長を訪ねた。ヴォズニコフは友人の、ノヴォシャフチンスクの第三十二職業訓練学校の校長、アレクサンドル・ソロチキンに電話した。ソロチキンは副校長兼国語・ロシア文学の教師としてチカチーロを迎え入れることに同意した。

しかし、チカチーロは管理職としても教師としても失敗した。「副校長としてやっていくには気が弱すぎたんです」と、彼は語った。副校長の仕事には他の教師たちを監督することもふくまれていた。すぐにチカチーロは管理職の仕事を断念して教師の職に専念するよう、ソロチキンから求められ、チカチーロは同意した。

しかし、チカチーロは教師の仕事もうまくこなせなかった。「生徒たちをうまく抑えられなかったんです」と、彼は告白した。「わたしの性格の弱さにつけこんで、一部の生徒は好き勝手なことをしました。わたしを笑って、〝アンテナ〟と呼ぶんです。授業中に煙草を吸う生徒さえいました。校長の耳にその話が入って、生徒たちをちゃんと抑えていくよう何度も注意されました。やってみたんです。でも、どうしてもだめでした」

第三十二職業訓練学校には一部の生徒のために寄宿舎が設けられていて、チカチーロの職務には寮生を監督することも含まれていた。その職務中目にした生徒たちの姿は、彼をひどく刺激するものだった。「腕力のある生徒が、弱い生徒を相手に男色にふけったりしてるんです。それに、いくら対策を講じてみても、女子生徒は早々とセックスを体験しました。男子生徒と女子生徒が一緒にベッドにいる現場を押さえたこともあります。それを見て、わたしは内心動揺しました。わたしが三十になってもできないことを、子供たちがやってるんですから」

教師の職を選んだことは、チカチーロにとって明らかに大きな誤りだった。彼は毎日辱めを受け、嘲りに耐えなければならなかったし、青少年の過激な性の実態は彼を侮辱するものにほかならなかった。そしてソロチキンからは、技術者の仕事にもどったほうがいいのではないかとほのめかされた。だが、チカチーロは承服しなかった。大学の学位を持つ者が手仕事にもどるなど、チカチーロにとっては恥ずべき話だったからだ。

一九七三年の春、チカチーロの母親が死んだ。精神科医たちとの面接の際には、彼はそのことを、自分にとってことさら重大な意味を持つ出来事とはみていなかった。しかし、母親の死からわずか一ヵ月後の一九七三年五月、彼の倒錯は初めて法の垣根を越え、被害者を生みはじめたのだった。

そのとき、チカチーロは三十七歳だった。アメリカ合衆国では、連続殺人犯が内面の怒りを行動で表わしはじめるのは一般的にもっとずっと低い年齢――思春期の終わりから二十代なかばぐらいからである。チカチーロの場合、発症が遅かったのは、ひとつには、妹のお膳立てによる結婚生活の束縛のせいと考えられ、また、ソ連社会全般の抑圧的で規制的な傾向も一因であるにちがいない。たとえば、チカチーロはアメリカの連続殺人犯のように、マスメディアによる性的な刺激に絶えずさらされることはなかったはずである。

アンドレイ・トカチェンコ博士はチカチーロの過去の人生を、倒錯への緩慢だが着実な転落のプロセスとみた。「彼の性衝動はしだいに歪曲化されていったんです」と、トカチェンコは語る。「彼の性的傾向は正常な、異性愛の行為から徐々に離れていきました。異性愛はチカチーロの真の欲求に応えるものではなく、彼はそれに満足しなくなっていったんです。彼が満足を得、内面の緊張を解消するには、対象に対する攻撃的で、暴力的で、破壊的な行為が必要だったんです」

しかし、チカチーロの倒錯への転落は殺人からはじまったのではなかった。一九七三年から一九七八年までの彼は、性的いたずらに自分の行動を限っていた。トカチェンコ博士はこの期間を、チカチーロのサディズムの発症への過渡期と理解した。「そういう行為は、相手に服を脱がせたり服従させたりするときに、支配的な力をふるうという意味でサディスティックなんです。相手の身体を触るか抓《つね》るかしたかったと、彼は言っていますが、そこです。彼の行為がサディスティックだというのは」

チカチーロの供述書には、彼のなかでしだいに力を増していった倒錯的傾向の様子がよく表われていた。最初は、公衆便所の周辺を徘徊《はいかい》することからはじまり、あわよくば少女の着衣の乱れた姿をのぞけないかと、彼はチャンスをうかがったのだった。一九七三年五月（最初の供述では一九七七年ごろとされていた）、チカチーロはノヴォシャフチンスクの郊外の森のなかにある池に何人かの生徒たちと泳ぎに行った。池のなかで泳いでいたとき、彼は十五歳の女生徒リュボフィ・コスチナの背後に迫り、乳房と生殖器のあたりをわしづかみにした。彼女が叫び声をあげて抵抗すると、彼はたちまち射精した。

チカチーロがコストエフにこの事件より先にあったように話したトーニャ・グルツェヴァの一件はこのあと、同じ月に起きた。チカチーロは補習の課題を与えて、グルツェヴァを放課後も教室に残らせた。「スカートがまくれ上がっているのに気づいたんです」と、彼は語った。「パンティーと露《あらわ》な太腿が見えました。それで、頭に血がのぼってしまって、胸と性器を触りたくてたまらなくなったんです。彼女はいやがって、わたしを押しのけて大声をあげました」

チカチーロはグルツェヴァを教室に閉じこめておいて、そのあいだにその場を去った。彼女は窓から飛び降りて家に逃げ帰り、その一件を両親に話した。その結果、両親から校長に抗議が寄せられたのだった。

このときが、チカチーロの猥褻行為がソ連の当局者の目にとまった最初の機会であり、この問題に対して何らかの処置をとる最初のチャンスだった。しかし、校長のアレクサンドル・ソロチキンはスキャンダルに真っ向から立ち向かうよりも、それを闇に葬るほうを選んだ。彼はチカチーロに穏便な退職を求め、それを受け入れさせた。その代わり、ソロチキンは民警への届けを出さず、チカチーロが別の学校——ノヴォシャフチンスクの第三十九職業訓練学校に再就職するのを妨げなかった。チカチーロは一九七八年に学校側の職員削減でこの勤め口を失うが、すぐまた別の教師の口を見つけた。こんども、やはり寮のある職業訓練機関、シャフトゥイの第三十三技術学校だった。

ここでもまた、チカチーロは自分を抑えられなくなった。一九七八年、彼はV・I・シチェルバコフという寮生の部屋に忍びこみ、眠っている少年にフェラチオをした。供述書によると、少年が目を覚まし、チカチーロは真っ赤になって逃げ出さなければならなかった。この出来事は生徒たちのあいだで評判になり、チカチーロは絶え間ない嘲笑の対象となった。

二年後、地区の祭りのかがり火に使う古新聞を集めるために、六歳から十三歳までの三人の少女が、シャフトゥイのチカチーロ一家のアパートを訪れた。そのとき、アンドレイ・チカチーロは一人でアパートにいた。彼は少女たちを押さえつけ、それぞれのパンティーを下ろして、性器をまさぐった。少女たちが逃げ出したのはもちろんだった。

三人の少女は親たちに事実を告げた。このときの大人たちの反応こそ、なぜアンドレイ・チカチーロが、だれにも妨害されずにただの強制猥褻から殺人にまでエスカレートしていけたかをよく物語るものだった。自分たちの隣人が子供にいたずらするなど、これらの親たちには想像もできず、そんなことはなかったはずだと本能的に決めつけたのだった。

第三十三技術学校の工作室主任ヴィクトル・スミルノフは、チカチーロ一家と同じアパートの住人だった。彼はチカチーロを礼儀正しい人物とみていて、学校の職員会議でときどき隣に坐ったりもし、自分の釣り仲間とは別格の存在だと考えていた。「彼には低俗なところがありませんでした。酒飲みでもなかったし」と、スミルノフは語った。チカチーロには〝ガチョウ〟という不名誉なあだ名が付けられていたが、それは彼の長い首と目をすがめて見る癖を揶揄《やゆ》しただけのものだった。

一九九二年のインタヴューでスミルノフが語ったところによると、彼はチカチーロが子供たちにいたずらをしているという噂を耳にしていた。「女たちが噂をしているんです。でも、私は信じませんでした」と、彼は言った。「(死んだ)家内がその話を口にしたので叱りつけたこともあります。『いい大人がそんなことをするはずないだろ』ってね。子供たちがふざけてそんな話をこしらえたにちがいないって思っていたんです」

当時、チカチーロ自身の身内のなかにも、彼の表向きの顔の陰に隠れた異常な性癖に気づいていた者がいた。しかし、この身内たちも沈黙を守っていた。

その一人は、フェオドシアの弟イヴァン・オドナチェフとその妻タイーシャの娘で、チカチーロの姪にあたるマリーナ・オドナチェヴァだった。一九七三年、六歳のとき、マリーナは伯父のアンドレイにパンツのなかに手を突っこまれ、性器を触られた。だが、だれにも言わないよう伯父から口止めされ、マリーナはその言いつけを守ったのだった。

五年後、マリーナはまた従兄弟たちを訪ねた。その夜中に目を覚ましたマリーナは、自分の上に、ペニスを握りながら覆いかぶさっている伯父アンドレイの姿を見つけた。彼はマリーナの身体にペニスをこすりつけ、射精した。またも、だれにも言わないよう口止めされ、マリーナはその夜の出来事も自分だけの胸にしまっておいた。そして十二年後、伯父の逮捕を知らされたとき初めて、彼女は両親に秘密を打ち明けたのだった。

マリーナの母タイーシャ・オドナチェヴァはその話にさほど驚かず、すぐに娘の言葉を信じた。というのは、彼女自身がアンドレイ・チカチーロにいやな思いをさせられた経験があったからだった。「一九七八年の同じころ、彼はわたしに迫ってきたんです」と、一九九二年のインタヴューでタイーシャは語った。彼女が抵抗すると、アンドレイは強姦の一歩手前で引き下がった。彼女は義理の母マトリョーナ・オドナチェヴァのもとに飛んでいった。フェオドシアの母でもあり、一家の女家長的存在である義理の母に、タイーシャはありのままを訴えた。しかしタイーシャの知るかぎり、彼女の訴えを聞いても、マトリョーナ・オドナチェヴァはそれに対していっさい何も言わず、何の手も打たなかった。

夫に話せばよかったのでは？

タイーシャは鼻で笑った。「そんなことして何になるの？　男は自分のことしか考えないわ」彼女の声は震えていた。「わたしたち女はだれにも守ってもらえないのよ！」そう口走ると、彼女はすすり泣きはじめた。

一九七三年から一九七八年にかけて起きた強制猥褻事件のひとつでも、もし刑事訴追の対象になっていれば、アンドレイ・チカチーロは彼が自白した五十件以上もの殺人を犯すことはできなかったにちがいない。彼は刑務所に入れられるか、少なくとも精神病院に収容されていたはずで、そうすれば、彼の名前は、レソポロサ連続殺人事件のたびに民警がつくった性犯罪者のリストに載っていたのだ。そして、おそらく彼は一、二件殺人を犯したところで逮捕されていただろう。しかし、彼の名前が性犯罪の記録に載ることは、一九九〇年の逮捕のときまでただの一度もなかったのだ。

トカチェンコ博士によると、ソ連社会は現実から目をそらそうとする事なかれ症候群《シンドローム》でがんじがらめになっており、そのことが結果的に、痴漢たちの身を守り、かれらが犯罪を続けるのに都合のいい環境をつくり出していた。

「つまり、妻や母親が、子供に対する夫の倒錯行為を隠しているんです。それが児童虐待にあたることをちゃんと知っていながらですよ。だれも官憲を信用しないし、何も公《おおやけ》の場に持ち出そうとしません。だれかがこの手の事件を見聞きしても、その情報は世間話や噂話より先には進まないんです」と、トカチェンコは言う。

博士に言わせれば、社会が最初のころの強制猥褻事件でチカチーロを厳しく罰しなかったことが、彼により大胆な行動をとらせる結果となったのだった。

「当然彼は大変なことになると恐れたでしょう。ところが、そんなことはなかった。仕事をクビにはなったけれど、すぐ別の口を見つけられたし、それにどこからも訴えられなかった。一番の問題は、何ごともなくすんだってことなんです」

一九七八年を迎えると、アンドレイ・チカチーロはたまの猥褻行為ではあきたらなくなり、秘密の二重生活に本格的にのめりこんでいった。彼は手始めにシャフトゥイ市内のメジョヴォイ通りにあるあばら家を購入した。家族の住むアパートからは数キロ離れた場所だった。ソ連では国有の高層アパートに人気が集まるという傾向はあったものの、昔からの私有住宅もなくなることはなかった。私有住宅の多くは古い農家だったが、そのなかには市街地の拡大のせいでいまでは都市の一角を占めるものも少なくなかった。ただ、建築資材の不足のため、新たに水道等の屋内配管などをして改善をはかることが難しく、これらの住宅はスラム化する傾向にあった。チカチーロが買ったメジョヴォイ通り二六番地のあばら家はまさにその典型だった。一間かぎりのみすぼらしい家は屋根が波うち、未舗装の通りとのあいだの土手に刻まれた階段は、急ですぐにぬかるみ、足元が不安定だった。一九九二年になって、このあたりに住みつくジプシーが増えてきているという事実からも、ピンからキリまであるロシアの住宅のなかで、この家が最低のキリであることは明らかだった。

修繕して父の隠居用に使おうと思って、とチカチーロは二、三百ルーブルすると思われるメジョヴォイ通りの家を買った理由を隣人たちに説明した。そしてあとになって、階段が急なので父はこの家を使わないことになった、と説明し直したのだった。

その家を買ったときのチカチーロの真意がどのようなものであったにしろ、彼はすぐそのあばら家を隠れ家とし、自分の好きなタイプのセックスにふけるようになった。

「一九七八年のある日、若い女が二人やってきて、自分たちは彼からそこを〝借り〟てるって言うんですよ」と、近所の涙っぽい眼をした大柄な老婆、マリーヤ・ホルキナは言った。「年端《としは》のいかない汚い格好の女たちでね。たぶん、駅にいるホームレスか何かで、ほかに行くところもない連中なんでしょ。しばらくしていなくなったと思ったら、別のが現われた。やっぱり若いので、男も女もいましたよ。ときどき、夜になって、何やら聞こえてくることがあったけど、どんちゃん騒ぎでもやってるんだろうと思ってね」

老婆は一度も民警に連絡しなかった。というのも、ひとつにはこのあたりの住人はできるだけ民警と関わりをもたないようにしていたからで、また、彼女がチカチーロからいい第一印象を受けていたからでもあった。「まさか裏でそんなことしてたなんて思いもよらなかったからね。アイロンのかかった服を着て、いつもきれいにしてたから。あたしだってもう少し若けりゃ、呼ばれるままについてったかもしれないね。そうしたら、あの男に殺されて、いまごろあの世だったんだ」

じっさい、当時のチカチーロは、自分の小屋に誘いこんだ相手とある種のセックスを頻繁に行なっていた。トカチェンコによると、チカチーロはインポテンツのせいで通常、相手の女性にオーラル・セックスを申し出、性交なしで射精していた。

ときには、少年が相手の場合もあった。しかし、トカチェンコは、チカチーロが同性愛者であるという結論は出さなかった。チカチーロは要するに、相手が男か女かということには無関心で、自分の思いどおりに相手を操作し支配できさえすればよかったのだ。そして、この操作と支配は年々サディスティックで狂暴になっていった。だが、チカチーロがかつて成人男性に魅力を感じた形跡はまったくなかった。「彼は同性愛者ではなく、サディストなんです」と、トカチェンコは結論づけた。

このころのチカチーロのセックス・パートナーのうちの二人の女性は、もしブラコフや捜査員たちが彼女たちのことを充分知ってさえいれば、レソポロサ連続殺人犯の正体をつかむ手がかりをもたらしていたかもしれなかった。その一人は、一九八四年の夏に自分の娘と一緒に殺された女性タチアーナ・ペトロシャンだった。タチアーナとチカチーロは彼女が殺されるずっと以前からときおり会い、オーラル・セックスに限られたものらしい関係をつづけていた。チカチーロはタチアーナが彼女の母親と暮らすアパートを訪問したことさえあった。しかし、タチアーナ・ペトロシャンの殺害当時、すでに教職の道を去っていたにもかかわらず、彼は教師を装っていたし、それに、タチアーナを訪ねてくる男性がほかにも大勢いたことも事実だった。

このころのもう一人のパートナーは、一九八三年夏の被害者でダウン症の少女イリーナ・ドゥネンコヴァの姉だった。チカチーロはこの姉のほうと性的関係を結んでいたころ、イリーナとも多少の面識を持つようになっていた。チカチーロが殺害以前から知っていた被害者は、このイリーナ・ドゥネンコヴァとタチアーナ・ペトロシャンだけだった。しかしどちらの事件でも、レソポロサ事件の捜査本部はチカチーロとこの二人の女性の関係をつかむことに失敗していた。

チカチーロの義理の息子ピョートル・モリャコフによると、家族はだれもメジョヴォイ通り二六番地で何が行なわれているか知らなかった。しかし、間接的な徴候はうかがわれなくもなかった。トカチェンコによれば、チカチーロと妻とのセックスの回数は二、三カ月に一回くらいにまで減っていたし、その減少がはじまった時期は、チカチーロがメジョヴォイ通りの小屋を買った時期とほぼ一致していた。

トカチェンコの話によると、チカチーロ夫婦のセックスは一九八四年を最後にまったくとだえていた。チカチーロはトカチェンコに、その年にあった妻の思いがけない妊娠の話をしていた。彼は子供を産むことを望んだが、妻は中絶を主張したという。この話が事実かどうかはともかく——フェオドシア・チカチーロはそのとき四十五歳だった——その年以降、チカチーロが性的満足を得るのは秘密の生活を通してだけになったようだった。


年月が進むにつれ、チカチーロにとって正常人の外見を維持するのが難しくなっていった。一九八一年三月、彼は教育者としての悲惨な経歴に終止符をうつことを決め、〈ロストフネルト〉という企業に資材調達係《スナブジェニェッ》の勤め口を見つけた。

スナブジェニェツは直訳すれば〝供給者〟で、ソ連経済の後進性を反映するソ連独特の職種だった。市場経済社会の企業の主な仕事が生産品を売ることであるのに対し、ソ連企業の主な仕事は、一言でいえば原材料を買うことにあった。たとえば、〈ロストフネルト〉の場合、建設資材の生産のために、砂から釘までさまざまな原材料を必要とする。だが、ソ連の非能率的な経済体制の下では、供給元が契約を履行できないケースは決して珍しくなく、〈ロストフネルト〉の生産ライン——たとえばコンクリート・スラブの生産ラインは、骨材や鉄筋、あるいはほかのほぼすべての資材の不足のせいで停止するかもしれなかった。スナブジェニェツの仕事はこのような問題を最小限にとどめるために、自分の工場に必要な原材料を安定的に確保することにあった。スナブジェニェツの別名は〝後押《トル》し屋《カチ》〟だった。

いくつかの理由から、スナブジェニェツの仕事は容易ではなかった。まず第一に、取引先の工場を訪ねて原材料の確実な供給を要請するために、スナブジェニェツは頻繁に地方回りをしなければならず、この、ソ連での地方回りにはなかなかきびしいものがあった。ホテルやレストランは最低で、列車はのろく、飛行機はよく欠航した。また、原材料の供給を要請するには、取引先の工場長にウオツカやキャビア、現金などの賄賂を贈ることもときには必要だった。しかもどんなに努力してみても、スナブジェニェツはよく原材料の確保に失敗し、上司から叱責された。そのため、ほとんどどこの大企業でも優秀なスナブジェニェツの確保に苦労していて、ほとんどだれでも希望者はこの職に就《つ》けるという状態となっていた。

しかし、スナブジェニェツの仕事は列車やバスに乗ることが好きな者、勤務時間中まるまる拘束されていたくない者にとっては悪いものではなかった。

「アンドレイ・チカチーロは一九八一年に職を求めてここに来ました」と、〈ロストフネルト〉の人事部係長ニーナ・ナサチェヴァは回想した。「なぜ職を探すことになったかは、たずねたんでしょうけど、思い出せませんね」ナサチェヴァによると、チカチーロが採用されたのは、技術者としての教育を受けていることと、本人が希望していることの二点からだった。過去の雇主に対する問合せはいっさい行なわれないまま、彼はナサチェヴァのとなりに席を与えられた。

シャフトゥイの中心にある〈ロストフネルト〉の管理オフィスで働くようになったチカチーロはしかし、五十人の同僚たちのあいだにうまく溶けこめなかった。「あの人は、話している相手の目を決して見ませんでした。ぼんやり考えごとをしながら、デスクに向かっていることが多かったんですけど、ペンの先で紙をコツコツたたいたり、いたずら書きをしたりして、仕事をしているふりをしてるんです。だれかに何かたずねられても、すごく時間が経ってから答えるか、あるいは全然答えないかなので、ここには親しい友人もいませんでした。とにかく、変わり者でしたね」と、ナサチェヴァは語った。

チカチーロはときどきいたずらの標的にされることがあった。別の人事部員リタ・ゴロヴァノヴァによると、同僚たちは、チカチーロがたとえ洗面所に行くときでもつねにカバンを肌身離さず持ち歩くことに気づきはじめた（「なぜそうしていたのか、いまならわかりますけどね」と、一九九二年に彼女はつけ加えた）。ある日、同僚の一人が会議中にうわの空のチカチーロのすきをみて、煉瓦を新聞紙に包んで彼のカバンに押しこんだ。彼はカバンのなかにべつに変わったものを見つけた様子もなく、そのまま口を閉めた。チカチーロは、その午後ロストフに用があって退社するとき、何も知らずに煉瓦の入ったカバンを持って出た。翌日、いたずら好きの同僚たちは、カバンのなかの煉瓦のことで、チカチーロが何か一言ぐらい言うだろうと期待していた。しかし、出社してきたチカチーロはそのことにまったく触れなかった。同僚たちからからかわれていることに気づいていたとしたら、彼はその屈辱に黙って耐えていたのだった。

しかし、チカチーロは、スナブジェニェツとしての成績を認められ、就職後二年で二度の昇進を果たした。彼は副主任となり、供給部に五人の部下を得た。しかし、レソポロサ殺人が頻繁に起きた一九八三年と一九八四年に、彼の成績は落ちこんだ。「資材の購入代金を持って出ても、手ぶらで帰ってくることが多かったんです」と、ニーナ・ナサチェヴァは振り返った。「とうとう、月曜日の会議の席で、所長に怒鳴り散らされたんです。あの人、最後まで何も言わないで、うなだれたまま、いたずら書きをしてましたわ」

一九八四年の春、チカチーロはついにピョートル・パラギン所長に解雇の理由を与えた。企業のモータープールで使う十六個の自動車用バッテリーを購入してくるよう命じられ、彼はモスクワに行った（ロストフ州内の企業に電話で注文してすますことができないところが、ソ連経済の非生産性を示すひとつの尺度といえる）。チカチーロはモスクワから戻ると、十五個のバッテリーしか手に入らなかったと報告した。しかし、彼がバッテリーの一個を私物化し、フェオドシアの兄弟の一人と共有している車のほうにまわしていたことがすぐ明らかになった。

チカチーロがやったような、国営企業から品物を持ち出して私用にあてるという行為は、ソ連の労働者のあいだでは少しもめずらしいことではなく、通常、企業の責任者はそのような行為に対しては見て見ぬふりをしていた。しかし、パラギンはこのチャンスに飛びついた。彼はチカチーロが自分のアパートで使うためにリノリウムの床材も一部盗み出していたという調査結果を受け、この件も告発の罪状に加えた。〈ロストフネルト〉の党委員会はチカチーロを除名する手続きを開始した。

しかし、チカチーロも黙ってはいなかった。彼はシャフトゥイとロストフの党役員に抗議の手紙を送り、パラギンに不当な扱いを受けていると訴えた。ソ連の慣例によれば、パラギンは党に提出された彼への抗議に対し、申し開きをする義務があった。彼は面倒な問題は避けたかった。かくして彼とチカチーロは、十年前に第三十二職業訓練学校のアレクサンドル・ソロチキンとチカチーロのあいだで成立したのと同じ妥協に達した。つまり、チカチーロを穏便に退職させ、別の勤め口を探させることにしたのだ。結局、党はチカチーロを除名するにしても、パラギンはバッテリーとリノリウムの窃盗罪の告発に固執しないことにしたのである。

この妥協策によって、ニーナ・ナサチェヴァはチカチーロの労働者手帳に退職の記録を書きこまなければならなくなった。労働者手帳はソ連のすべての労働者が保持している書類だったが、チカチーロはすでに出社していなかった。そこでナサチェヴァは労働者手帳を借りるためにチカチーロのアパートを訪ね、初めてフェオドシア・チカチーロと会った。アンドレイはいない、とフェオドシアは言い、出社していないのか、とたずねた。

これで、チカチーロが勤め先での問題をフェオドシアにまったく話していないことがすぐ明らかになった。おそらくチカチーロは、それを明かすことは秘密の二重生活の発覚につながると思って、何も言わなかったのだ。

窃盗罪はレソポロサ事件捜査本部によって復活させられ、一九八四年九月の逮捕後のチカチーロの勾留を延長する根拠にされた。しかも、彼は刑務所に三カ月間入れられ、就職したばかりの〈スペッツエネルゴアフトマーチカ〉の勤め口を失う結果となった。だが、皮肉にも、この窃盗罪の訴追は、アンドレイ・チカチーロが自分の秘密の生活を家族から隠しつづけるのを助ける結果にもなった。彼の義理の弟イヴァン・オドナチェフによると、この事件は自分と性格的に合わない所長が、ささいな衝突を根に持ってでっち上げたものだと、チカチーロは家族に話していた。いかにも信じてしまいそうな話だった。そうでなかったら、大の男がこんなささいなことで訴追されるわけがないというのだ。逮捕の真のきっかけとなった鉄道の駅やバスのターミナルでのチカチーロの夜の行動について、彼の家族は依然何ひとつ気づかなかったのである。

一九八五年一月に出所すると、窃盗の前科も党からの除名も、チカチーロがまたスナブジェニェッツとして別の勤め口を見つける障害にはならなかった。（ロシア語の頭文字から）ＮＥＶＺとして知られる国営大企業、ノヴォチェルカスク電気機関車製造工場に、金属材料の調達係として、チカチーロは働くことになった。NEVZは一万一千人の従業員を有し、割当て数量を達成できれば、年に二百両以上の機関車を製造する大企業だった。

「あの男は困り者でしたよ」と、チカチーロの新しい職場の上司だった、がっしりした体軀のアレクセイ・レジコは回想している。「なぜ採用されたのか知らないけど、とにかく、出社してみたらあの男がいたんですよ」

レジコによると、チカチーロは同僚たちとうまくつき合えなかった。かつての教師仲間と同じように、今度の同僚たちも陰で彼を〝ガチョウ〟と呼んでいた。そして〈ロストフネルト〉の従業員たちと同じく、NEVZの従業員たちも人の目を見ない男として彼を憶えていた。

「だれかの誕生日の飲み会のような集まりがあると、あの男はいつもひとりで端に坐っていました。こっちが何か話しかけると、あいつはちょっと笑って、関係のないことを言うんです。たとえば、物価の話をするとするでしょ、するとあいつは病気か何かの話をするんです。車の話をすると、釣りの話をする。なかには、あいつに同情する連中もいましたけど、嫌っているのも多かった。面白味のない男でしたね」と、レジコは語った。

同僚たちは、チカチーロが秘密を持っていることも間接的に知った。ある日、フェオドシア・チカチーロがオフィスに電話してきて、夫が出張からいつ帰ってくるかたずねた。そのとき、チカチーロは休暇中だったのだ。電話に出た事務員はそのことを彼女に告げなかった。

レジコはすぐチカチーロの仕事ぶりに不満を抱くようになった。チカチーロが調達してくるはずだった品を確保するために別の従業員を送らなければならないことが何度もあった。「あの男はこの仕事に向いてなかったんですよ」と、レジコは言う。「いろいろ言ってみたし、ボーナスも減額したんですけど、効き目はありませんでした。仕方ないから、クビにするのに必要な申し立て書一式の材料を集めはじめたんです。この仕事でクビになるやつなんて、少なくともこの三十年間いなかったですよ」

このときもまた、表面をとりつくろった解雇となった。工場の労働組合が仲裁に入り、チカチーロは自主的な退職を認められた。彼は別の勤め口を見つけ、ロストフの電気機関車修理工場でまたスナブジェニェッツとして働くことになった。彼は再度逮捕されたときもそこで雇われていた。

次々と殺人を重ねていたころ、チカチーロは一度医学の助けを求めようとしたことがあった。抑えがたい衝動に駆られ、二週間に一人くらいの割合で人を殺していた一九八四年の夏、彼は地元のシャフトゥイの診療所を訪れた。トカチェンコ博士によると、チカチーロはその診療所の精神科医の診察を希望した。しかし、たまたま待合室にいた民警が彼を見て、チカチーロであることに気づいた。

「どうしたんだ?」民警はたずねた。「アルコールか?」チカチーロの年代の男性が診療所に来る場合、いちばん多い理由はアルコールだった。

民警の姿を見て、チカチーロは明らかに動揺したようだった。彼は医者の診察を受けずに診療所をあとにした。

一方、チカチーロの家族の状況はしだいに坂道を下るように悪化していた。一九八八年、彼の義理の息子ピョートル・モリャコフが精神病院に入院し、モリャコフとリュドミラ・チカチーロはまもなく離婚した。一九八五年、チカチーロのまだ十代の息子ユーリーが、父親と叔父の共有の車を無断で乗りまわすようになり、酔って車を運転したあげく、二度事故を起こした。このため、チカチーロは車を手放さざるをえなくなった。やがて、彼はアパートの真ん中に奇妙な小部屋を造る作業にとりかかった。そしてその元浴室で、チカチーロは自分の殻に閉じこもり、だれにも邪魔されずに空想にふけるようになるのである。

このころになると、チカチーロは現実と夢想の見境がつかなくなりはじめたようだった。一九八九年、チカチーロ一家が一戸を所有するシャフトゥイのアパートの中庭にガレージとトイレを増築する話が持ち上がり、彼はひどく神経を苛立たせた。その住居はリュドミラが再婚してウクライナのハリコフに行って以来、空き家になっていたのだが、フェオドシアはユーリーが除隊してくるまでそこを持ちつづけることを望んだ。チカチーロはミハイル・ゴルバチョフをはじめとする政府の最高幹部に抗議の手紙を書き、〝アッシリア人マフィア（一部のグルジア人は自分たちが聖書のなかのアッシリア人の子孫だと信じていた）〟が、シャフトゥイの役人を買収して彼の生活環境を破壊しようとしていると訴えた。さらに、チカチーロはモスクワに行き、赤の広場近くに陣取る抗議グループに加わった。

このグループがそこにいるのは、民族紛争が激化するザカフカス地方から逃れてきたロシア人避難民に住居を与えるよう政府に要求するためであり、アンドレイ・チカチーロの問題とは何の関係もなかった。不幸な人生をここまで生きつづけてきて、アンドレイ・チカチーロはとにかく何か叫びたかったにちがいない。

彼が後にトカチェンコ博士に語ったところによると、家ではチカチーロは、とみに新聞紙面に載るようになったレソポロサ連続殺人関連の記事を読んでいた。「もうずっと前から、彼は逮捕されるのを覚悟していたようです」と、トカチェンコは言う。「遅かれ早かれ、終わりがくることは、はっきり自覚していたんです」トカチェンコの印象ではチカチーロは、心の重荷を降ろして楽になれるときを待ち望んでいた。ノヴォチェルカスクの子供相手の食堂の外で、三人の捜査員についに取り囲まれたとき、アンドレイ・チカチーロはなにか安堵に近いものを感じたのだった。

13 裁判

アンドレイ・チカチーロが裁かれる法廷でいちばん目についたのは、彼の檻《おり》だった。一九九二年四月十四日の裁判開始時には、エンゲルス通りから大庭園通りに名を変えていたロストフ市のメインストリートから一ブロック離れた泥地に、ロストフ州裁判所の黄土色の新古典主義様式のビルは立っていた。法廷のなかは、ロシアのもののほとんどすべてがそうであるように少し古びていた。弁護人席と書記席のあいだの黒革張りの扉からは詰め物が飛び出していたし、法廷の後ろの壁にかかった時計は十時二十五分で止まったままだった。傍聴席や弁護人席は、大恐慌期の学校からの余剰品でも集めてきたのではないかと思われるような金属製のベンチと古めかしい木製の椅子が入り交じっていた。法壇の裁判長席には、ハンマーと鎌のソ連のマークが刻まれたままの、背もたれの高い木彫の椅子が置かれていた。裁判長の両側の少し小さめの椅子は、人民参審員に選ばれた二人の市民の席だった。参審員たちにもロシアの法律によって評決権が与えられているが、実際に判決を決めるのはほとんどつねに裁判官の意見だった。

四月十四日の朝、廷内のすべての目は法壇のかたわらの檻に向けられていた。チカチーロ逮捕のニュースと彼の犯行の概略は一九九一年十二月にコストエフとフェチソフによって報道機関に発表されていた。ロストフ、モスクワ両市の新たに自由化された新聞各紙はこれを、発行部数を伸ばす絶好の機会ととらえ、以来、今回の裁判についてさかんに書きたててきたのだった。法廷の二百の椅子は、新聞各紙が〝狂人〟と呼ぶ男を一目見ようと待ちかまえる人々で埋めつくされていた。

十時二、三分前、内務省の治安部隊の四人の制服兵士に連行され、チカチーロが地下の留置所から石の階段を上ってきた。この階段は、凶暴な殺人犯の裁判にのみ使われる檻の扉に直接通じていた。チカチーロが檻のなかに押しこまれ、ベンチにすわると、その背後で扉が閉ざされた。

十八カ月間に及ぶ勾留はチカチーロの姿を変えていた。彼はやせ衰え、知識人の雰囲気をかもしていた小さなネクタイと眼鏡はもうつけていなかった。この日彼が身につけていたのは、官給品のだぶだぶのグレーのスーツに、一九八〇年のモスクワ・オリンピック記念の図柄、赤、白、青の格子柄の少し滑稽なスポーツ・シャツだった。裁判の最終日まで、彼はずっとこの服装で現われることになる。もうひとつ、彼から消えたのは、逮捕されたときの薄くなりはじめていた褐色の髪だった。逮捕以来、その髪は白いものが目立ってきていたが、それが監獄の理髪師の手ですっかり剃り落とされていた。つるつるの青白い頭がライトを浴びてにぶく光るこの日のチカチーロには、なにか悪魔的な雰囲気がただよっていた。

チカチーロが現われたとたん、傍聴席から一人の老婆が飛び上がり、「サディスト！人殺し！おまえはなんてことをしたんだ！」と叫んだ。被害者の身内らしい老婆は、芝居がかった動作で檻のほうに突進し、二人の警官にやさしく制止されると、こぶしで椅子を打ちはじめた。この日の傍聴席はやはり被害者の身内が多く、それらの傍聴人たちも一緒になってすすり泣きながら、「人殺し！　サディスト！」と叫びはじめた。

チカチーロはしばしぼんやりと法廷内を見まわした。眼を見開き、口をあけ、ほうけたような表情であごをだらりと垂らしていた。廷内をひとわたり見まわすと、チカチーロは傍聴席に眼を向け、うっすらと笑みを浮かべたような顔で、先ほどの老婆を黙って見つめた。と、やおら、手にしていた文書の束から、《対話者《ソビエセドニク》》というタブロイド紙を取り出し、セミヌードの女性の全面写真のページを開いた。老婆が警官の制止を振り切って突進しようとすると、チカチーロはヌード写真を盾のように自分の前にひろげ、それから、老婆の怒りも悲しみも自分にはどうということもないというように、わざとらしいあくびをした。

チカチーロの弁護士マラート・ハビブーリンのテーブルと椅子は檻の正面にあった。ハビブーリンは丸顔の愛想のいい男で、裁判がはじまったときは三十七歳だった。彼は弁護士を開業して十四年になり、弁護した殺人事件の数は思い出せなかったが、有罪にならなかった被告の数は憶えていた。わずか二人だった。しかし、その反面、彼は多くの被告たちのために裁判官に情状酌量を訴え、アメリカの第二級謀殺にあたる判決を勝ち取っていた。彼の弁護した被告で死刑判決を言い渡された者はこれまで一人もなく、みんな長くて十五年の刑で済んでいた。

現実を直視すれば、アンドレイ・チカチーロの場合も、それがハビブーリンが望みうる最高の結果だった。奇跡でも起きないかぎり、チカチーロはまちがいなく有罪を宣告されるはずなのだ。だが、ハビブーリンはチカチーロが精神異常者であることを裁判官に説き、なんとか死刑判決だけは免《まぬが》れられればと考えていた。

しかし、ハビブーリンは西側の弁護士ならとても耐えられないような不利な条件を背負わされていた。法廷から特別許可が得られないかぎり、彼は独自の精神医学の専門家を証人として呼ぶことができず、アンドレイ・トカチェンコ博士を中心とする国側の専門家証人の精神科医らに反対尋問をすることで満足しなければならなかった。また、ハビブーリンは、チカチーロの血液型と証拠物件のＡＢ型の精液との矛盾に関する国側の説明に異議を申し立てるために、第三者的立場の法医学専門家を参考人として呼ぶ権利も認められていなかった。裁判官が特別な配慮をしないかぎり、スヴェトラーナ・グルトヴァヤ博士から提出されるものが、血液と精液の分析に関する唯一の証拠となるはずだった。

何よりも問題なのは、ハビブーリンが二冊の分厚い証拠書類――アンドレイ・チカチーロの供述書に立ち向かわなければならないことだった。ロストフの弁護士会がハビブーリンをチカチーロの弁護士に指名したのは一九九一年七月であり、検事イーサ・コストエフが容疑者の尋問と現場検証を十二分に行なって完了したあとだった。それ以前にチカチーロが受けた法的な支援は、ヴィクトル・リュリチェフ弁護士とのあわただしい面会しかなかった。そのリュリチェフは、レソポロサ事件の捜査期間中に検察庁に在籍していたとの理由で、まもなくチカチーロの弁護を辞退してしまい、その後、チカチーロは数通の書類に署名し、尋問のあいだ弁護士の助言を得る権利を放棄したのだった。

むろん、たとえ尋問中にハビブーリンが助言していたとしても、チカチーロの自供を防ぐことにはならなかったかもしれなかった。ある日、休廷中のインタヴューに答えてハビブーリンも、検察官の尋問に答えないよう弁護士が依頼人に助言することは非倫理的だと考えていると語った。ハビブーリンが受けた訓練はそういうものなのだ。ソ連の解体によって今後、ロシアがもっと対審制度的な法制を採用していく可能性はあるが、そのような制度はチカチーロの裁判がはじまったときには存在していなかった。彼の自白は適法とみなされたし、ハビブーリンが証拠としてのその提出を阻止できる見込みはなさそうだった。

ハビブーリンは自分の弁護する被告人を制御する有効な手だてもあまり持っていなかった。弁護人席と檻の配置のせいで、後ろを振り向かないかぎり、ハビブーリンはチカチーロに眼を向けられなかった。当然、尋問に対する答え方を小声で協議したり、肩に手をおいてチカチーロを制止したりすることもできなかった。アメリカの法廷における被告とは比較にならないほど、チカチーロは独力で何もかもやらなければならなかった。

だが、そんなことはチカチーロにはどうでもいいことのようだった、と法廷外のインタヴューでハビブーリンは答えている。

「チカチーロとはKGBビルの監房で初めて会ったんです。わたしは、自分が弁護士だと言いました。彼は礼儀正しかったけれど、弁護を受けることに、あまり関心があるようには見えなかったですね」と、ハビブーリンは言う。「ようやく弁護士と話せるとなると、大喜びしてどんどん質問してくる被告人が多いのですが、でも、チカチーロは関心がないようでした。わたしはもちろんたずねましたよ。なぜ、そんなに何もかも自白したんだってね。彼はちゃんと答えませんでした。『それは、その……』と言うだけでね。まともな答えは全然返ってこなかった。自分のまわりにはなるべくだれにもいてもらいたくないような、そんな印象を受けましたね」

初めて一般市民の前に姿を見せたチカチーロに対し、けたたましいわめき声や叫び声が五分ほどもつづいたとき、裁判長のレオニード・アクブジャノフが法廷の入口に現われた。書記と警官が傍聴人をなんとか静粛にさせようとするなか、アクブジャノフと二人の参審員は大股で自分たちの席に向かった。

アクブジャノフは背が低く、筋肉質の精力的な男で、ネクタイをゆるめてシャツの袖をまくり上げ、左の二の腕の入れ墨をむき出しにしたままよく入廷してきた。その態度は見るからに横柄で独断的だった。もし、自分の知らない人物が法廷に現われてメモをとりはじめようものなら、彼は審理を中断して、その身元不明の人物を裁判官席に呼びつけ、身分証を提示させるぐらいのことは平気でした。

裁判長として審理を進めるだけでなく、アクブジャノフはしばしばみずから検察官役を引き受けた。彼は公判記録のために起訴状と供述書の長い抜粋を朗読したし、証人に対する検察官の質問が手ぬるいとみると、みずから尋問役を買って出た。西側の裁判は検察官と弁護士の対決の場となりがちだが、アクブジャノフは明らかにこの裁判を自分と殺人狂チカチーロとの対決の場とみなしていた。

アクブジャノフはチカチーロを起立させ、姓名を名乗るようまず求めた。チカチーロはそれに従った。しかし、この二人のあいだで交わされた礼儀正しい受け答えは、それが最後だった。

つづく数週間、アクブジャノフは何度もチカチーロをどなりつけた。むろんチカチーロには、自分を罪に陥れる質問への答えを拒否する権利は認められなかった。アクブジャノフの質問はすでにチカチーロを有罪と決めつけ、法廷の主な任務が犯罪の経緯の解明にあるとみているようだった。

これだけ多数の被害者の性器を切断したのはなぜか、とある日アクブジャノフはチカチーロに答えを迫った。

チカチーロはしばらく無言のまま立っていた。「自分が署名した書面（供述書）に書いたとおりです」と、ようやく彼はぼそぼそと答えた。

いったいどのような誘い文句を使って子供たちを連れ出したのか——まともな家庭の子供たちだから、ふつうならおまえなどにはついていかないはずなのだが、とアクブジャノフは別の機会に問いただした。

チカチーロは答えなかった。

五月に入ると、ハビブーリンはもう黙っていられなくなった。彼は立ち上がると、アクブジャノフは予断と偏見に満ちていると非難し、裁判官の忌避を正式に申し立てた。アクブジャノフは検察官のニコライ・ゲラシメンコのほうを向き、弁護士の申し立てに同意するかたずねた。ところが、アクブジャノフの予想とは明らかにまったく裏腹に、ゲラシメンコはハビブーリンを支持した。

アクブジャノフはハビブーリンの申し立てを却下し、そしてその数日後、ゲラシメンコを解任するチャンスを見つけた。被害者の遺族の一人が傍聴席で立ち上がり、ゲラシメンコの検察官としての態度が弱腰だと抗議したのだ。アクブジャノフは公判中の傍聴人のこの種の発言をしばしば大目に見ており、今回はその言い分を正式に取り上げることにした。彼はいったん退廷し、すぐにもどってくると、略式手続きによってゲラシメンコを解任した。

ゲラシメンコに代わる新しい検察官アナトーリー・ザドロジヌイが法廷に立つまでのあいだ、アクブジャノフはみずから検察官役を務めた。

裁判開始から三カ月目の六月に入ると、傍聴人の数はめっきり少なくなった。さらに、公判記録用に数百ページ分もの証拠書類を朗読するという退屈な審理が二、三週間もつづくと、傍聴席にはよほどの物好きの姿しかなくなった。

チカチーロの家族は一度も法廷に姿を見せなかった。レソポロサ連続殺人犯の名前がロシアのマスコミによって報じられたあと、被害者の遺族の仕返しを恐れたフェオドシア・チカチーロは子供たちとともに名前を変え、だれも知る者のいない町に移っていった。

このころまでには、チカチーロとアクブジャノフの対決は悪化の一途をたどり、おたがいに怒鳴りあうまでになっていた。そして、そういう怒鳴りあいのとき、チカチーロは現実から遊離して正気を失っているようにみえた。

六月十九日、チカチーロは裁判長に、自分と同性愛の関係をもたないかと言いだした。アクブジャノフから静粛にするよう命じられても、チカチーロは聞き入れなかった。

「ここじゃ、おれがボスだ」と、大きくてしかも聞き取りにくい奇妙な声でチカチーロは宣言した。彼の言葉は精神錯乱を来《きた》したように一本調子で区切りがなく、何の脈絡もないまま次々と言っていることの内容が変わっていった。「これはおれの葬式なんだ。笑うな。おれは一生笑われつづけてきたんだからな」チカチーロは息継ぎのために休むこともなく、とりとめもない話をつづけた。一九三〇年代のウクライナの飢饉で死んだ兄のことを言ったかと思うと、次には突然アクブジャノフを、一九九一年八月の共産党のクーデター劇に味方したアッシリア・マフィアの一員だとして非難した。

アクブジャノフは怒りをあらわにしてチカチーロに向かい、着席して静かにするよう怒鳴った。しかし、チカチーロは従わなかった。

自分は別の人生で、別の星で殺人を犯してきたんだ、とチカチーロは怒鳴り返しながらつづけた。「こんなもの、裁判じゃない。猿芝居だ！」

アクブジャノフは兵士らに命じてチカチーロを法廷から連れ出させ、被告人抜きで審理を続行した。しかし、翌朝になって兵士らがふたたびチカチーロを地下から檻のなかに押しこむと、また同じことのくり返しだった。

六月二十四日、チカチーロは檻のなかでいきなり立ち上がるや、シャツのボタンを外しはじめ、「出産の時間が来た」と宣言した。そして、ふいに話題を変え、自分は生粋《きっすい》のウクライナ人だから、とウクライナ人の弁護士を要求した。

翌日、チカチーロは立ち上がってまたシャツのボタンを外し、そしてまたウクライナ人弁護士を要求した。それから、なんとズボンをゆるめて足元に落とし、だらりとしたペニスをむき出しにした。そうしながらもずっと、アクブジャノフに向かって抑揚のない一本調子の大声で叫ぶことは忘れなかった。「おまえはおれを笑ってるだろ。おれが四十年間オナニーをやりつづけてきたってな」と、チカチーロはわめいた。彼は突然ウクライナ語で話しはじめると、自分はホフルシカではない、と女性を意味する俗語を使って言った。どうやら彼は若いころのつらい体験を頭のなかで再現しているようだった。ようやく、兵士らが檻の扉をあけ、チカチーロのズボンを引き上げて彼を地下に追い立てていった。

法廷でのチカチーロのこうした行動についてはさまざまな見方があった。マラート・ハビブーリンによると、彼は法廷の外での話し合いで何度もチカチーロに注意し、裁判官と対決しても何のプラスにもならないと説いた。それに対してチカチーロは、そうとわかっていても、自分を抑えられないと答えたという。警備の兵士たちは、チカチーロが留置所のなかではおとなしいという点を指摘した。つまり、かれらのみるところ、チカチーロが突然わめいたりするのはアクブジャノフに、自分は精神異常者で、犯した罪に対する責任能力に欠けていると思わせたいためだというのだ。一方、たびたび裁判を傍聴していたアレクサンドル・ブハノフスキー博士は、チカチーロの奇矯な行動の原因はアクブジャノフの手荒い尋問にあると考えていた。博士によれば、チカチーロには複数の明確に異なる人格が同居していた。つまり、ふだんは従順で無能な夫でありながら、ときに、激情に駆られながらもしたたかな計算を忘れない殺人犯にもなれた。そして、アクブジャノフの尋問の圧力の下で、いままた別の人格を示しはじめていた。法廷でペニスを露出し、支離滅裂なモノローグをくり返すのは別の人格の表われだった。

ブハノフスキーは必要ならいつでも証言台に立ち、チカチーロが法的に見てまちがいなく心神喪失者であり、犯した罪に対する責任能力に欠けていると訴えるつもりでいた。しかし、アクブジャノフはブハノフスキーがチカチーロの精神状態について証言することを認めなかったし、第三者的立場の精神科医グループによってチカチーロの精神鑑定を行なうべきだとするハビブーリンの請求も却下した。ブハノフスキーに言わせれば、裁判をうまく進めることによってチカチーロの残虐行為の原因に光を当てられるはずで、その精神病理について多少なりともロシア人を啓蒙することもできるのに、アクブジャノフはそのせっかくのチャンスを台なしにしていた。

かわりに、アクブジャノフはセルブスキー研究所と性病理学研究所の国の専門家の意見に全幅《ぜんぷく》の信頼をおいた。ロシアの法律では、犯罪者が自分の行為に対して法的責任を負うのは、犯罪者が自分の行為を理解し、なおかつ自分の行為を制御できる状態にあったと裁判所によって認定された場合だった。トカチェンコ博士の証言によると、チカチーロはそのどちらの条件も満たしており、法的に見て正常で、自分の行為に対する責任能力を有していた。七月の法廷での騒ぎのあと、トカチェンコはモスクワからロストフに特別に出向き、二時間かけてチカチーロをふたたび診察していた。そのときもトカチェンコは、チカチーロが法的に正常であるという判断をくり返したのだった。

トカチェンコと彼に同調する精神科医らのこの判断は、どちらかというとチカチーロの診察よりも、彼の殺人方法の分析によって下されたものだった。チカチーロは長年当局の捜査の手をかわしつづけた狡猾《こうかつ》さをここでも問われた。彼は被害者を注意深く選択する能力を示していたし、一九八四年の逮捕後に一年近く殺人を中断したうえ、そのあとさらに一年、ロストフ州内での殺人を控えるという自己抑制力も示していたのだった。「彼はつねに周到だったし、状況に応じて自分の行動をコントロールしていましたからね」と、トカチェンコは証言のあとのインタヴューで語った。「チカチーロは殺人をやめられたはずです。自分を抑えようとするか、逮捕される危険性が現実に強まったらね。だからこそ、一九八四年以降しばらくやめていられたんですよ」

トカチェンコはまた、チカチーロの場合は一般のケースと異なり、犯行の残虐性そのものがむしろ、彼を正常と判断する決め手となったことを躊躇なく認めた。「社会的影響が大きい犯罪を犯す人間ほど、病的で自己抑制力に欠けていると考えられますからね」と、彼は説明した。「殺人のような犯罪をやめられないと判断される人格の場合、その欠落の程度はきわめて大きいはずです」

言い換えると、とトカチェンコがつづけた説明によれば、もしチカチーロの犯罪がそれほど残虐でなければ、あるいは、もし人格的な異常が原因で簡単に逮捕されていれば、彼は法的に精神異常と判定されていたかもしれなかった。しかし、殺人をやめる能力がないとみなされるためには、チカチーロは口から泡でも吹くくらいの異様さを示さなければならなかっただろうし、そもそも、十二年間で五十三件の殺人を犯すのに必要な注意力や計画力を持っているようではだめだったにちがいない。これは、連続殺人犯にとっては一種の八方塞《ふさが》りの状況といえた。要するに、連続殺人を犯せるほど長期間捜査当局の手をかわす能力があるなら、その犯人は正常であるにちがいないということなのだ。少なくとも、トカチェンコ博士とアクブジャノフ裁判官の定義に従えばそうだった。

この正常・異常の判断基準は、もしアメリカの法廷で示されたなら猛烈な異議申し立てを受けたはずである。FBIがロバート・レスラー元特別捜査官の指揮のもと連続殺人犯の資料の収集・分析をはじめて以来、アメリカの犯罪学者の多くは連続殺人犯の二つの大まかな範疇《カテゴリー》を認めるにいたっている。すなわち、計画性を欠き、犯罪の実行においてずさんで、殺人現場や儀式の細部に無関心なグループと、高度に計画的で、犯行のたびに正確に儀式をくり返すグループである。チカチーロはほぼ〝計画的〟なほうのカテゴリーにあてはまるが、アメリカの法廷だったなら、この事実はかならずしも彼が正常であることを意味しなかった。一例を挙げると、ミルウォーキーの連続殺人犯ジェフリー・ダーマーも、計画的な一定のパターンの殺人をくり返した男だったが、彼は心神喪失者と宣告されたのだった。

アレクサンドル・ブハノフスキー博士はセルプスキー研究所の精神科医たちほど長くはチカチーロを観察できなかった。ブハノフスキーが取調べの期間中にコストエフに許されてチカチーロに会ったのは、延《の》べ四十時間ぐらいだった。その四十時間の経験から、ブハノフスキーは、チカチーロに脳の器質的な異常と子供時代の精神的外傷の徴候が見られるというトカチェンコの判断に同調している。しかし彼は、セルプスキー研究所の見解はコストエフの取捨選択でモスクワに送られた捜査資料に大きく影響されていると考えていたし、チカチーロに自分の衝動を抑える力があったかどうかという問題ではトカチェンコと意見を異《こと》にしていた。「だれだって、自分の遺伝子からは逃げられないですからね」と、公判期間中のインタヴューでブハノフスキーは語っている。

裁判は結局、レソポロサ事件の解明を進めるよりもかえって謎を深める結果となった。

五月十三日、チカチーロはすでに自白していた殺人の一部を否認した。

「五十三件のうち、何件を認めるのだ？」と、アクブジャノフは問いただした。

「グルシェフスキー橋のやつはなかった（グルシェフスキー橋は、彼が一九七八年にその上からエレーナ・ザコトノヴァの死体を投げ捨てたと自白した小さな橋だった）。第六集団農場のスタルマチェノクだってそうだ（オリガ・スタルマチェノクは一九八二年十二月にノヴォシャフチンスクで殺されていた）。それに、リガのツァナなんて女、おれは憶えていない（ラトヴィア出身のホームレスの女性サルミテ・ツァナは、一九八四年七月にロストフ市内の飛行士公園で殺された）。そいつが数に入るかどうかは何とも言えないが、たぶん殺してないと思うな。リストから次々に並べ立てられたんで、頭のなかがごちゃごちゃになっちまったんだ」と、チカチーロは言った。

後日の審理で、チカチーロは自分が殺していない被害者としてさらに別の名をつけ加えた。一九八一年にロストフで殺されたラリサ・トカチェンコ、一九八四年にロストフで殺されたナターリャ・シャロピニナ、一九八七年にウクライナのザポロージェで殺されたイヴァン・ビロヴェッキーの三人である。

また別の日には、起訴状に載っている事件以外にも四件の殺人を行なったと言いだした。彼はそれらの被害者とされる人物のうち三人の名前を挙げられなかったが、その三件はシャフトゥイ近郊の未確認の殺人事件を指すものと思われた。それはいずれも、チカチーロがコストエフに自白しながら、民警の捜索によってもいまなお死体の一部すら発見されていない事件だった。四人目は一九八六年に殺されたバタイスクの裁判所書記官、イリーナ・ポゴリェロヴァだった。公判前の取調べではポゴリェロヴァの殺害を一貫して否定しておきながら、なぜいまになって認める気になったか、その理由についてはチカチーロは何も説明しなかった。

チカチーロが六件の殺人を突然否定しはじめたことは、彼の弁護士を驚かせた。そんな否定は、法的な見地からすればほとんど無意味だった。人間を四十七人殺そうと五十三人殺そうと、その刑罰に変わりはなかったからだ。

民警本部から裁判の行方を見まもっていたヴィクトル・ブラコフにとってはしかし、チカチーロが六件の殺人を否定して別の四件を告白したことはさして驚くべきことではなかった。ブラコフは犯罪者たちが自白を変えるのをこれまでに何度も見ていた。たいていの場合それは、新しい犯罪を自白することで民警に捜査を再開させ、死刑判決を少しでも遅らせようというのが狙いだった。チカチーロの場合も同じ狙いにちがいないとブラコフは考えていた。

チカチーロが否定した殺人のうち、ブラコフが唯一本当かもしれないと思ったのは、エレーナ・ザコトノヴァの事件だった。コストエフがチカチーロの自供を引き出したあと、ブラコフはザコトノヴァ事件の記録に丹念に目を通した。彼は、一九七九年のその事件で大勢の捜査員や捜査検事が過ちを犯し、その結果、アレクサンドル・クラフチェンコを無実の罪で死刑にしたとはいまも信じられなかったし、また、チカチーロがザコトノヴァ事件の犯人だということも承服できなかった。だが、もちろんブラコフは、チカチーロがいま審理中の残り五十二件の殺人を実際にやったと確信しており、その確信は今後も変わりようがなかった。

十四人の被害者から発見されたAB型の精液サンプルとチカチーロのA型の血液型との不一致に関しても、裁判は充分な解明を行なうことに失敗した。アクブジャノフ裁判長はモスクワのグルトヴァヤ博士の研究所の分析資料を証拠として採用し、チカチーロの精液はAB型で、彼が、血液と分泌液の型が一致しないという新発見の現象、〈分泌不一致型〉のきわめてまれな例であるとする博士らの見解を受け入れたのだった。

もし、弁護側に独自の専門家証人を呼ぶ権利があったとすれば、グルトヴァヤ博士の説が公判廷で勝利をおさめることはひじょうに困難か、あるいはまったく不可能だったにちがいない。ワシントンにあるFBIのDNA分析センターの責任者、デイヴィッド・ビグビー特別捜査官は、この本のためのインタヴューで〈分泌不一致型〉はありえないと事もなげに言いきった。

血液と分泌液の分析の世界的権威で、パリのフランス国立衛生医学研究所のラファエル・オリオル博士も、ビクビー特別捜査官と同意見だった。グルトヴァヤ博士の理論を聞いたオリオル博士は、レソポロサの殺人犯の精液に対するソ連の研究所の分析に基本的な誤りがあったと信じて疑わなかった。オリオル博士によると、彼は一九九〇年にスウェーデンのルンドで開かれた血液型分類法の問題点に関する国際会議の運営にたずさわったことがあった。会議の席でソ連代表団が、抗Bモノクローン抗体という新開発の実験試薬を紹介したところ、その試薬は血液検査で完璧な働きをし、B型の血液に用いられると、顕微鏡下での細胞の集束をもたらすことが確認された。しかし、もし精液の分類に用いられると、そのソ連の試薬は、一部のA型の精液に対してBの誤った判定結果を示した。つまり、ある種のA型の精液は誤ってAB型と判定されるということだった。国際会議の席で指摘されるまで、ソ連の科学者たちは自分たちの試薬の欠陥に気づいていなかったと、オリオル博士は語った。

この抗Bモノクローン抗体はまだ開発されて日が浅く、レソポロサ事件の精液分析のほとんどが行なわれた一九八三年から一九八四年にかけてのロストフとモスクワではまだ使用されていなかったが、オリオル博士は、似たような問題のせいで、チカチーロの精液の判定で基本的な誤りが起きたものと推測している。博士のこの推測は一九八九年のT・A・ステグノヴァの研究論文の指摘とも一致していた。ソ連の雑誌《法医学研究》に発表されたステグノヴァの論文によれば、ソ連各地の法医学研究所によってAB型と判定された精液サンプルの約四十パーセントに誤りが発見されたというのだ。しかし、アクブジャノフ裁判長がグルトヴァヤ博士の〈分泌不一致型〉理論を躊躇なく受け入れたために、レソポロサ事件のこの重大な論点について、充分な説明が行なわれることはまったくなかった。

八月九日の暑くじめじめした朝、公判審理はいよいよ最終段階に入った。例によってオリンピック記念のスポーツ・シャツとだぶだぶのグレーのズボンという格好のアンドレイ・チカチーロは、檻のなかのベンチの上でゆっくりと身体をゆらし、アクブジャノフの背後の壁をぼんやり眺めながら、審理の再開を待っていた。裁判の開始当初と比べ、チカチーロの姿はまた新しい変貌を遂げていた。髪の毛は少し伸びていたが、完全にグレーに変わっていて、頭のてっぺんは禿げたままだった。チカチーロはやはり白いものが混じった口ひげを伸ばし、ふたたび眼鏡をかけはじめていた。この日のチカチーロは一九九〇年十一月二十日の逮捕のときとも、一九九二年四月十四日の初公判のときの頭を剃り上げた悪魔的な姿ともちがっていた。彼はいまや怠惰で、疲れきった老人のようにみえた。

ほんの一握りの傍聴人と報道関係者が見守るなか、アクブジャノフ裁判長と二人の参審員が着席した。チカチーロは立ち上がり、相変わらず身体を前後にゆらしながら、例の一本調子の大声で、自分は放射線を被爆しているというようなことをさかんに弁じたてはじめた。と、いきなりまたズボンを下ろし、ペニスを露出した。だが、今回は兵士たちがすばやく行動を起こし、すぐさま檻に飛びこむと、チカチーロのズボンを引っぱり上げながら地下に彼を引きずっていった。階下からは何かがぶつかる音や怒鳴り声が聞こえてきたが、やがて静寂が戻った。

「もし被告人が欲するなら、法廷に戻して、最後の意見を述べる機会を与えたい」と、アクブジャノフは言った。

白の開襟シャツとブルーのズボンに縞模様の靴下、グレーのサンダル靴といういでたちのマラート・ハビブーリンが、弁護人席から立ち上がった。「チカチーロを殺せという叫びが巷《ちまた》に満ちているなか、わたしの声がはたしてどれほどの人々の耳にとどくか、はなはだ疑問でありましょう」と、彼ははじめた。

しかし、とハビブーリンはロシアの法精神医学の能力に疑問を呈し、「正常な人間にはとてもこれだけの殺人は犯せなかったでしょう」と主張した。彼は弁護側に独自の精神科医を招く機会を与えなかったアクブジャノフの決定とその客観性にふたたび異議を申し立てた。

ハビブーリンは、チカチーロに対する個々の起訴事実には反論しようとしなかった。彼はチカチーロが否認した四つの事件を取り上げ、検察側の証拠類の不備を衝《つ》いた。一九九〇年の逮捕後に名乗り出て、被告人がオリガ・スタルマチェノクと一緒にいるのを見たと語った証人は、民警が目撃者を求めて一九八二年にノヴォシャフチンスクを探しまわったときには名乗り出なかったではないか。イヴァン・ビロヴェツキーが殺害されたときに、チカチーロがウクライナにいたことを示す出張記録はどこにもなかったし、また、ラリサ・トカチェンコの死体に付着していた精液は当初はB型と分析されながら、いまでは未定とされているありさまではないか、と。「取調べのとき、チカチーロは暴行を受け、無気力になっていました」と、ハビブーリンは弁じた。「彼の自白は疑わしく、無意味です。なぜ、彼は自分を守ろうとする本能に背《そむ》いたのでしょうか？　自白は強要されたのです。彼がなぜ強要に従ったのかはわかりませんが、しかし、自白が真実を述べていないことは明らかです。そそのかされるまま、病んだ男が熱に浮かされて口走った妄言にすぎません」

ハビブーリンはもちろん、被告人に不利な、もっとも説得力のある二つの証拠的事実には反論できなかった。ひとつは、チカチーロが殺害現場から殺害現場へと捜査員を案内できたという事実で、とくに、墓場に埋められたアレクセイ・ホボトフの死体が彼の自白で見つかったという事実は決定的だった。もうひとつは、一九九〇年のチカチーロの逮捕後、レソポロサの連続殺人が止まったという事実だった。ハビブーリンはどちらの事実にもふれなかった。一時間四十分後、彼はチカチーロに無罪の判決を下すよう裁判官と参審員に訴え、額をぬぐいながら着席した。アクブジャノフは翌日までの休廷を宣言した。

翌朝、ふたたび檻にもどったチカチーロは、顔にかすかに作り笑いを浮かべていた。彼の腰には兵士たちが結んだベルト代わりの長いロープが巻きつけられていた。もしまたズボンを下ろそうとしても、結び目をほどくのに時間がかかるようにというわけだった。しかし、この日のチカチーロは機嫌がいいのか、アクブジャノフが席に着くのを見とどけると、国際的共産主義運動の〝聖歌〟〈インターナショナル〉を歌いだした。そしてそれを歌い終えると、また独り言をはじめ、アッシリア人マフィアからチェルノブイリの原発事故、さらにはウクライナの独立運動についてと、とりとめもない話をつづけた。

アクブジャノフは五分間チカチーロの好きなようにさせてから彼の退廷を命じた。兵士たちがチカチーロを引きずっていくと、アクブジャノフは報道関係者の席のほうを向いた。

「今日はいつもより長く被告人の好きにさせました。論告と最終弁論の取材に来ていただいたみなさんのためを思ってのことです」と、彼は言った。

論告の冒頭、検察官アナトーリー・ザドロジヌイはチカチーロの逮捕の年の一九九〇年が「マルキ・ド・サドの誕生から二百五十周年」にあたることにふれた。

サディズムは、とザドロジヌイはつづけた。「新しい現象ではないということです。さて、この男は病人でも精神病患者でもありません。一流の専門家たちが、被告は自分の行動を理解し、制御する能力をもっていると証言しています」

ザドロジヌイは感情をまじえずに淡々と論告をつづけ、起訴状のなかの犯行をひとつひとつ詳細に説明していった。最後に、死刑を求刑し、彼は席に着いた。

アクブジャノフ裁判長はチカチーロを法廷に戻すよう命じた。そして、チカチーロが檻のなかに戻ると、アクブジャノフはこれが最後の弁明の機会だと彼に告げた。

チカチーロは話すことはもとより、立ち上がることさえ拒んだ。檻のなかで彼は頭を垂れて押し黙り、一言もしゃべらなかった。

アクブジャノフはしばらくチカチーロをにらんだあと、参審員とともに証拠を再検討して、判決の準備をするために二カ月の休廷を宣言した。それから、彼は中央通路を抜けて退廷した。

チカチーロは檻のなかに坐り、兵士によって連れ出されるのを待っていた。傍聴人は一部はぽつりぽつりと出口に向かい、一部は裁判について話しながら廷内をうろついていた。そのとき、ヴラジーミル・クレヴァツキーという若い男が傍聴人のあいだから進み出て、檻に近づいた。そしてポケットから厚みのある小さな金属片を取り出して、鉄棒のあいだから檻のなかに投げつけた。金属片はチカチーロの胸に命中した。彼は床に倒れ、眼をしばたたかせたが、何も言わなかった。クレヴァツキーは失業中の元工場労働者で、一九八四年に殺されたリュドミラ・アレクセーエヴァの異母兄弟であり、毎回のように裁判を傍聴していた。クレヴァツキーに同情した警官は、面倒なことにならないうちに法廷から消えるように言って彼を逃がした。

法廷の外でも、ヴラジーミル・クレヴァツキーに同情的でないロストフ市民を見つけるのはかなり難しかった。街頭での無作為抽出法によるアンケートによると、たとえチカチーロが精神異常者であっても、世間が死刑制度そのものに反対であっても、レソポロサ連続殺人犯を死刑から救うことに賛成する市民は一人もいなかった。ロシアは皇帝《ツァーリ》や人民委員の支配する政府によって、数知れない人命が不当に奪われてきた国だが、そのためにチカチーロに極刑を要求する市民の声が弱まることは明らかになかった。心神喪失のせいでチカチーロには自分の衝動を抑える力がなかったと考える市民たちでさえ、彼に対する量刑は死刑が適当だと答える者がほとんどだった。「終身刑で済ましたりしたら、刑務所から逃げ出してまただれかを殺すかもしれないからね。死刑にするのがいちばんいいんだ」と、ヴォロージャという男性は語った。この意見に一般市民の声が集約されているようだった。

十月十四日、法廷を埋め尽くした傍聴人の前で、アクブジャノフは判決文を読み上げた。

彼は三時間を費やして、ひとつひとつの犯行を列挙し、それぞれに関するチカチーロの自白を引用した。被害者の死が詳細に紹介されると、遺族のあいだからむせび泣きがもれ、法廷に待機していた看護師が、ロシアでは処方箋なしで売られている穏やかな作用の鎮静剤、吉草根《きっそうこん》を配って歩いた。

やがてアクブジャノフは、五件の強制猥褻の訴因と五十三件のうちの五十二件の殺人の訴因に対し、チカチーロに有罪を宣告した。一九八三年に行方不明となったローラ・サルキシャンというアルメニア人少女の一件に関しては、チカチーロを有罪にするに足るだけの証拠がないと裁定された。チカチーロは一九八三年のサルキシャンの失踪の届け出時期と同じころに、一人のアルメニア人少女を殺したことを自白していた。しかし、民警が発見したのは遺体の一部だけで、身元の正確な確認さえ不可能だった。

彼の手にかかった被害者の本当の数が五十二人であれ五十三人であれ（あるいはもっと多い可能性もある）、チカチーロは現代社会が生み出したもっとも残忍な連続殺人犯だった。ギネスブックには、一九七三年から一九八〇年のコロンビア、エクアドル、ペルーを舞台とする、十歳以下の少女ばかり三百人の殺害を自白したペドロ・アロンソ・ロペスの事件が記録されている。しかし、彼の自白後に発見された死体の数は五十五だけだった。それに、アロンソ・ロペスはチカチーロのように被害者の内臓を抉《えぐ》り出したりはしなかった。

チカチーロが行なったとする犯行の数と性質にもかかわらず、アクブジャノフはチカチーロが法的に正常であると宣言した。「最初から最後まで、犯行の全段階において、被告は自らの行為を完全に制御できる状態にあった」と彼は言った。

「おれが？　証言台に立たせろ！　弁護士を呼べ！」チカチーロはアクブジャノフの説明を聞くと絶叫した。「おれは何も自白しなかったぞ！　死体があるんなら見せてみろ！」と、チカチーロは檻の鉄棒に頭を押しつけて叫んだが、兵士たちにまた地下に連れていかれた。

傍聴席では血の復讐を求める声が渦巻いた。「あいつを犬っころのように切り裂いておくれ」と、アレクセイ・ホボトフの母リージャ・ホボトフが言った。「うちの息子のように、これ以上ないというくらい恐ろしい死に方をすればいいんだ」「この手であいつをバラバラにさせて！」と、別の女性が叫んだ。

翌日、アクブジャノフは傍聴人が望むものに法の下でもっとも近い刑を言い渡した。彼はチカチーロに死刑を宣告した。

マラート・ハビブーリンは控訴の準備をはじめた。西側の司法制度の下で裁かれていれば、チカチーロは少なくとも加重殺人の五十二件の訴因で有罪を言い渡されたりはしなかったかもしれない。第三者的立場の精神科医がかならずや、チカチーロは自分の犯罪行為に対して法的な責任能力を持っていないと証言していただろう。レソポロサ事件の主要な物証である、被害者の死体から発見された精液と、チカチーロの血液型との不一致に関しても、第三者的立場の法医学の専門家証人が国側の説明を完全に論駁《ろんばく》していただろう。

もっとも問題なのは、チカチーロを有罪とする論拠がおもに彼の自白に基づいている点だった。西側の弁護士がチカチーロに自白を許すとすれば、それは前もって何らかの有罪答弁取引が確保できた場合に限られていたはずだ。今回ならさしずめ、精神病院での終身監禁あたりが取引材料になっていただろう。

ハビブーリンによれば、彼はこれらの問題点が西側で大きな意味をもつことを知っていた。しかし彼は、それらが今回の審理と判決を再検討するモスクワのロシア最高裁判所によってどう受け取られるかは予測できなかった。旧ソ連の制度下ならもちろん、控訴が勝利するチャンスはなかった。しかし、いまは新しい時代だった。チカチーロの最初の裁判が終了したとき、最高裁判所は共産党の廃止に関する訴訟を審理しているところだった。コストエフとアクブジャノフがアンドレイ・チカチーロの権利を侵害したという主張が、最高裁によって取り上げられる可能性も否定できなかった。今回の控訴がどういう結末を迎えるかはハビブーリンにも予測不可能だった。

アンドレイ・チカチーロはKGBビルの監房にもどされ、自分の運命が決まるのを待つこととなった。

一方、捜査当局内では、裁判が終了するかなり前から、責任のなすり合いがはじまっていた。

モスクワでの報道関係者との一連のインタヴューで、検事イーサ・コストエフは、チカチーロの逮捕まで時間がかかったのは自分の責任ではないと語った。コストエフは、過去の容疑者グループのなかに犯人がいるという彼の説に充分な対応をしなかったとして、ロストフの民警を非難し、チカチーロも一九八四年に容疑者として名前が挙がっていたと指摘した。何度かのインタヴューでコストエフは、民警がチカチーロの資料を彼から隠すに等しい真似をしていたとほのめかした。

だが、コストエフの最後の主張は信じ難かった。ヴィクトル・ブラコフが一九八七年に作成して連邦じゅうに配布した事件の小冊子には、チカチーロが九番目の容疑者として挙げられていたからだ。その小冊子は事件の基礎資料であり、捜査に関わる者ならだれでも利用可能だった。もし、コストエフがそれを読んでいなくて、一九九〇年のドンレスホーズ駅での一件までチカチーロの存在を知らなかったとすれば、それはコストエフが下調べを怠っていたという証拠にほかならなかった。

コストエフはアレクサンドル・ブハノフスキー博士の捜査に対する貢献をも誹謗《ひぼう》しようとした。コストエフはインタヴュアーに対して、ブハノフスキーの書いた犯人のプロファイルに誤りがあったと語り、また、ブハノフスキーが捜査に関与することで金銭的な利益を得ようとしていたというようなことを匂わせた。この非難は、捜査に協力しようと無報酬で犯人についての報告書を作成したブハノフスキーを立腹させた。ブハノフスキーがインタヴュアーに語ったところによると、もしコストエフが彼のまとめた犯人像を有効に利用し、教職経験と工場の供給部門での勤務経験をもつ異性愛者に捜査対象を絞っていれば、捜査当局は一九八七年には事件に決着をつけ、十人以上もの被害者の命を救えていたはずだった。

「コストエフは同性愛者たちを追いつづけていました。かれらにとっては災難なんてものじゃなかったですよ」と、ブハノフスキーは言う。

災難に遭ったのは同性愛者たちだけではなかった。レソポロサ事件と捜査の過程で、少なくとも五人の自殺者が出ていた。一九八二年のリュボフィ・ビリュク殺しのあとで、嫌疑を受けたドンスコイの元婦女暴行犯ヴラジーミル・ペチェリッツァ。ロストフの三人のゲイ、ヴィクトル・チェルニャエフ、エヴゲニー・ヴォルエフ、アナトーリー・オトレズノフ。最後に、被害者アレクサンドル・ジャーコノフの父親ヴラジーミル・ジャーコノフだ。ジャーコノフはチカチーロに殺される前日に息子を殴ったことを悔い、息子の死から一年後の一九九〇年に手首を切った。そして、アレクサンドル・クラフチェンコの問題もあった。クラフチェンコはエレーナ・ザコトノヴァ殺害の罪で一九七九年に処刑された。だが、一九九二年になって、チカチーロがザコトノヴァ殺害で有罪を宣告されることとなったのだ。

ブラコフとフェチソフは各研究施設の鑑定作業にミスがなければ、チカチーロはずっと早く逮捕されていたはずだと断言した。しかし二人は、捜査員たちが多くのミスを犯したこと、とくに初期の捜査でミスを犯したことを躊躇なく認めた。一九八五年にナターリャ・ポフリストヴァが殺されたときに、チカチーロがモスクワにいたことを証明するNEV

Zの出張記録を見つけ出せなかった。また、一九八四年には、ドミトリー・プタシニコフと一緒にノヴォシャフチンスクの繁華街から遠ざかっていく男を目撃した証人にチカチーロを見せないというミスをした。それに、チカチーロとタチアーナ・ペトロシャン、イリーナ・ドゥネンコヴァの両被害者との事件前からの関係をつかめなかったというミスもあった。しかし、これらをはるかに凌《しの》ぐのが、血液型を理由にチカチーロの容疑を打ち消すことになった一九八四年の研究所の分析結果だった。

内務省はレソポロサ事件に対する民警の捜査のあり方にメスを入れるために、二つの内部調査を開始した。ひとつは一九七九年のクラフチェンコに対する処罰であり、もうひとつはグコヴォの精神遅滞児のインテルナトに関係していたユーリー・カレニクとその仲間に対する措置――カレニクが刑務所に五年間入れられることになった措置だった。

しかし、後者の調査はあまり徹底したものではないようだった。一九九二年夏のインタヴューで、カレニクはレソポロサ事件の最初の数件を自白するに至った経緯をだれかに質問されたことはないと話した。もしだれかがそれをたずねたならば、その質問者は驚くべき話を耳にしていたはずだった。

カレニクによると、取調べの最初の数日間、ヴァレリー・ベクレミシチェフ捜査官が、「いろいろほのめかしたんだ。『おまえのことはちゃんと調べてある。全部、わかってるからな。おまえが殺したってこともだ』って、あいつは言った。おれが何の容疑を受けているかもね。あいつは吹きこむんだ。細かく何でも話すんじゃなくて、ほのめかすのさ。

やつらはおれがばかだと思ってた。施設に入ってたからってね。でも、おれはばかじゃない。それが、レイプと殺人、それに眼をくりぬく事件だって、ちゃんとわかったんだ。最初おれは、何もしてないって言ったんだ。でも、あいつは『おまえがやったことはわかってるんだ』って言って、そしておれを脅しはじめた。いやでも自白するようにしてやろうかってね。そのあとみんなで、おれが精神遅滞者だから、もし自白しても罪に問われることはないって口をそろえて言うんだ。法律の本を出して、ここにそう書いてあるって、開いて見せるしね。ベクレミシチェフはおれの頭を殴って——手加減しながらだけどね——そして『よく考えろ』って言いやがった。で、おれは留置場に戻されて、次の日は、また最初から同じことのくり返しさ」

「みんなでおれを殴りやがった」と、カレニクは言う。今度はベクレミシチェフでなく、彼の部下たちだった。「留置場でも殴られたし、護送車に乗りこむときも、民警に殴られた」

殴られて怪我をしなかったかと訊かれると、カレニクは鼻で笑った。「いいかい。民警はうまく殴るんだよ」と、彼は答えた。「痕を残さないんだ。どこを殴ればいいか心得てるのさ。たとえば、腎臓のあたりとかね。手にタオルを巻いて、血が流れないようにやるし、やつらはそういうことのベテランなんだ。ところが、こっちはお人好しで、うぶときてる。やつらは言うんだ。『だれかにこのことを訴えたって、おまえには何も証明できない。おれたちのほうが正しいってことになるんだ』って」

数日後、カレニクは音《ね》を上げた。精神遅滞者だから罪を問われないという保証にすがる気持ちもあったという。

「自白したんだ」と、九年後にカレニクは語った。「もう、痛いめにあいたくなかったからね。頭のなかで話をでっち上げるのは簡単だった。事件のことはたっぷり聞かされてたからね。自白をはじめたとたん、やつら、殴るのをやめたし、煙草までくれた」

偽の自白のあと、カレニクは次の試験も簡単に通過した。捜査員が彼に三枚の写真を示し、そのなかから被害者の写真を一枚選び出すというテストだった。「最初、おれがぜんぜん別人を指さすとするだろ、そうしたら、『よく考えてみろ』ってやつらは言うんだ。わかるかい? 助け船を出してくれるのさ。で、おれは別の写真を指さすってわけさ」

カレニクによると、彼はほぼ同じ方法で犯行現場を示すテストも切り抜けた。「やつら、ほのめかすんだ」と、彼はつづけた。「ノヴォシャフチンスクの音楽学校のときもそうだった。やつらが教えてくれるんだ。被害者の女と学校で会ったことになってるんだなってわかったよ。すぐ、わかった。やつら、うまい言葉で教えてくれたからね。『そっちのほうに行け』なんて言わないんだ。ああ、やつら、もっと賢いからね。ほのめかすのさ。何て言ったか、そのままは思い出せないけどね、ずいぶん古い話だから。おれがまちがったほうに行くと、『よく考えてみろ』って言ったりするんだ」

カレニクの話を聞けば、ロシアの取調べ段階の容疑者には、適切な法的支援を与えることがいかに重要か、だれであろうと理解できるにちがいない。

レソポロサ事件によって人生を狂わされた多くの人々同様、ユーリー・カレニクにはアンドレイ・チカチーロの裁判の行方をのんびり見守っているような暇はなかった。カレニクは混乱するロシア経済のなかで生き残るために必死だった。一九八八年に刑務所を出たあと、彼はすでに訓練を受けていた床張り職人の仕事には戻らなかった。代わりにグコヴォのインテルナトでボイラーマンの仕事を見つけ、彼は月に数ドル相当の給料を貰って、どうにか腰を落ち着けることができた。カレニクによれば、彼は民警の姿を見たときはいつも避けて通るようにしているという。

ロストフのゲイ社会に関するヴィクトル・ブラコフの情報提供者、ヴァレリー・イヴァネンコはチカチーロの逮捕後まもなく心臓発作を起こした。手足の自由がきかず、話すこともできない状態が続き、六日後に彼は息を引き取った。母親は数年前に死んで、一人暮らしで友人もいなかったため、彼の葬式の手配はヴィクトル・ブラコフの手で行なわれた。

ゲイの容疑者の捜査で他の百人以上の男たちとともにとばっちりを受けたボリス・パンフィロフは、刑務所を出たあと、なんとか生活を立て直そうと努力していた。学校にもどって経済学のコースをとった彼の夢は、ロシアの新しい市場経済の下でビジネスマンになることだった。

アレクサンドル・ブハノフスキー博士は経済制度の変革の波に乗り、医療界の実業家に転身した。ロストフ医科大学に籍は残しながら、彼は〈フェニックス〉という精神科クリニックを開業したのだ。ブハノフスキーによると、彼のクリニックにやってくる患者のなかには、初期のアンドレイ・チカチーロとひじょうに似た状態の者も少なくないという。今後連続殺人が疫病のようにロシアにひろがるのではないか、とブハノフスキーは危惧している。

ブハノフスキーはいまも民警との協力関係を維持し、殺人事件の捜査のために犯人像の分析報告をつづけている。また、アンドレイ・チカチーロのケースを主題に、連続殺人犯に関する国際シンポジウムを一九九三年にロストフで開ければと思い、その準備作業もはじめている。

事件の捜査に加わった民警の捜査員の何人かは昇進を果たした。チカチーロの逮捕を現場で指揮したヴラジーミル・コレスニコフはその後まもなく将官に昇格し、モスクワに転属になった。彼はロシア民警の犯罪捜査部門の責任者に就任し、全国の犯罪捜査を監督している。

ミハイル・フェチソフはロストフに残る道を選んだ。一九九一年のクーデター未遂劇のあと、彼は非合法化された共産党の党籍を捨て、まもなく自分のデスクの後ろの壁にボリス・エリツィンの写真をかけた。そして、コンピュータと新型の車両用無線機によって民警を近代化するという計画の実現に努め、一九九二年の夏、彼の部屋にも初めてパーソナル・コンピュータが設置された。

ヴィクトル・ブラコフは中佐に昇格したいまも、ロストフ州の性犯罪を捜査する特別チームの指揮にあたっている。彼は自分の部屋からKGBの前身、ЧК《チェーカー》の創設者フェリクス・ジェルジンスキーの写真を取り外そうとはしなかった。その写真はレソポロサ事件の資料が保存されているファイル・キャビネットの上に飾られていた。チカチーロを法の裁きの前に立たせた貢献によって、ブラコフが叙勲を受けることはなかった。捜査中に彼が意見を対立させた有力者たちの数を考えれば、それは充分予想された事態ではあった。いま彼は、大佐まで昇格しないうちに一九九六年の五十歳の誕生日をむかえるのではないかと心配していた。もしそうなれば退職しなければならない。だが、彼はできれば民警の職務にずっととどまりたいと考えている。

思い返せば、ブラコフにはレソポロサ事件は長い悪夢のようだった。当時、彼はつねに頭痛に悩まされていたし、列車に乗るたびに乗客一人ひとりの顔を見まわしては殺人犯のやましい眼を探したものだった。ブラコフは信心深い男ではなかったが、ときどき神か、それとも何か超自然的な力に対し、八年間捜査を続けられる意思を与えてくれたことを感謝しなければと思うことがあった。

チカチーロの取調べが片づいて以来、ブラコフは次男のマクシムと一緒にすごす時間を多くとるように心がけていた。民警とレソポロサ事件の捜査のために、長男のアンドレイの世話を妻にほとんど任《まか》せっきりにしたことに対する反省からだった。いまの彼はロストフ郊外の旧集団農場に出かけ、ほかの民警の職員とともに与えられた小さな農地ですごす時間が多かった。彼が周囲に垣根をめぐらしたその土地に、妻のスヴェトラーナは家族の貯蔵食料の足しにと、ブドウ、キャベツ、トマト、唐辛子のほか、洋梨とリンゴの木を一本ずつ植えた。

週末と夏の休暇には、スヴェトラーナが畑の手入れをし、ブラコフはそのかたわらで一階に二部屋、屋根裏に一部屋の煉瓦造りの住宅の建築を進めた。作業はなかなかはかどらなかった。煉瓦とモルタルを見つけるのが難しいうえに、値段も上がりつづけていた。しかし、チカチーロの裁判が終わるころには、四方の壁が立ち上がり、ブリキの屋根も完成した。内装も仕上げたら、自分たち夫婦はこの新居に移り、ロストフのアパートは息子の一人に明け渡そう、とブラコフは考えている。

アンドレイ・チカチーロが処刑されるであろうことに対し、ブラコフはまったく胸の痛みを感じていなかった。「文明社会が誕生して以来、死刑はずっとありましたよ」と、彼は死刑制度を疑問視すること自体が理解できないという表情をのぞかせた。「恐ろしい、残虐な犯罪には、死刑が適応されて当然だとわたしは思っています」

ブラコフの考えでは、アンドレイ・チカチーロに対しては、死刑執行官に規定どおりのロシア流のやり方で職務を果たさせるのが最善だった。ある朝、何の前触れもなく独房の前に立ち、暗い通路の先の処刑室に死刑囚を連行し、耳に当てたピストルでその卑しむべき脳に一発の銃弾を撃ちこむのだ。

情報提供者と氏名についてのノート

本書の調査はロストフ州民警のヴィクトル・ブラコフならびにミハイル・フェチソフ両捜査官の協力の下で行なわれた。二人は貴重な時間を割いて著者の質問に答えてくれ、他の当局者とのインタヴューの手配にも力を貸してくれた。また、レソポロサ事件に関する捜査資料、供述書、ビデオテープなどの記録に著者がアクセスできるよう便宜をはかってくれ、ほとんど最初から最後まで二人の発言の記録をとることを了承し、微妙な質問にも言葉を濁さず答えてくれた。二人は原稿に手を加えるようなことはいっさい要求しなかったし、著者の加筆の申し出も受け入れようとはしなかった。したがって、本書に盛られた解釈と判断は――そしてむろんミスも――すべて著者自身の責任に帰せられるべきものである。二人の協力に対し、心から感謝したい。

ほかにも大勢の人々が著者の質問に快く答えてくれた。いまなお心痛の極みにちがいない事件の詳細についての質問に対しても同じだった。はるばる遠方からやってきて、協力してくれた人々もいた。たとえば、ユーリー・カレニクは著者のインタヴューの要請に応じるために、電気鉄道《エレクトリチカ》に六時間も乗ってやってきてくれた。カレニクにも、ロストフとモスクワでインタヴューに応じてくれたその他の人々にも感謝したい。それらの人々の名前は本文中に挙げられている。

アンドレイ・チカチーロを詳細にわたって観察した二人の精神科医、アレクサンドル・ブハノフスキー博士とアンドレイ・トカチェンコ博士は貴重な時間を割き、過去を想起してくれた。ブハノフスキー博士はレソポロサ連続殺人犯に関する彼の報告書の抜粋を閲覧させてくれ、トカチェンコ博士はチカチーロの精神鑑定に関する資料の内容を詳細に語ってくれた。両博士にお礼を申し上げたい。

少なからぬ箇所で、著者は事件に関わった人々の氏名を改変した。一部のゲイの男性はそれぞれの本名が公にならないことを望んだ。アンドレイ・チカチーロの義理の息子だった人物もそうだった。民警の情報提供者二人の氏名は、ヴィクトル・ブラコフ中佐の求めによって改変された。捜査期間中に嫌疑をかけられた一部の人々の氏名も、かれらのプライバシーを守るために改変されている。

本書の著述はオリガ・コロボヴァとニコライ・サジネフの助力によってきわめて円滑に進んだ。二人はいやな顔ひとつせず厖大な量のインタヴュー・テープをタイプし、同時に著者のロシア語の誤りを正してくれた。

ロストフ・ナ・ドヌーの宿の女主人ヴァレリヤ・イヴァノヴナ・クルペニナ夫人は、著者に予備の仕事部屋兼寝室を提供してくれ、腹いっぱいバクラジャン(ナスの料理)を御馳走してくれた。ただ、著者の胃袋に彼女の美味しいケーキをもっと食べる余裕がなかったことだけが残念だった。

ＦＢＩにおける連続殺人犯研究の先駆者で、現在は民間コンサルタントのロバート・レスラーは、この種の犯罪の一般的な特徴について著者の理解を深めてくれた。ＦＢＩのＤＮＡ分析班の責任者デイヴィッド・ビグビー特別捜査官は、血液と精液の分析の基礎について著者を啓蒙してくれた。フランスの国立衛生医学研究所のラファエル・オリオル博士も同様だった。

本書の企画を紹介してくれたロブ・ストーンとウェブ・ストーン、下調べをしてくれたレーフ・サガリンとキム・ウィザスプーンにお礼を申し上げたい。パンテオン社の担当編集者リンダ・ヒーリーは、本書が完成するまで著者を巧みに鞭撻《べんたつ》してくれた。

最後に、妻のアンと息子のピーターと娘のキャサリンに、その尽きぬ愛と忍耐に対して礼を言いたい。

メリーランド州チェビー・チェースにて

一九九三年一月

解　説

香山二三郎

毎度お馴染みミステリの年間ベストテン、二〇〇八年度の海外部門は各企画ともR・D・ウィングフィールドの『フロスト気質』（創元推理文庫）とトム・ロブ・スミス『チャイルド44』（新潮文庫）の一騎討ちの様相を呈した。『フロスト気質』はシリーズ第四作で、日本でもすでに多くのファンがついている。TVドラマ化もされているし、昨年（二〇〇七年）著者が急逝したこともあって、票が集まりそうな予感はしていたが、驚いたのはトム・ロブ・スミスのほう。いかに鳴り物入りの大型新人とはいえ、まさか他を圧倒するとはね。

さてその『チャイルド44』であるが、舞台背景は一九五三年、スターリン体制下の旧ソビエト連邦。国家保安省の捜査官レオ・デミドフはスパイ容疑のかかる獣医に逃げられたことに端を発し、狡猾な部下の罠にはまって、妻ともどもモスクワから八百キロ離れたウラル山脈の片田舎に左遷されてしまう。折りしもその町では少女の惨殺死体が発見されていたが、レオはその状況がモスクワ時代の部下の変死した息子のありさまと酷似していることに気付く……。

かくてレオの受難劇は後半サイコスリラーのスタイルを取った捜査小説へと転じていくのだが、実はそこで描かれる連続殺人事件にはモデルがあって、それが〝レソポロサ連続殺人〟事件。レソポロサというのは「〝森〟と〝細長い土地〟という言葉をつなぎ合わせた造語」で、ロシアの各地にはそうした森や林が数えきれないほど存在するのだという。一九八二年六月、ソ連南部のロストフ州にあるドン川沿いの村ザプラフスカヤでひとりの少女が行方不明になり、二週間後、村と隣町とを結ぶ道沿いの林——レソポロサで惨殺死体となって発見される。それはやがて恐るべき連続猟奇殺人事件へと発展していくことになるが、『チャイルド44』はそれをモデルにしているのである。

時代背景は三十年ほど前にずらしてあるが、八〇年代以上に捜査が困難を極めたスターリン体制下の話にしたところからしても、この大型新人が並々ならぬセンスの持ち主であることがうかがえよう。

本書『子供たちは森に消えた』（原題 *The Killer Department*）は『チャイルド44』の原点ともいうべきその〝レソポロサ連続殺人〟事件が解決して間もない一九九三年、アメリカ、ニューヨークのパンテオン・ブックスから刊行された。八年に及ぶ同事件の捜査の顚末を克明にとらえた犯罪ノンフィクションである。初刊本の訳者あとがきによれば、「連続殺人犯逮捕のニュースが報道されると、アメリカの多くの出版社が競って現地に駆けつけ、関係者の話の版権を獲得しようとしのぎを削った」とのことだが、ソ連が崩壊していなければ、西側の作家に取材させるなんてことはありえなかったかも。もっとも著者は《ニューズウィーク》誌の元モスクワ特派員で、この事件の「初期の頃から十年にわたってソ連に滞在して記事を書き、この凶悪事件を生んだ当時の現地の状況をつぶさに見ている」。ソ連が生き延びていたとしても、この人なら大丈夫だったか。

『チャイルド44』では主人公のレオはそもそも事件の捜査に乗り出すことそれ自体においても苦労させられるが、現実の事件では、前述したロストフ州の少女殺しが発覚してから直ちに捜査が動き出す。旧ソ連というだけで、警察＝民警が動き始めるまでさぞや時間がかかるのだろうと思いきや、州の犯罪捜査の最高責任者であるミハイル・フェチソフ少佐は自ら現地に足を運び、陣頭指揮を取る。見直しましたよ少佐、といいたいのは山々だけど、当時の捜査事情が明かされていくにつれ、旧ソ連ってやっぱりトンデモない国だったんですねということになるのであった。何しろ「ソヴィエト政府の公式見解では、犯罪はブルジョア社会に特有の現象であるとされていたため、犯罪統計は厳重な秘密とされていたが、ロストフ州の殺人事件の件数は年間四百件を超えていた」。文字通り犯罪が日常茶飯事となっていたのだ。

おまけに、いくらフェチソフが改革派でも「民警が採用する人材といえば、高等学校から落ちこぼれたあげくに集団農場の作業員などをして糊口をしのいできたような者ばかり」。残念ながら、一般的には警官の質はあまり高くなかったような……。

案の定、捜査が停滞しつつあったとき第二の死体が発見され、フェチソフたちは新たにヴィクトル・ブラコフという犯罪研究所所属の少尉を捜査陣に加える。この人物が最後まで捜査陣をリードすることになるが、むろん彼のキャラクターは『チャイルド44』の主人公のそれとはまったく違っている。見た目からして無骨で剛気なタフガイだし、苦難の前半生を過ごしながらもそれにめげずに勉学に励み、優秀な労働者として認められたのがきっかけで民警にスカウトされたという折り紙付きの愛国者でもある。

本書の前半は、いかにも旧ソ連の捜査官らしい硬派なふたり——フェチソフ&ブラコフ組の捜査を軸に描かれていく。捜査陣には、後に犯人から自白を引き出す改革的な精神医学者も加わり、キャラクター的には不足なし。事実を淡々と連ねていく著者の筆致を素っ気ないと思われる向きもあるかもしれないが、何せ二週間にひとりといったハイペースで犠牲者が出るような異常事態、容疑者の中には偽りの自白をする者も現われるなど、事件の進展そのものがスリリングなのだ。いっぽう、公式には存在しないはずのホームレスや失業者が少なくない地方のありさまや下流の若者たちの間から次々と犠牲者が出てくる状況も、西側の捜査小説ではなかなか見られない読みどころといえよう。

そう、スターリン時代から数十年たっているとはいえ、ソ連社会にはまだまだ旧弊なシステム、風俗習慣が根強く残っており、それが人々を抑圧し、引いては犯罪を助長することにもなっていたのである。

同性愛者たちへの迫害はその端的な例。

「ソヴィエト社会における性の問題のとらえ方には、スターリンの見解が大きく反映されていた。毛沢東やヒトラーと同じくスターリンも、セックスとは新しい党員、国家の新しい公僕を産みだすための手段にすぎないと考えていた。スターリンにとっては、どのようなものであれ性的快楽の享受は、彼の理想とする国家的規律をおびやかすものだった」。そうして「もともと保守的だったロシア人の性道徳は、スターリン主義によってさらに保守化していった」。さすがに八〇年代になると少しは和らいだものの、「依然として、ソヴィエトは、先進諸国のなかでももっとも性に関する抑圧が強い国のひとつだった」。当然ながら、同性愛者たちの状況も過酷なものとならざるを得ない。容疑者探しもやがて彼らに向けられていき、ゲイであることが露見して自殺するという新たな犠牲者まで生んでしまったのである。

もっとも八〇年代半ばといえば、旧ソ連が混迷のただ中にあった時期。八四年夏、アンドロポフ亡き後、書記長の椅子に座ったチェルネンコは「演説原稿すらまともに読めないほど老いさらばえた」爺さんだったし、党の政治局がロサンジェルス・オリンピックのボイコットを発表する中、ソ連の科学者たちはＮＡＴＯが西ドイツに新型核ミサイルを配備したのに対しコンピュータによる報復攻撃の可能性を示唆するなどキナ臭いムードも立ち込めていた。それ以後、ソ連は崩壊に向けて加速していくが、レソポロサ連続殺人はまさにそうした嵐の時代を象徴するような出来事だったともいえそうだ。

さて、後半の読みどころはといえば、やはり犯人アンドレイ・チカチーロに尽きるだろう。この連続殺人犯については、たとえば平山夢明『異常快楽殺人』（角川ホラー文庫）のようなシリアルキラーを扱った犯罪ノンフィクション類でもすでにたびたび紹介されている。頭を剃り、法廷で目を剝いている彼の写真を見るといかにも凶暴そうだけど、逮捕時の写真の印象はむしろその正反対。彼はとても「三十六人もの人間を殺せるような男には見えなかった。（中略）革のショルダーバッグを提げてのんびりと歩く姿は、定年までの残された時間のことでも考えながら家路をたどる平凡な役人を思わせた」。

ではそんな男が何故、五十数人もの男女を殺す怪物になってしまったのか。著者は彼の悲惨な半生を掘り起こすとともに、身体的にも脳に異常があったとして、複数の要因があったことを明かしている。それらが積み重なり、やがて性的ないたずらが始まり、あることをきっかけに殺人が始まった、と。むろんそこには旧ソ連という西側諸国とは異なる社会環境も大きく関与しているわけで、日本の読者はむしろそちらに注目すべきだろう。最後に飛び出すトンデモない説については、もはや確認の仕様がないんだし。

本書については、いかにも猟奇的な犯行や惹句に引かれて手に取る人も少なくないと思う。だが、問題はやはりチカチーロという怪物を生み出し、なおかつ暗躍させてしまった社会構造や捜査システムのありようにあるのではないだろうか。少なくとも、血液鑑定だけでもちゃんと機能していれば、事件はもっと小規模で済んでいたかもしれないのだ。世界的な経済危機がきっかけで日本も今また新たな混迷の時期を迎えつつあるが、間違ってもソ連——特にスターリン時代のような暗黒の時代に向かわぬよう、気を引き締めたいものである。

『チャイルド44』をすでに読まれた人は引き続き本書を、いずれも未読のかたはこの際ぜひ二冊まとめてひもといていただきたいと思う。

本書は、一九九三年十一月に早川書房より単行本として
刊行された作品を文庫化したものです。

訳者略歴　1932年生，2007年没，青山学院大学英文科卒，英米文学翻訳家　訳書『霊応ゲーム』レドモンド，『パンドラ抹殺文書』バー＝ゾウハー，『史上最大の作戦』ライアン（以上早川書房刊）他多数

HM=Hayakawa Mystery
SF=Science Fiction
JA=Japanese Author
NV=Novel
NF=Nonfiction
FT=Fantasy

子供《こども》たちは森《もり》に消《き》えた

〈NF344〉

二〇〇九年一月十五日　発行
二〇一五年十月十五日　三刷

（定価はカバーに表示してあります）

著者　ロバート・カレン
訳者　広《ひろ》瀬《せ》順《まさ》弘《ひろ》
発行者　早川　浩
発行所　株式会社　早川書房

郵便番号　一〇一‐〇〇四六
東京都千代田区神田多町二ノ二
電話　〇三‐三二五二‐三一一一（大代表）
振替　〇〇一六〇‐三‐四七七九九
http://www.hayakawa-online.co.jp

乱丁・落丁本は小社制作部宛お送り下さい。
送料小社負担にてお取りかえいたします。

印刷・株式会社亨有堂印刷所　製本・株式会社川島製本所
Printed and bound in Japan
ISBN978-4-15-050344-4 C0198

本書は活字が大きく読みやすい〈トールサイズ〉です。